북리스 사가

2

북리스 사가 2

ⓒ 마라 울프 2016

초판1쇄 인쇄	2016년 7월 20일
초판1쇄 발행	2016년 7월 26일
지은이	마라 울프
옮긴이	채민정
펴낸이	박대일
편집	이문영 · 임유리 · 신지연 · 전보라
교정	김필균
마케팅	송재진 · 임유미
디자인	박현주
일러스트레이션	이지선
펴낸곳	파란썸(파란미디어)
출판등록	2004년 9월 14일 제313-2004-00214호
주소	121-897 서울시 마포구 성지1길 32-36(합정동)
전화	02.3141.5589(영업부) 070.4616.2012(편집부)
팩스	02.3141.5590
전자우편	paranbook@gmail.com
카페	http://cafe.naver.com/paranmedia
페이스북	http://www.facebook.com/paranbook
ISBN	978-89-6371-327-4(04850)
	978-89-6371-325-0(전3권)

북리스 사가 2

감정의 수레바퀴

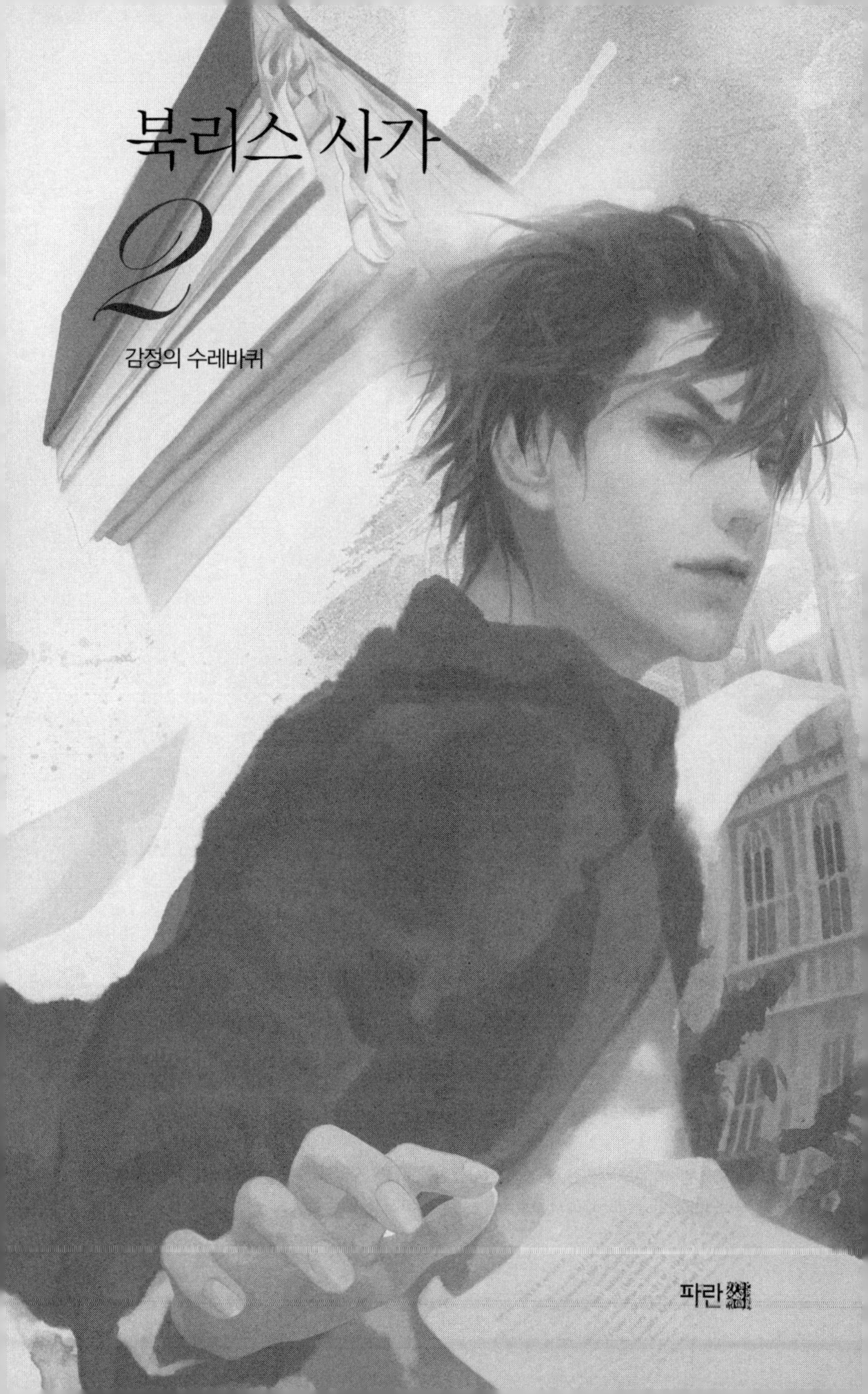

파란

BOOKLESS: Gesponnen aus Gefühlen (BookLessSaga Vol. 2)

by Marah Woolf

Copyright © Marah Woolf (Ina Körner), 2013
Korean Translation Copyright © Paran Media 2016
All rights reserved.

This Korean edition published by arrangement with Ina Körner through Shinwon
Agency Co.

나의 책을 사랑해 주는
모든 독자들에게 감사를 전하며

내가 모르는
한 세계

내가 모르는
어떤 이야기가 있네.
내가 경험한 적 없는
삶과
숨겨진 비밀이 있네.

잠겨 들라.
덤벼들라.
삼켜져라.
붙잡혀라.
도망칠 수 없도록
책을 덮는 순간까지.

2013. 아멜리 예거스베르크

프롤로그

그대는 책을 얻고 책은 그대를 연다.

— 칭기스 아이트마토프

마치 검은 천을 덮어 놓은 것처럼, 암흑이 루시의 주변에 내려앉아 있었다. 루시는 숨조차 제대로 쉴 수 없었다. 겁에 질린 채 아무 형체도 보이지 않는 방 안을 두리번거렸다. 루시의 심장이 쿵쾅거리며 뛰는 동안, 점점 주변의 윤곽이 드러났다. 루시의 몸을 덮고 있는 얇은 이불 틈새로 추위가 침투해 들어왔다. 입술 사이에서 하얀 입김이 새어 나왔다.

그때 흐릿한 형체들이 루시에게로 다가와, 루시의 침대 주변을 에워쌌다. 비명을 내지르고 싶었지만 아무 소리도 나오지 않았다. 그들이 점점 가깝게 다가왔다. 겁에 질린 상태에서도 루시는 그 속이 비치는 존재를 뭐라고 부르든 간에, 그들이 책의 낱장으로 구성된 존재라는 걸 깨달았다. 그들은 서로 다른 크기와 모양의 종이로 만들어져 있었다. 100여 장의 종잇장이 그들의 몸에서 펄럭거리는 게 보였다. 여태껏 친숙하기만 했던 인쇄된 종이들이 거짓말같이 끔찍한 몰골로 한데 뭉쳐져 나부끼고 있었다. 대부분은 찢긴 채였고, 변색되거나 불에 탄 흔적도 있었다. 하지만 인쇄된 지 오래되진 않은 것 같았다. 종이 안에는 검은 눈동자와 뻥 뚫린 입이 달려 있었다. 그 존재는 종이로 만들어진 외투로 몸을 감싸고 있었다. 하지만 외투 아래에 펄럭이는 종이에서는 아무런 소리도 들리지 않았다. 오직 침묵만이 가득할 뿐이었다.

끔찍하다는 말 외에는 그 어떤 다른 말로도 그 존재를 표현할 수가 없었다. 도대체 정체가 뭔지 알 수는 없었지만, 그들을 마주한 순간 몸의 솜털 하나까지 공포로 쭈뼛 섰다. 분명 위협적인 존재라는 건 확실했다.

"이건 진짜가 아냐."

루시는 자신의 불안하게 중얼거리는 목소리를 들었다. 당장이라도 벌떡 일어나 도망치고 싶었지만 마치 못이라도 박힌 것처럼 침대에서 한 발짝도 움직일 수가 없었다. 공포 때문에 몸이 말을 듣지 않았던 것이다. 눈을 가늘게 뜨고 그 끔찍한 존재를 노려보고 있노라니, 그들이 마치 해골 같은 손가락을 뻗어 루시를 움켜잡았다. 그리고 끔찍한 목소리가 루시의 귀에 속삭였다.

"넌 도망칠 수 없다. 우리는 널 벌할 것이야!"

1장

우리는 독서를 통해 우리의 존재와 실상에 대해 깨닫게 된다.

— 마리오 바르가스 요사

루시는 외마디 비명을 지르면서 벌떡 일어나 주위를 둘러보았다. 그녀는 밝은 방 안에 혼자 누워 있었다. 겨울임을 알리는 차가운 빛이 방 안에 쏟아져 들어오고 있었다. 몸을 움직이려 하니, 온몸에 통증이 느껴졌다.

다행히 꿈이었구나, 안도하며 주위를 둘러보았다. 소독약 냄새가 났고 사면에 벽이 보였다. 아마 병원인 것 같았다. 도대체 어떻게 된 거지? 손을 내려다보니, 온통 붕대가 감겨 있었다. 정신을 똑바로 차려 보려고 했지만 머리가 멍했다.

문밖에서 손잡이를 철컥 내리는 소리와 함께 콜린이 문을 등으로 밀면서 들어오는 게 보였다. 콜린이 루시 쪽으로 몸을 돌리자 손에 쟁반을 든 게 보였다.

"미안해, 공주마마. 아직 꿈나라에 있을 줄 알았거든. 눈 떴을 때 내가 없어서 무섭지 않았어? 네가 일어나면 줄려고 마실 걸 챙겨 오느라."

그가 침대 곁 협탁에 쟁반을 올려 두고는 작은 의자에 앉았다. 갓 내린 신선한 커피 향기가 루시의 코끝을 자극했다. 침을 꿀꺽 삼키니 목에 강한 통증이 느껴졌다. 콜린이 루시에게 물컵을 건네주자 루시는 조심스럽게 물을 한 모금 넘겨 보았다. 식도로 시원한 게 넘어가니 좀 살 것 같았다.

"콜린, 무슨 일이 있었던 거야?"

루시가 잔기침을 하며 물었다.

"넌 뭐가 기억나?"

콜린이 되물었다.

"물랑 부인이……. 날 데리러 왔었는데……."

루시가 더듬거리며 말을 이었다.

"그런데 목걸이를 도서관에 두고 오는 바람에 되돌아가야 했고……. 그리고 지하철역에 갔는데……."

콜린이 루시의 손을 잡아 주며 참을성 있게 기다렸다. 루시는 기억을 되돌리기 위해 안간힘을 썼고, 그제야 아주 조금씩 무슨 일이 있었는지 기억나기 시작했다.

"그런데 갑자기 물랑 부인이 없어진 거야."

루시가 놀란 얼굴로 말했다.

"바로 조금 전까지만 해도 곁에 서 있는데 갑자기 없어졌어. 그리고 내 옆에 서 있던 아줌마 하나가 비명을 질렀고, 선로 사이에 물랑 부인의 스카프가 껴 있는 걸 봤어."

그리고 침묵하며 콜린의 얼굴을 바라보았다. 혹시라도 그의 얼굴에서 희망을 약간 읽을 수 있게 되지 않을까 하는 기대감 때문이었다.

콜린이 진지한 얼굴로 말했다.

"다행히 즉사하셨어."

그가 루시의 손을 꽉 잡고 쓰다듬으며 말을 이었다.

"고통은 전혀 느끼지 못했을 거야."

하지만 그 말이 위로를 주진 않았다.

"책들은 어떻게 됐어? 네이선이 도서관에 발을 들이도록 놔두면 안 되는데."

루시가 울면서 물었다.

콜린이 걱정스러운 얼굴로 루시를 바라보며 말했다.

"걱정 마. 이미 엄청난 수의 사람들이 책을 돌보고 있으니까. 책들은 괜찮아. 일단은 네가 건강을 되찾아야지."

"하지만 이렇게 여기 맥없이 누워 있을 순 없어. 나도 뭔가 해야만 해. 네이선과 그의 조부라는 작자에게 책들을 **빼앗길** 수는 없어!"

"루시, 그게 무슨 말이야?"

"그 화재는 그들의 소행이야. 정상적인 불길이 아니었어. 그건 마치…… 날 노리듯 따라왔다고!"

"설마 정말로 그렇게 생각하는 건 아니지?"

루시는 한숨을 쉬었다.

"어떻게 설명해야 할지 모르겠지만 내 말을 믿어 줘. 그건 네이선이나 그의 조부가 한 짓이야."

"아니, 어떻게 그렇게 말도 안 되는 논지를 펼 수가 있어? 물론 화재가 있었던 건 사실이지만 왜 네이선이나 그의 할아버지가 도서관에 불을 지르겠어?"

"콜린, 넌 아무것도 모르고 있어."

루시가 입을 열었다.

"전에 네이선과 그의 조부가 나에게 왔었어. 자기들과 손잡고 책의 내용을 훔치는 일에 동참해 주겠냐면서 말이야. 난 거절했어. 왜냐하면 책들이 먼저 도움을 요청했기 때문이야. 난 책들을 도와서 네이선과 그의 조부를 막아야 해. 물랑 부인은 날 구해 주려고 하다가 살해당한 거고, 그런 다음엔 날 노린 거야. 콜린, 도서관 안에서 책들은 비명을 질렀어. 자기들을 구해 달라고, 또 내 목숨도 구하라면서 말야. 그리고 책들은 불길이 내 쪽을 덮치지 않도록 자신을 희생했어. 난 책들을 말리지 못했어. 나 같은 걸 위해 책들이 자기들을 희생해선 안 됐는데. 오히려 책들을 보호해야 하는 게 내 역할인걸. 그런데도 난 책들을 어려움에 내버려 두었어……."

루시가 울면서 콜린에게 안기자 그가 꼭 안아 주었다.

"루시. 넌 지금 쇼크 상태야. 그래 봤자 기껏해야 책일 뿐이잖아. 중요한 건 너야."

"기껏해야 책이라고? 아냐! 만약 누군가가 책을 읽으면, 책은 그에게 자신의 일부분을 떼어 주는 거야. 책의 아주 작은 꿈과 기억, 소망을 말이야. 그렇게 모든 책들의 영혼은 독자의 동경과 욕망에 흡수돼. 하지만 네이선과 그의 조부에 의해 처참히 파괴되면 영영 사라져 버리고 말아!"

루시는 콜린에게 지금까지 일어났던 일들을 설명하고 싶었다. 책들이 자신에게 도움을 청했지만 결국은 적에게 그들을 곱게 넘겨주고 말았던 것이다.

"넌 내 말을 안 믿지?"

그가 루시의 뺨을 어루만지며 고개를 끄덕였다.

"다 잘될 거야. 함께 방법을 찾아보자. 무슨 수가 있겠지. 하지만 한 번은 네이선과 만나 봐야 돼."

루시는 자기 귀를 의심했다. 불꽃이 이글거리는 눈으로 콜린을 노려보며 따졌다.

"내가 한 말 못 들었어? 이 모든 게 네이선 탓이라고! 그는 나에게 거짓말을 해서 모든 걸 속였어. 날 이용하려고 한 거란 말이야. 만약 책들이 날 구해 주지 않았다면, 죽었을 거라고! 그런 것도 모르고, 내가 그에게 특별한 사람이라도 된다고 착각했었는데……."

루시가 입술을 깨물었다.

"그런데도 그는 오히려 날 죽이려 한 거야!"

"루시, 제발 날 봐! 내 얘길 들어 봐!"

콜린이 루시의 어깨를 붙잡고 진정시켰다. 그제야 루시가 말을 멈추고 그를 바라보았다.

"그는 네가 생각하는 그런 사람이 아니야. 만약 그렇게 생각한다면 정말 오해라고. 불을 지른 건 절대로 네이선이 아니야."

"그걸 어떻게 알아?"

루시가 중얼거렸다.

"왜냐하면 널 구한 건…… 네이선이니까. 그가 아니었으면 넌 이미 죽었을 거야."

콜린이 말했다.

루시가 그를 의심의 눈초리로 바라보았다.

"그럴 리가 없어."

잠시 시간이 흐른 후, 루시가 대꾸했다.

"어째서 날 구하겠어? 난 그들에게 방해물일 뿐이야. 랄프 신부님이나 물랑 부인처럼 나도 죽이려 하겠지. 수단과 방법을 가리지 않고 말야."

콜린이 루시를 안타까운 듯 바라보았다.

"네이선이 아니었으면 넌 지금 이렇게 멀쩡히 살아 돌아올 수 없었을 거야. 맹세코 내가 하는 말을 믿어 줘. 불길이 너무 거세어서 소방관들조차 그 안에 들어가려 하지 않았어. 모든 게 불타고 있었다고. 모든 사람이 밖에서 멍하니 구경만 하고 있을 때, 네이선이 불길 속으로 뛰어들었어. 불에 타 죽을 수도 있었는데 그런 건 상관하지도 않더라."

"그렇다면 뭔가 이유가 있겠지."

루시가 성난 눈으로 콜린을 바라보며 내뱉었다.

"맘대로 생각해. 아무튼 이 이야긴 나중에 하자. 일단은 절대로 안정을 취해야 돼."

그때 간호사가 들어오더니 화난 얼굴로 콜린을 바라보았다.

"환자를 이렇게 격분하게 만들면 어떡해요! 이제 나가 주시죠."

콜린이 미소를 머금고 부탁했다.

"죄송하지만, 아주 잠깐이면 됩니다."

그러자 간호사가 고개를 끄덕여 보인 다음, 링거에 주사약을 투입하며 말했다.

"이걸 맞으면 눈을 좀 붙일 수 있을 거예요."

콜린이 루시의 베개를 정돈한 다음, 얼굴 위로 흘러내린 머리칼을 귀 뒤로 넘겨 주었다.

"정말 내 말을 믿어 줘. 네이선이 널 구한 거야."

하지만 벌써 루시의 눈꺼풀은 무겁게 내리 감기고 있었다. 약기운에 저항이라도 하듯, 루시가 고개를 저었다.

"아무튼 이 얘긴 나중으로 미루자. 좀 자 둬. 난 문밖에서 지키고 있을게."

루시가 창가 쪽으로 몸을 돌려 누웠고, 콜린은 루시에게 이불을 덮어 준 다음 커피 잔을 들고 방을 나갔다.

네이선에게 전화해야 한다고 콜린은 생각했다. 그에게 약속해 두었기 때문이다.

천천히 네이선의 전화번호를 눌렀다. 하지만 네이선은 그의 말을 마음에 들어 하지 않을 것이다.

"지금 가 봐도 돼?"

네이선은 전화를 받자마자 다짜고짜 물었다.

"안 돼. 지금은 널 만나기 싫어해."

"내가 자길 구했다는 거 말해 줬어?"

"당연하지. 하지만 소용없었어. 물랑 부인이 너 때문에 죽었다고 생각하는 데다, 불까지 질렀다고 의심하고 있으니까."

"루시가 그렇게 말했다고?"

"그럼 내가 거짓말이라도 한다는 거야?"

수화기 저편에서 네이선이 침묵했다.

"모든 건 네가 루시에게 거짓말한 탓이야. 자업자득이라고."

콜린이 말했다.

"아무튼 병원은 절대로 안전한 장소가 아냐. 루시를 안전한 장소로 데려가야 돼."

네이선이 콜린의 비난은 무시한 채 말했다.

"그게 무슨 말이야, 안전하지 않다니? 여긴 병원이라고!"

네이선은 침묵했다.

"그럼 루시 말이 사실이라는 거야? 네 할아버지가 불을 지른 장본인이라고?"

콜린이 또박또박, 의심이 가득한 어조로 물었다. 어쩌면 루시의 말을 믿었어야 했다는 생각이 그의 머릿속을 스쳤다.

"콜린, 내 말 들어. 넌 이 모든 일에 대해 모르는 게 나아. 루시가 네게 말하지 않았어야 했어. 깊게 관여하면 위험해."

"누군가는 루시를 돌봐 줘야 하는데 그러기에 넌 전혀 루시의 신뢰를 얻지 못하고 있잖아. 루시는 너와 네 할아버지를 공범 취급하고 있다고."

"물론 나도 그건 알고 있어. 그러니 루시가 나와 함께 가도록 네가 설득해 줘야만 해."

"절대 그럴 일 없을걸. 다시 널 믿자면 시간이 많이 걸릴 거야. 그동안은 내가 돌보고 있을게."

"넌 루시를 사랑하는구나, 그렇지?"

네이선이 갑자기 물었다.

콜린이 짓궂게 웃었다.

"물론이야. 하지만 친오빠 같은 거라고. 나야말로 네가 질투할 필요 없는 사람 1순위일 거야. 나 같은 사람에겐 루시가 너무 아깝지."

"그 말을 곧이곧대로 들어도 되는지 모르겠군."

콜린은 네이선이 자신을 볼 수 없다는 사실을 알면서도 어깨를 으쓱해 보였다. 그런 다음엔 커피를 한 모금 삼킨 다음 물었다.

"그래서 계획이 뭔데?"

"난 일단 할아버지 댁에 가서 그가 무슨 계획을 세우고 있는지 알아볼 거야."

"하지만 그러면 네가 루시를 구했다는 걸 어차피 네 조부가 알게 될 거 아냐. 내가 만약 너희 할아버지라면 오히려 왜 네가 자기한테 돌아왔는지 이상하게 여길 거야. 그는 루시를 죽이기로 결정했던 거니, 네가 한 행동이 달갑지는 않을걸."

콜린은 스스로가 내뱉은 말이 얼마나 냉혹한지 몸서리치고 말았다.

"네 말이 맞아. 하지만 할아버지는 날 필요로 해. 어쨌든 난 그의 유일한 후계자니까. 물론 그 대가는 치르겠지만 나 없이 는 연맹도 존재할 수 없어."

"네 말이 맞길 바라."

콜린이 대꾸했다.

"루시를 잘 돌봐 줘. 그녀가 가장 중요한 존재니까."

"그건 걱정 마."

콜린은 전화를 끊고, 맞은편 복도에서 오는 간호사를 바라보았다.

"방문 시간이 지났어요. 이젠 가 주셔야겠네요."

콜린은 망설였다. 루시를 혼자 둬도 될까? 하지만 선택의 여지는 없었다.

"걱정하지 마세요. 우리가 잘 돌봐 줄 테니까요."

간호사가 콜린의 걱정스러운 눈빛을 바라보며 안심시켰다.

"진정제를 놓아 줬으니 내일 아침까진 푹 잘 거예요."

❧

네이선은 시내의 저택에 서 있는 조부를 발견하곤 몸을 똑바로 가누고 섰다.

바티스트는 화가 나 있었다. 네이선은 이제까지 그가 이렇게 많이 화가 난 모습은 본 적이 없었다. 바티스트가 격노하는 동안, 네이선은 오히려 침착해졌다. 자신이 루시를 구한 이유를 들으면 조부도 진정할 거란 확신을 가지고 있었기 때문이다.

"도대체 무슨 생각으로……!"

바티스트가 이글거리는 눈으로 네이선을 향해 고함을 내질렀다.

"루시를 죽이려는 생각은 틀렸다고 말씀 드리고 싶군요. 루시는 연맹에 필요한 존재입니다."

바티스트의 목줄기가 빨갛게 변했다. 그가 다시 한 번 고함을 내지를 준비를 한다는 뜻이었다. 하지만 네이선이 먼저 입을 열었다.

"연맹에는 루시가 필요합니다. 만약 루시가 우릴 믿게 만들 수만 있다면, 앞으로 수호자들을 우리 쪽에 흡수할 수 있을 겁니다. 그게 할아버지가 원하시는 바가 아니었던가요?"

바티스트가 인상을 찌푸렸다.

"그것 때문에 목숨까지 걸고 그 여자를 불길 속에서 구해 낸 거냐? 하지만……. 그건 위험한 도박이었다."

네이선이 그의 눈빛을 곧장 맞받아치며 우아한 손동작으로 그를 설득했다.

"그렇게 루시는 제게 생명을 빚졌죠. 그렇게 생각하지 않으십니까?"

그제야 바티스트의 입가에 사악한 미소가 떠올랐다. 그가 손자의 어깨를 두드리며 만족스럽다는 듯 말했다.

"설마 네가 이 정도로 성장했을 줄은……. 정말 몰랐구나."

"저도 예상치 못하셨을 거라고 생각했습니다."

네이선이 대꾸했다.

"아무튼 다음번에는 너 혼자 무슨 일을 꾸미기 전에 미리 언지라도 좀 주려무나. 알았느냐?"

그가 익숙한 어조로 꾸짖었다.

"그렇게 하겠습니다, 할아버지. 하지만 할아버지야말로 제게 미리 말씀해 주셨다면 좀 더 쉬웠을 겁니다. 다음부턴 확실하게 협력해야 합니다."

"그러자꾸나."

바티스트가 한결 누그러진 목소리로 말했다.

"전 페르펙투스입니다. 그리고 당신의 후계자이기도 하고요."

네이선이 바티스트에게 속삭였다.

"이젠 절 믿어 주십시오."

"그래. 네 말에도 일리가 있군."

그가 대꾸했다.

"할아버지께서 허락해 주신다면, 이만 루시에게 가 보도록 하겠습니다."

"시리우스가 너와 동행하도록 하마."

"그게 좋은 생각인지는 모르겠군요. 루시는 그를 봤을 거고, 용의자로 지목하고 있을 겁니다."

바티스트가 이마를 찌푸렸다.

"그래, 내 생각에도 그렇군. 그럼 혼자 가되, 우리 쪽에 들어오도록 설득해라. 보퍼트 경이나 나는 참을성 있게 기다리는 사람들이 아니다."

"네, 알겠습니다."

루시가 다시 눈을 떴을 때에는 주변이 좀 더 익숙하게 느껴졌다. 마치 머릿속을 망치로 두드리는 것 같던 두통도 어느 정도 가셔 있었다. 하지만 병원의 단조로운 백색 배경에 떡하니 버티고 있는 검은색의 형체가 신경 쓰였다.

루시의 침대 곁에 놓인 의자에 네이선이 앉아 있었다. 그는 두 손으로 얼굴을 쓸어내린 후, 미동도 없이 루시를 바라보았다.

루시의 성대에서 거친 숨이 터져 나왔다. 두통이 되돌아오는 것 같아서, 붕대를 감은 손가락으로 관자놀이를 세게 눌러야 했다.

네이선은 그런 루시를 침묵하며 바라보았다. 그의 검은 눈동자가 그녀의 가슴을 관통하는 것 같았다.

그가 루시의 손을 잡았다.

"루시, 네가 영원히 잠들 것 같아서 무서웠어."

그의 단정한 얼굴에 안심 어린 미소가 스쳤다.

하지만 루시는 그의 손에서 자신의 손을 잡아 뺐다. 그의 달콤한 속삭임에 두 번 다신 속지 않을 생각이었다. 같은 편에 서지 않겠다고 루시가 말하자, 그가 분노하던 모습이 생생히 떠올랐다. 루시, 이건 우리의 사명이야. 그걸 수행하려면 네 도움이 필요해. 오늘날의 인간들은 위대한 책과 위대한 말 들, 사상의 가치를 더 이상 깨닫지 못해. 이 어리석고 무지한 자들에게서 인류의 지식을 보호해야만 된다고! 그의 밤처럼 검은 눈동자가 광기를 띠었고, 루시는 그의 안에서 번뜩이는 그런 광신도적인 믿음이 두려웠다. 하지만 이제 와서 저 걱정 어린 얼굴 뒤에 자신의 정체를 숨기고 있다니! 더 이상은 속지 않을 생각이었다.

하지만 자신이 얼마나 그를 두려워하는지 그가 알아채선 안 되었다.

"내 앞에서 꺼져 버려!"

루시는 그가 자신의 말을 알아듣고 사라져 줄 거라는 확신을 가질 수가 없었다. 겁에 질린 채 비상 호출 버튼을 찾아 주위를 두리번거렸다. 어딘가 분명 있을 텐데! 하지만 찾아낸다 해도 손에 붕대를 감고 있어서 제대로 누를 수 있을 것 같지 않았다. 다시 한 번 목청을 가다듬고 한 번 더 명확하게 말했다.

"꺼져!"

이번에는 좀 더 명확하게 말할 수 있었지만, 성대가 타는 것 같이 아팠다.

그럼에도 불구하고 네이선은 고개를 저었다.

루시는 주먹을 쥐어 보려 했지만, 붕대 때문에 제대로 되지 않았다.

"널 안전한 곳에 데려다 놓기 전엔 가지 않을 거야."

그 말에 루시는 웃음을 터뜨리고 말았다. 아니, 루시의 입술 사이를 비집고 튀어나온 소리는 웃음소리와는 거리가 멀었다. 안전이라니! 네이선이 그런 단어를 사용한다는 것 자체가 경멸 스러웠다.

"제발 내 앞에서 사라져 줘. 다시는 네 얼굴을 보기도 싫으니까. 넌 날 이용했어."

루시가 중얼거렸다.

"알아. 하지만 제발 다시 한 번만 기회를 줘. 너 혼자 도망치는 건 불가능해. 제발 내가 널 돕게 해 줄래? 날 믿어야만 해."

그의 말에 서린 간절함이 루시의 마음을 약간 동요시켰다. 그의 목소리와 눈빛은 너무 친숙하고도 낯설었다. 루시는 혼란 스러웠다. 그의 눈빛을 처음 대면하던 때가 떠올랐다. 그와 루시의 손이 처음으로 닿던 순간도 떠올랐다. 하지만 루시는 세차게 고개를 저으며 그 모든 기억을 떨쳐 버렸다.

"제발 가 줘."

루시가 애원했다.

"루시의 말대로 해, 네이선."

콜린의 목소리가 들렸다.

루시는 콜린이 문가에 서 있는 걸 보고, 도대체 그가 여태껏 어디에 가 있던 건지 야속했다. 아무튼 이렇게 나타나 준 것만으로도 마치 수호천사가 등장한 것 같은 기분이었다. 루시가 콜린을 향해 감사의 눈빛을 보냈다.

"네이선, 지금은 그렇게 하는 게 나아."

콜린이 재차 당부하자, 네이선은 고개를 끄덕여 보인 다음 몸을 일으켰다. 둘은 잠시 무언의 눈빛을 교환한 다음, 두 손을 바지 주머니에 찔러 넣은 채 네이선이 병실을 나갔다.

루시는 너무 안도한 나머지 흐느낌이 솟구치는 걸 참느라 아랫입술을 깨물었다. 콜린이 다가와 침대 모서리에 앉아 팔로 루시를 안아 주었고, 루시는 그의 가슴에 얼굴을 묻었다.

콜린이 위로하듯 루시의 머리를 쓰다듬어 주었다.

"다 잘될 거야."

콜린이 속삭였다. 하지만 그의 어조에는 확신이 서려 있지 않았다. 마치 그런 불안을 감추려는 듯, 콜린은 루시를 더욱 꽉 끌어안았다.

그들은 그렇게 몇 분 동안이나 가만히 있었다. 루시의 떨림은 이내 잦아들었지만, 한동안은 그의 가슴에서 얼굴을 들 수가 없었다.

2장

자신의 삶이 단 하나뿐이라고 주장하는 사람은
책을 읽는다는 게 어떤 건지 상상조차 하지 못한다.

— 작자 불명

런던 시내에 있는 네이선의 빌라에 페르펙티들이 소집되었
다. 네이선은 바티스트 드 트레메인이 다음 장기짝을 움직이는
데 그리 많은 시간적 여유를 두려 하지 않는다는 걸 느꼈다. 어
두운 방 안에는 촛불만이 타오르며 신비스러운 분위기를 자아
내고 있었다. 검은 옷을 입은 남자들 사이로 흰 블라우스를 입
은 소피아가 분주히 움직이고 있었다. 소피아와 잠시 눈이 마
주치자, 마치 비난하는 것 같은 눈빛이 되돌아왔다. 네이선은
어깨를 으쓱해 보이며 고개를 돌렸다. 어째서 소피아가 자신에
게 이런 눈빛을 보내는 건지 알 수 없었다. 여태까지는 단 한
번도 네이선이 페르펙투스 교육을 받을 때 소피아가 들어왔던
적이 없었다. 게다가 어차피 그는 한평생 조부의 뒤를 따라오
지 않았던가.

바티스트가 절뚝이며 다가와 네이선의 어깨에 팔을 올렸다.

"이리 오거라. 새로운 소식이라도 있는 거냐?"

그가 신뢰 어린 목소리로 물었다.

네이선은 조부를 바라보았다. 그로서는 어째서 조부가 조직 내 임원들 간의 단결을 그토록 강하게 염원하고 있는지 이해가 가지 않았다.

"보퍼트 경은 네가 자기 약혼녀를 구해 준 데 대해 매우 감사해하고 있다."

방 안에 모여 있던 몇몇 남자들이 음산하게 웃었다. 네이선은 조부에게서 재빨리 몸을 뗐다.

"여기 있는 신사분들에게 그 계집애가 얼마나 말괄량이인지 설명해 드렸소. 아마 약간은 길들일 필요가 있을 것 같다고 말이오. 그럼 연맹을 이을 훌륭한 후계자를 낳아 줄 거요. 그럼 연맹의 오랜 염원도 드디어 결실을 맺게 될 거고 말이오."

보퍼트 경이 네이선에게 냉소적인 눈빛을 보내며 말했다. 그의 말 속에 숨겨진 뉘앙스를 읽는 건 어렵지 않았다. 두 사람 다 지난번 카페에서 만났던 일을 잊지 않고 있었던 것이다.

모두가 음식이 차려진 긴 식탁 위에 자리를 잡고 앉자, 바티스트 드 트레메인이 유리잔을 치켜들며 말했다.

"이 자리를 빌려 제 손자를 위해 건배합시다. 네이선은 자신이 연맹의 진정한 후계자라는 사실을 증명한 거요."

네이선이 모인 사람들을 진지한 눈으로 둘러보며 말했다.

"저는 앞으로도 연맹이 지향하는 목적을 그 어떤 다른 가치

보다 최우선으로 둘 겁니다. 우리에게는 현재뿐만 아니라 선조들과 미래의 후계자들에 대한 의무가 있기 때문입니다."

"그런 의미에서 건배하지."

바티스트가 잔을 들어 올리더니 검붉은 색의 음료를 한 모금 마셨다.

침묵 속에 식사가 진행되었다. 하지만 네이선은 적잖이 동요하고 있었다. 누군가가 앞으로의 계획에 대해 묻는 건 시간 문제였다.

그는 골똘히 생각에 잠겼다. 루시와 병원에서 만났던 일 자체는 그리 소득이 없었다. 어쩌면 아직 쇼크 상태여서 그런 건지도 몰랐다. 내일 다시 방문한다면 자신의 생명을 구해 준 걸 고마워하겠지. 그러면 조용히 이야기를 나누며 자신과 연맹의 목적을 한 번 더 설명해 줄 수 있을 터다. 게다가 그녀가 지금 얼마나 위험한 상황에 처해 있는지도 설명해 줘야만 했다. 주위를 둘러보니, 평소에는 절대 조부의 곁을 떠나지 않던 개들이 보이지 않았다.

"그래서 루시는 언제쯤에나 설득할 생각이오?"

보퍼트 경의 물음이 네이선의 생각을 중단시켰다.

"난 그리 오래 기다리고 싶은 마음은 없소만. 그 계집애가 자신의 처지를 한시라도 빨리 깨닫고 연맹과 우리 가문의 목적을 이루는 데 협조해야 하오. 원한다면 내가 직접 나서 줄 수도 있소만."

네이선은 침착하게 입을 열었다.

"성급히 행동해선 안 됩니다. 루시의 마음을 얻기 위해서는 시간이 좀 걸릴 테니까요."

보퍼트 경의 얼굴이 돌처럼 굳어졌다.

"게다가 전 루시와 함께 작업해야 합니다. 그러니 더더욱 그녀가 자발적으로 협력하길 바라는 겁니다. 그렇지 않으면 그녀의 작업은 우리에게 아무런 가치도 없게 됩니다. 경이 더 잘 알고 계실 텐데요."

그때 바티스트가 둘의 대화에 끼어들었다.

"보퍼트 경, 일단은 네이선의 권유대로 하시지요. 현재로선 네이선이 그 여자에 대해 가장 잘 알고 있으니 말이오."

그의 말에 보퍼트 경은 고개를 끄덕여 보인 후, 다른 사람들과 대화를 시작했다.

"그럼에도 불구하고, 앞으로는 지난번처럼 단독 행동은 삼가거라."

바티스트가 네이선에게 경고했다.

"네. 이미 말씀하셨잖아요, 할아버지. 그럼 이만 제 방으로 돌아가 봐도 되겠습니까?"

바티스트가 마치 네이선의 의중을 꿰뚫기라도 하려는 듯 그를 훑어보더니, 고개를 끄덕여 허락해 주었다.

네이선은 방으로 가서 침대 위에 몸을 던졌다. 그런 다음 바지 주머니에서 루시의 펜던트 목걸이를 꺼내 얼굴 위로 늘어뜨렸다. 고작 이것 하나 때문에 루시는 제 목숨까지 건 셈이다. 도대체 왜 그랬던 거지? 그는 조심스럽게 펜던트 뚜껑을 연 다음 루시의 부모님을 바라보았다. 루시는 제 엄마와 닮아 있었다. 어쩌면 루시는 이 사진 때문에 목걸이에 집착하고 있는 건지도 몰랐다. 네이선은 목걸이의 뚜껑을 다시 닫고, 침대에서 일어났다. 그런 다음, 마룻바닥의 판자 하나를 조심스럽게 들어 올렸다. 그는 어렸을 때부터 거기에 조부가 찾아내지 못하도록 물건들을 숨겨 두곤 했다. 그래 봤자 기껏해야 색깔이 있는 돌이나 동전 따위였지만, 이제는 바티스트가 물랑 부인에게서 훔친, 루시의 부모님이 쓴 편지와 목걸이를 숨기게 된 것이다. 네이선은 어째서 조부가 아직도 이 편지가 없어진 걸 눈치채지 못한 건지 의아했다.

바깥은 어두웠다. 유리창으로는 희미한 가로등 불빛만 새어들고 있었다. 하지만 루시는 그 약한 빛에도 잠을 이룰 수가 없었다. 그래서 몸을 일으켜 링거 병이 달린 장치를 천천히 밀면서 화장실로 갔다. 화장실 거울 속의 얼굴은 낯설었다. 눈은 울어서 빨갛게 부어올라 있었고, 뺨에는 아직도 화상 때문에 몇 개의 수포가 돋아 올라 있었다. 거기에 바른 연고 때문에 전체적인 몰골이 더욱 초췌해 보였다. 결국 다시 자리로 돌아와, 협탁 위에 놓인 물컵을 집어 들었다.

병실 문 바로 바깥에서 누군가가 다가오며 속삭이는 소리가 들렸다. 아마 야간에 근무하는 간호사들일 터였다. 밤에도 루시의 상태를 확인하러 정해진 시간에 들어와 보곤 했기 때문이다. 루시는 다시 침대에 누웠지만, 어김없이 두통과 함께 수많은 생각들이 해일처럼 밀려오며 잠을 몰아냈다.

이제는 어떤 누구도 위험에 처하게 만들 순 없었다. 랄프 신부에 이어 물랑 부인마저 떠나보낸 지금, 콜린까지 잃게 될까 봐 너무 겁이 났다. 네이선의 말이 옳았다. 절대로 그에게 비밀을 털어놓아서는 안 되었다. 하지만 이제는 모든 게 늦어 버렸다. 이미 콜린은 너무 많은 걸 알게 된 것이다. 어쩌면 자신이 하루라도 빨리 런던을 떠나는 게 모두를 위한 걸지 모른다. 하지만 도대체 어디로 가야 한단 말인가? 루시에겐 돈도, 몸을 의지할 가족이나 친구조차 없었다. 게다가 책들이 계속 위험에 처하도록 내버려 둘 수도 없었다. 더는 네이선이 책들을 해치는 걸 두고 볼 수는 없었다.

언제부터 자신의 인생이 이렇게 복잡하게 꼬여 버린 건지 알 수가 없었다. 루시의 머릿속에 의문에 의문이 더해갔다. 어째서 네이선은 자신을 구한 걸까? 어떻게 네이선의 할아버지는 물랑 부인이 자신을 다른 곳으로 데려가려 했다는 걸 알아냈지? 무슨 수로 문서실 안에 불을 질렀나? 생각하면 생각할수록 이 모든 게 단지 루시의 주의를 돌리기 위한 속임수라는 게 분명해졌다. 바티스트와 네이선은 어차피 처음부터 그녀를 해칠 생각이 없었던 거다. 물랑 부인을 살해한 건 그들을 자꾸 방해하니 그런 것이고, 이제 방해물이 없어진 이상 루시를 공략하는 건 쉬울 터였다. 게다가 네이선이 불길 속에서 무사히 그녀를 구해 내기만 한다면야 마음을 얻는 건 식은 죽 먹기라고 계산했겠지. 생각이 꼬리에 꼬리를 물고 이어졌다. 어쩌면 그녀의 목숨을 구해 준 걸 네이선에게 두고두고 감사해할 거라고 생각했는지도 모른다. 루시의 마음속에서 분노가 치밀었다. 어떻게 그런 못된 계산으로 이렇게 잔혹한 일을 꾸밀 수 있지? 멍청하고 불쌍한 고아 계집애 따위, 불 속에서 꺼내 주기만 하면 자기 사람이 될 거라고 생각했겠지. 하지만 그들의 생각이 오히려 어리석게 느껴졌다. 어쩌다가 네이선 같은 사람의 손아귀에 떨어지게 된 걸까? 그의 멋진 모습 뒤에는 악마 같은 속내가 있었던 것이다. 진작 알아차렸어야 했다. 아니, 여태껏 책을 그렇게 많이 읽어 왔는데도 어떻게 그런 것조차 간파하지 못했을까? 결국은 언제나 같은 종류의 남자들에게 떠밀려서 소녀들은 단검을 움켜쥐고 심장을 겨냥하게 되는 것이다. 두 번 다시는 이런 어리석음에 빠지지 않겠노라고, 루시는 다짐하고 또 다짐했다.

눈을 감았다. 더 이상 생각하지 말라고 스스로에게 명령했다. 하지만 잠들 수가 없었다. 정신이 맑고 또렷했다. 게다가 어떤 위험이 점점 다가오는 게 느껴졌다. 온몸의 신경이 팽창해 버릴 것처럼 긴장되어 있었다. 초바늘이 째깍거리며 움직였고, 루시는 병실 문을 가만히 노려보았다. 확실히 뭔가 다가오고 있었다. 도서관에서 일어났던 화재는 지금 다가오는 위험에 비하면 오히려 별것 아닐 수도 있었다. 루시는 더 이상 안전하지 않았다. 도움을 청하듯 목을 더듬으며 펜던트를 찾았다. 하지만 목걸이는 거기에 없었다. 어찌나 놀랐던지, 펄쩍 뛰어오르는 바람에 팔에 꽂고 있던 링거가 떨어져 나가 버렸다. 어찌나 아픈지 머리가 어지러울 정도였다. 상처 부위에서 흘러나오는 피를 꾹 누르며, 서둘러 침대 옆에 있는 협탁 서랍을 열어 보았다. 하지만 그 안은 텅 비어 있었다. 분명 여기 어디에 있을 거야, 생각하며 병실 안에 있는 옷장으로 뛰어가 그 안의 온갖 지저분하게 그을린 물건들을 헤집었다. 어딘가에서 목걸이가 나타날 거라는 희망을 품은 채 말이다. 하지만 하얗게 청소된 깨끗한 병실 바닥 위로 검게 그을린 옷가지만 가득할 뿐, 목걸이는 간 곳 없었다. 루시는 마치 온몸이 마비된 것 같았다. 그래서 천천히 다시 침대로 걸어가 앉았다.

그 목걸이 하나 때문에 루시는 도서관에 갔던 것이다. 그러는 바람에 물랑 부인이 죽었고, 수천 권의 책들도 불길에 희생되고 말았다. 그런데 지금은 그게 어디에 있는지조차 모르다니! 네이선이 목걸이를 가져간 게 분명했다. 어쩌면 그게 루시를 구한 이유인지도 몰랐다. 아마 그의 조부가 편지에 이어 목걸이까지 가지고 싶어 했겠지. 하지만 도대체 그걸 가져다가 뭘 하려는 거지? 목걸이는 수호자들의 비밀을 그의 조부 앞에서 지켜 낼 수 있을까? 혹시라도 자신이 원하는 바를 얻지 못하면 목걸이를 부숴 버리려 하지 않을까? 루시는 이 모든 게 목걸이를 제대로 지키지 못한 자기 잘못이라고 자책했다. 자신이 모든 걸 망쳐 버린 것이다. 루시는 깨끗하게 정돈된 침대 매트리스 위에 주먹을 날리며 얼굴을 파묻었다. 당장 진통제와 진정제가 필요했다. 모든 건 내일 생각하자. 게다가 여긴 병원이니까 안전할 거야. 설마 여기에서 무슨 일이야 일어나겠어? 루시는 온몸을 후벼 파는 것 같은 불안감을 애써서 떨쳐 버리려했다. 분명 신경이 너무 날카로워진 것일 터다.

텅 빈 옅은 녹색의 복도가 루시의 눈앞에 길게 이어져 있었다. 저 앞쪽에 있는 병실에서 사람들의 목소리가 새어 나오는 것 같았다. 어쩌면 거기에서 목걸이를 못 봤냐고 물어볼 수도 있을 것이었다. 입원할 때 환자의 귀중품을 가져다가 따로 보관할지도 모른다고 간절히 바랐다. 손을 내려다보니 대충 감아 놓은 붕대가 온통 피투성이인 게, 좀비가 따로 없었다. 조용히 간호사실로 가서 유리 격벽 앞에서 안쪽을 살피는데, 믿지 못할 광경이 펼쳐졌다.

검은 옷을 입은 키 큰 남자가 컴퓨터 모니터 앞에 앉은 간호사 한 명 쪽으로 몸을 숙이더니 목을 탁 하고 쳤고, 간호사는 맥없이 책상 위로 쓰러졌다. 루시는 비명을 지르지 않으려고 붕대로 입을 틀어막았다.

두 번째 괴한은 다른 간호사의 의자 곁에 서 있었다. 루시는 그녀가 얼마나 놀랐는지 상상할 수 있었다.

"루시 가디언은 몇 호실에 있지?"

그가 묻자, 젊은 간호사는 마치 겁에 질린 토끼처럼 그를 바라보았다.

"빨리 대답해!"

그가 간호사를 흔들자, 간호사가 유리창 쪽으로 잠시 고개를 돌렸다. 한순간, 루시와 간호사의 눈이 마주치자 루시는 제발 아무 말 말아 달라는 간절한 눈빛을 보냈다. 하지만 간호사의 얼굴은 공포로 일그러져 있었다.

"316호실에······."

간호사가 속삭였다. 그리고 괴한의 공격이 이어지자 그녀도 책상 위로 쓰러졌다.

루시는 몸을 돌려 벽에 등을 누르고 심호흡을 하며 정신을 가다듬었다. 예감이 적중하고 말았다. 그들은 자신을 추적하고 있었던 것이다. 바티스트 드 트레메인은 루시에게 숨 돌릴 틈도 용납하지 않았다. 루시는 남자들이 잘못된 방향으로 걸어가는 걸 바라보았다. 고맙게도 간호사가 거짓말을 해 주었던 것이다. 하지만 시간은 많지 않았다. 루시는 자기의 병실로 거칠게 달렸다. 이마가 지끈거리며 강한 두통이 느껴졌지만 신경조차 쓸 틈이 없었다. 재빠른 동작으로 옷장에서 청바지와 겉옷을 꺼내 갈아입고 운동화를 꿰어 신었다. 그런 다음 조심스럽게 문을 열어 보았다.

괴한들의 모습은 온데간데없었다. 도대체 어디로 가야 한단 말인가? 엘리베이터는 복도 반대쪽에 있었기 때문에 제외해야 했다. 루시의 시선이 복도를 훑었다. 어딘가에 비상계단이 있을 터다. 복도의 거의 끝부분에 비상계단 표시가 보였고, 루시는 젖 먹던 힘까지 다해서 계단을 향해 내달렸다. 계단 문을 여는 동시에 등 뒤를 돌아보는 순간, 복도 모서리를 돌아오던 괴한과 눈이 마주치고 말았다. 괴한은 루시를 발견하자 괴성을 질렀다. 루시는 계단을 미친 듯이 달려 내려갔다. 폐가 터질 것처럼 숨이 찼지만, 조금이라도 속도를 늦출 수는 없었다. 급기야는 계단 위를 날듯이 점프했는데, 발목이 부러지지 않기만 바라야 했다. 루시의 머리 위에서 문이 벌컥 열리는 소리가 들렸고, 거친 발소리가 루시의 뒤를 바짝 쫓아왔다. 붙잡히는 건 시간문제였다. 어디로 가야 하지? 루시는 병원 관리인들이 사용하는 뒷문으로 뛰어들었다. 복도 안에는 커다란 세탁물 수레들이 있었다. 하지만 그 안에 숨는 건 너무 위험했다. 세탁기가 돌아가는 소리가 시끄럽게 울렸다. 루시는 패닉에 빠진 채 주위를 둘러보았다. 혹시 누군가 있나 싶어 복도를 뛰어다니며 문손잡이를 열려고 해 보았지만 모두 굳게 잠겨 있었다. 이제 마지막 희망은 복도 끝에 있는 문이었다. 그 문만 열린다면 화물 승강장을 통과해 병원 바깥으로 나갈 수 있을 터였다. 그러면 괴한들의 추적을 따돌릴 가능성도 높아졌다.

마지막 남은 힘을 다해서 문을 열고 병원 건물을 빠져나오는 동안, 괴한들도 얼굴에 섬뜩한 미소를 머금은 채 루시를 쫓아왔다. 그 순간 발을 헛디뎌 바닥으로 구르고 말았다. 재빨리 몸을 일으켜 보니, 조금 전의 출구로 괴한들이 나오는 게 보였다. 그들은 눈 깜짝할 새에 루시의 앞과 옆을 포위했다. 마치 쥐덫에 갇힌 꼴이었다. 더는 도망칠 곳이 없었다. 하지만 루시는 아직 포기할 생각이 없었다. 어찌나 겁이 나던지 다리가 덜덜 떨렸다. 그들이 루시를 비웃으며 거리를 좁혀 왔다. 아마 루시가 더는 도망칠 수 없을 거라 생각하고 안심한 눈치였다. 루시는 심호흡을 했다. 기회는 한 번뿐이었다. 괴한 하나가 거의 루시에게 도달했을 무렵, 루시는 펄쩍 뛰어올라 있는 힘을 다해 그의 넓적한 코를 가격했다.

놈이 비명을 지르며 한 걸음 뒤로 물러섰다. 하지만 루시도 고통 때문에 눈앞이 캄캄해졌다. 손의 화상도 아팠지만 손목이 부러진 것 같았다. 하지만 고통을 느낄 여유조차 없었다. 다른 괴한이 루시를 따라붙었고, 물론 루시가 좀 더 날쌔긴 했지만 화재의 후유증 때문에 몸에 한계가 느껴졌다. 더 이상은 버틸 기운이 없었다. 가능한 한 빨리 택시라도 잡아타야 한다는 생각에, 아픈 다리를 억지로 움직여서 화물 승강장의 어두운 터널을 빠져나와 병원 출구로 향했다. 예상대로 괴한은 동료는 신경조차 쓰지 않은 채 여전히 루시의 뒤를 쫓아오고 있었다. 루시는 복도 모서리를 돌았다. 눈앞에 병원 출구가 보였지만, 워낙 늦은 시간이라 사람의 그림자는 눈 씻고 찾아봐도 없었다. 하지만 상관없었다. 나가 보면 누군가는 있겠지. 그녀를 도와줄 사람이 한 명쯤은 있을 터다. 루시는 마지막 남은 힘을 쥐어 짜냈다.

병원 출구를 빠져나오자마자 눈앞에 택시 한 대가 보였다. 늙은 신사 하나가 운전석 옆에 앉아 천천히 계산을 치르는 중이었다. 루시는 거칠게 택시 문을 열어젖혔다.

"빨리 여길 떠야 해요. 차에서 내려요!"

루시가 깜짝 놀라 얼어붙어 있는 노신사에게 소리쳤다.

"아가씨, 뭐가 그리 급한지……."

루시는 괴한이 택시 쪽으로 달려오는 것을 보았다.

"정말 급한 일이에요!"

그런 다음 노신사를 거의 택시 바깥으로 밀어내다시피 했다.

조수석에 앉자마자 거칠게 택시 문을 닫았고, 차가 출발했다. 거의 몇 미터 차이로 루시가 탄 차는 괴한의 추적에서 벗어났다.

소피아가 푸른 눈동자로 남편을 바라보며 말했다.

"진작 말해 줘야 했어요. 그 애에게 진실을 숨겼던 건 우리의 실수예요."

하지만 해롤드는 어깨를 으쓱해 보인 후 침묵했다. 그가 당황할 때면 으레 보이는 행동이었다. 침묵이 무겁게 느껴질 때쯤, 그가 겨우 입을 열었다.

"우린 최선을 다했어. 만약 주인어른에게 우리가 그걸 말한 게 들통났어 봐. 더는 갈 곳이 없어진다고! 게다가 우리가 어디로 가든, 우릴 추적할 수 있는 사람이라는 걸 몰라?"

소피아도 슬픈 듯 고개를 주억거린 후 속삭였다.

"하지만 네이선은 진실을 알 권리가 있어요."

해롤드와 소피아는 네이선이 머물고 있는 런던 빌라의 부엌 식탁에 나란히 앉아 있었다. 소피아는 여기에 있는 게 마음이 편치 않았다. 하지만 허드슨 부인을 도우라는 바티스트 경의 명령을 뿌리칠 순 없었다. 어쩌면 이럴 때 네이선의 곁에 있어 주는 게 나을지도 모른다.

"소피아, 당신이 걱정하지 않아도 네이선은 빠른 시간 안에 모든 걸 알게 될 거야. 이미 네이선을 키우는 데 최선을 다해 왔잖아. 네이선은 자기 할아버지와는 달라. 그렇지 않았다면 당신이 그렇게 사랑해 주진 못했을 거야. 친자식보다 더 예뻐했으니 말이야. 그러니까 네이선을 믿어 줘. 녀석은 절대로 할아버지와 같은 길을 걷지는 않을 거야."

"하지만 이미 잘못된 길로 접어들고 있어요."

소피아가 흥분한 어조로 반박했다.

"언제나 아직은 바로잡을 시간이 있을 거라고 생각했어요. 페르펙투스로 임명되기 전까지는 말이에요. 제가 네이선 앞에서 그게 옳지 않다고 말했던 때 기억나요? 네이선의 눈빛……. 전 그 애가 당장 할아버지에게 가서 제가 말한 걸 고해바칠 거라고 생각했어요. 네이선은 완전히 낯선 사람이 되어 있었다고요."

"소피아, 좀 더 조심해야 해."

해롤드가 목소리를 낮추며 속삭였다.

"네이선도 드 트레메인가의 사람이야. 뭐가 됐든 간에 말이야. 우리는 그의 결정을 되돌릴 수가 없어."

"네이선의 아버지라면 그의 마음을 돌릴 수 있었을 거예요."

소피아가 발끈했다.

"그래서 결국 네이선의 아버지는 어떻게 됐는데, 응?"

해롤드가 물었다.

소피아는 손에 들고 있던 와인 잔을 불안하게 굴렸다. 그녀도 여태껏 살아오면서 그에 대한 생각이 머리에서 떠난 적은 없었다.

"우린 그에게 네이선을 돌봐 주겠다고 약속했잖아요."

잠시 시간이 흐른 뒤, 소피아가 남편에게 중얼거렸다.

"그래. 아무튼 우린 최선을 다해 왔어."

그가 소피아를 위로했다.

"하지만 어째서 그러지 못한 것만 같은 기분이 드는 거죠? 만약 네이선이 그 여자애에게 해라도 입히면 어쩌죠? 네이선에게 무슨 일이라도 일어나면 전 무너질 거예요."

"그런 일은 일어나지 않아. 난 알아."

"하지만 당신도 네이선과 그 애 할아버지가 말하는 걸 들었잖아요! 그들이 무슨 말을 하는 건지 설마 이해 못 한 건 아니겠죠? 단지 절 진정하게 하려고 좋은 말만 늘어놓을 필요는 없어요. 분명 저들은 그 여자애를 가만히 내버려 두지 않을 거라고요!"

소피아는 몸을 일으킨 다음, 불안한 듯 부엌 안을 계속 서성거렸다.

"정말 우리가 그 애를 도울 수 있는 방법이 아무것도 없는 거예요? 경고라도 해 줘야 되지 않을까요? 뭔가 방법이 있을 거예요. 그 여자애의 이름은 알아요?"

"아니, 몰라."

그때 소피아가 걸음을 멈추고 손바닥으로 이마를 탁 치며
말했다.

"맞다, 도서관! 그 아이가 도서관에서 일한다고 들었어요!"

그 말에 해롤드도 고개를 끄덕였다.

"내일 도서관에 전화해 보도록 해요."

"그게 좋은 생각인지는 모르겠군. 괜히 끼어들었다가……."

해롤드가 머뭇거리며 사정하듯 말했다. 하지만 소피아는 남
편의 말을 못 들은 척했다.

"우리 둘 다 위험은 각오해야 해요. 하지만 네이선이 자기
할아버지 같은 괴물이 되는 걸 눈 뜨고 지켜볼 수만은 없어요.
이 일은 이미 너무 많은 고통을 가져왔다고요."

"당신, 내가 아무리 부탁해도 안 들을 테지. 그렇지?"

해롤드가 아내에게 물었다.

소피아가 고개를 끄덕였다.

"그럼 더는 부탁하지 않겠어. 내일, 아무 데에도 전화하지
마. 알아들었어?"

해롤드가 더 이상의 논쟁은 허락하지 않겠다는 듯 윽박질렀
다. 그런 다음 몸을 일으켜 부엌을 나가 버렸다.

소피아는 부엌에 우두커니 혼자 남아서 생각에 잠겼다. 한
살이라도 더 젊었을 때 여길 떠났어야 했다. 지금은 너무 늦어
버린 것이다. 하지만 소피아는 네이선을 혼자 내버려 둘 수가
없었다. 아무튼 지금은 여태껏 해 왔던 대로 하는 수밖에는 없

었다. 해롤드가 드 트레메인가의 저택에 들어오게 된 건 거의 40여 년 전이었고, 그 당시에는 자신들이 이런 일에 얽힐 거라고는 꿈조차 꾸지 못했다. 게다가 유서 깊은 가문을 섬기게 된다는 자부심이 너무도 컸던 나머지, 이상한 일들이 일어나고 있다는 걸 너무 늦게 깨달았던 것이다.

3장

나는 언제나 천국은 도서관 같은 곳일 거라고 상상했다.

— 호르헤 루이스 보르헤스

"더 빨리 달려요!"

루시가 외쳤다.

운전사는 차문의 잠금장치를 내린 다음 가속 페달을 밟았다. 그 거대한 추적자는 거의 차 문 손잡이까지 닿았고, 루시는 그가 차 문을 잡아 뜯어내지나 않을까 겁에 질렸다. 하지만 간발의 차이로 택시는 추적자의 손길에서 벗어날 수 있었다. 루시는 몸을 돌려 차창 너머로 그의 격노한 얼굴이 멀어지는 것을 지켜보았다.

그런 다음에 서둘러 콜린에게 전화를 걸었다.

"콜린! 그놈들이 뒤쫓아 왔어. 나 지금 집으로 갈게. 집 외에 달리 어디로 가야 할지 모르겠어. 부탁이야! 지금 당장 집 아래로 내려와 줘!"

"아가씨, 경찰을 불러 드릴까요?"

택시 운전사가 물었다. 하지만 루시는 잠시 망설였다. 과연 경찰에게 뭐라고 설명해야 할지 알 수가 없었다.

"아뇨, 감사해요. 이건 그냥 장난 같은 거예요."

"하지만 너무 실제 같은데……. 혹시 배우인가요?"

루시는 고개를 끄덕여 보인 다음, 차 뒤창으로 다시 한 번 괴한들을 바라보았다. 가로등 불빛 아래 서 있는 그들의 모습이 멀어져 가자, 루시는 비로소 조금 안도할 수 있었다. 그때, 무언가 매우 소름 끼치는 일이 일어났다. 루시는 제 눈을 믿을 수가 없었다. 저런 게 가능할 리가 없었다. 그 남자, 아니 '그것'이 갑자기 몸을 둥글게 말더니, 루시의 눈앞에서 형체가 변했다. 잠시 후, 거기에는 개 한 마리가 서 있었다. 며칠 전 루시가 창문에서 봤던 그 검은 개였다. 개는 껑충 뛰더니 무시무시한 속도로 택시의 뒤를 쫓기 시작했다.

"더 빨리요!"

루시가 개에게서 눈을 떼지 못한 채 운전사에게 소리를 질렀다.

"아가씨, 최선은 다해 보겠지만, 규정 속도를 지키지 않으면 면허증을 취소당할 겁니다."

차마 무시무시한 개가 차를 뒤쫓아 오고 있다는 말은 할 수 없었다. 대신 더 이상 개와의 거리가 좁혀지지 않기만을 기도할 뿐이었다. 루시는 계속 그 검은 그림자를 주의 깊게 노려보았다. 사실 개가 굳이 그녀를 따라올 이유는 없었다. 루시가 어디에 사는지 정도는 알고 있을 테니 말이다. 하지만 그들에 대한 근본적인 두려움과 공포는 점점 커져만 갔다. 루시는 떨리는 손으로 겉옷 주머니에서 지폐 몇 장을 꺼냈다. 택시 기사가 루시의 집 앞에 차를 세우는 동시에, 지폐를 던지듯 건넸다. 콜린이 택시 곁에 서서 차 문을 열어 주었다.

"어서 집 안으로 들어가야 해!"

루시는 콜린과 함께 집 현관문으로 뛰어들었다. 저 멀리 검은 형체가 점점 가까워지는 게 보이자 얼른 문을 닫았다. 나무문 뒤쪽에서 뭔가 육중한 게 문에 부딪혔고, 포기하지 않겠다는 듯 계속 쿵쿵거렸다. 콜린이 겁먹은 얼굴로 루시에게 물었다.

"맙소사, 저게 뭐야?"

"말한다고 해도 못 믿을 거야."

루시도 겁에 질린 채 문에서 눈을 떼지 않으며 대답했다. 육중한 나무 문은 방금 전의 충격에 아직도 약하게 진동하고 있었다.

줄스와 마리가 계단을 내려왔다.

"뭐야? 건물 무너져 앉는 줄 알았네."

마리가 한소리 했다.

"혹시 택시 기사가 문이라도 뚫고 들어오려고 한 거야?"

줄스도 의아하다는 듯 물었다.

"그건 루시가 잠시 후에 설명해 줄 거라고."

콜린이 두 여자를 다시 계단 위로 떠밀며 집 안으로 들여보냈다. 그런 다음 신중하게 현관문을 잠갔다.

"자, 이제 설명 좀 해 봐. 한밤중에 병원에서 탈출해선……."

마리가 곱슬머리를 흔들었다.

루시는 대답 대신 벽에 등을 기댄 후 깊은 숨을 몰아쉬었다. 그런 다음 눈을 감고 온몸의 떨림이 약간 멎을 때까지 기다렸다.

줄스가 루시의 팔을 잡고 부엌 의자에 앉혔다. 타이거가 루시의 무릎 위로 뛰어올라 몸을 비볐다. 루시는 타이거의 따스한 털 속에 두 손을 파묻었다.

"이거라도 마셔 봐."

줄스가 잔을 건넸다. 위스키가 식도를 타고 넘어가는 동안, 루시는 몸을 마지막으로 한 번 떨었다.

"눈 꾹 감고 다 마셔. 아마 금세 기운이 좀 날 거야. 그건 그렇고, 도대체 이 시간에 집에는 왜 온 거야? 아직 병원 침대에 누워 있었어야지. 게다가 꼭 유령이라도 본 것 같은 얼굴을 하고 있잖아."

콜린이 부엌으로 들어와 여자들 사이에 섰다.

"그 남자는 사라진 것 같아."

"누가 사라졌다고?"

줄스가 물었지만, 콜린은 줄스의 질문에 답하지 않고 루시의 건너편에 앉았다.

"루시, 이제 좀 말해 봐. 도대체 이게 다 무슨 일이야?"

"그들이 갑자기 병원에 나타났어. 간호사실로 가는 길에 그들을 보게 된 거야. 그들은 간호사들을 폭행한 다음, 내가 있는 병실을 묻고는 기절시켜 버렸어. 다행히 유리창으로 간호사가 내가 보고 있는 걸 알았나 봐. 그래서인지 잘못된 방 번호를 알려 줘서 좀 시간을 번 덕에 도망쳐 나올 수 있었어. 하지만 모든 게 너무 촉박했고, 거의 붙잡힐 뻔했어. 정말 젖 먹던 힘까지 다해서……."

"도대체 무슨 소리야? '그들'이 누군데?"

마리가 물었다.

루시가 콜린과 눈빛을 교환했다.

"사실은 요새 이상한 일이 많이 있었어."

루시가 털어놓았다.

"너무 위험해서 너희는 모르는 게 나을 거야. 콜린을 끌어들인 걸로도 족해."

"루시, 그런 걱정은 말고 다 털어놔 봐. 우리도 제 몸뚱이 하나 정도는 지켜 낼 수 있다고."

줄스가 마치 자기편을 좀 들어 달라는 듯 콜린을 바라보았다.

하지만 콜린의 눈은 오로지 루시만 향해 있었다.

"만약 콜린이 뭔가 알고 있다면, 우리에게도 알 권리가 있어."

마리가 줄스를 거들었다.

"하지만 저들은 정말 무서운 괴물들이야. 도서관에 불을 질러서 날 죽이려고 한 것도 저들이라고!"

마리가 눈을 휘둥그레 떴다.

"루시, 그건 또 뭔 뚱딴지같은 소리야? 도서관에 불이 난 건 케이블 합선 때문일 거야. 누가 일부러 불을 질렀을 리가 없어."

하지만 루시는 고개를 저었다.

"말 좀 해 봐. 이렇게 된 이상은 사실을 말해 줄 수밖엔 없어."

줄스가 유리잔을 세 개 더 꺼내서 위스키를 부었다. 그리고 잔 하나를 콜린 앞에 소리 나게 내려놓자, 콜린이 깜짝 놀라 위스키 잔을 바라보았다.

"너도 무슨 말이라도 좀 해 보라고!"

줄스가 콜린에게 으르렁거렸다.

루시가 둘 사이에 끼어들었다.

"내가 경고했잖아. 알아 봤자 좋을 게 없어!"

그리고는 오른손에 동여져 있던 피 묻은 붕대를 풀어 보였다. 그러자 손목의 표식이 드러났다. 손 곳곳에 화상 자국이 나 있었지만, 손목의 표식만큼은 아무 흉터 없이 멀쩡했다.

마리와 줄스는 신기한 듯 루시가 여태껏 숨겨 왔던 그 표식을 들여다보았다.

"나 스스로 생각할 수 있을 무렵부터 줄곧 내 손목에 있었어. 예전에는 누가 문신을 새겨 놓은 줄 알았는데 런던에 온 다음부터 이 표식에 조금씩 이상한 일이 일어나게 된 거야."

루시가 친구들을 둘러보았다.

"다들 내 말을 믿지 못하겠지만 내가 하는 말은 꾸며 내거나 상상한 게 아니야."

그런 다음 도서관에서 일어난 일과 책들의 목소리가 들리던 일을 설명하기 시작했다. 책들이 어떻게 자신에게 말을 걸어 왔는지, 그리고 도움을 요청한 이유도 말해 주었다. 백지로 변한 책들, 문장, 작가가 사람들의 기억 속에서 어떻게 잊히는지도. 친구들의 입에서 탄식이 터져 나오든, 의심스러운 눈빛을 받든 상관없었다. 루시는 자신이 어떻게 그런 책들을 찾아냈는지, 어떻게 네이선이 자신에게 접근했는지, 이 모든 게 얼마나 자연스럽게 일어났는지 설명했다. 루시는 설명하고 또 설명했다. 카타르 인들에 대해, 네이선이 소속되어 있는 연맹에 대해 설명했고 또 바티스트가 위협했던 일도 말했다. 랄프 신부와 물랑 부인의 죽음이 결코 사고가 아니라는 말도 잊지 않았다. 도서관에서 난 화재의 원인과 그 불길 속에서 거의 죽을 뻔했던 일까지 설명한 후, 완전히 탈진한 상태로 설명을 마쳤다.

"하지만 왜 네이선이 날 불길 속에서 구해 줬는지는 이해가되질 않아. 또 어떻게 밀폐된 도서관 안에 불길을 일으켰는지도 모르겠어. 하지만 이 모든 게 네이선과 바티스트의 소행이라는 것만큼은 확신해. 그들은 내가 연맹에 협조하길 바랐거든. 하지만 내가 그럴 마음이 없다는 걸 눈치채고는 날 죽이려했어. 신부님이나 물랑 부인처럼 말이야. 심지어 병원까지 찾아왔으니 이제 세상 어디에도 안전한 곳은 없어."

루시가 위스키를 한 모금 더 마신 다음, 맛이 끔찍하다는 투로 얼굴을 찌푸렸다. 하지만 확실히 술의 힘으로 긴장이 좀 풀리는 것 같았다.

"택시가 출발하자마자 나를 쫓아오던 남자가 차 문을 잡아 뜯어내려 했어. 하지만 그러질 못하자 갑자기 몸이 변했는데…….."

친구들의 얼굴 위로 도저히 믿지 못하겠다는 표정이 스쳤다.

"정말 이 모든 건 내 상상이 아니야. 그 남자는 내 눈앞에서 개로 변했어. 요 며칠 동안 날 쫓아다니던 그 검은색의 거대한 개였던 거야."

루시는 마치 큰 목소리로 말하면 지금이라도 개가 부엌까지 쫓아 들어올 것 같아서 모기만 한 목소리로 속삭였다.

"그렇게 끔찍한 건 처음 봤어."

"루시, 이 세상에 그런 건 없어. 영화라면 모를까. 그건 네가 상상했거나 아니면 그저 잘못 본 거겠지."

줄스가 말했다.

"어쩌면 병원에서 처방해 준 약에 부작용이 나타나는 걸 수도 있어."

줄스의 말에 마리가 반갑게 고개를 끄덕였다. 드디어 이치에 맞는 말을 하는 사람이 나타난 것이다.

"그 개가 지하철에 서 있던 그 개 맞아?"

콜린이 묻자 줄스가 어이없다는 듯 한숨을 쉬었다.

"응. 맞는 것 같아."

루시가 대답한 후 줄스를 바라보았다.

"제발 내 말을 믿어 줘. 나도 내 말에 전혀 신빙성이 없다는 건 알아. 하지만 내 눈으로 직접 봤고, 모두 사실이야."

그런 다음 입을 꽉 다물었다.

루시가 설명하는 동안, 팔목에 묶여 있던 붕대는 완전히 너덜거리고 있었다. 그 모습을 본 줄스가 말없이 일어나, 부엌 찬장에서 새 붕대를 꺼내 루시의 팔목에 감아 주었다. 다행히 피는 멎은 것 같았다. 줄스는 조심스럽게 루시의 상처에서 마른 피를 닦아냈다. 자신이 모든 이야기를 꺼내 놓았음에도 긴 침묵만이 흐르자, 루시는 절망하고 말았다. 결국 이렇게 되리라고 생각했다. 제삼자에게 이해시키기엔 너무 허황된 게 사실이었으니까.

"다들, 뭐라고 말 좀 해 봐."

루시가 부탁했다.

마리가 한숨을 터뜨리며 입을 열었다.

"루시, 네 이야기가 너무 엄청나다는 건 너도 인정해야 할 거야."

루시가 고개를 끄덕이며 수긍했다.

"알아. 그래서 말하지 않으려고 한 거야."

"만약 네 말이 맞다면, 바티스트 드 트레메인에게 몇 개나 되는 살인 혐의를 지우게 되는 거야. 킹스 칼리지의 전설이라 불리는 그 사람에게 말야. 이건 정말 심각한 일이라고."

"넌 이걸 진작 알고 있었던 거야?"

줄스가 콜린에게 비난 어린 시선을 던졌다.

콜린이 변명하듯 팔을 들어 올리며 미안하다는 표정을 지었다.

"나도 어제 들었어. 루시가 걱정된 나머지 물랑 부인과 루시의 뒤를 몰래 따라갔는데, 그러다 보니 물랑 부인이 사고를 당한 곳에서 루시를 빼내서 도서관까지 데려다주게 된 거야. 그래서 불이 나던 순간에도 도서관에 있었고. 루시는 내가 이미 사건의 일부를 겪었기 때문에 말해 준 거야."

"루시, 나도 네 말을 믿고 싶어. 제발 이 모든 게 꾸며 낸 말이 아니라고 해 줘."

루시는 지금 당장이라도 자신의 방으로 가서 따뜻한 이불 밑으로 기어들고 싶었지만, 마리가 마치 루시의 마음을 읽기라도 한 듯 그녀의 손을 꼭 붙들고 눈을 바라보았다.

"아무튼 우리한테 모든 걸 말해 줘서 고마워. 이젠 우리도 뭘 어떻게 도울 수 있을지 고민해 볼게."

콜린이 물을 끓여서 따뜻한 차 한 잔을 루시에게 내밀었다.

"이젠 어떻게 해야 할지 작전을 궁리해 보자. 그 수상쩍은 연맹인지 뭔지가 널 해치게 두지 않을 거야."

"하지만 절대로 그들을 만만히 봐선 안 돼. 정말 위험한 인간들이야."

"그건 그렇고, 네이선 말인데……. 그가 모든 걸 계산해서 널 구해 준 것 같진 않아."

"도대체 어쩌다가 그런 결론에 도달한 건데? 그의 모든 게 거짓말이었다고!"

"왜냐하면……. 아무도 널 구하러 문서실에 들어갈 생각을 못 했어. 소방관들조차 말이야. 그때 네이선이 도착했고, 연기

기둥을 보더니 그대로 뛰어들었어. 잠시 후, 불길을 뚫고 널 안고 나타났을 땐 정말 어찌나 감동적이던지 눈물이 날 정도였어."

마리조차 그 당시의 감동을 떠올리며 미소 지었지만 루시는 세차게 고개를 저어 보였다.

콜린이 고개를 끄덕이며 둘을 거들었다.

"네이선은 네가 죽을까 봐 두려워서 널 구한 거야. 누구라도 그 정돈 알 수 있었다고."

하지만 루시는 코웃음을 쳤다.

"두려워했다고? 천만에! 날 구해 내서 어떻게든 연맹인지 뭔지에 끌어들이려고 제 할아버지랑 계획한 게 분명해."

"그래서 이젠 어떻게 할 거야?"

줄스가 좀 더 실질적인 주제로 대화를 전환했다.

"책들을 보호하고 이미 도둑맞은 책들을 구할 거야. 필리파의 유언에 따라 연맹이 더 이상 책들을 훔쳐 가지 못하도록 막아야만 해. 이제 이 모든 비극을 내 손으로 끝낼 거야."

루시의 말에, 친구들은 모두 침묵하며 그녀를 바라보았다.

"그것 참 원대한 계획인데, 만약 그 연맹이란 게 그렇게나 오래된 조직이라면 그 오랜 세월 동안 자기 적들을 제거해 왔을 것 아냐. 네 전에 있던 사람들이 모두 실패한 걸 네가 해낼 수 있을까?"

"몰라. 시도는 해 봐야지."

콜린도 루시를 걱정스럽게 바라보며 말했다.

"공주님, 일단은 그리 높은 계획을 세우지 않는 게 좋겠어. 먼저 몸을 숨긴 다음에 천천히 다음 걸 연구해 보는 게 낫지 않을까?"

하지만 루시는 입술을 깨물었다.

"지금 나더러 이 범죄자들에게서 몸을 숨기라는 거야? 그럼 어떻게 될 것 같아? 도망치고 난 다음에도 정말 행복한 인생을 살 수 있을까? 물론 처음부터 이런 삶을 원한 건 아니었지만, 저들이 모든 걸 파괴하도록 내버려 두고 있을 수만은 없어."

하지만 콜린은 루시가 화를 내는 것에는 아랑곳없이 말을 이었다.

"외국에서 공부를 하는 건 어때?"

"그 돈은 누가 대 줄 건데?"

루시가 냉소적으로 쏘아붙였다.

"우리 아빠한테 부탁해 볼게."

줄스가 제안했다.

"아빠는 학생들 도와주는 걸 좋아하거든. 그런 건 걱정하지 마."

"너희들 다 너무해! 낯선 곳에서 나 혼자 외톨이로 살라는 거야?"

"그저 선택지가 다양하다는 걸 말해 주려는 거야. 굳이 그런 힘겨운 싸움에 스스로를 몰아넣을 필요가 전혀 없다고. 책들을 위해 싸우는 잔다르크가 될 셈이야? 어차피 내가 그 연맹인지 뭔지가 널 해치지 못하게 지켜 줄 거야."

"일단은 전략적으로 생각해 보자."

줄스가 창틀에 놓여 있던 종이와 펜을 집어 들며 말했다. 덕분에 루시는 콜린에게 뭐라고 대답해 주어야 할지 고민하지 않아도 되었다.

"자, 네가 그 '연맹'이라는 것에 대해 아는 걸 다 말해 봐. 네이선이 뭐라고 하던?"

"우리 그거 내일로 미루면 안 돼? 나 지금 너무 피곤한데."

마리의 퉁명스러운 말에 줄스와 콜린이 그녀를 쏘아보았다.

"그냥 제안일 뿐이야. 피곤하면 머리가 제대로 안 돌아간다고."

"괜찮으니까 얼른 들어가 자. 여긴 걱정 말고."

루시가 말했다.

"정말?"

"당연하지. 어떻게 됐는지 내일 아침에 말해 줄게. 내일 근무도 해야 하잖아."

마리가 방으로 들어간 후, 루시는 자신이 연맹에 대해 아는 바를 말했다.

"연맹의 사람이 정독한 책은 모든 내용을 빼앗기게 돼. 네이선이 말해 준 바로는, 과거에는 숨겨진 도서관에 훔쳐 낸 책들을 보관했대."

"그게 어디 있는데?"

줄스가 물었다.

"몽세귀르 성에 있다나 봐. 내가 이해한 게 맞다면 그 성이 위치한 산 안에 있었대. 몽세귀르 성에 군인들이 쳐들어 올 때 도서관 입구를 봉인해 버렸는데, 그 이후로는 아무도 거길 찾을 수 없게 되어 버렸대. 그렇게 그 안에 있는 책들도 영영 소실된 거야. 물론 카타르 인들은 그 책들이 교회의 손에 들어가는 걸 막으려고 했대. 하지만 그 당시의 교황은 교회를 받아들이지 않는 자들은 다 처형해 버리는 시대였고, 한번 이단으로 낙인된 책들도 불태워졌으니까 그건 이해할 수 있어."

루시는 목걸이가 보여 주던 잔혹한 장면이 떠올라서 잠시 말을 멈추었다.

"내 생각에 카타르 인들은 언젠가 이 책들을 사람들에게 되돌려 주려 했을 거야. 그게 언제인지 알 수는 없었지만 말야. 하지만 오늘날의 연맹은 자신의 권력을 절대 포기하려 하지 않는다는 게 문제야. 만약 그들이 더 이상 책을 훔치지 않는다면 자신들의 존재 이유가 없어질까 봐 두려워하니까."

"여기 영국에선 무슨 일이 있었던 거야?"

줄스가 물었다.

루시는 기억을 떠올리려 노력했다.

"네 명의 남자가 두 명의 아이를 보호하기 위해 연맹이라는 걸 창시했어. 이제는 자신들을 카타르 인이라고 지칭하지는 않나 봐. 그들의 상당 부분이 카타르 인들의 신앙 형태를 따르고 있지만 말야. 아무튼 연맹은 여기 영국 땅에 새로운 도서관을 지었을 거라고 추측하고 있어. 네이선은 그게 어디 있는지 말해 주지 않았지만, 내가 자기들과 합류하면 책들이 숨겨져 있는 곳으로 데려가 준다더라고. 그럴 일은 절대 없겠지만 말야."

"그 도서관이 어디인지 정말 궁금한데."

콜린이 말했다.

"루시 말대로라면 네이선은 정말 많은 대가를 치러야 할 거야."

줄스도 한마디 했다.

"아마 내가 백기를 들고 달려갈 거라고 믿고 있을 거야."

루시가 쏘아붙였다.

"만약 그가 단지 책을 한 번 읽는 것만으로 훔친다면, 네가 반대로 그 책을 읽어서 도로 가져올 수도 있는 거 아니야?"

콜린이 추측했다.

"나도 그런 생각을 안 해 본 건 아니야. 하지만 그렇게 읽은 책의 문장이 어디로 가야 하는데? 그 문장이 들어갈 수 있는 공간이 없잖아. 그러니 그 방법은 쓸 수가 없어. 네이선은 각각의 책마다 특별히 '보호책'을 만들더라고."

"게다가 네 그림 실력은 썩 좋지 못하니 말이야."

콜린이 눈을 찡긋해 보였다.

"네이선은 어렸을 때부터 그 일을 위해 할아버지 밑에서 교육받아 왔다나 봐. 나도 수호자가 되기 위해 어떻게 해야 하는지 배워야 하는데, 날 가르쳐 줄 수 있는 사람이 없어."

"만약 네가 마지막 남은 수호자라면 그렇겠지만, 어쩌면 네가 마지막이 아닐지도 몰라."

"혹시 우리 엄마가 아직 살아 있을지도 모른다는 말이야?"

콜린이 고개를 끄덕였다.

"그건 희망 고문이야. 물론 나도 언제나 부모님이 날 데리러 올 거라고 믿어 왔긴 하지만."

"하지만 여태 나타나지 않은 이유가 있을 거야. 내 생각에는 두 가지 가능성이 있어. 네 엄마가 더 이상 수호자가 아니거나, 널 보호하기 위한 걸 거야."

"아니면 오래전에 죽었거나."

루시는 줄곧 입 밖에 내기 두려워했던 걸 소리 내어 말했다.

"그런 생각하면 안 돼."

콜린이 루시를 타이르자 루시가 못마땅한 듯 팔짱을 꼈고, 콜린이 미소 지었다.

"잊지 마. 희망만이 끝까지 살아남는 거니까."

"네 말은, 루시의 부모님은 연맹이 루시가 살아 있다는 걸 눈치채지 못하길 바랐다는 거잖아?"

줄스가 콜린에게 물었다.

"물론 추측일 뿐이야."

"만약 정말 그게 목적이었다면 완벽하게 실패한 셈이네."

"하지만 루시의 부모님들이 만약 살아 있다면 그분들이 루시를 도와줄 수 있는 유일한 사람들이야."

"만약 내가 목걸이만 가지고 있었어도 이럴 때 도움을 받을 수 있었을 텐데! 그 나쁜 놈이 날 구한답시고 목걸이를 훔쳐 가 버렸어."

하지만 콜린과 줄스는 루시가 투덜거리는 소리는 그리 신경 쓰지 않는 것 같았다.

"남자들은 책의 내용을 훔치는 것만 할 수 있다는 거지? 하지만 어째서 널 자기들 편으로 끌어들이려는 거야? 단지 감시하기 위해서?"

"아니. 네이선은 나와 함께 책들을 '구하고' 싶어 해. 여자들은 책의 내용을 훔치는 것과 되돌리는 것, 두 가지를 다 할 수 있다나 봐. 아마 연맹에 들어가겠다고 하면 바티스트 드 트레메인이 책의 내용을 훔치는 건 가르쳐 줄 거야. 그럼 연맹은 더욱 많은 책들을 소유하게 되겠지."

"정말이지 말도 안 되는 짓이야. 얼마나 정신이 나가야 그런 일을 벌일 수 있지?"

콜린이 말했다.

"물론 그들이 처음부터 악했던 건 아냐. 과거에는 교회나 권력자들이 책을 없애지 못하도록 보호하려고 했을 뿐이야. 그 당시에는 정말이지 수많은 책들이 단지 교회나 왕의 권력에 저항한다는 이유만으로 불태워지곤 했으니까."

"하지만 그건 오래전 일이잖아."

줄스가 이의를 제기했다.

"맞아. 오늘날에는 일반 대중들의 무관심에서 책들을 구해내야 한다고 주장하고 있더라고. 평범한 책 말고, 보호해야 할 필요성이 있는 그런 특별한 책들을 말이야. 예를 들면 앨리스, 《도리언 그레이의 초상》, 테니슨의 시 같은 거. 그런 식으로 얼마나 많은 책들이 도둑맞았는지 알고 싶지도 않아."

"하지만 그런 '능력'은 어디에서 오는 걸까? 어째서 그 수많은 종족 중에서도 카타르 인 아이 두 명에게 그런 힘이 주어진 거지?"

콜린이 물었다.

"나도 몰라."

루시가 어깨를 으쓱해 보였다.

"그 질문은 아마 연맹의 누군가가 대답해 줄 수 있겠지. 하지만 그런 대화는 별로 하고 싶지 않은걸."

"그 연맹이라는 거, 교회보다 심했으면 심했지 덜하지는 않은 것 같아. 가능하면 거리를 두고 몸을 숨기는 게 낫지 않을까?"

줄스가 말했다.

"하지만 난 책들을 도와야 해. 그러자면 그들에게서 멀리 떨어져 있는 건 불가능하다고."

"문서실에 다시 한 번 들어가서 도둑맞은 책들을 어떻게 되돌리는지 알아내야 할 것 같아. 그걸 가르쳐 줄 수 있는 건 책들뿐이야."

루시는 잠시 생각에 잠겼다.

"다른 방법은 없어. 지금 문서실은 화재 복구반으로 북적인다고 마리가 그랬잖아. 그러니 바티스트가 거기에 또 한 번 불을 지를 순 없을 거야. 하지만 네 말이 맞아. 연맹의 남자들이 또 무슨 일을 벌일지 모르니까 좀 조심할 필요는 있을 것 같아.

책들이 아직 나에게 말을 걸어 줄지도 의문이야."

루시가 몸을 일으키며 말했다.

"아무튼 난 방에 가 볼게. 좀 쉬어야겠어. 먼저 일어나서 미안해."

"그럼 콜린, 나랑 차 한잔 더 마실래?"

줄스가 콜린을 돌아보며 물었다.

"좋아."

콜린이 축 처진 어깨로 부엌을 나서는 루시의 뒷모습을 바라보며 대꾸했다. 줄스는 주전자에 물을 올리며 그런 콜린을 곁눈질했다. 그녀의 이마에 걱정이 깊게 새겨졌다.

4장

책은 우리를 환상의 세계로 안내해 주는 마술 양탄자이다.

— 제임스 대니얼

다음 날 루시는 줄스의 도움을 받아 간신히 몸을 씻었다. 손에 얇은 붕대를 감아 놓긴 했지만 다시 피부가 원래대로 돌아가려면 며칠은 걸릴 터였다.

"마리, 불에 탄 책은 몇 권이나 돼?"

루시가 아침 식탁에 앉으며 마리에게 물었다.

"글쎄, 아직 우리도 정확한 숫자는 몰라. 대부분은 불이 아니라 천장 스프링 쿨러에서 물이 분무되는 바람에 손상됐어. 또 위층까지 불이 번지지는 않은 덕에 생각보다 피해는 크지 않아. 불은 네이선이 널 데리고 나온 직후에 꺼져 버렸고, 소방관들은 물을 어디다 뿌려야 할지 어리둥절해했어. 물론 반즈 씨는 당장 물을 뿌리라고 방방 뛰었지만 말야."

마리가 킥킥거렸다.

"화재 후에 책들은 어떻게 됐어?"

루시가 물었다.

"일단 도서 화재 전담반이 와서 대부분의 책들은 수거해 갔어. 충격 방지 진공 포장을 했더라고. 나중에 복원하려면 그렇게 보관해야 한대. 하지만 대부분의 책들은 영영 소실되어 버렸어. 루시, 정말 맘 아프지만 우리도 매일매일 몇 시간씩 책무더기 앞에서 고군분투하고 있다고."

"아무튼 도서관에 가서 좀 봐야겠어. 책들이 내가 뭘 해야 할지 말해 줄 수 있을지도 모르니까."

아침 식사를 한 다음, 루시는 마리, 콜린과 함께 도서관으로 향했다.

"왠지 안 좋은 예감이 들어. 만약 누가 기다리고 있다가 우리를 덮치면 어쩌지?"

마리가 말했다.

"지금은 대낮이잖아. 아무 일도 없을 거야."

루시가 마리를 진정시켰다.

"너 완전 용감하다. 만약 나였다면 벌써 오줌을 지렸을 거야."

마리가 대꾸했다.

"용감한 게 아니라 다른 선택의 여지가 없을 뿐이야."

"만약 내가 너였다면, 당장 공항으로 달려가서 할 수 있는 한 멀리 도망쳤을 거야."

"나도 나중엔 그렇게 할지도 몰라. 모든 게 다 끝나면 말야."

루시가 미소 지으며 말했다.

"그때까지 사지가 온전히 붙어 있다면 말이지."

마리가 덧붙였다.

"걱정 마. 내가 지켜 줄 거니까."

콜린이 루시의 어깨 위에 팔을 올리며 꽉 안아 주었다.

세 명은 서둘러 지하철로 발걸음을 옮겼다. 루시는 콜린이 꼼꼼하게 주변을 살피고 있는 걸 눈치챘다. 물론 바티스트 드 트레메인이 이대로 포기하지 않으리라는 것쯤은 알고 있었다. 다행히 괴한들의 모습은 보이지 않았다. 셋은 금세 도서관에 도착했다.

"서둘러 줘. 난 가능한 한 빨리 루시를 데리고 다시 집으로 돌아가고 싶으니까."

콜린이 부탁했다.

루시는 마리를 따라 입구 계단을 오르며 주위를 둘러보았다. 외관으로 볼 때는 화재의 흔적이 전혀 남아 있지 않았다. 어쩌면 걱정했던 것보다 피해가 적을지도 몰랐다.

"불이 났던 흔적이 전혀 없는데?"

"말했잖아. 위층에는 전혀 지장이 없다고. 하지만 아래층을 정리하느라 당분간 도서관은 폐쇄야. 일단은 네가 반즈 씨에게 인사를 한 다음 느긋하게 아래층을 보는 게 나을 것 같은데."

루시는 고개를 끄덕인 다음, 입구부터 풍기는 종이와 가죽 탄내를 맡고는 얼굴을 일그러뜨렸다. 이 정도라면 도서관을 폐쇄한 것도 무리는 아니었다. 아마 이 냄새가 완전히 가실 때까지는 시간이 오래 걸리리라. 텅 빈 도서관 입구를 보니 가슴에 돌덩이를 얹은 기분이었다.

루시는 도서관 관장의 사무실 문을 두드린 다음, 숨을 크게 들이마시고 문을 열었다. 맞은편에서 드레이크 씨가 마치 유령이라도 나타났다는 얼굴을 지어 보였다. 잠시 후, 그녀가 중얼거렸다.

"감히 여기에 나타날 생각을 하다니! 자기가 무슨 짓을 벌였는지 알고는 있어요?"

"제가 한 짓이라뇨?"

루시가 당황스럽게 되물었다.

드레이크 씨가 숨을 들이마셨다.

"지금 그걸 질문이라고 하는 거예요? 자기 부주의로 얼마나 많은 책들이 완전히 소실되어 버렸는지 알고는 있어요?"

"제 부주의라고요?"

루시가 어리둥절해서 물었다.

"저 때문에 불이 난 게 아닌데요?"

"꼬마 아가씨, 변명은 집어치워!"

그의 사무실 문틈 사이로 반즈 씨의 목소리가 흘러나왔다.

"여태껏 한 번도 지하 문서실에서 불이 났던 적은 없네. 게다가 자네가 있었음에도 이렇게 큰 대참사가 벌어졌다는 게 더 문제야. 그날, 근무도 아니었는데 대체 뭘 찾으러 온 거지? 혹시 그게 불이 난 원인이 아니겠나?"

루시는 이 상황 자체가 악몽 같았다. 저 두 사람은 이 모든 비극의 원인이 루시라고 생각하고 있었다. 어떻게 그런 생각을 할 수가 있지?

"소방관들이 어디서 어떻게 불길이 치솟았는지 찾아내지 못한 거예요?"

반즈 씨의 고함이 사그라들자, 루시가 조용히 물었다. 그 말에 반즈 씨의 얼굴은 마치 칠면조처럼 빨개지더니 급기야는 보라색으로 변했다.

"이 소방관이라는 작자들도 아무 짝에도 쓸모가 없더군. 물론 화재 원인 따위는 밝혀내지도 못했고 말이야. 우리가 책들을 구해 내고 있으니 망정이지, 이것마저 없었다면 모든 책들은 영원히 소실되고 말았을 거야. 그 멍청한 작자들은 문서실을 폐쇄하려고 하더군. 붕괴 위험이 있다면서 말이야. 그 안에 얼마나 귀중한 게 있는지는 신경도 안 써!"

그가 잠시 루시를 잊었다는 듯 혼잣말로 투덜거리고는, 이내 증오가 가득한 눈으로 루시를 쳐다보았다.

"그리고, 자네!"

그가 검지로 루시를 가리키며 다가왔다. 마치 그 손가락으로 루시의 가슴팍이라도 푹 찌를 태세였다.

"이제 더는 내 눈앞에 얼씬거리지 말아 주게. 앞으로 자네는 평생 동안 도서관 출입을 금하겠네. 저 무능한 소방대원들이 뭘 찾아내든 상관없이 말이야. 나에게는 바로 자네가 이 모든 화재의 원인이야!"

루시가 두 발짝 뒤로 물러섰다.

"저에겐 잘못이 없어요! 맹세코 책에 아무 짓도 하지 않았다고요!"

하지만 반즈 씨의 비웃음 어린 시선이 그녀를 훑었다.

"아무튼 당장 내 눈앞에서 사라져 주게. 다시는 자네 얼굴을 보고 싶지 않으니까."

루시는 그 방을 뛰쳐나오고 말았다. 등 뒤로 무거운 떡갈나무 문이 쿵 닫히는 소리가 들렸다.

루시는 어째서 모두가 자신을 탓하는 건지 이해할 수 없었다. 정작 불에 타 죽을 뻔한 건 자신인데 말이다. 어떻게 자기가 불을 질렀다든가 화재의 원인이 자신의 부주의라고 생각할 수 있는 거지? 오히려 문서실의 낡은 전기 케이블이 합선을 일으켜서 화재가 났다는 생각이 더 그럴듯했다. 어쩌면 처음부터 루시가 마음에 들지 않던 차에 이런 일이 생기자 희생양 삼은 걸지 몰랐다. 루시는 한숨을 내쉬며 얼굴을 비볐다. 화재 후부터 편두통이 점점 심해지고 있었다. 손목에 감아 놓은 붕대가 살을 파고드는 것 같았다. 지금 자기 꼴이 얼마나 끔찍해 보일지 상상도 할 수 없었지만, 외모 따위는 중요한 게 아니었다.

루시의 두 다리는 마치 자동으로 명령을 하달받은 기계처럼 문서실로 향했다. 손을 뻗어 벽을 더듬으며 계단을 내려갔다. 벌써부터 저 아래에 무슨 광경이 펼쳐질지 두렵기만 했다.

아래에 도착하자, 먼저 인공의 찬란한 전등 빛이 사방을 밝히는 터에 깜짝 놀라고 말았다. 야간 조명 기기가 복도 전체에 설치되어 있었다. 문서실 앞 복도는 완전히 망가져 있었다. 아마 불이 그쪽 책장까지 미치기 전에 불을 끈 모양이었다. 루시는 맹렬하게 치솟는 불구덩이 속을 헤매던 때의 기억을 떠올려 보았지만, 그 당시의 일은 흐릿하기만 했다. 단지 자신이 그 안에서 완전히 길을 잃었던 것만 기억날 뿐이었다. 그런 상황에서 네이선이 어떻게 자신을 찾아낸 건지, 무엇보다도 어떻게 그 안을 빠져나올 수 있었는지 의문이었다.

루시는 책들이 말을 걸어 줄 거라고 기대하며 완전히 망가진 책등을 어루만졌다. 하지만 긴 침묵이 이어졌다. 책들이 자신을 절대로 용서하지 않을 거라는 생각이 들었다.

루시는 문서실 깊은 쪽으로 나아갔다. 중간 부분 정도에서 남자 두 명의 목소리와 웃음소리가 들려왔다. 그들의 목소리가 멀어질수록 점점 화재 현장은 참혹해져 갔다. 루시는 한 발짝 한 발짝 내디딜 때마다 속이 울렁거렸지만 억지로 꾸역꾸역 나아갔다. 저들은 자신이 사랑하는 책들에게 대체 무슨 짓을 한 것인가? 반즈 씨의 말대로 어쩌면 이 모든 게 자신 탓일지 몰랐다. 물론 실제로 불을 지른 건 아니지만, 어쩌면 그보다 심한 짓을 한 걸지도 모른다. 방화범들을 이끌고 들어온 셈이었으니 말이다. 루시는 터져 나오려는 흐느낌을 꿀꺽 삼켰.

두 개 정도의 열을 지나니 위층에서 근무하는 직원들 몇 명이 보였다. 루시가 모르는 사람들이었다. 저들이 그 특수 화재 전담반인 것 같았다. 불에 탄 책들을 되살려내고 안전한 곳에 보관하는 작업 중인 모양이었다.

마리는 다른 두 명의 여자 직원과 함께, 작은 냉동 칸처럼 보이는 상자 속에서 불에 탄 종이 뭉텅이를 살펴보는 중이었다. 루시가 다가오는 걸 본 마리가 뛰어왔다.

"무슨 일이야? 안색이 창백해."

"반즈 씨가 날 해고해 버렸어."

루시가 중얼거렸다.

"왜?"

마리가 어리둥절한 얼굴로 물었다.

"이 모든 게 다 내 책임이래. 화를 머리끝까지 내더라고."

루시의 눈에 눈물이 맺혔다.

"걱정하지 마. 널 미워해서가 아니라 그냥 화가 난 것뿐이야. 언젠가는 오해도 다 풀리겠지. 시간이 흐르면 저절로 다 해결돼서 아마 반즈 씨가 너에게 사과할 날도 올걸."

"정말?"

"장담할게."

마리가 고개를 끄덕이며 손수건을 내밀었다.

"지금 아래층 한번 둘러볼래?"

그런 다음 위로하듯 루시의 어깨를 부드럽게 어루만졌다.

"만약에 여기 내려와 있다가 반즈 씨한테 걸리기라도 하면……."

그 말에 마리와 다른 여자들이 웃음을 터뜨렸다.

"반즈 씨는 절대로 안 내려와. 여기 천장이라도 무너져 앉을까 봐 겁내고 있을 거야."

여자 하나가 말했다.

"아니면 유령 때문이든, 아무튼 절대 안 내려와."

마리가 루시의 옆구리를 쿡 찌르며 쾌활하게 떠들었다.

"나도 뭐 좀 도와줄까?"

"아니. 지금 여기 완전 엉망진창인 데다 여벌 작업복도 없어."

여직원 하나가 손을 내저었다. 루시는 검댕투성이인 그녀의 하얀 작업복을 바라보았다.

"네 할 일이나 서둘러. 네가 오래 걸리면 콜린이 불안해할 테니까. 혹시 네 물건을 발견하면 나중에 가져다줄게. 불에 타지 않았다면 말이야."

"응. 나도 오래 걸리진 않을 거야."

루시가 문서실 깊숙한 곳을 바라보며 말했다. 그런 다음 붉은색과 흰색으로 줄이 쳐진 접근 금지 테이프 아래로 몸을 숙여 지나갔다. 그 테이프는 가장 피해를 많이 입은 구역을 구분해 놓은 것이었다. 이내 루시의 눈앞에 끔찍한 광경이 펼쳐졌다.

책장들은 형체를 알아볼 수 없을 정도로 탄 채 맥없이 쓰러져 있었다. 예전에 지나다니던 통로도 사라져 있었다. 위쪽을 바라보니, 아름답게 천장을 수놓았던 회화에도 온통 검댕이 뒤덮여 있었다. 참혹한 잔해 사이로 검은색 덩어리들이 군데군데 눈에 띄었다. 아마 불과 소화수에 완전히 파괴된 상자의 일부분일 거라고 생각되었다.

"정말 미안해. 내가 모든 걸 만회하도록 할게. 약속해."

루시는 책들을 향해 중얼거리며, 혹시라도 온전한 책을 한 권이라도 발견할지 모른다는 희망을 품고 쓰러진 서가 사이로 걸어 보았다. 하지만 그마저도 숯으로 변한 기둥들이 길을 가로막고 쓰러져 있는 터에 계속 길을 돌아가야 했다. 문서실 깊은 곳을 향해 나아갈수록 피해 규모를 가늠하기가 어려웠다. 마치 사무실 부근에서 발화한 것 같았다. 왜냐하면 불길에 탄 상자가 많이 보였지만 서가는 어느 정도 원형을 유지하고 있었기 때문이다. 루시는 혹시 어딘가에 다수의 책들이 살아남아 있기만 바랐다. 바로 루시가 지금 찾아내야만 하는 것들이었다. 문서실 전체를 밝히고 있는 조명등도 여기까지 미치지는 못했기 때문에 주변은 어둠에 잠겨 있었다. 그래서 피해 정도를 가늠하기도 어려웠다. 왜 손전등을 가지고 올 생각을 하지 못했는지 화가 났다. 어차피 지금은 전기도 들어오지 않았기 때문에 케이블도 끊겨 있었다. 휴대용 발전기로 조명등만 간신히 돌리고 있는 모양이었다. 루시는 책장으로 손을 뻗어 더듬거리며 더 깊은 안쪽으로 나아갔다. 어느덧 주위가 완전한 어둠에 잠기자, 루시는 걸음을 멈추었다.

"안녕! 내 말 들리니?"

루시가 말을 더듬으며 침묵을 향해 말을 걸었다.

"정말 미안해. 그 남자가 문서실에 들어오도록 허락해 주는 게 아니었는데. 하지만 난 정말 그가 누군지 몰랐어. 제발 나에게 말 좀 다시 걸어 줘! 내가 뭘 해야 하는지 알려 줘!"

말을 마친 루시가 침묵하며 대답을 기다렸지만, 주위는 조용하기만 했다. 그 순간, 루시의 머릿속에는 불안뿐이었다. 혹시 책들이 다시는 자신과 말하지 않기로 한 걸까? 어떻게 다시 책들의 신뢰를 얻을 수 있을지 갈피를 잡을 수가 없었다.

"제발 믿어 줘. 네이선이 날 속인 거야."

그때, 루시의 귀에 목소리가 들렸다.

"네 잘못이 아니라는 건 알아. 우린 누가 이런 짓을 했는지 알고 있어."

그제야 안심이 되었다.

"혹시 나에게 더는 말을 걸지 않으면 어쩌나, 모두 죽어 버렸으면 어쩌나 걱정하던 참이었어."

"우리 중 대다수는 화재에서 살아남지 못했어. 살아남은 책들은 연기와 그을음 때문에 에너지를 빼앗긴 상태야. 루시 널 구하기 위해 다들 자신을 희생한 거야. 루시 네 목숨을 살리려고 말이야. 이제는 네가 우리를 구해 줘야 해!"

"어째서……. 도대체 왜 그랬어?"

루시가 울먹이며 물었다. 하지만 책들은 대답 대신 침묵할 뿐이었다.

"넌 수호자야. 연맹을 막고 우리의 형제자매들을 되찾아오는 게 너의 일이야."

다른 책이 말했다.

"어째서 나에게 네이선의 존재에 대해 말해 주지 않은 거야?"

루시가 물었다.

"왜냐하면 네이선에 대해 말하는 게 금지되어 있기 때문이다. 너희 둘은 연맹의 아이들이야. 애초부터 너희들의 임무는 책의 지식을 보전하는 거였으니까."

건너편 책장 쪽에서 좀 나이 든 목소리가 답해 주었다.

"하지만 지금은 너희들을 인간들에게서 훔쳐 내서 숨기고 있잖아."

"예전에는 우리를 보호하기 위해 숨길 필요가 있었지."

책이 답했다.

"이 모든 걸 끝내려면 어떻게 해야 해?"

"《수호자의 책》을 찾아야 돼. 그 책에서 답을 얻을 수 있을 테니까."

늙은 목소리가 대답해 주었다. 하지만 더 이상의 힌트는 없었다.

"제발 조금 더 힌트를 줘!"

루시가 애원했다.

그때 마리가 자기를 찾는 목소리에 루시는 소스라치게 놀라고 말았다.

"루시? 드레이크 씨가 떴어! 너 얼른 여길 뜨는 게 좋을 것 같아."

5장

인간이 독서를 멈추면, 삶에 대해 생각하는 것도 멈추게 된다.

— 밀란 쿤데라

네이선은 줄스가 루시의 집 앞에 서 있는 모습을 지켜보았다. 줄스는 저 멀리서 루시와 콜린이 다가오는 걸 바라보고 있었다. 어째서 루시가 병원을 나오게 된 건지 알 길이 없었다. 병원에 문의해 보았지만, 아무도 정보를 주려 하지 않았다. 그래서 좋지 않은 예감에 이리로 곧장 달려온 길이었다. 그는 조심스럽게 주위를 살피며 택시에서 내린 다음, 빠른 걸음으로 길을 건넜다.

"루시!"

그가 외쳤다. 네이선을 돌아본 루시가 순식간에 공포에 휩싸이는 게 보였다. 콜린이 잽싸게 그와 루시 사이를 가로막았다.

"콜린, 난 루시와 대화를 하려는 것뿐이야."

네이선은 최대한 차분해 보이려 했지만, 분노가 치밀어 오르는 걸 겨우 억누르고 있었다. 루시가 자신을 두려워 한다는 건 확실히 느낄 수 있었다. 루시의 눈동자 속에 낯선 경계심이 들어 있었다.

"하지만 루시는 너와 대화하고 싶어 하지 않아."

줄스가 끼어들었다.

"이건 정말 중요한 일이야. 루시, 넌 지금 위험에 처해 있어. 만약 지금 나와 대화하지 않는다면, 다른 사람들이 조치를 취하게 될 거야. 그렇게 되는 걸 원하지 않는다는 걸 알아. 지난번 화재에서는 겨우 널 구해 낼 수 있었지만, 다음번에도 구할 수 있을 거라고는 장담하지 못해."

"네가, 날 구했다고?"

콜린의 등 뒤에서 루시가 소리를 질렀다.

"상황을 이렇게 만든 게 바로 너야! 그런데도 지금 기사 노릇을 하려는 거야? 내가 너나 그 알량한 연맹인지 뭔지의 속셈을 모를 거라고 생각해? 너한테 이 지저분한 짓거리를 시키는 자들은 어디에 있어?"

루시는 주위를 둘러보는 척하며 그의 시선을 피했다. 그의 검은 눈동자가 루시의 마음을 이내 흔들어 버릴 것 같았기 때문이다.

"네 동료들이 루시를 병원에서 납치하려 했어. 아니, 어쩌면 죽이려 했는지도 모르지. 우리보다 네가 더 잘 알 텐데, 네이선."

콜린이 말을 이었다.

"네 연기엔 나도 속아 넘어갈 뻔했어. 남을 속이는 실력 하나는 인정해야겠군."

"네이선, 부끄러운 줄 알라고!"

줄스도 거들었다.

네이선의 얼굴이 창백해졌다.

"그들이 병원까지?"

"설마 몰랐다고 발뺌하려는 건 아니지?"

루시가 쏘아붙였다.

"또 무슨 계획인 거야? 우리들도 이제 모든 걸 알게 된 이상 끝까지 루시를 도울 거야. 너희들에게 절대로 넘겨주진 않을 거라고."

"설마 이들에게 사실을 말해 준 거야?"

루시가 고개를 끄덕였다.

"적어도 내 친구들만큼은 믿을 수 있으니까."

네이선이 루시의 팔을 낚아챘다. 그런 다음 콜린의 앞쪽으로 끌고 나왔다. 생각했던 것보다 좀 거칠 수밖에 없었다. 그들의 손이 닿자, 외투 소매 안쪽에서 빛줄기가 흘러나와 마치 뱀처럼 서로를 휘감았다. 네 명은 그 빛들을 홀린 듯 바라보았다.

"넌 역시 생각보다 더 순진한 편이군."

네이선이 중얼거렸다.

"과찬이야."

루시가 쏘아붙이고는 그의 손아귀에서 힘껏 벗어났다. 그러자 곧바로 빛줄기도 사라져 버렸다. 그 순간, 왠지 모를 슬픔이 느껴졌다. 네이선도 느꼈을까?

"어떻게 네 친구들을 이 일에 끌어들일 생각을 할 수가 있어? 제정신이야? 나에게 문자 한 통 보내는 게, 얘기 한번 하는 게 그렇게 어려웠어?"

그의 말을 듣고 있자니, 그가 슬픔을 느꼈을 리 없었다. 루시는 화가 치밀어서 팔짱을 끼고 입술을 꾹 다물었다.

"네이선, 진정해."

콜린이 나지막이 종용했다.

"미안, 아프게 할 생각은 없었어."

그제야 네이선이 정중하게 사과했다.

"이미 늦었어."

루시가 의미심장하게 중얼거렸다.

침묵이 흘렀다. 루시는 제발 네이선이 저런 눈으로 자신을 바라보지 말아 주었으면 했다. 여태껏 벌어졌던 일들에도 불구하고, 그의 눈빛을 거부할 수가 없었다. 그가 자신에게 무슨 말을 하고 싶어 하지만, 뭐라 말해야 할지 모른다는 느낌이 강하게 들었다.

"루시. 이런 식으로 행동해선 안 돼. 넌 연맹의 힘을 아직 몰라. 아무도 연맹을 거스를 수는 없어."

네이선이 나지막이 말했다. 루시는 그를 향했던 모든 감정들이 사라진 걸 느꼈다. 네이선이 손으로 머리칼을 쓸어 올리며 말했다.

"이렇게는 안 돼. 제발 이해해야만 해, 루시. 연맹은 너무 강하기 때문에 거스른다는 건 불가능해. 그들이 시키는 대로 하지 않으면 널 죽이려 들 거라고."

"그렇게는 할 수 없어, 네이선. 연맹이 하는 건 잘못된 거야. 내가 책들을 도울 거란 걸 알잖아."

네이선은 루시를 바라보는 대신 콜린 쪽으로 고개를 돌렸다.

"제발 루시가 이성적으로 생각하도록 도와줘. 네가 루시를 설득할 수 있는 유일한 사람이잖아. 난 이제 더는 무슨 말로 설득해야 할지 모르겠어. 연맹은 루시를 자기네 편으로 만들 수 없다면 아예 제거하려고 할 거야."

"나도 다른 길이 있었다면 좋겠지만, 이젠 어쩔 수 없어."

콜린이 루시를 바라보지 않은 채 고개를 돌리며 말했다. 루시는 콜린이 그렇게 말해 주는 게 고마웠다.

그러자 네이선은 몸을 돌려 사라졌다.

콜린이 루시를 집 계단 위로 이끌었다. 루시는 계속 몸을 떨고 있었다.

"협박같이 들리지는 않았어."

현관 앞에서 줄스가 말했다.

"루시, 정말 걱정하는 것 같았다고."

"절대 앞으로는 그와 엮이지 않을 거야. 한 번으로 족해."

루시가 떨리는 음성으로 딱 잘라 말했다.

"하지만 어째서 연맹이 위험하다는 걸 굳이 알리려고 온 걸까?"

"단순히 겁을 줘서 자기와 함께 손을 잡고 일하게끔 하려는 거겠지. 이미 자기 행동에 죄책감은 없으니까.”

“어쩌면 자기도 거기서 나오고 싶은데 단지 나올 방법을 몰라서 그러는 거 아닐까?”

콜린이 물었다.

“네이선이 널 구하려고 일부러 불을 놓았다는 게 상상이 안 돼. 그건 완전 미친 짓이니까. 게다가 변수도 많고. 단순히 여자 한 명의 호감을 사려고 그랬을까? 여자 마음을 살 수 있는 방법은 많이 있어.”

“그래? 나도 좀 알고 싶은데?”

줄스가 호기심 어린 얼굴로 물었다.

“미안하지만 영업 비밀이야.”

콜린이 씨익 미소 지어 보이자, 줄스가 어이없다는 듯 고개를 저었다.

“하여간 남자들이란.”

줄스가 혼잣말로 중얼거렸다.

“왜? 남자들한테 감정 있어?”

콜린이 줄스에게 물었다.

“그럴 리가 있겠어?”

줄스가 부엌 찬장을 열면서 대꾸했다.

“아무튼 연맹에 들어오라고 말하는 것 외에는 다른 좋은 생각이 떠오르지 않는 모양이야.”

루시가 두 사람의 말에 끼어들었다. 하지만 왠지 풀이 죽은 목소리였다.

"만약 그가 우리를 이용하고 있을 뿐이라면, 왜 이 상황을 이용할 생각은 안 하는 거야? 장담하건대, 네가 네이선을 살짝 속인다고 해도 절대 모를 거야. 남자들은 정말이지 섬세하지 못하다니까! 아마 자기가 널 설득했다고 생각하겠지."

"우리 셋 중에 네 의견에 동감하는 사람은 없는 것 같은데?"

콜린이 줄스를 향해 짓궂게 웃어 보였다.

그의 말에 줄스가 어깨를 으쓱해 보였다.

"하지만 그렇게 해야 필요한 정보를 빨리 모을 수가 있어. 최대한 그의 말에 맞춰 줘. 생각해 보겠다고 말하면서 말이야."

"줄스의 말은 터무니없긴 하지만 어느 정도는 맞는 말이야. 만약 녀석이 여느 남자들과 같다면, 그 작전으로 갔을 때 좀 부드러워질 거야."

"내 말이."

줄스가 웃었다.

"하지만 난 아직 잘 모르겠어."

루시가 중얼거렸다.

"원래는 절대로 보지 않을 생각이었으니까. 내 인생에서 두 번 다시 마주치긴 싫었어."

"혼자서 조용히 생각해 봐."

줄스가 말했다.

"하지만 네가 구해 내고 싶어 하는 그 책들이 어디에 숨겨져 있는지 말해 줄 수 있는 건 네이선뿐이야. 그 정보가 필요한 거 아니야? 그 외에 다른 건 그리 중요한 게 아니니까."

"그 두 사람, 눈빛 봤어?"

루시가 방으로 돌아가고 난 다음, 줄스가 콜린에게 말했다.

"응. 둘이 무슨 생각을 하는지는 도저히 모르겠더군."

콜린이 대답했다.

"그 빛줄기들은 정말 멋졌어."

줄스의 말에 콜린도 고개를 끄덕였다.

"루시는 아직 네이선을 못 잊었어. 너도 느꼈지?"

"내 생각엔, 네이선도 루시를 못 잊어 하는 것 같아."

콜린이 말했다.

"하지만 그 두 사람이 그걸 아는지는 모르겠는데."

"최근에 루시가 어린아이였을 때 겪어야 했던 일들을 떠올려 봤어. 그래서 루시만큼은 정말 괜찮은 남자를 만나서 행복하고 평범하게 살길 바랐어. 하지만 루시를 처음 본 순간, 루시에게는 그런 평범함이 허락되지 않을 것 같더군."

줄스가 그런 콜린을 주의 깊게 바라보다 머뭇거리며 물었다.

"콜린, 너 정말 루시에게 아무 감정이 없다고 확신해?"

"왜 그런 걸 물어봐?"

콜린은 대답 대신 줄스에게 되물었다.

줄스는 어깨를 으쓱해 보인 다음, 찻잔의 차를 스푼으로 저었다.

"모르겠어. 아마 남녀 사이에 우정이란 존재할 수 없다는 믿음 때문일 거야."

"난 너의 친구잖아."

콜린이 줄스의 손을 잡아 주며 말했다.

줄스가 그를 바라보았다.

"맞아."

"것 봐. 영화나 한 편 같이 볼래?"

콜린이 몸을 일으키며 쾌활하게 물었다.

"아니. 나 오전에 수업이 하나 있어. 오늘 저녁은 어때?"

"미안. 나 저녁엔 약속이 있어."

"누구? 내가 아는 처자야?"

줄스가 물었다.

"그럴 리가."

콜린이 웃으며 자기 방으로 사라졌다.

얼마나 잔 걸까. 오전에 도서관에 다녀왔던 일이 생각보다 피곤했던 게 틀림없었다. 참혹하게 불탄 문서실의 전경과 그녀 때문에 기꺼이 불길에 희생당한 책들, 그리고 네이선과의 일들은 한 번에 감당해 내기엔 벅찼다. 그래도 한잠 자고 나니 훨씬 나아진 것 같았다. 줄곧 루시를 괴롭히던 두통이 사라졌기 때문이다.

루시는 부엌으로 가 보았다. 아무도 없었다. 줄스가 오전 강의를 들으러 갔다는 건 알고 있었다. 마리는 도서관 근무가 있을 터였지만 콜린은 어디에 있지? 루시는 그의 방으로 가 문을 열어 보았다. 침대에 누워 깊은 단잠에 빠져 있는 콜린의 모습에, 루시는 저도 모르게 미소 짓고 말았다. 아마 간밤에 보초를 선답시고 한잠도 자지 못한 게 틀림없었다. 조용히 문을 닫은 다음 루시는 다시 자기 방으로 갔다. 컴퓨터의 전원을 켜고 인터넷 창을 띄운 다음, 검색창에 드 트레메인이라고 쳐 넣어 보았다. 거의 2백만 개의 검색 결과가 나왔다. 그 많은 글들을 다 보고 있을 순 없었기에, 카타르 인과 몽세귀르를 추가로 쳐 넣었더니, 약 25개의 문서가 검색되었다. 첫 번째 페이지를 열어 보니, 대부분은 이미 알고 있는 내용이었다.

잠시 후, 집 현관문이 철컥 열리는 소리가 들렸다.

"난 방에 있어!"

루시가 외쳤다.

하지만 아무도 대꾸하지 않았다.

몇 초 지나지 않아, 누군가가 루시의 뒤에 서 있다는 걸 깨달은 순간, 피할 겨를도 없이 손 하나가 그녀의 코와 입에 역겨운 냄새가 나는 천을 대고 꽉 눌렀다. 점점 루시의 정신이 아득해졌다.

"콜린, 루시는?"

줄스가 콜린의 어깨를 흔들어 깨웠다.

콜린이 황급히 잠에서 깨어나며 주위를 둘러보았다.

"방에 없어?"

아직 졸음에 겨운 목소리로 그가 물었다.

"응."

"이상하다. 어딜 갔지?"

"내 말이 그 말이야."

줄스가 한숨을 쉬었다.

"마지막으로 봤을 땐 자기 방에서 자고 있었다고. 난 내 방에서 영화 한 편 보다가 곯아떨어졌던 것 같아. 정말이지 파김 치였으니까."

"아무 소리도 못 들었어?"

줄스가 물었다.

콜린이 침대에서 벌떡 일어나는 통에, 이불이 흘러내리면서 그의 잘 단련된 가슴 근육이 드러나자 줄스가 당황한 듯 고개를 돌렸다.

"아마 절대로 혼자서는 집 밖으로 나가지 않았을 거야."

줄스가 조심스럽게 입을 열었다. 하지만 루시에게 무슨 일이 일어난 건지 짐작되는 바를 말할 수는 없었다.

콜린은 서둘러 루시의 방에 가 보았다. 주위를 둘러보니 침대는 여전히 흐트러진 상태였다. 컴퓨터 옆에는 마시다 만 찻잔이 놓여 있었고, 컴퓨터는 켜진 상태 그대로였다. 콜린은 엔터 키를 눌러, 카타르 인에 대한 정보가 띄워져 있는 화면을 응시했다. 바닥에는 축축하게 젖은 손수건이 떨어져 있었다.

그가 줄스 쪽을 돌아보았다.

"네 생각은 어때?"

"우리한테 아무런 메모도 남기지 않고 그냥 집 밖으로 나갔을 거라고는 생각되지 않아."

"우리까지 위험하게 만들고 싶지 않아서 몸을 숨긴 게 아닐까? 우리한테 모든 걸 다 말해 준 걸 후회했을지도 모르잖아. 어제 네이선이 루시한테 한 말 때문에 양심의 가책을 느꼈을 수도 있어."

줄스가 성큼성큼 걸어 루시의 협탁 서랍을 열었다. 거기엔 루시의 휴대 전화와 지갑이 들어 있었다.

"이런 것도 안 가지고 밖으로 나갔을 것 같아?"

콜린은 루시의 침대 위에 털썩 주저앉았다.

"다 내 잘못이야. 내가 좀 더 주의했어야 했는데!"

그가 양손으로 머리를 감싸 쥐며 외쳤다.

"자책하지 마."

줄스가 그의 곁에 앉아 그의 어깨에 손을 얹고 위로했다.

"나도 그들이 집 안까지 들어오리라고는 예상하지 못했으니까."

"예상했어야 했어."

"경찰을 부를까?"

줄스가 물었다.

"불러서 뭐라고 할 건데?"

"모르겠어. 납치당했다고 해야지. 바티스트 드 트레메인이 루시를 죽이기 위해 도서관에 불을 지른 장본인이라고 말이야."

"죽이려고 한 동기에 대해서는 뭐라고 그럴 건데?"

줄스가 발을 굴렀다.

"몰라. 하지만 루시에게 무슨 짓을 하려고 하잖아. 아무것도 안 하고 이렇게 가만히 앉아 있을 수는 없어."

"네이선한테 전화할게. 적어도 루시가 연맹의 손아귀에 들어갔다면, 네이선도 그 사실을 알고 있을 테니까."

"네이선의 전화번호를 알아?"

줄스가 의아하다는 듯 물었다.

"응. 지난번에 병원에서 주더라고."

"넌 그의 말을 믿어?"

"줄스, 나도 모르겠어."

그가 머리칼을 쓸어 올렸다.

"하지만 한 가지만큼은 자신 있게 말할 수 있어. 만약 루시에게 무슨 일이라도 생기면, 내가 직접 그놈을 끝장낼 거야."

"만약 루시에게 무슨 일이라도 생기면 어쩌지? 어제 저녁에 곧장 여길 떠났어야 했는데. 하지만 루시 말을 믿을 수가 있어야지."

"뭐? 루시 말을 의심했었어?"

콜린이 줄스를 바라보며 어이없다는 듯 물었다.

"나도 믿곤 싶었지. 하지만, 솔직히 그런 이야기를 믿을 수 있는 사람이 있다는 게 더 신기할 거라고. 물론 너에겐 루시가 이 세상에서 가장 소중한 사람이란 거 알지만, 그런 너조차 루시 말을 다 믿을 수는 없었을걸."

"그건 사실이야. 하지만 루시 손목에 빛나던 그 표식을 보면 믿을 수밖엔 없었어. 너도 그 빛을 봤잖아. 게다가 네이선의 반응도 어떻게 보면 루시 말을 반증한 셈이라고."

"네 말이 맞아. 하지만 아무튼 이렇게 이상한 일들은 난생처음이니까……."

"줄스, 도대체 무슨 말이 하고 싶은 거야? 혹시 루시가 이 모든 걸 지어내기라도 했다는 거야? 그럼 물랑 부인의 일은 어떻게 설명할 건데?"

"인파에 밀려서 선로에 떨어지는 일은 종종 있어."

"도서관의 화재는?"

"전선이 누전된 걸 거야."

"병원에 찾아왔던 괴한들은?"

줄스가 안타깝다는 눈으로 그를 바라보았다.

"그 일의 목격자는 현재까진 루시뿐이잖아."

"병원 간호사들도 봤잖아. 루시는 괴한들이 간호사들을 기절시켰다고 했어. 아마 경찰을 불렀을 거야."

그때 초인종이 울렸고, 두 사람은 공포로 얼어붙고 말았다.

⁂

정신이 들었을 땐, 머리가 부서질 것 같았다. 눈 뜨니 다른 곳인 게 벌써 두 번째다. 이번에는 온통 칠흑같이 깜깜했다.

문 아래쪽에서 아주 가느다란 불빛이 비쳐 들어오는 것만 빼면 빛이라곤 눈을 씻고 찾아봐도 없었다. 루시는 침대에 누워 있었는데, 온몸이 마비된 것처럼 둔했고 혀는 부어 있는 느낌이었다. 이게 도대체 무슨 일인지 정신을 가다듬고 생각해 보았다. 답은 하나였다. 그들에게 붙잡힌 것이다. 삽시간에 두려움이 엄습했다. 루시는 몸을 벌벌 떨었다. 호흡도 가빠졌다. 그들을 따돌릴 수 있을 거라고 생각했던 자신이 순진했던 거다. 바티스트 드 트레메인은 사람의 목숨조차 마음대로 할 수 있다고 생각하는 사람이니, 정말이지 그 무엇도 그를 막을 수 없었다. 부디 콜린만은 무사해야 할 텐데!

그때 철컥 하고 자물쇠를 여는 소리가 들렸다. 루시는 자는 척, 얇은 침대 시트를 뒤집어썼다. 불빛이 들더니 남자 두 명이 방으로 들어온 것 같았다. 둘 중 땅딸막한 남자는 손에 쟁반 하나를 들고 있었고, 다른 한 명에게서는 익숙한 체취가 났다.

"루시, 일어났어?"

네이선이 침대 모서리에 앉아서 물었다. 그가 시트를 벗겨 내어 루시의 얼굴을 바라보았다. 그런 다음 루시의 몸을 일으키며 컵을 기울여 주려는 찰나, 루시가 유리잔을 내쳤고 잔은 바닥에서 산산 조각이 났다. 루시는 당장 이 침대에서, 이 방에서, 이 집에서 벗어나고 싶은 생각뿐이었다. 네이선을 밀쳐 내며 튀어 올랐지만 땅딸막한 남자는 루시가 예상한 것보다 민첩했다. 루시는 그제야 그가 병원에 들어왔던 자들 중 하나라는 걸 깨달았다. 그가 루시의 팔을 붙잡아 억지로 침대에 끌어다

앉혔다. 그의 손가락이 마치 나사처럼 루시의 손목을 단단히 조이는 것 같았다. 하지만 그의 코에서 피가 흐르는 걸 본 루시가 의기양양한 표정을 지었다. 무슨 한이 있어도 싸워 보지도 않고 포기할 순 없었다. 루시는 도망칠 궁리만 했다.

"오리온, 이제 됐어. 이젠 좀 진정이 됐겠지. 안 그래, 루시?"

네이선이 물었다.

루시는 몸을 돌려 그를 바라보았다. 마음 같아서는 저 교활한 눈을 할퀴어 버리고 싶었지만 그럴 수 없으니 대신 침이라도 뱉어 주었다.

"이 비겁한 배신자!"

네이선은 무표정한 얼굴로 손수건을 꺼내 침을 닦아 냈다.

"차 좀 가져왔어."

그가 식탁 위에 놓인 쟁반을 가리켜 보였다.

"옷장에 옷이 몇 벌 들어 있을 테니 갈아입어. 30분 후에 오리온이 데리러 올 거야. 저녁에는 할아버지와 함께 식사를 해야 되니까 말이야."

다시 자물쇠 잠그는 소리가 들렸고, 혼자 남게 된 루시의 마음속에 분노와 두려움이 차올랐다.

콜린과 줄스가 경찰에 신고했을까? 어쩌면 이대로 누가 구하러 와 줄 때까지 꼼짝없이 붙잡혀 있어야 할 것 같았다. 오래 붙잡혀 있을 거라고 믿고 싶지는 않았다. 아무리 바티스트 드 트레메인이라고 해도 멀쩡한 사람을 언제까지고 붙잡아 놓을 수는 없을 테니까. 루시는 분에 차서 울음을 터뜨리고 말았다. 하지만 가까스로 마음을 진정시켰다.

몇 시나 되었을까? 창가로 가 커튼을 걷어 보았다. 바깥은 어두웠지만, 커다란 정원 안에는 수많은 전등이 환하게 켜져 있었다.

창문을 통해 탈출하기엔 상당히 고층이었다. 그래서 어쩔 수 없이 문 쪽을 확인해 봤지만 예상대로 잠겨 있었다. 두리번거리며 주위를 둘러보았다. 이 거지 같은 방구석엔 자물쇠 하나 부술 물건조차 없단 말인가? 하지만 결국 아무것도 찾을 수가 없었다. 자주 사용하지 않는 방인 것 같았지만 모든 물건은 고급스러워 보였다. 방 안의 가구들은 모두 앤티크였다. 흰색의 캐노피 침대도 보였다. 거기에 줄곧 누워 있었겠지. 침대 주위에는 담록색 커튼이 드리워 있었다. 카펫과 창문의 커튼, 등받이 의자도 같은 색이었고, 그 옆에는 호두나무 색 테이블이 있었다. 루시는 다시 한 번 바깥을 살펴보기 위해 창가로 다가갔다. 도대체 여기가 어딘지 궁금했다. 확실히 런던은 아닐 것이다. 정원 구석에는 거대하고 오래된 고성 같은 분위기를 풍기는 건물이 하나 서 있었다. 아마 여기 전체가 드 트레메인가의 소유일 것이었다. 날이 어두웠지만 정원사 두 명이 아직도 정원 손질에 열중해 있는 게 보였다. 루시는 창문을 두드리며 소리를 질러 보았지만, 들리지 않거나 못 들은 척하는 것 같았다. 잡은 즉시 죽이지 않은 걸 다행으로 여겨야 할지도 몰랐다. 어쩌면 그들이 자신을 해치기 전에 누군가가 구하러 와 줄지도 모르는 일이었다.

루시는 테이블에 앉았다. 목이 타는 것 같았지만, 차는 마시지 않기로 했다. 그 안에 뭘 넣었을지 모르는 일이니까 말이다.

욕실로 가서 홍차를 세면대 하수구에 흘려보낸 다음, 수도꼭지에서 나오는 물로 목을 축였다. 당장은 그렇게 하는 게 최선이었다.

6장

오늘날의 교양서적이란 것들 중 과반수 이상의 책은 읽지 않았다는 사실에
감사해야 할 정도이다.

― 오스카 와일드

줄스가 콜린을 바라보며 물었다.

"누구 올 사람 있었어?"

"아니."

"그럼 누구지?"

"모르겠어. 문을 열고 확인해 봐야지."

줄스가 문가로 살금살금 다가가더니 현관문 구멍으로 밖을 내다보았다. 그런 다음 '경찰'이라는 입 모양을 만들어 보였다.

"그럼 빨리 열어 봐."

줄스가 문을 열자, 경찰관 두 명이 문 앞에 서 있는 게 보였다. 한 명은 현관문 구멍 앞에 신분증을 치켜들고 있었다.

"안녕하십니까."

둘 중 나이가 젊어 보이는 경찰관이 줄스에게 말을 건네자

줄스가 불안한 듯 고개를 끄덕였다.

"여기 가디언 양이 사는 것 맞습니까?"

"네. 왜요?"

"런던 경시청에 데려오라는 명령을 받고 왔습니다. 지금 집에 있습니까?"

"무슨 일인데요?"

줄스는 심장이 목으로 튀어나올 것 같았지만, 앵무새처럼 똑같은 톤으로 묻기만 했다.

"그건 말해 드릴 수 없군요."

"루시는 지금 집에 없어요."

콜린이 끼어들었다.

"그럼 지금 어디에 있는지 말해 주실 수 있습니까?"

다른 경찰관이 물었다.

"오늘 오후에 밖으로 나간 것 같아요."

줄스가 대답했다.

"어디 갔는지는 모르고요?"

"네."

"혹시 가디언 양이 누군가에 의해 납치되었을 가능성이 있습니까?"

"어떻게 그걸……?"

젊은 경찰관이 난처한 듯 숨을 들이마셨다. 아마 말해선 안 되는 기밀인 것 같았다.

"지난밤, 성 토마스 병원에서 두 명의 간호사가 의식을 잃고 쓰러져 있는 게 발견됐어요. 범인으로 추정되는 남자 두 명은 가디언 양을 찾았다는군요. 현재로서는 가디언 양이 유일한 단서입니다. 간호사들은 경찰에서 제공한 용의자 목록에서 범인을 지명하지 못한 상태거든요."

"그래서, 가디언 양은 지난밤에 집으로 돌아온 거요?"

나이 많아 보이는 경찰관이 끼어들었다.

줄스가 고개를 끄덕이며 대답했다.

"맞아요. 하지만 지금 방금, 그녀가 사라졌다는 걸 알게 됐어요. 우리도 혹시 누군가가 루시를 납치해 간 게 아닐까 걱정하던 참이었어요."

"친구분이 혹시 마약이나 그와 비슷한 문제를 겪고 있습니까?"

"아뇨, 전혀요."

콜린이 대답했다.

"루시 가디언 양의 침실을 좀 보고 싶습니다만."

줄스가 콜린을 바라보자 그가 어깨를 으쓱해 보였다. 두 사람은 경찰관이 들어올 수 있도록 문을 활짝 열어 주었다.

경찰들은 루시의 방 안을 주의 깊게 살펴보았다.

"혹시 여행 가방 같은 게 사라지지는 않았습니까? 휴대 전화나 지갑은요?"

"휴대 전화와 지갑은 그대로 있더군요. 다른 물건도 다 그대로였어요."

콜린이 대답했다.

"간밤에 그 여자분이 집에 돌아와서 뭐라고 하던가요? 아마 적잖이 놀란 상태였을 듯한데……. 의사들 말론 더 오랫동안 치료를 받아야 한다고 하더군요. 이 모든 게 혹시 도서관의 화재와 연관이 있습니까? 예술품을 도난한 뒤 그걸 은닉하기 위해 화재를 일으키는 경우도 적잖이 있습니다만……. 도서관 관장이 그럴 가능성이 있다고 우리에게 귀띔해 주더군요."

"세상에, 미쳤어요? 루시는 지금 생명이 위태로운데 지금 그애가 예술품을 도둑질했다고 의심하고 있는 겁니까?"

그 말에 경찰들이 호기심 어린 얼굴로 되물었다.

"생명이 위태롭다는 겁니까? 왜죠?"

그때 줄스가 콜린을 진정시키듯 그의 팔을 꽉 잡아 주었다. 그런 다음 경찰관들에게 설명했다.

"우리 생각에는 루시가 납치당한 것 같아요."

"납치라고요? 범인으로 의심되는 사람도 있습니까?"

"네. 바티스트 드 트레메인의 짓이 분명합니다."

콜린이 대꾸했다.

"바티스트 드 트레메인 경이라면……. 킹스 칼리지의 교수 말입니까?"

콜린이 고개를 끄덕였다.

"흥미롭군. 그분이 어떤 연유로 가디언 양을 납치한다는 거요?"

나이 든 경찰관이 물었다. 콜린은 그의 말투에서 그가 그들의 말을 믿지 않을 거라고 예감했다.

"설명하기는 좀 복잡해요."

그 말에 젊은 경찰관이 고개를 끄덕이며 물었다.

"그를 경찰에 신고하실 겁니까?"

줄스와 콜린이 서로를 마주 보았다.

"그럼 루시를 찾아 나서 주실 건가요?"

"그건 당신들이 어떤 이야기를 해 주느냐에 따라 달렸지요."

"지금 한시가 급해요. 우리 생각엔 바티스트 드 트레메인이 지금 많은 사람들을 해치고 있는 것 같거든요."

"아가씨, 미안한 말이지만 그런 터무니없는 의심은 삼가는 게 좋소."

나이 많은 경찰관이 끼어들었다.

"드 트레메인 경은 예전부터 경찰 무도회의 주요 손님으로 초청되어 왔고 또 수사관들과도 긴밀한 친분을 유지하고 있소. 당신이 혐의를 두려는 사람이 어떤 사람인지 잘 생각해 보시오. 섣불리 오해했다가 큰코다치는 수가 있으니 말이오."

그런 다음, 동료를 향해 말했다.

"여기엔 더 볼일이 없을 것 같네."

젊은 경찰은 고개를 끄덕인 후, 콜린을 향해 마지막으로 말했다.

"만약 고소를 진행하실 생각이면 경시청을 찾아 주십시오. 거기서 담당 형사가 고소장을 작성해 드릴 겁니다. 만약 그사이에 가디언 양이 연락을 취해 오면, 경찰들이 지금 추적 중이라고 전해 주십시오."

콜린의 귀에는 그 말이 무슨 협박처럼 들렸다.

침묵이 흐르는 동안, 현관문이 철컥 닫히는 소리가 들렸다.

줄스가 루시의 침대 위로 몸을 던지며 중얼거렸다.

"일만 더 복잡하게 만든 것 같아."

"그런 것 같군, 젠장. 이젠 어쩌지?"

"나도 전혀 모르겠어."

루시는 이제 뭘 어떻게 해야 할지 고민해 보았다. 이렇게 갇혀 있는 이상, 밖으로 도망칠 가능성은 전혀 없었다. 네이선 말로는, 오리온이 30분 뒤에 데리러 올 거라고 했다. 오리온이라니, 무슨 그런 바보 같은 이름이 다 있담?

어쩌면 식사 자리에 참석하는 게 오히려 그들의 계획을 알 수 있는 가장 좋은 방법일지도 몰랐다. 어쨌든 그들은 루시에게서 바라는 게 있으니 말이다. 그들의 요구를 들어준다면 도망칠 틈을 찾을 수 있을 때까지는 목숨이 붙어 있을 터였다. 그 것 말고 다른 방법은 없었다. 루시는 얼음장같이 차가운 손을 다리 사이에 끼우고, 몸의 떨림이 잦아들 때까지 기다렸다. 그들에게 두려움을 보여선 안 되었다. 눈을 감고 천천히 깊게 호흡하며 마음을 가다듬었다. 어쩌면 그들 앞에서 어떻게 행동하느냐에 목숨이 달려 있을 수도 있었다.

그때 문이 철컥 열리는 소리가 들렸다.

"함께 갈 준비는 됐나? 멍청한 짓은 생각조차 않는 게 좋을 거다."

루시는 일어서서 그의 뒤를 따랐다. 복도를 걸으면서 주의 깊게 주변도 살펴 두었다.

그들이 걷는 긴 복도에는 거대한 초상화들이 걸려 있었다. 시대에 따라 서로 다른 의상을 입고 있었음에도, 남자들의 얼굴은 어딘가 서로 닮아 있었다. 여자의 초상도 있는지 찾아보았지만, 드 트레메인가의 저택에는 아무리 눈을 씻고 찾아보아도 여자의 초상이 없었다. 아마도 아내들의 초상을 그리기엔 돈이 아까웠나 보다고 속으로 욕을 퍼부어 주었다. 하지만 저택 내의 집기들을 보면 이 가문에 돈이 궁핍할 일은 없었을 것 같았다. 저택, 아니 성이라고 불러도 좋을 만한 대저택의 내부는 온갖 사치스러운 물건으로 가득했다. 모든 게 한눈에 보아도 오래되어 보였지만, 아무리 흠을 잡고 싶어도 완벽하게 아름답다는 사실을 인정할 수밖에 없었다. 사방은 쥐 죽은 듯 고요했다. 이 아름다운 고성은 짙은 고요와 어두움에 잠겨 있었다. 아주 작은 소리조차 바닥에 깔린 두꺼운 카펫이나 돌 벽 안에 흡수되는 것 같았다. 여기서 어린 네이선이 형제나 부모도 없이 혼자서 자라 왔을 걸 생각하니, 그가 얼마나 외로웠을지 상상이 되었다. 그 안에는 생동감 넘치는 '삶'이 전혀 없었다.

루시는 고개를 흔들어 그런 약해 빠진 생각을 떨쳐 버렸다. 네이선에게 동정심 따위를 품다니! 그런 정신 상태로는 아무것도 할 수 없을 것이다.

오리온이 짙은 색의 나무 문을 열고 루시에게 그 안으로 들어가라고 손짓해 보였다.

"안에 들어가 있도록. 주인 나리들도 금방 오실 거다."

그런 다음, 루시가 들어가자마자 문이 철컥 닫혔다.

루시가 들어간 곳은 벽 사면이 온통 거대한 책장으로 가득한 곳이었다. 거의 바닥부터 천장까지 책들로 가득 차 있었다. 책이 없는 곳이라곤 벽난로와 창문 정도가 고작이었다. 창가에는 적포도주 빛깔의 커튼이 드리워 있었고, 벽난로에는 장작이 타고 있었다. 방 중간에는 세 개의 의자가 놓인 탁자가 마련되어 있었다. 정말 멋진 곳이었다. 루시는 책장 하나에 다가가 보았다. 여기에서도 책들이 말을 걸어 줄까?

"들려? 얘들아! 제발 말 좀 해 봐! 너희들의 도움이 필요해!"

루시가 애원했다.

하지만 책들은 침묵했고, 루시는 단념한 채 탁자에 앉았다. 그때 스웨터 소매 밑에서 빛줄기가 뿜어져 나왔다. 그와 동시에 책들이 놀란 목소리로 속삭이기 시작했다.

"수호자야!"

하이 톤의 목소리가 외쳤다.

"수호자가 왜 여기에 있지?"

다른 목소리가 물었다.

"너희를 어떻게 지켜 내야 하는지, 이미 잃어버린 책들을 어떻게 되찾아올 수 있는지 알아내려고 왔어."

루시가 부드럽게 책등을 쓰다듬었다. 손가락 아래에서 매끄러운 감촉이 느껴졌다.

"여긴 안전하지 않아."

책들이 속삭였다.

"나도 알아. 하지만 저들이 날 납치해 온 걸 어떻게 해. 나도 최선을 다해 도망쳐 볼 생각이야. 날 믿어 줘. 우선은 어떻게 하면 저들을 제압할 수 있는지 알아내야만 해."

"루시, 이게 쉽지 않을 거라는 것만 알아 둬. 아마 많은 도움이 필요할 거야. 우리는 이미 몇 백 년 동안이나 연맹에 대항해 줄 누군가를 기다려 왔어. 하지만 너도 저들이 얼마나 막강한지 이미 알고 있겠지. 필리파와 그녀의 딸은 용감한 수호자에 속했지. 제 목숨 챙기기에 급급한 나머지 우리를 내버려 두었던 자들도 많았어. 그런가 하면 너의 엄마처럼 자신의 목숨조차 마다하지 않고 우리를 위해 싸웠던 수호자들도……."

루시의 심장이 세차게 두방망이질 쳤다.

"엄마가…… 죽었다고?"

그리고 그제야, 루시가 줄곧 품어 왔던 조그마하고 실낱같던 희망도 사라졌다.

"미안해. 너의 엄마와 아빠를 구하려고 해 보았지만, 우리의 힘으로는 역부족이었어."

자그맣게 누군가가 속삭였다.

루시는 책장 하나를 붙잡고 비틀거리는 몸을 가누었다. 손가락 아래의 감촉이 마치 따끔거리는 것 같았다.

"너 혼자서는 이 모든 걸 감당할 수 없을 거야."

루시 옆에 놓여 있던 작은 책이 말했다. 그리고 루시가 방금 들은 말을 이해할 시간조차 주지 않은 채 다급하게 말을 이었다. 루시의 손목에서 뿜어져 나온 빛은 다시 루시의 팔을 타고 올라와 루시의 안으로 흘러 들어왔다.

"넌 도움이 필요하게 될 거야."

다른 책이 말했다.

"믿어야만 해. 너희 둘이 힘을 합쳤을 때에만 우릴 구해 낼 수 있어! 그렇게 오래전부터 모든 게 예정되어 있었던 일이야."

세 번째 책이 속삭였다.

"하지만 누굴 믿어야 한다는 거야?"

루시가 물었다. 또다시 희망의 새싹이 돋는 것 같았다. 루시는 혼자가 아니었다. 적어도 책들만큼은 루시가 무슨 일을 겪든 도와줄 터였다.

책들이 침묵하는 가운데, 문이 열리면서 마치 안개 너머에서 목소리가 들리듯 네이선과 그의 조부의 목소리가 귀에 들렸다.

"여기 우리 손님이 벌써 와 계셨군!"

바티스트가 마치 책들에게 오래전부터 자신의 존재를 알리려 했다는 듯, 큰 목소리로 외쳤다.

루시는 그의 목소리를 듣고도 차마 곧바로 뒤를 돌아볼 수가 없었다. 제 안의 용기를 끌어모으기 위해서는 몇 초 정도가 더 필요했다.

"루시, 괜찮아?"

네이선이 루시에게 가까이 다가오며 물었다.

하지만 그의 손과 닿자마자, 손끝에서 느껴지던 따끔거림이 더 거세지는 것 같았다. 그래서 즉시 그에게서 떨어졌다. 그와 눈이 마주쳤다. 걱정에 찬 눈빛이었다.

하지만 루시는 그의 손을 뿌리쳤다. 그는 매우 훌륭한 배우임에 틀림없었다. 루시는 그의 물음에 대꾸조차 않은 채, 그의 조부를 향해 걸어갔다.

바티스트 드 트레메인은 지팡이에 의지한 채 식탁 옆에 서 있었다.

"내가 보기엔, 아가씨는 이 방이 마음에 드는 것 같소만. 내 책들과 이미 인사는 나누었겠지?"

하지만 루시는 그의 물음엔 대답하지 않았다.

바티스트의 얼굴에 미소가 스쳤다.

"소피아가 식사 준비를 해 놓았을 거요."

그가 말했다.

루시는 노신사를 바라보았다. 병마와 세월 때문에 몸은 쇠약해졌을지언정 한평생 그의 풍채에 흐르던 위엄은 전혀 사라지지 않았고, 오히려 더욱 강렬해졌을 것으로 짐작되었다. 만약 그들이 강의실에서 교수와 학생으로 만났다고 해도, 그의 훤칠한 풍채와 열정적인 시선에 압도당했을 게 뻔했다. 루시는 그에게서 어떤 괴물을 발견하려고 노력해 보았지만, 그는 손자와 마찬가지로 완벽한 모습이었다. 하지만 그를 조심하리라 다짐했다.

네이선이 루시를 식탁으로 안내했다. 그런 다음 루시의 자리에서 의자를 빼어 루시를 앉혀 주었다. 그런 중세 시대적인 신사도라든가 방 안에서 빛나고 있는 수많은 촛불이 주는 분위기에 압도당한 나머지, 루시는 움츠러들고 말았다.

바티스트 드 트레메인은 식탁 머리에 자리를 잡고 앉았다. 네이선은 그의 맞은편에 자리를 잡았다.

그때 낮게 으르렁거리는 소리가 들려서 고개를 들어 보니 저편 창 밑에 거대한 검은 개 두 마리가 왔다 갔다 하고 있었다. 루시는 그 개들을 알아보자마자 겁에 질려서 얼어붙고 말았다.

"조용히 해!"

바티스트의 명령이 떨어지자마자 개들은 납작 엎드리며 입을 다물었다. 루시는 마구 떨리는 손을 허벅지 사이에 숨겼다.

노부인 하나가 접시들이 놓인 쟁반을 들고 들어왔다. 황홀한 냄새가 코에 스며들었다. 그제야 루시의 위장에서 꼬르륵거리는 소리가 났다. 그러고 보니 마지막으로 음식을 입에 댄 게 언제였는지도 기억나지 않았다. 노부인은 수프 그릇을 테이블 위에 놓아 둔 후 방을 나갔다.

"자, 사양하지 말고 들어요. 이렇게 우리를 방문해 주어 영광이오."

바티스트가 루시에게 음식을 권하며 말했다.

루시는 할 말을 잃었다. 그는 마치 루시가 자발적으로 자신들을 방문한 것처럼 행동하고 있지 않은가. 어쨌든 이 게임에 동참하기로 마음먹은 이상 물러설 순 없었다. 루시는 숟가락을 들고 수프를 한 술 떴다. 설마 먹는 동안 죽이려 들진 않을 테니 말이다.

수프는 상상했던 것보다도 훨씬 더 맛있었다. 그 순간, 네이선과 눈이 마주쳤다. 그가 어찌나 만족스러운 미소를 지어 보이던지, 마치 식도가 조여드는 것 같았다. 입맛이 싹 가셨다. 아마 이젠 제가 이긴 게 틀림없다고 생각하고 있겠지. 루시는 숟가락을 내려놓았다.

"루시, 그대를 여기까지 데려오기 위해 택한 방법이 좀 거칠었던 것에 대한 양해를 구하오. 하지만 우리를 이해해 주었으면 좋겠소. 우리는 오로지 책들을 보호하기 위해 최선을 다하고 있고, 그게 그대에게도 최대의 관심사라는 걸 알고 있소."

바티스트가 갑자기 입을 여는 바람에, 루시는 놀라서 저도 모르게 몸을 움츠렸다.

그리고 뭔가 대꾸하기 위해 입을 열려다가, 안간힘을 다해서 꾹 참았다. 일단은 그들이 무슨 말을 하는지 좀 들어 볼 생각이었다. 네이선은 가만히 입을 다물고 있었지만, 루시에게서 시선을 떼지 않았다.

"만약 원한다면 나중에 도서관에 데려다주겠소. 우리가 얼마나 많은 보물들을 구해 내어 안전한 곳에 보관하고 있는지 알면 놀랄 거요. 내일모레엔 손님들이 방문해서 저녁 식사를 함께할 거요. 아마 루시 양도 몇몇 진귀한 손님을 알게 되면 흥미로울 거라고 기대하오. 손의 상처는 어떻소? 어쨌든 나는 루시 양이 불에 심하게 다치지 않기만 바랐소."

그가 손목의 붕대를 바라보며 말했다.

"다시 건강을 되찾자마자 책의 내용을 읽어 들이는 방법을 가르쳐 드리리다. 네이선, 네 생각은 어떠냐?"

그가 네이선에게 묻자, 그가 가만히 고개를 끄덕였다.

루시는 그를 쳐다보지 않아도 그의 시선을 느낄 수 있었다. 그라면 루시가 절대로 타협하지 않을 거라는 사실을 눈치챘을 터다.

"하지만 걱정하진 말아요. 그리 오래 걸리진 않을 거요."

"제 어머니에 대해 말해 주세요. 저희 엄마를 알고 계시죠? 아니, 알았었다고 말해야 되나요?"

결국 참고 참았던 질문을 터뜨리고 말았다. 하지만 바티스트는 거의 감정의 동요가 없었다. 그가 루시를 향해 친절한 미소를 지어 보였다.

"그럼요. 알고 있다마다지요. 아주 매력적인 여성이었소. 고집쟁이였지만 아름다웠지. 하지만 들리는 소문에 의하면, 이미 세상을 떠난 것 같소."

바티스트가 마치 루시의 의중을 꿰뚫어 보려는 듯 그녀를 바라보았다. 그 순간 루시는 그의 안에 숨어 있던 악마성을 비로소 알아챘다.

"불에 타 죽었다더군."

그가 미소 지었다.

"그대가 어머니와 같은 운명에 처하지 않은 게 얼마나 다행인지! 네이선이 제때 구해 준 게 얼마나 행운인지 모르겠소."

그의 말에, 루시는 고개를 숙이고 의자 팔걸이를 손으로 짓눌렀다. 그의 시선이 네이선을 찾았다. 네이선조차 그의 할아버지를 어이없다는 얼굴로 바라보고 있었다.

침묵이 흘렀다.

"할아버지, 루시를 방에 데려다주고 오겠습니다."

침묵이 마치 영원처럼 느껴지려던 찰나에 네이선이 입을 열었다.

"그래. 내 생각에도 첫 시작으로는 충분한 것 같구나."

바티스트가 의자 등받이에 몸을 기대며 말했다. 조금 전에 보았던 노부인이 여러 가지 모양의 그릇을 들고 홀로 들어오는 게 보였다.

네이선이 미동조차 없이 앉아 있는 루시를 일으켜 올렸다.

"가자."

그가 명령한 다음, 루시를 일으켜 올려서 그 방을 나왔다.

"꼭 그랬어야 했어? 어째서 할아버지를 도발한 거야?"

그가 낮은 목소리로 질책했다.

루시는 대답하지 않았다. 대신 그의 손에 떠밀려서 복도를 걸었다.

그가 루시가 있는 방의 문을 열고 루시를 안락의자에 앉혔다. 그런 다음에는 루시의 얼굴을 들여다보기 위해 무릎을 굽히고 앉았다. 루시는 그의 손이 자신의 뺨에 닿는 것을 느꼈다. 따스했지만, 그에게서 어떤 위로도 받아서는 안 된다고 상기시켰다. 그는 적이었다.

"다 잘될 거야. 날 믿어 줘."

그가 속삭였다.

루시가 대답하지 않자, 그는 방을 나갔다. 그리고 문이 철컥 잠기는 소리가 들렸다.

"그럴 필요까진 없었잖습니까."

그가 방으로 돌아와 조부에게 항의했다.

"아니, 그래야만 했다. 이제 저 계집도 상황을 좀 파악해야 하니까."

바티스트가 대꾸했다.

"상황이 어떻다는 건 이미 알고 있어요. 루시는 바보가 아닙니다."

"그래, 영리한 여자라는 건 안다. 제 엄마처럼 말이야. 그 여자도 아주 오만했지."

바티스트의 목소리에 증오가 서렸다. 그가 잔에 든 음료를 한 모금 마셨고, 그제야 좀 이성을 되찾은 것 같았다.

"네이선, 너는 이 연극에서 네 역할을 아주 훌륭하게 해내고 있구나. 악역은 내가 맡을 테니 넌 '좋은 사람'으로서의 역할에 충실하도록 해라."

바티스트가 마치 탐색하듯 네이선을 바라보았다.

"가서 루시를 위로해 주거라. 그런 다음 나에게서 보호해 주겠다고 해. 그러면 며칠 후에는 네 손에 든 음식을 받아먹게 될 테니 말이야."

말을 마친 바티스트가 껄껄 웃었다.

"할아버지가 원하신다면요."

네이선이 대꾸했다.

"내일모레엔 보퍼트 경이 직접 방문할 거다. 그때까진 진정제를 쓰든 말든 상관없다. 만약 지금 자기가 어떤 상황이라는 걸 알게 되면, 저 새끼 고양이는 우리가 요구하는 건 뭐든 다 하려 할 테니 말이다."

"네, 할아버지 말이 옳아요."

네이선이 대꾸했다.

7장

나쁜 책은 아무리 읽고 싶지 않아도 피할 수가 없고,
좋은 책은 아무리 많이 읽고 싶어도 부족하다.

— 아르투르 쇼펜하우어

루시는 무거운 몸을 이끌고 침대로 가서 몸을 둥글게 말았
다. 시간이 얼마나 지났을까. 루시는 두려움이 가실 때까지 기
다렸다. 두려움과 슬픔 말이다. 그렇게 오랜 시간 동안 기다려
왔건만, 이제는 부모님을 영영 만날 수 없다는 사실을 알게 된
것이다.

누군가가 문을 열고 들어와 무언가를 책상 위에 두고 간 것
같았다. 하지만 루시는 고개를 돌려 그쪽을 바라보지 않았다.
그러다가 화장실을 가려고 몸을 일으켜 보니, 책상 위에 샌드
위치가 놓여 있는 게 보였다. 루시는 게걸스럽게 샌드위치를
씹어 넘겼다. 계속 굶고 있을 수는 없었다. 급기야 어지러울 정
도였는데, 바티스트의 말 때문이 아니라 너무 오래 굶은 탓이
었다. 그들에 대항하기 위해서는 힘을 비축해 두어야 했다.

어째서 아무도 구하러 오지 않는 거지? 콜린이 경찰에 신고했을까? 바티스트 드 트레메인이 자신을 납치했다는 걸 경찰들이 믿어 줄까? 아마 런던에 있는 저택을 먼저 수색해 볼 것이다. 그런 다음에는 거기에 있는 사람들을 대상으로 탐문을 시작할 터다. 그러기까지 시간이 얼마나 걸릴까? 1일 또는 2일? 루시는 이 집에서 얼마나 더 갇혀 있어야 할지 상상하며 치를 떨었다.

아직은 거기까지 생각하고 싶지 않았다. 부모님 생각도 일단은 접어 두어야 했다. 나중에도 충분히 슬퍼할 시간은 있을 터다. 지금은 여기에서 달아나 목숨을 연명하는 게 중요했다. 자신과 책들을 구해 내야 했다. 책들은 《수호자의 책》을 찾아야 한다고 말했다. 그 책 안에 자신이 원하는 해답이 쓰여 있다면서 말이다. 하지만 그게 도대체 뭐란 말인가? 얼핏 들으면 책 제목 같긴 했다. 아니면 보물, 그러니까 귀중품일 수도 있었다. 어쩌면 자신이 가지고 있던 펜던트를 의미하는 걸 수도 있었다. 수많은 질문에 대한 한 개의 답을 알게 될 때마다 더 많은 질문이 꼬리에 꼬리를 무는 것 같았다. 네이선에게 펜던트를 가져갔냐고 단도직입적으로 물어볼 생각이었다. 혹시 생각 외로 그가 진실을 말해 줄 수도 있었다. 만약 그가 펜던트를 돌려주지 않는다고 해도, 적어도 어디에 있는지는 알게 될 테니 손해 볼 건 없었다. 루시는 몸을 일으켜 창문 쪽으로 다가가 보았다. 정원에는 네이선이 서 있었다. 그는 저녁 식사 때 음식 시중을 들었던 노부인과 이야기를 나누는 중이었다. 저 여자는 누구일까? 어쨌든 둘의 대화는 그리 유쾌해 보이지는 않았다. 네이선의 얼굴은 진지해 보였다. 그 순간, 네이선이 고개를 들어 루시 쪽을 올려다보았다. 루시는 주춤거리며 레이스 커튼 뒤로 몸을 숨겼다. 그사이에 둘의 모습은 시야에서 벗어나 있었다. 루시는 한숨을 내쉰 후 침대에 누웠다.

방 안의 그림자가 점점 길어졌다. 루시는 무슨 일인가 일어나기만을 기다렸다. 네이선이나 바티스트가 자신을 가만히 내버려 둘 거라고는 생각하지 않았기 때문이다. 이 모든 게 그 둘의 계획의 일부일지도 몰랐다. 자신을 점점 더 두렵게 만들려는 것이리라. 만약 고문을 당하게 되면, 그들의 눈을 정면으로 들여다볼 수 있을 정도의 용기가 있을까? 죽고 싶지는 않았다. 죽기에는 너무 젊었으니까. 아직은 더 많은 걸 보고 또 체험하고 싶었다. 게다가 아직 한 번도 제대로 사랑해 본 적도 없었다. 네이선은 생각하고 싶지도 않았다. 그를 떠올리기만 해도 온몸의 피가 거꾸로 솟는 것 같았다. 게다가 저 빌어먹을 바티스트는 조금 전 대화할 때 보니 무슨 짓을 해도 이상할 게 없는 눈을 가지고 있었다. 어쩌면 저들이 시키는 대로 하는 게 현명할지도 몰랐다. 일단 책들을 구해 낼 방법을 알아낼 때까지만 말이다. 적어도 그동안은 목숨을 부지할 수 있을 터였다.

루시는 손바닥으로 얼굴을 감싸 쥐었다. 어떻게 그런 생각을 할 수 있지? 책들에게 그렇게 끔찍한 짓을 할 수는 없었다. 그때 어딘가에서 책 한두 권이 조용한 목소리로 말을 걸어왔다.

"루시, 먼저 네 목숨부터 구해야 돼. 죽으면 아무 소용이 없어. 다들 이해할 거야."

"아니, 절대 이해하지 못할 거야. 날 미워할 거고, 책들의 신뢰를 잃게 되면 영영 끝이라고!"

"알아. 하지만 책들보다는 너 스스로를 먼저 생각해야 돼. 연맹의 남자들은 일말의 동정심도 없어. 그들이 너에게 무슨 짓을 해도 괜찮은 거야? 어쩌면 죽음보다 견디기 어려울 수도 있어."

창에 비친 그림자에 물방울들이 보였다. 마치 환상을 보는 듯 아름다웠다. 이젠 헛것까지 보게 된 건가? 조금 전에 먹은 수프에 뭔가를 탄 게 분명했다. 벌써 약효가 나타나는 건가? 이제 그들의 노예가 되어 평생을 시키는 대로 살아가야 할지도 몰랐다. 루시는 침대 머리판에 몸을 기댔다.

그때 뭔가 아주 밝은 게 다가오는 게 보였다. 루시는 눈을 가늘게 뜨고 그 이상스레 희미한 형체들을 바라보았다. 그때 잊고 있던 어린 시절의 기억들이 떠올랐다. 그 당시엔 자신이 꿈을 꾼다고 생각했다. 한시라도 빨리 잊어버리고 싶은 악몽 말이다. 내가 지금 잠을 자고 있는 건가? 팔을 꼬집어 보려 했지만 붕대를 감아 놓은 탓에 잘 되지 않았다. 어디선가 한기가 느껴졌다. 루시는 입술을 깨물어 보았다. 피 맛이 났다. 그러니까 꿈은 아니었다.

잠시 사라졌던 그 희미한 형체들이 다시금 루시를 향해 다가오기 시작했다. 그 유령들은 이름조차 존재하지 않을 것 같은 적막에 감싸여 있었다. 책장이라면 분명 종이가 스치는 소리가 나야 하는데, 저들은 왜 이다지도 조용한 걸까? 이번만큼은 어디에도 도망칠 곳이 없었다. 저들은 루시에게 계속 경고해 왔다. 이제 정말로 눈앞에 나타났으니 그냥 넘어가진 않겠지. 루시가 겁에 질린 채 저들이 예전에 자신에게 경고했던 말들을 떠올리려 노력하는 동안에도 그들은 루시 쪽으로 다가왔다. 비명을 질러야 했다. 어쩌면 누군가 나타나서 저 기괴한 존재에게서 자신을 구해 줄지도 몰랐다. 하지만 과연 누가 와 주겠는가? 그 순간만큼은 저 바티스트조차 이보다 더 무섭지는 않았다.

허옇게 흐물거리는 책장 하나가 루시를 향해 달려들었다. 뼈 같은 손으로 허공을 움켜잡는 것 같았다. 루시는 심장이 멎을 것 같았다.

"우리는 경고했다. 너와 같은 자들은 우리에게서 도망칠 수 없어! 우리가 이렇게 저주받은 존재가 된 건 너희 수호자들 때문이니까!"

루시는 고개를 흔들었다.

"우리는 너희들을 느낄 수 있다. 어디로 가든, 어디로 숨든지 우리에게서 도망칠 수 없다!"

얼음 같은 냉기가 루시를 감쌌다. 얇은 먼지 막 같은 종이의 환영이 루시의 몸을 투과하자, 온몸이 얼어붙는 것 같았다.

정신을 차려 보니, 유령의 모습은 보이지 않았다.

이 또한 바티스트의 짓이겠지. 아직 정신이 채 돌아오지 않앉음에도 루시의 머리에 그런 생각이 떠올랐다.

누군가가 열쇠 구멍에 열쇠를 넣고 돌리는 소리가 들렸다. 루시는 그제야 제정신을 차렸다. 아직도 몸이 덜덜 떨렸다. 누가 이 한밤중에 자신의 방으로 들어오려는 거지? 이번에는 도대체 무슨 일이지? 문이 열렸고, 누군가가 서둘러서 조용히 기어들어 왔다.

"루시!"

네이선의 목소리가 들렸다.

"루시, 제발 정신 차려 봐! 내가 지금 널 여기서 나가게 해 줄 거야."

그가 루시의 어깨를 흔들었다.

"서둘러야 해. 도대체 왜 이렇게 몸이 차?"

루시는 몸을 일으켰다. 네이선이라면 겁나지 않았다. 하지만 그의 어깨 너머로 거대한 검은색 개가 버티고 있을까 봐 고개를 기웃거렸다.

"네이선, 그냥 날 내버려 둬."

네이선이 호주머니에서 손전등을 꺼냈다.

"루시, 부탁이야. 여기서 내보내 줄게. 이러고 있을 시간이 없어."

"내 걱정은 마. 콜린이 이미 경찰에 신고했을 거야. 내가 누구에게 붙잡혀 간 건지 알고 있을 테니까. 그럼 날 찾아낼 때까진 오래 걸리지 않겠지. 설마 벌써 경찰이 들이닥친 거야?"

"한 번만이라도 내가 하자는 대로 좀 따라와 주면 안 되겠니?"

그가 격노한 얼굴로 분노를 터뜨렸다.

"그럼 내가 설마 제 발로 불구덩이에 들어가려고 했겠어?"

"미안하지만 이러고 있을 시간이 없어."

네이선이 루시의 말을 중단시켰다.

그가 루시 쪽으로 몸을 굽히더니 무언가로 얼굴을 꽉 눌렀다. 그러자 지난번에 맡았던 그 기분 나쁜 달콤한 냄새가 코 속으로 들어왔다.

줄스는 격노한 채 현관문을 박차고 들어와 그대로 자기 방으로 들어가 버렸다. 몇 분 후, 마리가 부스스한 얼굴로 줄스의 방 안에 고개를 디밀었다.

"왜 그래? 무슨 일 있어?"

마리의 뒤에는 크리스도 보였다.

"응. 무슨 일 있지. 무슨 일투성이어서 문제지!"

줄스가 가방을 책상 아래로 집어 던지며 말을 이었다.

"조금 전에 경찰서에 갔었어."

"왜?"

마리가 놀라서 물었다.

"왜겠어?"

줄스가 짜증 섞인 목소리로 되물었다.

"왜 혼자 갔어? 나한테 말했으면 같이 갔을 텐데. 아님 콜린에게라도 말하지 그랬어?"

"넌 바빴잖아."

줄스가 비난 섞인 눈초리로 마리와 크리스를 번갈아가며 쳐다보았다. 마리의 남자 친구는 반바지만 입은 채 상의는 벌거벗고 있었다. 저런 근육 남과 함께 침대에 누워 있는 마리가 경찰서에서 바보들과 한바탕 난리를 피워야 했던 자신의 처지에 비하면 어찌나 부러운지 몰랐다.

"콜린도 바빴고. 그 바보 같은 녀석은 꼭 필요할 때만 여자들 꽁무니에 들러붙어 있다니까."

"오해야. 걔 오늘은 수업 들으러 대학에 갔어."

크리스가 룸메이트를 감싸 주려 대꾸했다.

"그래? 이번 학기에 처음 듣는 수업이었겠네."

줄스가 비아냥거렸다.

크리스도 비죽이 웃었다.

"아니, 사실은 두 번째야."

"그래서 경찰들이 뭐래?"

마리가 줄스의 침대에 앉으며 끼어들었다.

"거기서들 뭐라고 했게? 병원에 연락해 주겠다는 거야! 아니면 지금 연락할 가족이나 친구가 있냐고 물어보던데? 내 이야기를 다 듣고 난 후에는 내가 정신 병원에서 뛰쳐나온 건 아닌지 의심한 것 같아. 아무튼 무사히 보내 준 것만으로도 고맙더라.”

“그래도 그렇게 해서 확실해진 것도 있잖아, 안 그래?”

크리스가 끼어들었다. 그러자 마리가 조용히 하라는 듯 눈치를 줬다.

“설마 너 크리스한테도 말한 거야?”

줄스가 어이없다는 듯 소리를 질렀다.

그러자 마리가 미안해하며 어깨를 으쓱해 보였다.

“왜? 그냥 전단지로 만들어서 동네방네 써 붙이지그래?”

줄스가 흥분해서 고함을 질렀다.

“잠깐, 경찰서까지 가서 떠들어 댄 건 누구더라? 누가 누굴 비난할 상황은 아닌데?”

마리가 입술을 비죽거렸다.

“물론 나도 어리석었어. 하지만 난 누군가가 드 트레메인가에 전화해서 그쪽 고귀한 집안에 대한 질 나쁜 헛소문이 퍼지고 있다고 일러바칠까 봐 무서웠다고.”

“참, 그러고 보니 네이선한테는 연락이 안 닿는다고 콜린이 그러더라. 전화를 안 받아서 나중에라도 보면 좀 연락해 달라고 문자 메시지를 보내 놨대.”

마리가 말했다.

“하지만 네이선이 왜 연락하겠어? ‘안녕? 루시는 우리가 여기 잘 데리고 있어. 하지만 건강히 잘 있으니 걱정하지 마’라고 말해 주기라도 할 것 같아?”

줄스가 대꾸했다.

"나도 모르겠어. 하지만 어젯밤에 크리스와 함께 네이선 집에 갔다 와 봤는데, 빈집처럼 썰렁하더라고. 늙은 가정부 한 명외에는 아무도 없었어. 루시를 어디로 데려간 건지만 알 수 있다면 좀 더 많은 걸 시도해 볼 수 있을 텐데."

"드 트레메인가는 콘월에 별장을 하나 가지고 있대. 루시는 아마 거기에 붙잡혀 있을 거야."

줄스가 마리에게 말했다.

"뭐? 그걸 어떻게 알고 있었어?"

"구글에서 검색해 봤어. 콘월에 있는 저택은 이미 수 세기 전부터 드 트레메인가의 소유래. 거기가 그렇게 음산하지만 않다면 네이선도 꽤 괜찮은 신랑감……."

그 말에, 마리가 어이없다는 듯 줄스의 등짝을 후려쳤다.

네이선은 루시가 자는 모습을 지켜보았다. 이불을 거의 턱바로 밑까지 덮어 주고 이마도 짚어 보았다. 마취제를 너무 강하게 썼나? 거의 한 시간이 다 되어 가는데도 루시는 깨어날 생각을 하지 않았다. 얼굴도 창백해 보였다. 루시가 그렇게 고집스럽게 저항하지만 않았어도……. 마지막으로 한 번 더 그녀에게 눈길을 던진 네이선은 방문을 열어 두기로 결심했다. 어두운 방 안으로 복도에 세워 둔 촛불에서 나오는 은은한 빛이 아른거리며 쏟아져 들어왔다. 그런 다음엔 부엌에 가서 샌드위치와 홍차를 준비해 두었다. 아마 잠에서 깨어나면 배도 고프고 목도 마를 터였다. 아니, 그러길 바랄 뿐이었다. 더 이상의 골 칫거리는 사양하고 싶었다. 여기에서 문제가 발생한다면, 정말 로 일이 복잡하게 꼬일 터다.

그는 마지막으로 집 안을 돌며 창문이 모두 잠겨 있는지 확인했다. 누군가가 들판에서 길을 잃고 헤매다 이 집을 발견할 지도 모르는 일이었다. 그때 집 안에 사람이 있다는 걸 알아서 는 안 되었다. 그는 주의 깊게 집 주변을 살폈다. 시선이 닿는 곳까지 구석구석 살펴보았지만 이상한 점은 눈에 띄지 않았다. 산 아래에는 울긋불긋한 낙엽들이 새벽 첫 햇살 아래서 반짝이 며 찬란한 아름다움을 뽐내고 있었다. 태양이 떠오르며 밤의 어둠을 몰아내고 있었지만, 아직 어둠은 숲 깊고 구석진 곳에 끈질기게 들러붙어 있었다. 하지만 날이 밝는다고 해서 더 안 전할 거라는 보장은 없었다.

전신에 피곤이 몰려왔다. 거의 밤새도록 차를 몰고 달려와 야 했던 까닭이다. 중간에 단 한 번, 식료품을 사기 위해 그녀 를 차 안에 혼자 내버려 두기도 했다. 하지만 그 모든 위험을 감수해야 내야만 했다.

입술 사이로 흘러 들어오는 물 한 줄기가 어찌나 달콤하던 지! 물 한 모금이 이렇게나 절절하게 감사했던 적이 있었던가? 물은 루시의 타들어 가는 입술과 메마른 식도를 적셔 주었다. 허겁지겁 물을 삼키자 좀 정신이 드는 것 같았다. 그제야 누군가가 자신을 부축해 물컵을 기울여 주고 있다는 걸 깨달았다. 그리고 그게 '누구'인지 깨닫자마자, 소스라치게 놀라 그에게서 떨어졌다.

그가 루시를 바라보았다. 만약 루시가 그에게서 일말의 후회나 미안함을 기대했다면 분명 실망했을 것이다.

"미안. 하지만 일어날 시간이 되었는데도 눈을 뜨지 않아서 솔직히 의사에게 데려가야 되나 슬슬 걱정까지 되더군. 지금 상황에서 의사한테 가기란 불가능했고."

"뭐야?"

루시가 흥분한 나머지 언성을 높였다.

"날 납치한 것도 모자라 이젠 늦게 깨어났다고 비난이라도 하려는 거야? 날 마취시킨 게 누군데!"

화가 치밀어 머리 뚜껑이 열릴 것 같았다. 네이선이 완전히 머리가 이상해진 게 아닐까? 도대체 이해할 수가 없었다.

"난 내가 최선이라고 생각하는 대로 행동했을 뿐이야. 넌 내 말을 들으려고도 하지 않으니 극단적인 길을 택하는 수밖에 방법이 없더군."

"그 바보 같은 단체 때문에 머리가 굳어 버린 것 아냐? 도대체 여긴 어디야?"

루시는 그에게 외친 다음, 일어서기 위해 침대 끄트머리로 몸을 움직였다. 당장이라도 여길 벗어나고 싶었다. 이 미치광이와는 단 1분도 같은 곳에 있고 싶지 않았다.

하지만 루시가 채 몸을 일으키기도 전에 어지럼증이 일었다. 순간적으로 네이선이 손을 뻗어 루시의 허리를 붙잡아 주었다. 하지만, 그와 너무 가까워지는 것만은 피하고 싶었다.

"당장 놔 줘."

루시가 낮은 목소리로 으르렁댔다.

"좋아. 혼자 설 수 있다면 말이지."

그가 손을 놓자, 루시는 손을 허우적거리며 침대 기둥을 붙들었다.

루시가 다시 몸의 균형 감각을 되찾은 후 물었다.

"여기가 도대체 어디야?"

주변을 둘러보았다. 마치 하루아침에 공주에서 하녀로 전락한 기분이었다. 이건 또 무슨 전개람?

"문까지 걸을 수 있겠어?"

그가 눈썹을 치켜든 채 물었다.

루시는 말없이 고개를 끄덕였다.

네이선이 손을 뻗어 루시를 부축하려 했지만, 루시는 그의 손길을 완강하게 거부하며 방 안을 가로질러 복도를 따라 천천히 걸었다. 그의 손길이 몸에 닿는 걸 견딜 수가 없었다. 그와 닿을 때마다 마치 전기에 감전된 것처럼 찌릿거리는 느낌이 들었기 때문이다. 어째서 집 안이 이렇게 추운 거지? 게다가 촛불 몇 개 이외에는 광원이 하나도 없었다. 네이선이 커다란 서랍장을 움직이자 현관문이 드러났다. 그가 문의 쇠사슬을 풀고 문을 열었다.

여기가 대체 어디야? 알카트라즈 알카트라즈[1] 교도소라도 되는 건가?

네이선이 문을 열자, 루시는 저도 모르게 뒷걸음질 치며 물러섰다. 얼음 같은 칼바람이 얼굴을 때렸고 하늘에는 차가운 회색 구름이 드리워 있었다. 천천히 한 걸음씩 바깥으로 나가 보았다. 발바닥 아래에서 냉기가 느껴졌다. 그제야 루시는 자신이 양말만 신은 상태라는 걸 깨달았다. 네이선이 침묵하는 동안 루시는 좀 더 자세히 주변을 둘러보았다. 사방에는 숲과 산, 잔뜩 찌푸린 먹구름뿐이었다. 여기가 어디인지는 도저히 알아낼 수 없었다. 아니, 아무도 여기가 어디라고 말해 줄 수 없을 것이었다. 그런 곳에 미치광이 한 명과 단둘이 남겨진 것이다.

"넌 내 도움 없이는 여기서 나갈 수 없어. 그러니 쓸데없는 생각은 안 하는 게 좋아."

루시는 말없이 조금 전의 방으로 돌아갔다. 그런 다음, 침대에 누워 이불로 몸을 감싸고 벽 쪽으로 고개를 돌렸다. 무슨 말을 해야 할지, 무엇을 해야 할지조차 알 수 없었다.

"뭐 좀 먹을래?"

그가 루시에게 물었다. 그의 목소리는 한결 부드러워졌다.

"홍차 좀 줄까? 분명 기분이 한결 나아질 거야. 아스피린도 하나 먹어 두는 게 좋을 것 같은데."

---

1 샌프란시스코 연안의 작은 섬. 철벽의 교도소가 있던 곳으로 유명하다.

뭐야? 지금 날 걱정해 주는 건가? 아니면 단지 기분 탓인가?

"네가 주는 건 아무것도 먹지 않을 거야."

루시가 대꾸했다.

하지만 거절에도 불구하고, 잠시 후 루시의 협탁 위에는 접시와 물컵이 담긴 쟁반이 놓여졌다.

루시는 그걸 보고도 반응하지 않았다. 도대체 어떻게 하면 이 악몽에서 벗어날 수 있을까라는 생각뿐이었다. 네이선이 썼던 약물 때문에 아직도 온몸이 물에 젖은 솜처럼 노곤했다. 어쩌면 뭔가 먹은 다음 아스피린이라도 삼켜 두는 게 나쁘지는 않을 것 같았다. 샌드위치와 홍차를 마시고 나니 훨씬 컨디션이 나아진 것 같았다.

자신을 여기로 데려온 건 네이선일 것이다. 하지만 도대체 무슨 목적으로? 아무튼 이 근처에 차가 세워져 있을 터다. 차 열쇠만 손에 넣을 수 있다면 그걸 타고 가장 가까운 곳의 마을로 가서 콜린에게 전화를 걸 생각이었다. 더 이상 시간을 지체할 수는 없었다. 언제 바티스트 드 트레메인이 들이닥칠지 알 수 없는 노릇이었으니까. 어쩌면 경찰이 바짝 추적한 탓에 자신을 콘월에서 이리로 옮겨야만 했을 수도 있었다. 만약 경찰의 감시가 끝나면 네이선이 자신을 다시 콘월로 데리고 가겠지. 아마 거의 틀림없이 자기 생각이 맞을 거라고 루시는 확신했다. 그 때문에 자신을 이런 첩첩산중으로 데려온 것이다. 여기라면 아무도 그녀를 찾지 않을 테니 말이다. 이번에도 네이선이 그 거대한 검은 개들을 데리고 있는 걸까? 여태 그들의 모습은 본 적이 없었다. 만약 혼자 남게 되면, 네이선이 잠들기만을 기다리리라. 그는 피곤해 보였다. 촛불 아래에서도 그의 깊은 피로가 느껴졌다. 루시는 여기가 과연 어디일지 생각해 보았다. 산과 나무 외에는 아무것도 보이지 않았던 게 떠올랐다. 분명 아직 영국 땅인 것 같았다. 우중충한 아침 날씨로 미루어 보면 그랬다. 네이선은 간밤에 자신이 잠들었을 때 마취제를 써서 여기로 데려왔을 테고, 그렇다면 콘월에서 웨일스 지방을 넘어가진 못했을 거라는 생각이 들었다.

네이선이 초 하나를 들고 방으로 들어와 문을 닫았다.

루시가 그를 바라보며 물었다.

"이번엔 또 뭐야?"

"미안하지만 나도 좀 눈을 붙여야겠어. 간밤에 밤새도록 달려왔거든. 몇 시간 정도 같은 방 안에 있어야 할 텐데, 참을 수 있겠어?"

"힘들 것 같은데."

루시가 대꾸했다.

하지만 네이선은 아랑곳없이 침대 끄트머리에 앉았다.

"앞으로 며칠 동안은 서로 협력하는 수밖에 없어. 게다가 이 집엔 침대가 이것 하나뿐이야. 너와 내가 같이 있는 게 모든 면에서 안전할 거고 말야. 이 집엔 전기도 난방도 들어오지 않으니 추울 거야. 물론 침대에 있든지 의자에 있든지 선택하는 건 네 자유야. 하지만 날씨도 추우니 내 체온까지 더해지면 훨씬 따뜻할 거야. 물론 처음 있는 일도 아니지만."

그가 미소 지어 보였지만, 루시는 아무런 반응도 보이지 않았다.

"아무튼 너도 나와 함께 이 방 안에 있어야만 해."

"차라리 독사와 한 침대에 있겠다."

루시가 시큰둥하게 대꾸했다.

"좋아. 그렇다면 저쪽에 있는 의자를 권해 줄게."

그가 방 한쪽 구석에 있는 의자를 가리켰다. 불편해 보이는 나무 의자였다. 루시는 이불을 뒤집어쓴 채로 의자로 걸어갔다.

"미안하지만 이불은 침대에 놔 둬."

네이선이 차갑게 말했다. 루시가 그에게 이불을 건네자, 그가 재빨리 루시의 손에서 이불을 낚아챘다.

루시는 팔짱을 낀 채 의자를 바라보았다. 의자는 불편한 데다 추워 보였다.

네이선이 루시를 살피며 입을 열었다.

"이걸 쓰고 싶진 않았지만, 어쩔 수 없겠군. 루시, 네가 이성적으로 행동해 줬다면 이걸 사용할 일은 없었을 거야."

그가 주머니에서 긴 밧줄을 꺼냈다.

루시는 숨을 고르고 항의하려 했지만, 그에게 재빨리 손목을 잡히는 바람에 저항 한번 제대로 하지 못했다. 그가 루시의 손목에 밧줄을 감았다. 하지만 최대한 아프지 않도록 애쓰는 것 같았다. 루시는 저도 모르게 몸을 떨었다. 단지 방 안이 춥기 때문만은 아니었다. 하지만 네이선이 루시를 묶은 매듭을 보니 쉽게 풀고 탈출할 수 있을 것 같아 보이진 않았다.

"나도 이러고 싶진 않았어. 난 네가…….."

네이선이 루시를 바라보며 입을 열었지만 말을 끝맺지는 않았다. 하지만 그에게 결코 손의 매듭을 풀어 달라고 애원할 일은 없을 거라고 맹세했다. 애원은커녕 분노로 발이나 쿵쿵 굴러 대고 싶었다. 하지만 네이선이 다리도 묶어 의자에 앉혀 놓는 바람에 발조차 구를 수 없었다.

"이미 말했지만, 난 정말 이러고 싶지 않아. 하지만 넌 다른 선택의 여지를 남기지 않더군. 나중에라도 침대로 들어오고 싶으면 말해 줘."

그가 미소 지어 보였다.

"난 물지 않으니까."

"꿈 깨. 아니면 지쳐 재가 될 때까지 기다리든가."

루시가 욕을 퍼부었다.

네이선이 어깨를 으쓱해 보였다.

"네가 원한다면."

네이선의 검은 눈동자가 침대 위에서 루시를 내려다보다 일순 먹구름이 낀 것처럼 어두워졌다. 루시는 잠시 제 눈을 의심했다. 하지만 그는 이내 고개를 돌려 버렸다.

네이선은 아무런 망설임도 없이 바지를 벗어 바닥에 놓아둔 다음, 이불로 몸을 말고 침대에 누웠다. 그리고 이내 잠이 들었다.

루시는 어둠 속에서 여러 가지 혼란스러운 생각에 빠져들었다. 도대체 무슨 생각인 거지? 어째서 저렇게 무방비 상태로 자신의 마음을 흔드는 건지 이해할 수 없었다. 게다가 끈으로 손을 묶어 두는 조치는 어딘가 엉성해 보였다. 물론 마술사가 아닌 다음에야 끈을 풀고 탈출할 수는 없을 터였다. 루시는 손목을 입으로 가져가 이로 물어뜯으며 끈을 풀어 보려 했다. 하지만 끈은 점점 더 단단히 조여들더니 급기야 전보다 더욱 손목을 옥죄였다. 손목에 통증이 느껴졌다. 발목을 묶은 끈을 풀려던 시도도 같은 결과만 낳았다. 루시는 투덜거리며 포기하고 말았다. 집 안 어딘가에서 시계의 초침 움직이는 소리가 들리며 규칙적인 단조로움을 선사하고 있었다. 시간이 흘러감에 따라 몸은 점점 추워졌음에도 자꾸만 눈꺼풀이 내리 감겼다. 하지만 딱딱한 의자와 손발이 묶인 상태 때문에 잠을 잘 수는 없었다. 게다가 더 이상은 묶인 곳의 통증을 견딜 수가 없었다. 막다른 골목이었다. 만약 묶인 손발을 풀 수만 있다면 도망치는 것도 더 쉬울 터라고 스스로를 위로했다. 어쩌면 처음부터 그의 경계심을 늦추는 작전으로 갔다면 모든 게 훨씬 간단했을 터다. 아마 이 작은 감옥에는 그와 루시, 단둘뿐인 것 같았고, 그의 조부보다야 네이선을 구워삶는 게 훨씬 쉬웠으니 말이다. 아직도 그의 조부라는 사람은 두려웠다.

"네이선, 일어나 봐!"

루시가 외쳤다.

하지만 그는 미동조차 없었다.

"빨리 일어나서 날 풀어 줘! 손에 피가 안 통해!"

"뭐?"

그가 졸음에 찬 목소리로 물었다.

"제발 좀 일어나서 이것 좀 풀어 주면 안 돼?"

"왜?"

"줄이 살을 파고들어서 너무 아파."

"설마 그걸 풀고 도망가려 한 거야?"

그가 놀랍다는 투로 물었다.

"당연하지. 설마 내가 스스로 더 세게 묶었겠어?"

"줄을 풀려고 하면 더 세게 조여든다고 처음부터 말해 둘걸 그랬군."

"내 말이. 그럼 쓸데없이 힘을 낭비하진 않았을 텐데."

네이선은 침묵했다. 루시는 입을 꾹 다물고 그가 다음 행동을 보일 때까지 조용히 기다렸다. 하지만 더는 참고 있을 수가 없었다.

"그래서, 어떻게 할 거야?"

"뭘 어떻게 하라는 거야? 난 잠을 자야 한다고 분명히 말했잖아. 네가 한 행동이니 스스로 책임을 지라고."

"네이선, 웃기지 마. 내 책임이라고? 너야말로 날 납치해서 여기 묶어 둔 책임을 져야지! 당장 풀어 주지 않는다면 비명을 질러 댈 거야."

"생각 좀 해 볼게."

"빨리 하는 게 좋을 거야."

"만약 내가 풀어 준다면, 도망치려는 시도를 하지 않을 거라고 약속해 줄 수 있어?"

"도망칠 수는 있는 거야? 여기서?"

"루시, 도망치지 않겠다고 약속할 수 있어?"

그가 다시 한 번 물었다.

루시는 한숨을 내쉬었다.

"알았어. 약속할게. 이제 좀 풀어 줄래?"

"아직 중요한 한마디를 못 들은 것 같은데."

"제발."

루시는 쥐어짜내듯 말했다.

네이선은 몸을 일으켜 라이터를 찾았다. 잠시 후, 불을 밝힌 초를 찾아들고 그가 루시에게 다가왔다. 그 짧은 시간 동안 푹 잤는지, 그의 검은 머리카락이 하늘을 향해 뻗쳐 있는 게 보였다.

"이제 풀어 줄 건데, 여기 앉아 있을래 아니면 침대로 올래?"

"고맙지만 여기 앉아 있을래."

비록 등이 아파 죽을 것 같았지만, 그의 제안을 단칼에 거절해 버렸다.

"너 입술이 파래."

그가 벽에 걸린 온도계를 가리켰다. 온도계 눈금은 0도 이하의 어딘가에 머물고 있었다.

"네가 의자에 있든 침대로 오든 상관없지만, 그렇게까지 얼어 죽고 싶어?"

그가 루시를 의자에서 억지로 들어 올려서 침대로 향했다. 루시가 몸을 버둥거리며 저항했다.

"제발 어린애처럼 굴지 마."

그가 나직이 종용하자 루시는 이를 갈며 저항을 포기하기로
했다. 그의 팔을 타고 온기가 전해져 왔고, 갑자기 그 따스함을
거부할 수가 없었다.

"이불 좀 줘."

루시가 요구하자 네이선이 코웃음을 쳤다.

"꿈 깨."

루시는 침대 가장자리에 몸을 웅크리고 누웠다. 그러다가
네이선이 잠시 긴장을 늦춘 틈을 타고 이불을 낚아챘다. 그러
자 네이선은 말없이 이불을 다시 자기 쪽으로 잡아당겼다. 이
불의 일부를 얻으려면 그의 곁으로 가는 수밖에 없었다. 물론
그 편이 의자에 묶인 채 추위에 떠는 것보다야 더욱 포근하고
따스할 터다. 네이선이 촛불을 불어서 끄자, 주위는 다시 어둠
에 잠겼다.

네이선이 자신에게 한 그 모든 일들에도 불구하고, 그의 곁
에 가까이 있다는 사실만으로 심장이 쿵쾅거리기 시작했다. 불
쾌한 감정은 아니었다. 하지만 무슨 일이 있어도 그런 속내를
들키고 싶지는 않았다. 네이선이 그녀에게 아직도 어떤 의미가
있다는 사실을 알게 해선 안 되었다. 물론 그가 여태껏 한 일들
과 앞으로 벌어질 일들을 생각한다면, 그를 미워하는 게 당연
했다. 루시는 그가 누워 있는 쪽으로 조금 다가갔다. 벌써 자는
건가? 고개를 돌려 그를 바라보았다. 어둠 속에서 그의 얼굴이
보였지만, 눈을 뜨고 있는지 감고 있는지는 알 수 없었다. 갑

자기 바티스트의 얼굴과 눈빛이 떠올랐고, 네이선이 주는 온기에도 불구하고 온몸에 소름이 돋았다. 바티스트는 악의 화신이었다. 어떻게 루시의 부모님이 죽었다는 사실을 뻔뻔할 정도로 당연하다는 듯 말할 수 있는 걸까? 그 당시에는 네이선조차 조부가 하는 말에 경악을 금치 못했던 게 떠올랐다.

언제쯤 집에 돌려보내 줄까? 콘월 수색을 마친 경찰들이 다음으로는 어디를 수색하게 될까? 아니, 계속 찾으려고는 할까? 어쩌면 경찰이 친구들의 말을 믿어 준다는 것 자체가 기적 같은 일이었다. 바티스트 드 트레메인 같은 사람이 유괴범으로 지목되는 일이 있기는 하겠는가? 하지만 그것 이외에는 네이선이 자신을 이런 허름한 별장에 감금하고 있는 걸 설명할 길이 없었다. 그도 사람인데 이런 고생을 자처했을 리가 없다. 저 부잣집 도련님은 여태껏 손에 물 한번 묻힐 일 없이 자라 왔을 터였으니까.

어떻게든 탈출할 방법을 궁리해야 했다. 내일이면 너무 늦어 버릴지도 모른다. 만약 그들을 돕지 않겠다고 하면 목숨을 살려 둘 리가 없다. 저들은 멀쩡히 있던 사람도 하룻밤 안에 영영 사라지게 만들어 버릴 수 있었다. 하긴, 아무도 이런 산속 외딴 별장까지 자신을 찾으러 오지는 않을 것 같았다. 완벽 범죄를 위한 완벽한 장소였다. 아무리 생각해 봐도 앞뒤가 딱 맞았다. 루시는 몸을 떨었다. 네이선은 자신을 죽일 셈일까? 왠지 그의 손에 죽을 것 같지는 않았다. 바티스트라면 그런 지저분한 일은 자기 충복들에게 맡겼을 터다.

그때 무슨 소리가 났고, 루시는 깜짝 놀라 저도 모르게 네이선 쪽으로 좀 더 가까이 다가갔다. 설마 자신을 죽이려고 누군가가 온 건가?

"걱정하지 마."

그가 속삭였다. 그의 따뜻한 손이 루시의 팔을 단단히 붙잡아 주었다. 그 순간, 살갗에 화끈거리는 느낌이 퍼져 나갔다. 루시는 그의 손아귀를 뿌리쳤다. 물론 그가 바티스트나 그의 충복들보다 위험하진 않겠지만, 그렇다고 그가 한 일을 잊어서는 안 되었다. 지금도 자신을 보고 있지 않은 척하면서 결국은 계속 지켜보고 있었던 셈이다. 그의 겉모습에 속으면 안 된다고, 그의 손길을 떠올려선 안 된다고 계속 머릿속으로 되뇌었다.

"지붕 위에 뭐가 떨어졌을 뿐이야."

그가 어둠 속에서 부드럽게 속삭였다.

루시는 대꾸하지 않았다. 제발 다시 잠이나 자라고 빌고 또 빌었다.

시간은 점점 흘러갔고, 이불을 덮고 있으니 온몸에 온기가 퍼지며 자장가를 불러 주는 것 같았다. 만약 지금 도망치지 않는다면 나중에 분명 후회할 것이었다. 물론 운 좋게 집 밖으로 나갈 수 있다고 해도 과연 어디로 가야 할지는 의문이었지만 말이다. 하지만 이대로 가만히 앉아 바티스트의 손아귀에 떨어지길 기다리느니, 어떤 시도라도 해 보는 게 나을 것 같았다.

루시는 조심스럽게 몸을 일으켰다. 만약 네이선이 눈치채고 잠에서 깨어나면 게임 끝이었다. 그렇게 되면 다시 손발이 묶일 거고, 이번에는 절대 풀어 주지 않을 거였다. 이불을 걷어내자 냉기가 전신을 공격했다. 집 안에 옷과 신발이 있을까? 지금 같은 날씨에 양말 바람으로 나돌아 다닌다는 건 자살 행위나 다름없었다. 루시는 소리 없이 침대에서 일어났다. 그리고 방 안을 더듬거리며, 방문을 찾았다. 제발 열려 있기를! 부엌에 가면 외창을 통해 빛이 들어올 테고, 그러면 양초라도 찾을 수 있을 거다. 조심스럽게 벽을 더듬으며 걷다 보니, 문손잡이가 만져졌다. 문을 열고 복도로 나가니 눈이 어둠에 적응하는 게 느껴졌다. 발꿈치를 들고 복도를 지나는 동안 사물들의 실루엣이 차츰 분간되기 시작했다. 잠시 멈춰 서서 부엌문이 어떤 것일지 고민하는 동안, 갑자기 소변이 마려웠다. 그래서 일단 눈앞에 보이는 문으로 들어가기로 마음먹고, 단지 그 문이 열릴 때 큰 소리가 나지 않기만 빌면서 문을 열어 보았다. 놀랍게도 그 문은 부엌문이었고, 식탁 위에는 작은 양초가 타고 있는 유리 그릇이 놓여 있었다. 루시는 갑자기 용기가 샘솟는 걸 느꼈다. 만약 네이선이 아직도 자고 있다면 여기서 도망치는 것도 가능할 것 같았다. 초를 들고 다음 문으로 들어가 보았다. 거기에는 작은 욕실이 있었다. 용변을 본 후, 다시 복도로 나와서 이번에는 옷가지와 신발, 집 열쇠와 가능하다면 차 열쇠도 찾아보기로 마음먹었다. 다시 조심스럽게 네이선이 자고 있는 방 앞을 기웃거리던 루시는 제 눈을 의심하고 말았다.

조금 전까지 자신이 갇혀 있던, 지금 네이선이 평화로운 단잠을 즐기고 있는 그 방의 문에 열쇠가 꽂혀 있었다. 루시는 방문을 잠그기 위해 손잡이로 손을 뻗었고, 그 순간 온 집 안의 문이 삐걱대는 소리가 울려 퍼졌다. 루시는 너무 놀라 넋을 잃을 지경이었다. 손에 든 작은 촛불로는 네이선이 일어났는지 구분할 수 없었지만, 분명 일어났을 거라고 짐작할 수 있었다. 그가 부스럭대며 이불 위를 더듬는 소리가 들렸다. 제 옆에 루시가 없음을 확인한 순간, 그가 침대에서 튀어 올라 루시 쪽으로 걸어왔다. 그의 노한 얼굴을 마지막으로 루시는 힘껏 문을 닫은 다음 열쇠로 잠갔다.

문 저편에서 네이선이 온 힘을 다해 몸으로 문을 부수려는 듯 쾅쾅거리는 소리가 들렸다. 저 낡은 문이 제 역할을 다해 주기만 바랄 뿐이었다. 그렇게 5분이 지나자 네이선도 포기한 것 같았다. 그제야 루시도 안심하고 몸의 긴장을 풀었다.

네이선을 가뒀다는 사실에 루시는 의기양양해졌다. 집 안을 뒤져 양초를 찾아내 불을 붙여서 방을 밝혀 보았다. 그러자 집 안이 빛과 온기로 가득 차기 시작했다. 네이선은 여전히 문을 두드리며 루시를 소리쳐 불렀지만 무시했다. 그 작은 단층짜리 집은 집이라기보다는 오두막에 가까웠고, 벽에는 진흙이 발라져 있었다. 온 집 안이 습기와 곰팡내로 눅눅했다. 부엌에는 루시의 신발이 있었다. 겉옷은 찾을 수가 없었고, 대신 의자 위에 걸쳐 놓은 네이선의 겉옷이 보였다. 루시는 잠시 고민하다 겉옷을 얼른 걸쳐 입었다.

식탁 위에는 차를 담은 보온병이 있었다. 루시는 다음으로 무얼 해야 할지 고민하며 차를 따라 마셨다. 찻잔을 통해 온기가 전해져 왔다. 눈앞에 창문이 보여서, 다가가 힘껏 움직여 보았더니 약간 덜컹거릴 뿐이었다. 옆방으로 들어가 보니 아무것도 없이 텅 비어 있었고, 창도 잠겨 있었다. 욕실에는 창문이 없었다. 네이선이 갇혀 있는 침실의 창문도 잠겨 있길 바랄 뿐이었다. 그렇지 않으면 네이선이 창문을 통해 밖으로 나가서 유유히 현관문을 열고 들어올 수 있을 테니 말이다. 그가 화가 나서 자신에게 무슨 짓을 할지 누가 알겠는가. 그제야 문을 두드리는 소리가 조용해졌다는 걸 깨달았다. 루시는 문으로 다가가 귀를 대 보았다. 너무 조용했다. 도대체 안에서 무슨 짓을 벌이는 거지? 나쁜 예감이 들었다. 한시라도 빨리 열쇠를 찾아서 이 집에서 도망쳐야 했다. 루시는 그의 겉옷 주머니를 뒤져 보았지만, 열쇠는 보이지 않았다.

어쩌면 열쇠가 필요 없을지도 몰랐다. 이 낡은 집은 그리 튼튼해 보이지 않았기 때문이다. 문 앞에 세워 둔 거대한 서랍장은 문제가 되지 않았다. 물론 미는 과정에서 엄청난 소음이 발생했지만 말이다. 적어도 이 소리에 네이선이 잠에서 일어났을 거란 생각에 냉소적인 웃음을 터뜨렸다.

"루시!"

방 안에서 네이선의 목소리가 들렸다.

"소용없어. 집 현관 열쇠는 내가 가지고 있으니까. 우리 얘기 좀 하자."

루시는 그의 목소리를 최대한 무시하며 문을 여는 데에만 집중했다. 만약 이렇게 낡은 집에 달린 문을 열려고 하는 거라면 전혀 문제가 되지 않았을 터지만, 누군가가 그 낡은 문에 보조 잠금장치를 해 둔 게 보였다. 루시는 내키지 않는 마음으로 문에 힘껏 몸을 부딪쳐 보았지만, 최고 안전 레벨의 은행을 털려는 거나 마찬가지였다. 루시는 복도에 있는 의자에 털썩 주저앉고 말았다. 물론 네이선을 방에 가두긴 했지만, 결국엔 아무런 진전이 없는 셈이었다. 네이선과 타협점을 찾아야 할까? 도대체 무슨 제안을 하려는 걸까? 어떻게 보면 둘의 처지는 같았다. 더 곰곰이 생각해 보니 자신이 네이선보다는 나았다. 적어도 방 밖에는 빛과 음식과 물이 있었고, 네이선에게는 아무것도 없었으니까. 물론 그를 영원히 가둬 둘 순 없었다. 그렇지 않으면 결국 한평생 양심의 가책을 받으며 살게 될 게 뻔했다. 물론 네이선이 반대 입장이라면 양심의 가책 따위는 잊고 살 테지만 말이다. 이 무슨 코미디 같은 상황이람! 루시는 한숨을 내쉬었다.

루시는 결국 문으로 다가가서 네이선을 불렀다.

"네이선! 내 말 들려?"

"아주 똑똑히 들려. 그러니 쓸데없는 말은 집어치우고 이 문이나 열어 줘."

"꿈 깨."

루시가 쏘아붙였다.

"네 계획은?"

그가 물었다.

"네가 방문 밑으로 현관 열쇠를 건네주면서 자동차 열쇠가 어디 있는지 말해 주면 고맙겠어. 일단 사람들 다니는 데까지 가면 널 구하러 사람을 보낼게."

"너야 말로 꿈 깨."

그가 대꾸했다. 루시는 침대 스프링이 삐걱대는 소리를 들었다.

설마 지금 침대에 누운 건가? 믿을 수가 없었다. 아마 자신이 절대로 집 밖으로 빠져나가지 못하리라고 장담하는 것 같았다. 그리고 슬슬 네이선의 말이 입증되고 있었다.

루시는 한숨을 쉬었다.

"알았어. 넌 무슨 제안을 할 건데?"

"일단 문부터 열어."

그의 목소리가 아까보다 작게 들렸다.

그러니 정말 침대 위에 누워 있는 모양이었다. 분명 자신이 이 집을 나가고 싶어 하는 만큼이나 네이선도 방에서 나오고 싶어 할 거라고 생각했는데, 아니면 자기가 잘못 생각한 건가?

그 순간, 루시가 이마를 탁 쳤다. 스스로도 자신의 어리석음에 기가 찰 노릇이었다. 그가 방 밖으로 나오고 싶은 간절함이 덜한 이유를 깨달았다. 네이선은 자기 할아버지가 올 때까지 기다리고 있으면 되는 것이다. 그에게도 현관 열쇠가 있을 터고, 그가 열쇠로 문을 열고 들어오면 게임은 종료될 것이다. 루시는 공포에 질렸다. 지금 어딘가 가만히 앉아 있을 때가 아니었다. 일단은 네이선을 진정시키는 게 급선무였다. 어쨌든 최근 며칠 동안의 행동으로 보아, 자신에게 그가 시종일관 무관심하게 대하지는 않았던 것이다. 아니면 그 모든 것도 연극이었나? 그의 미소와 손길도? 루시는 고개를 흔들어서 그런 생각을 떨쳐 버렸다. 과거는 과거일 뿐이었다.

"네이선, 부탁할게. 나에게 열쇠를 줘! 절대 연맹에 누가 되는 짓은 하지 않을 거야."

하지만 문 건너편에서는 침묵이 이어졌다.

"내 말 들려?"

"문 열어."

"그럴 수 없어. 너도 왜인지 알잖아. 너희들은 날 죽이려고 했으니까."

"루시, 불을 지른 건 내가 아니야. 만약 널 죽이려는 마음이 있었다면 진작 죽였을 테니까. 아니면 조금 전에 내가 그렇게도 태연히 네 바로 옆자리에 누워 있었겠어?"

그의 말도 일리는 있었지만, 루시는 애써 반박했다.

"아무튼 못 믿겠어. 넌 지금 악한 자들과 한편이잖아."

"물론 그렇긴 하지만 네가 다치는 건 싫어. 연맹이 책들을 보호 아래 두는 건 옳다고 생각하지만 할아버지가 너의 부모님이나 물랑 부인, 신부에게 한 짓은 옳다고 생각하지 않아. 루시, 난 정말이지 아무것도 몰랐어. 내 말을 믿어 줘. 할아버지에겐 양심이라는 게 존재하지 않아. 내 말 이해해? 만약 내가 널 돕지 않는다면 조만간 그가 널 찾아낼 거야. 그는 널 단지 죽이는 것보다 더 끔찍한 계획을 가지고 있어. 널 자신이 원하는 대로 이용하기 위해서라면 절대로 포기하지 않을 사람이야. 그래서 널 이곳으로 피난시킨 거야. 그게 나와 네가 지금 여기 단둘이 있는 이유야. 난 그가 널 다치게 하는 걸 원하지 않았어.”

그의 말은 그럴듯하게 들렸다. 하지만 이 또한 계략일지도 몰랐다. 이럴 때 휴대 전화라도 있다면 당장 콜린에게 전화했을 텐데. 그라면 어떻게 해야 할지 알고 있을 것이다. 그리고 자신을 데리러 지구 끝까지라도 달려와 줄 것이다.

“콜린은 내 말을 믿어 주었어.”

네이선이 말했다. 그의 목소리엔 어딘가 주저하는 뉘앙스가 풍겼다.

“그게 무슨 말이야?”

“네가 지금 현실적으로 어떤 상황인지, 콜린한테 자초지종을 말했거든. 그래서 우린 널 구하기 위한 유일한 계획을 세웠어. 하지만 그건 다 네가 너무 고집스럽게 행동했기 때문이라는 걸 고려해 줘. 그래서 어쩔 수 없이 강제로 하다 보니, 여기까지 오게 된 거야. 하지만 지금쯤은 내가 널 안전한 곳에 데리고 왔다는 걸 그도 알고 있을 거야.”

루시는 자기 귀를 의심했다. 갑자기 화가 치밀어 올라서 열쇠로 문을 열고 무작정 방문을 열어젖혔다. 문은 네이선의 머리를 직격했고, 상당히 고통스러운 표정으로 네이선이 이마를 어루만졌다. 결국은 침대에 있지 않았던 것이다.

루시가 주먹을 꽉 쥔 채 그에게 고함을 질렀다.

“설마 지금 내 가장 친한 친구가 날 배신했다고 말하고 있는 거야? 지금 나보고 네 말을 믿으라고? 너 같은 거짓말쟁이를?

네 평생에 친구나 한 명 사귀어 본 적 있어? 나와 콜린 사이를 이간질하려는 네 농간이 눈물 나게 고맙다!"

하지만 네이선은 침착하게 문에서 열쇠를 뽑더니, 냉소적인 미소를 지어 보였다.

"설마 이 방법이 먹힐 줄이야!"

루시는 정말이지 마구 고함을 질러 대고 싶었다.

네이선은 유유히 부엌으로 가 차를 한 잔 따랐고, 루시도 그의 뒤를 따라갔다.

"참, 그러고 보니 네가 병원에 누워 있을 때 콜린에게 그런 제안을 했었어. 하지만 단칼에 거절하더군. 네 성격을 아는데, 만약 그런 짓을 벌였다간 평생 동안 미움받을 거라나. 너희 둘은 정말 가까운 사이인가 보군, 안 그래?"

"맞아. 너 같은 인간은 절대로 그런 우정을 이해할 수 없겠지."

네이선이 부엌 찬장에 몸을 기대고 섰다. 루시의 말 때문인지 뺨이 경직되어 있었지만, 놀라울 정도로 분노를 잘 조절하고 있었다.

"그래서, 이제 어떻게 하는 게 좋겠어?"

루시는 그의 물음에 대답하지 않았다. 그게 자기 나름대로 화를 삭이는 방법이었던 것이다. 그렇지 않으면 분명 나중에 후회할 말들을 쏟아낼 게 뻔했다.

"널 다시 묶어 놓지 않고도 이성적인 대화를 할 수 있었으면 좋겠군."

"제발 날 그냥 보내 줘. 만약 날 보내 주면 경찰에게 고발하지 않을게."

"경찰에게 갈 생각이었어? 죄목은?"

그의 물음에 말문이 턱 막혔다. 경찰에게 연맹에 대해 설명하면 곧바로 정신 병원으로 보내질 터였다.

"그래, 나도 경찰들이 어떻게 반응할진 알아. 하지만 너의 미치광이 할아버지한테 붙잡히느니 정신 병원에 들어가는 게 나아."

"아직도 이해를 못 한 모양이군. 널 조부에게서 구해 주려고 여기로 데려온 거야."

하지만 루시는 그의 말에 귀 기울이지 않았다.

"내가 널 도울 일은 절대로 없을 거야. 널 믿느니……."

그러다가 말을 더듬으며 숨을 몰아쉬었다.

"……뭐라고?"

네이선이 팔짱을 꼈다.

"널 여기로 데려온 건, 널 한시라도 빨리 할아버지의 손아귀에서 빼내기 위해서야."

루시는 눈썹을 치켜들고는 잠시 그를 바라보았다.

"잠깐, 이해가 안 돼."

"그런 것 같더군. 게다가 남의 말을 들으려 하지도 않고."

네이선이 루시에게 부엌 의자를 밀어 주며 앉기를 권했다.

그의 말투가 명령 같아서 귀에 거슬렸지만, 어쩔 수 없이 의자에 앉았다.

"다시 한 번 천천히 말해 줄 테니 잘 들어. 난 화재와는 무관하고, 그런 일이 일어날 거라고 생각하지도 못했어. 네가 내 문자 메시지에 답을 해 주지 않아서 난 집으로 다시 돌아갔어. 집에서는 할아버지가 날 기다리고 있었군. 그리고 널 만났다고 말해 주었어. 내가 그 말을 듣고 얼마나 놀랐는지 넌 짐작도 못할 거야. 신부에게 일어난 일 이후로는 할아버지가 너에게 너무 가까이 접근하지 못하도록 신경 쓰고 있었거든. 그래서 가능하면 네가 우리와 함께 일하도록 설득하려 한 거야. 그 마음은 아직도 그대로야. 그것만이 네 안전을 보장할 수 있는 유일한 길이니까."

루시가 고개를 들어 그를 쳐다보았다.

"미안하지만 내가 너희에게 협력할 거라는 생각은 버려. 너희가 하는 일은 정말이지 비양심적이고 잘못된 거니까."

네이선이 눈썹을 치켜든 채 그녀를 바라보자, 루시도 지지 않고 쏘아보았다. 그가 갑자기 미소를 지으며 말했다.

"앨리스가 말했다. 어쩌면 이 세상에는 양심이란 게 없을지도 몰라."

루시는 잠시 책의 내용을 떠올리기 위해 생각에 잠겼다.

"여왕이 대꾸했다. 이 세상의 모든 것에는 양심이 있지. 단지 그걸 찾아내기 어려울 뿐이야."

루시의 말에 네이선이 침묵했다.

"너희들은 인류에게서 책을 훔친 거야. 난 절대 용납할 수 없어. 훔친 책들은 인류에게 다시 돌려줘야 해."

네이선이 고개를 끄덕였다. 그의 얼굴에서 어느덧 미소가 사라져 있었다.

"이제야 네 말을 이해하게 된 것 같군. 고려해 볼게. 어쨌든 난 할아버지나 누군가가 널 상처 입히는 걸 원하지 않아."

루시는 그의 시선을 피하고 싶었지만, 그럴 수가 없었다. 루시는 불안한 듯 아랫입술을 깨물었다. 이제 와서 갑자기 그의 말을 신뢰할 수는 없었다. 그래서 다시 한 번 비난의 말들을 쏟아놓았다.

"날 가장 많이 상처 입힌 게 누군데!"

"알아."

그가 루시의 손을 잡았지만, 루시는 얼른 손을 잡아 뺐다.

"할아버지는 네가 우리와 함께 일하기로 했다고 말해 주더군. 하지만 네가 그럴 리 없다는 걸 알고 있었고, 내 문자 메시지에도 답하지 않으니 아마 할아버지의 제안도 거절할 셈이라고 말해 줬어. 할아버지와 말을 마친 다음 방으로 돌아오니 오리온이 들어와 내 휴대 전화를 압수해 갔어. 할아버지는 내가 네게 보낸 메시지를 다 읽은 다음 나에게 와서 난리를 쳤어. 그의 의도는 단 하나였지. 나에게 심한 모욕감을 줘서 내 입을 열게 만들려는 거였어. 그를 꿰뚫어 봤어야 했는데 나도 화가 나서 이성을 잃었고."

그는 말을 마치고 입을 다물었다. 그런 다음 잠시 생각에 잠겼다.

"난 할아버지에게도, 너에게도 너무 화가 나서 결코 하지 말아야 할 말을 하고 만 거야."

"어떤 말을 했는데?"

루시가 캐물었다.

"네가 연맹에 절대 협력하지 않으리라는 것, 네가 한 말들은 단지 얕은 속임수라는 것, 그의 앞에서는 순진한 척했겠지만 사실은 영리한 여자라는 것, 너무 영리해서 자기가 원하는 바를 정확히 알고 있고 또 그렇게 행동할 거라고 말해 줬어. 그도 그럴 것이, 할아버지는 너와 단 한 번 대화한 걸로 마치 널 굴복시킨 것같이 말하더라고. 그러면서 나는 책 읽을 줄만 알지 아무 짝에도 쓸모없는 놈이라며, 루시 널 연맹에 끌어들이는 일은 이제 자기에게 넘기라는 거야."

네이선은 그 당시의 분노를 떠올리며 몸을 떨었다.

"하지만 그게 할아버지의 계략이라는 걸 들여다봤어야 했어. 언제나 그런 식이었지. 그에게 너에 대한 걸 떠벌리고 난 다음에야 그의 표정을 보고, 그가 널 죽일 거라는 걸 알았어. 난 곧장 방에 감금됐지. 혹시 계획에 차질이 생기면 안 되니까."

네이선의 말은 루시를 아연실색게 만들었다. 네이선을 비난하고는 싶었지만 적당한 말이 떠오르지 않았다. 하지만 그렇다고 해서 그가 한 행동을 용서하고 싶은 마음도 없었다.

"할아버지는 그런 다음에 곧바로 오리온이나 시리우스를 보내서 너의 집을 감시하게 했을 거야."

루시가 그를 바라보았다.

"화재가 있던 날 아침에 두 사람을 집 근처에서 봤어. 하지만 그 당시에는 그들이 누구인지 몰랐어."

네이선이 고개를 끄덕였다.

"이젠 알겠어?"

"병원에서 도망치던 날 밤, 둘 중 한 명이 개로 변하는 걸 봤어."

"그 둘은 아주 오래전부터 할아버지의 수하였어. 할아버지가 어떤 힘으로 그들을 그런 존재로 만들었는지는 모르겠어. 정말이지 막강하고 두려운 힘이야. 제발 네가 어떤 위험에 스스로 뛰어들었는지 깨달았으면 좋겠어."

루시는 그날 밤의 기억을 떠올리며 몸을 떨었다. 아직도 온몸의 털이 곤두서는 것 같았다.

"아마 할아버지가 직접 널 감시하고 있었을지도 몰라. 그날 아침, 허드슨 부인이 아침 식사를 가져왔을 때 방문을 잠그는 걸 잊었더군. 방을 나가 보니 할아버지는 벌써 집에 없었어. 아마 너희 집이나 도서관을 감시 중이었겠지. 난 도대체 어디를 먼저 가 봐야 할지 결정하기가 어려웠어. 하지만 시간이 얼마 없다는 걸 깨닫고는 일단 도서관에 간 거야."

루시는 그의 말에 멍하니 귀를 기울였다.

"도서관에 가 보니 마리는 도서관 이용객과 대화를 나누는 중이었어. 그래서 네가 어디 있냐고 물을 수가 없었어. 할아버지의 계획이 뭔지 도저히 알 수가 없더군. 그래서 일단 열람실 안에서 30분 정도 기다려 보기로 했어. 만약 그때까지 아무 일도 일어나지 않으면 그다음 계획을 세워 보기로 하고 말야. 하지만 얼마 지나지 않아서 마리가 달려와 비명을 지르면서 도서관에 불이 났다고 했어. 그래서 루시는 어디 있냐고, 혹시 문서실에 있냐고 물어보려 했지만 금세 자취를 감추고 없더군. 복도에 달려가 보니 문서실 아래에서 연기가 올라오고 있었고, 네가 그 안에 있을 거라고 확신했어. 나머지 일은 너도 알고 있을 거고."

"그때 정말 죽는 줄 알았어. 그러다가 누군가의 목소리가 들렸고, 날 안아 든 건 기억해. 하지만 어떻게 불 사이를 뚫고 들어온 거야? 사방이 불구덩이였잖아."

"그 불은 할아버지가 마법으로 소환한 불이야. 우리 페르펙티들은 해를 입지 않지. 할아버지가 어디서 그런 힘을 손에 넣었는지는 모르겠어. 아무튼 그땐 무작정 널 구해야 한다는 생각뿐이었고, 내가 널 안아 들고 있으면 너까지 보호가 될지 어떨지 확신은 없었어. 하지만 다른 선택의 여지가 없었으니까."

루시가 인상을 찌푸렸다.

"불이 페르펙티의 마법이라면 어째서 즉시 끄지 않은 거야? 얼마나 많은 책들이 소실됐는지 알아?"

네이선이 고개를 저으며 대꾸했다.

"미안하지만 내 능력 밖이었어. 그 능력은 할아버지에게만 있거든. 우리가 가진 능력은 책을 읽어 들이는 것뿐이야. 우린 마법사 따위가 아니라고."

"그럼 바티스트의 정체는 도대체 뭐야? 왠지 무서워."

루시가 말했다. 어쩐지 바티스트라는 인간은 알면 알수록 두려운 존재였다.

"연맹이 소유하고 있는 도서관에는 엄청난 수의 책들이 있는데, 그중에는 우리 선조들이 보관하고 있는 오래된 연금술 책도 있어. 혹시 거기에서 그 힘을 얻지 않았을까 추측해 볼 뿐이야. 아마 그 책을 통해 흑마법을 사용하는 방법을 알게 되었겠지."

"그 외에 또 다른 능력도 있어?"

루시가 낮은 목소리로 물었다.

"그건 나도 몰라. 하지만 불보다 더 끔찍한 걸 다룰 줄 알지도 몰라."

"책들은 내가 자기들을 구해 줄 거라고 믿고 있었는데…….오히려 나 때문에 그런 일을 당하다니…….

루시가 절망스럽게 중얼거렸다.

네이선이 다시 그녀의 손을 잡아 주었고, 이번에는 루시도 손을 잡아 빼지 않았다.

"언제 날 도와주기로 마음먹은 거야, 네이선? 어째서 너의 할아버지를 거스르면서까지 날……?"

루시는 그와 맞잡은 손의 손목에서 가느다란 빛줄기가 흘러나와 그의 손가락을 타고 흐르는 걸 바라보며 말했다.

"모르겠어? 너야말로 눈치채고 있을 거라 생각했는데."

"아니, 모르겠어. 언제부터인지 말해 줘."

루시가 단호하게 대꾸했다. 사실은 그에게 깊은 감사를 느꼈고, 그래서 그가 어느 순간부터 자신을 돕기로 결정한 건지 아는 게 중요했다.

네이선은 한숨을 내쉬더니 잠시 생각에 잠겼다.

"루시, 할아버지는 아무것도 두려워하지 않아. 너의 부모님에 대한 일은 정말 유감이야. 하지만 그가 너에게 하려고 마음먹은 짓에 비하면 아무것도 아니야."

루시가 그를 바라보며 숨을 들이마셨다. 대체 죽음보다 끔찍한 게 뭐가 있지?

"그는 네 의지를 완전히 꺾어 버릴 거야. 그런 다음에는 널 소유할 권리가 있다고 주장하고 있는 어떤 가문의 남자에게 보낼 거야. 보퍼트 경은 자기 자손 중에 수호자가 나오길 기대하고 있어. 그게 무슨 뜻인지 알겠어?"

루시는 고개를 끄덕일 수조차 없었다. 공포에 일그러진 얼굴로 멍하니 네이선의 입만 바라볼 뿐이었다.

"할아버지가 너에게 그런 짓을 하게 놔둘 수 없었어. 그래서 널 여기로 데려온 거고. 그게 주된 이유야."

루시는 여전히 제 귀를 의심할 수밖에 없었다. 속이 울렁거렸다. 말도 안 돼! 연맹의 작자들은 모두 미친 게 틀림없었다. 어떻게 한 번도 만나 본 적 없는 남자와 결혼을 해야 한다는 거지? 게다가……. 루시의 위장이 경련을 일으켰다. 벌떡 일어나 화장실로 뛰어 들어가 아무것도 나오지 않을 때까지 속을 게워냈다. 다시 몸을 가눌 수 있을 때까지는 오랜 시간이 걸렸다. 네이선이 자신을 혼자 놔두어 준 게 고마웠다. 루시는 얼굴과 입을 물로 헹군 다음 부엌으로 돌아갔다. 네이선이 근심 어린 얼굴로 그녀를 바라보았지만 지금은 동정심 따위는 필요 없었다. 차라리 네이선이 사라져 주길 바랐다. 결국 이 모든 건 그의 잘못이었으니까.

"미안하지만 잠시 혼자 있고 싶어."

그가 고개를 끄덕이자, 루시는 몸을 돌려 부엌을 나왔다.

8장

책은 우리가 가진 꿈이 살아갈 수 있는 천 개의 집들을 선사해 준다.

— 가스통 바슐라르

루시는 방 안을 이리저리 걸어 다니며 깊은 생각에 잠겼다. 걷는 동안에도 팔로 몸을 감싸 안고 조금이라도 추위를 이겨 보려 했다. 네이선이 해 준 말들이 머릿속을 맴돌았다. 어쩌면 그의 말이 사실이고, 정말 자신을 걱정해서 이런 일을 벌이고 있는지도 몰랐다. 일단 납득은 갔다. 하지만 어딘가 의심되는 구석은 여전히 남아 있었다. 아무튼 자신을 그냥 보내 달라고 계속 졸라 볼 생각이었다. 당장 어디로 가야 할지는 몰랐지만, 이 냉장고 같은 오두막에서 계속 있느니 차라리 무작정 도피 길에 오르는 편이 나을 것 같았다.

네이선이 해 준 말들 중, 연맹의 작자들이 자신을 위해 준비해 둔 인생 플랜이 떠오르자 저도 모르게 몸서리가 쳐졌다. 만의 하나 그런 인생을 살 바에는 죽는 편이 나았다.

부엌 쪽에서 그릇이 달그락거리는 소리가 들렸다. 루시는 몸을 일으켰다. 그와 얘기하고 싶은 주제가 산더미 같았다.

"젠장!"

루시가 부엌에 들어서자마자 그가 낮게 투덜거리는 소리가 들렸다.

그는 등산용 버너를 조작하려고 끙끙대고 있는 중이었다.

"뭐 해?"

루시가 물었다.

"뭐 하는 것 같은데?"

그가 몸을 돌리며 되물었다. 그 바람에 버너 위에 얹혀 있던 냄비가 기울어지면서 정체불명의 붉은색 액체가 그의 신발 위로 쏟아졌다.

루시는 역겹다는 듯 인상을 찌푸렸고, 네이선은 이게 다 네 잘못이라는 양으로 루시를 쏘아봤다.

"먹을 수 있는 걸 만들어 보려고 노력하는 중이었어."

"저쪽에 있는 전자레인지는 폼으로 세워 둔 거야?"

"첫째, 저건 전자레인지가 아니라 가스레인지야. 둘째, 당연히 가스는 연결이 안 되어 있어. 게다가 집에 누군가가 있다는 걸 아무도 알아선 안 돼."

네이선이 짜증스럽다는 듯 설명했다.

"우리 얘기 좀 해."

루시가 그의 옆에 놓인 의자에 다리 하나를 세우며 앉았다.

"내 말이 그 말이야."

네이선이 신발에 묻은 소스를 닦아 내며 중얼거렸다.

"신발은 이미 가망이 없으니 포기하는 게 좋을 거야. 그건 그렇고, 그냥 궁금해서 그런데 여태까지 요리는 몇 번이나 해 봤어?"

"많진 않았지."

"그럴 것 같았어. 금수저를 물고 태어났을 테니."

"그럼 흙수저가 실력 좀 뽐내 보든가."

그가 루시에게 국자를 쥐여 주며 말했다.

"그런 뜻은 아니었어."

루시가 대꾸했다. 물론 자기 실력도 네이선보다 별반 낫지 않았다.

"자. 네 존재 가치를 입증해 봐."

그러고는 욕실로 사라지기 전, 마지막으로 한마디 했다.

"나 지금 엄청 배고프니까."

그리고 문이 닫혔다.

"네, 도련님!"

루시가 으르렁대며 네이선이 사 둔 음식 재료들을 훑어보았다. 재료는 단출했다. 삶은 콩 소스가 몇 통조림, 케첩, 스파게티 한 봉지, 토스트 식빵 한 봉지와 사과 몇 개가 전부였다. 이걸로 도대체 뭘 하라는 거지? 개수대의 수도꼭지를 돌려 보니, 시뻘건 녹물만 줄줄 흘러나왔다. 그 물로 스파게티를 끓이는 건 불가능했다. 그래서 삶은 콩 통조림만 데우기로 했다. 어차피 아무것도 없는 것보다는 나을 터였다. 소금과 후추를 좀 뿌려 주면 의외로 먹을 만할지도 몰랐다.

루시는 캠핑용 버너를 겨우 켜는 데 성공했다. 그런 다음에는 역겨워 보이는 콩 소스를 냄비에 부었다. 소스가 끓어오르자, 케첩을 넣고 소금과 후추를 잔뜩 뿌렸다. 그것 외에는 양념할 만한 게 없었기 때문에, 이걸로 충분하기만 바랐다. 네이선이 욕실에서 나왔을 무렵에는 식탁 위에 콩 소스가 올려져 있었다. 그 옆에는 식빵과 사과를 올려 두었다.

네이선이 코를 킁킁거렸다.

"참…… . 기이한 냄새가 나는군."

"네 것도 막상막하였어. 그 빨간 소스는 대체 뭐였어?"

루시가 물었다.

"라비올리 통조림."

루시는 네이선의 접시에 콩 소스를 덜어 준 다음, 남은 건 제 접시 위에 덜었다. 왠지 늘 먹어 오던 음식과는 사뭇 달라 보였다.

하지만 용감하게 수저를 들어 음식을 떠 올려 입속으로 실어 나르면서 네이선의 반응을 관찰했다.

음식 맛은 끔찍하기 이를 데 없었다. 생각 같아서는 당장이라도 뱉어 버리고 싶었지만, 놀랍게도 네이선은 눈썹 하나 까딱하지 않은 채 묵묵히 그릇을 비우고 있었다. 그 모습을 보니 차마 뱉을 수가 없어서 억지로 삼킬 수밖에 없었다. 하지만 그 다음 숟가락질은 아무래도 무리여서, 음식을 깨작거리다 한 옆으로 치워 놓고 차라리 차가운 토스트 식빵과 사과를 씹기로 했다. 아마 소금과 후추를 과하게 쳤던 모양이었다.

"넌 요리사가 되려는 생각은 안 하는 게 좋겠군."

그릇을 깨끗이 비운 후, 네이선이 말했다.

"너한테는 이것도 과분하지."

루시의 가시 돋친 말에 네이선이 어깨를 으쓱해 보였다.

"뭐, 제아무리 맹수라도 배가 고프면 파린들 못 잡아먹겠어?"

"날 잡아드시든가."

루시가 몸을 일으켜 접시를 싱크대에 넣은 다음 침실로 향하며 중얼거렸다.

"필요 없어."

네이선이 으르렁거렸다.

침실 안은 사방이 어두움과 냉기로 싸늘했다. 더 이상 이 작은 오두막에서 버티는 건 불가능했다. 아니, 이건 마치 감옥 같았다. 만약 자기를 보내 달라고 네이선을 설득하려면 좀 더 구체적인 책략이 필요했다.

루시는 이를 악물고 부엌으로 돌아갔다. 네이선은 갈색 녹물에 접시와 수저를 씻는 중이었다.

루시는 부엌문에 기대고 서서 그를 바라보았다.

"왜 그래?"

그가 잠시 후 물었다.

"잠시 바깥에 나갔다 오는 건 안 되겠지? 이렇게 계속 있을 생각을 하니까 답답해 미칠 지경이야. 여기 안에 있으면 지금이 낮인지 밤인지도 모르겠어."

네이선이 시계를 바라보았다.

"밖은 밤이야. 도움이 되었을지?"

"정말 우리가 여기 있는 거 아무도 몰라?"

네이선이 고개를 끄덕였다.

"응. 아무도 몰라."

"네 할아버지가 널 찾아내면 어떻게 할 거야?"

"그건 내가 걱정할 문제니까 괜히 머리털 뜯지 말고 긴장 풀어."

네이선이 바지 주머니에 손을 넣어 열쇠를 꺼냈다.

"잠깐 밖에 나갔다 오는 건 어때?"

네이선이 커다란 여행 가방에서 루시의 겉옷을 꺼내어 건네 주었다. 하지만 채 집을 나가기도 전, 얼음 같은 냉기가 루시의 코 속으로 들어왔다. 숨을 내쉬는 순간, 숨조차 얼어붙는 것 같았다. 도대체 네이선이 이런 곳을 어떻게 알게 되었는지는 몰라도, 혼자서는 절대 빠져나갈 수 없을 것 같았다. 밖에 나와 보니 작은 오두막이 더욱 코딱지만 해 보였고 부실하게 지어진 티가 났다. 벽에는 흰색 회칠이 되어 있었는데, 군데군데 칠도 벗겨져 있었다. 창에는 안쪽이 들여다보이지 않도록 나무판자 를 덧대어 못질을 해 놓았는데, 오히려 그 덕에 낡아 빠진 창틀 도 겨우 제 모양을 유지하고 있는 셈이었다. 집 주변에는 언젠 가 정원이었을 법한 덤불숲이 우거져 있었다. 집 주위로 나무 울타리를 세워 놓았건만, 풀숲에서 덩굴손이 기어이 벽을 타고 올라와 탐욕스러운 손길을 뻗치고 있었다. 그 바람에 울타리조차 맥을 못 추고 쓰러져 갔다. 밤이었음에도 불구하고 집 뒤쪽에서 숲 쪽으로 들어가는 작은 오솔길이 눈에 띄었다. 소나무의 검은 우듬지가 하늘을 향해 위협적으로 치솟아 있었고, 그 사이로 얼음 같은 칼바람이 스산한 소리를 내며 휘몰아치고 있었다. 만약 저게 한 그루라도 집을 덮치면…… . 루시는 저 혼자 몸을 떨었다. 하지만 정작 네이선이 루시를 태워 왔을 자동차는 보이지 않았다.

"조금 걸을까?"

네이선이 루시에게 권했다.

루시는 말없이 겉옷 주머니에 손을 찔러 넣고 네이선의 뒤를 따랐다. 오솔길을 따라 걸어 들어가 보니 생각보다 넓은 장소가 있었고, 거기에 자동차가 숨겨져 있었다.

"이런 집은 어떻게 알게 됐어?"

둘 사이의 침묵을 견디기 힘들었던 루시가 먼저 입을 열었다.

"인터넷으로."

네이선이 집 주변을 주의 깊게 살피며 짤막하게 대꾸했다. 마침 구름 사이로 보름달이 얼굴을 내밀자 갑자기 모든 사물이 환하게 드러났다. 구름 한 점 없는 칠흑 같은 밤하늘 위로 별들이 반짝였다.

"열쇠는 어떻게 받았어?"

네이선이 루시를 흘끔거렸다.

"그냥 어떻게든 들어올 수 있을 거라 생각하고 와 봤지. 다행히 현관문 문틀 위에 열쇠가 있더군. 운이 좋았어."

"날 할아버지에게서 숨기기 위해 좀 더 그럴듯한 계획이 있을 줄 알았는데."

루시가 비꼬았다.

"내가 네게 하는 말을 단 한 번이라도 듣고 따라 줬으면 좀 더 시간이 있었겠지. 만약 할아버지의 말을 듣는 척이라도 했으면 더 많은 시간을 벌 수 있었을 테고, 그럼 우린 좀 너 나은 계획을 세울 수 있었을 거야."

"우리?"

"그래."

그들은 말없이 오솔길을 걸었다. 조금 더 걷다 보니 교차로가 보였다.

"이제 돌아가자. 이 길은 한동안 아무도 다녀가지 않은 게 분명해. 앞으로 하루 이틀은 더 머물 수 있겠지만 그다음엔 어디로 가야 할지 생각해 봐야 해."

"정말 바티스트가 오지 않는 거 맞아?"

루시가 물었다. 최대한 참으려 해 봤지만 어쩔 수가 없었다.

"만약 네가 원하면 기꺼이 전화를 걸어서 데리러 오라고 말해 둘게."

"고맙지만 사양하겠어. 그것만은 절대로 필요 없으니까."

루시는 그에게서 고개를 돌린 채 서둘러 오솔길을 걸어 올라갔다.

"이런 질문을 해도 될지 모르겠지만, 도대체 네 계획은 뭐였어? 무슨 수로 나나 연맹의 시야에서 벗어나려고 한 거야? 설마 남은 평생을 런던의 네 조그만 방에서 살면서 그 앞에 콜린을 경비견처럼 세워 두려고 한 건 아니지?"

그가 냉정한 목소리로 물었다.

루시는 잠시 침묵했다. 물론 그의 말이 옳았다. 정말이지 아무런 계획도, 생각도 없었던 게 사실이다. 일단 말을 얼버무렸다.

"하지만 곧 좋은 계획이 떠올랐을 거야."

"그러셨겠지."

그가 비아냥거렸다.

"중요한 건 네가 책을 훔쳐 가지 못하도록 하는 거야. 적어도 우리가 같이 있는 한은 책들도 안전하겠지."

"루시, 넌 정말 사랑스러워."

네이선이 비꼬았다.

"정말 그냥 가게 해 주면 안 돼? 아니면 정말 한평생 이렇게 가둬 둘 셈이야?"

"어디로 갈 건데?"

그가 물었다.

"모르겠어."

루시가 솔직하게 대답했다.

"그럼 절대 안 돼. 생각도 하지 마."

"생각도 하지 말라니? 내가 네 죄수야?"

루시가 따졌다.

"그렇게 생각하고 싶다면 해. 도피하려는 장소나 앞으로의 계획을 명확하게 말하면 내가 듣고 판단할 거야. 그리고 거기가 할아버지의 눈을 피하기에 적합하다고 판단이 될 때에만 널 보내 줄 거고. 그전까진 좋든 싫든 이런 형태로라도 함께 있는 수밖에 없어."

"정말 네가 싫어."

"칭찬으로 받아들일게."

그가 어깨를 으쓱해 보였다.

루시는 오솔길을 달려서 집 안으로 들어가 양초 두 개를 챙겨서 침실에 놓았다. 그런 다음에는 욕실로 향했다. 세면대 옆 나무통에는 깨끗한 물이 담겨 있었다. 물론 물은 얼음처럼 차가웠지만 당장 양치를 하고 머리를 빗을 수는 있었다. 다행히 네이선이 칫솔과 비누는 챙겨다 놓은 게 보였다. 양치와 빗질을 마치고 나니, 거울에 비친 모습이 약간은 사람 같았다. 손의 화상은 여전히 아팠다. 몸을 씻느라 붕대를 풀었던 걸 다시 감아야 했지만, 손바닥에 올라온 새살이 튼튼해 보였다. 루시는 잠시 고민하다 붕대는 그냥 풀어 놓기로 했다.

그런 다음엔 다시 침대에 누워 이불을 뒤집어썼다. 방 한쪽 구석 작은 서랍장에 책 몇 권이 꽂혀 있는 게 보였다. 아마 외로운 등산객들을 위해 누가 가져다 놓은 것 같았다. 안 그래도 무료함과 계속되는 네이선과의 다툼에 지쳐 있던 차에, 뭔가 신경을 돌리게 해 줄 만한 게 급하게 필요하긴 했다. 물론 책을 도울 수 있을 방법을 찾아낼 수 있기만을 바랐고, 그런 게 있기만 하면 할 수 있는 한 최선을 다했을 것이다. 하지만 현실은 자꾸만 자기를 괴롭히는 네이선과 이런 허름하고 비좁은 오두막에 틀어박혀 있어야 했다.

루시가 카를로스 루이스 사폰의 《바람의 그림자》를 집어 들고 침대에 앉아 집중한 지 얼마 되지 않아, 문이 열리더니 네이선이 들어왔다.

루시가 고개를 들고 물었다.

"이번에는 또 뭐야?"

"잘 거야."

"설마 여기서 잘 생각은 아니겠지?"

루시가 발끈했다.

네이선이 주위를 둘러보았다.

"여기 침대가 또 있어?"

루시는 굴욕감에 입술을 깨물었다.

"그럼 내가 부엌으로 가겠어."

네이선이 한숨을 쉬었다.

"정 그러고 싶다면야. 아까와 똑같은 상황이 반복되겠군."

그가 씨익 웃었다.

"이번만큼은 묶는 걸 생략해도 될까? 아니면 묶여 있는 걸 좋아하는 편인가?"

"바보 멍청이."

루시가 대꾸한 다음 신발을 신었다. 그런 다음 외투를 챙겨 입고 부엌 의자에 앉았다.

하지만 30분이 지나자 온몸이 추위로 꽁꽁 얼어붙는 것 같앞다. 모든 게 다 그 잘난 자존심 때문이었다. 벌벌 떨면서 새벽까지 버틸 자신은 없었다. 네이선이 싫긴 했지만 그렇다고 도저히 못 참아 줄 정도는 아니었다. 물론 너무 가까이 붙는 건 사양이었다.

루시는 발끝으로 걸어서 침실로 갔다.

"결국 다시 왔군."

루시가 이불 밑으로 기어들자, 네이선이 중얼거렸다. 따스함이 온몸에 퍼져 나갔다. 하지만 절대로 긴장을 늦춰선 안 된다고 다짐했다. 게다가 그에게 좀 더 가까이 가고 싶은 욕구가 이는 게 아닌가. 그런 건 생각조차 해선 안 된다며, 고집스럽게 유혹을 떨쳐 버렸다. 그래서 신경을 다른 데로 돌리기 위해 양초에 불을 붙인 다음 계속 책을 읽어 내려갔다. 하지만 쉽게 집중할 수는 없었다. 네이선이 침대를 너무 많이 차지하고 있었다. 거기에 며칠 전, 그의 팔 안에서 눈을 뜨던 날 아침의 일이 자꾸만 머리를 맴돌았다. 정말 그 일이 바로 며칠 전에 일어난 일이라는 게 믿기지 않았다.

"부탁인데, 혹시 책 좀 읽어 줄 수 있어?"

그가 루시의 생각을 중단시켰다.

"왜?"

갑작스러운 부탁에 루시가 화들짝 놀라며 그의 등을 쳐다보았다.

"책 제목이 뭐야?"

네이선이 되물었다.

"《바람의 그림자》. 사폰 거야. 이 책 알아?"

"아니."

"주로 무슨 책을 읽는데?"

루시가 물었다.

"안 읽어."

"안 읽는다고? 왜? 이해가 안 되네."

"이런저런 이유가 있어."

그가 대꾸했다.

루시가 기분이 상한 듯 인상을 찌푸리며 다시 책에 집중하려고 노력했다.

"미안. 좀 더 설명해 줬어야 했는데. 난 책을 못 읽어. 연맹 사람들은 신의 축복이라지만 책을 좋아하는 나에겐 오히려 저주인 셈이야. 책을 읽는 순간에는 원하든 원하지 않든 내 능력을 조절할 수가 없어. 그러면 보호책이 없는 상태에서 나에게 불러들여진 책의 단어들은 영영 시공간을 떠돌게 되는 거야. 내가 읽을 수 있는 유일한 책이란 연맹의 도서관에 있는 것뿐이야. 그렇다고 해서 독서를 못 하는 게 아쉽진 않아. 가치 있다고 생각되는 책은 거의 다 연맹의 소유가 되니까. 사폰의 책이 얼마나 읽을 가치가 있겠어? 책을 읽고 안 읽고를 떠나서, 내가 읽은 책의 단어들이 허공을 떠돌게 된다는 사실은 마음에 들지 않아."

"책의 단어들이 정처 없이 허공을 떠돌게 된다고?"

루시는 그의 말에 엄청난 충격을 받았다.

"안타깝지만 사실이야."

그가 대답했다.

"그렇게 책의 유령이 되어 버려."

"책의 유령?"

루시가 그를 똑바로 바라보며 물었다. 하지만 그게 뭔지는 진작 알고 있었다.

"정처 없이 떠도는 길 잃은 문장들의 파편이지. 분노와 복수심에 불타오르는 기괴한 존재들 말이야."

"나, 그들을 본 적 있어."

루시가 대꾸했다. 이불을 뒤집어쓰고 있었음에도 전신이 얼음처럼 싸늘해지는 것 같았다.

"그것도 두 번이나. 나에게 찾아와서 위협했었어."

"그들이 너와 이야기를 한다고?"

루시가 고개를 끄덕였다.

"그들은 자기들이 그런 운명에 처해진 걸 우리 탓으로 돌리고 있어."

네이선이 천천히 입을 열었다.

"그래, 이해는 가. 하지만 나에게 뭘 바라는 거지?"

"그건 나도 모르겠군. 어쩌면 회생하게 도와 달라는 걸 수도 있고."

"하지만 어떻게? 혹시 회생하는 방법을 알고 있어?"

"아니."

네이선은 짧고 냉정한 답변뿐이었다.

하지만 일단 거기에 대해서는 더 이상 묻지 않는 게 좋겠다고 루시는 마음먹었다.

"네가 그들에게 물어보든가."

약간의 침묵 후, 네이선이 말을 이었다.

"하지만 그들이 나와 대화를 하려고 할지는 의문인데."

"적어도 저들이 우리에게 뭘 원하는지 알아낼 수 있잖아. 말을 걸어 봐."

"네가 직접 하면 되잖아."

루시가 발끈해서 외쳤다.

"루시, 난 할 수 없어. 아직 모르고 있나 본데, 지금까지 연맹에서 책들과 대화를 할 수 있었던 아이는 단 한 명뿐이었어. 네가 가진 능력은 아주 특별해."

루시가 몸을 틀었다.

"못 한다고? 책들과 말을 할 수 없다는 거야?"

"못 해."

"아……. 난 몰랐어."

"그럴 거라고 생각했어. 바로 그런 이유로 연맹이 너에게 이렇게나 집착하는 거야. 그들은 널 두려워해. 아마 네 안전을 위해서는 바티스트가 원하는 대로 해 주는 게 나을지도 몰라."

"절대로 그럴 일 없어."

루시가 이를 갈며 대꾸했다.

"게다가 더 이상 책을 읽지 못하게 된다는 건 나에게 가장 가혹한 형벌이야. 책 없는 삶은 상상할 수조차 없어. 게다가 한 가지 이유가 더 있어. 지금 나라는 사람은 여태껏 읽은 책으로 만들어진 거야. 그런 이유에서 책들을 배신할 순 없어."

"루시, 나도 책 몇 권은 읽었어. 우릴 불쌍하게 생각할 필요는 없다고."

네이선이 대꾸했다.

"그래. 읽긴 읽었겠지. 하지만 정말 그 책이 네 영혼의 양식이 되어 주었어? 책을 읽으면서 두근거리거나, 사랑에 빠지거나, 함께 고통스러웠던 적이 있어? 책을 읽으면서 울거나 웃어본 적 있어? 책이 너의 가장 좋은 친구가 되어 준 적은?"

"저기, 그래서 책 읽어 줄 거야 말 거야?"

루시는 한숨을 내쉰 다음 책의 첫 장을 펼쳤다. 그런 다음 소리 내어 읽기 시작했다. 어느 순간부터 네이선이 그녀 쪽으로 고개를 돌려 루시가 책 읽는 모습을 지켜보았다.

책을 읽는 동안, 루시는 책의 내용에 깊이 빠져들었다. 주인공인 다니엘의 손을 잡고 자신과 네이선을 책의 무덤으로 안내했다. 거기에서 그들은 다니엘과 평생 동안 동행해 준 훌리안 카락스의 책을 함께 찾아냈다. 책을 읽는 동안, 루시는 이 세상의 모든 책들에 다니엘 같은 수호자가 붙어 있다면 얼마나 좋을까 생각해 보았다.

루시가 눈을 떴을 때, 마치 오랫동안 깊은 마법의 잠에 빠져들어 있다가 깨어난 것 같았다. 자신은 네이선의 가슴에 안겨 있었고, 그의 왼팔은 루시의 허리를 끌어안고 있었다. 루시는 그와 자신의 오른손이 포개진 곳에서 두 개의 빛줄기가 흘러나와 마치 춤을 추듯 부드럽게 서로 엉켜 있는 모습을 황홀한 듯 바라보았다. 그 빛이 어두운 방 안을 은은하게 밝히고 있었다. 그에게 안겨 있는 게 불쾌하진 않았다. 아니, 오히려 제자리를 찾은 것같이 편안한 기분이었다. 루시는 잠시 눈을 감았다. 하지만 곧 제정신으로 돌아왔다. 언젠가 그와 함께 눈을 떴던 아침과는 사뭇 상황이 달랐던 것이다. 일단 그는 이 세상에서 가장 신뢰할 수 없는 사람이었다. 그 사실을 깨닫자 루시는 얼른 그에게서 몸을 떼었다. 게다가 간밤에 읽던 책이 등을 찌르고 있었다. 루시는 몸을 돌려서 책을 협탁에 올려놓은 다음, 황급히 욕실로 향했다.

하지만 네이선이 자기 뒷모습을 바라보고 있다는 사실은 깨닫지 못했다.

루시는 욕실 거울을 노려보았다. 그 안에서 반짝이는 회색 눈동자가 자신을 바라보고 있었고, 뺨은 수치심에 붉어져 있었다. 이런 일은 용납할 수 없었다. 네이선은 자신에게 아무 의미도 없다고 되뇌었다. 두 번 다시 그에게 그런 감정을 품을 순 없었다. 루시는 찬물을 얼굴에 끼얹어 열을 가라앉혔다. 결국은 자신의 삶이 이렇게 꼬여 버리게 된 것도 다 네이선 탓이었다.

가까스로 마음을 추스린 후, 차를 끓이기 위해 부엌으로 갔다. 하지만 벌써 네이선이 찻물을 끓이고 있었다.

"물 떠 왔어."

그가 물이 담긴 커다란 냄비를 가리켜 보였다.

"집 뒤에 샘이 있거든."

루시는 말없이 고개를 끄덕여 보인 다음, 팔로 몸을 감싸 안고 가볍게 문질렀다.

네이선이 그런 루시를 바라보며 말했다.

"오늘은 땔감을 좀 주워 오자. 그러면 부엌에 있는 오븐을 때서 난방을 좀 할 수 있을 거야. 내가 예상했던 것보다 기온이 더 낮군."

"하지만 그러면 우리가 여기에 있는 걸 누군가가 눈치채게 되지 않겠어?"

루시가 물었다.

"얼어 죽는 것보단 낫잖아. 게다가 이렇게 추운 계절엔 등산객도 없어. 이 오두막은 등산객들의 쉼터 같은 거야. 산림청에서 봄부터 여름 한철 동안만 임대하는 거지. 하지만 벌써 겨울이고, 누군가 이 위까지 찾아올 이유는 없어. 적어도 그러길 바라는 수밖에."

그가 말했다.

"그럼 난 땔감이나 주워 올게."

"일단은 기온이 좀 올라갈 때까지 기다리자. 지금은 바람이 너무 거세니까."

루시가 그의 말에 고개를 끄덕인 후, 컵 두 개에 인스턴트커피 가루를 넣었다. 네이선은 그 위에 뜨거운 물을 붓고, 설탕과 우유를 탔다. 루시의 커피 취향을 정확히 아는 듯했다.

둘은 식탁에 나란히 앉았다. 루시는 말없이 푸석푸석한 식빵을 손으로 조금씩 뜯어냈다.

"물랑 부인의 장례식에 참석할 수 없게 된 건 유감이야."

네이선이 침묵을 깨고 입을 열었다.

루시가 그를 바라보며 대꾸했다.

"물랑 부인도 내가 안전하길 바랐을 거야. 묘지는 나중에 찾아가도 돼. 그러니까…… 이 모든 게 끝나면 말이야."

루시는 말을 마친 다음, 네이선을 바라보지 않은 채 입을 다물었다.

"너에겐 어머니 같은 분이었지?"

"맞아."

"나의 경우에 소피아를 잃는다는 건 상상할 수도 없을 거야."

"소피아?"

루시가 물었다.

"날 키워 준 분이야. 소피아와 그녀의 남편인 해롤드는 할아버지 밑에서 집을 관리하고 있지. 부모님이 날 떠나간 후에는 그 둘이 날 키워 줬어."

"하지만 교육만큼은 문제가 있었던 것 같네."

루시가 삐딱하게 웃으며 말했다.

"너도 훌륭하게 자랐다고는 볼 수 없는데."

네이선도 웃으며 되받아쳤다.

"소피아가 네 부모님에 대해 말해 준 건 없어?"

루시가 물었다.

"할아버지가 내 부모님에 대해 말하지 못하게 했어. 어렸을 땐 종종 부모님에 대해 묻곤 했지만, 소피아는 언제나 입을 굳게 다물더군."

"어째서 네 부모님이 널 떠났는지 소피아가 알고 있을 거라 생각해?"

"할아버지 말로는 부모님이 날 원하지 않았다고 해. 난 그걸 믿었고 그렇게 지금까지 생각해 왔어."

그가 내뱉듯 말했다. 표정으로 미루어 보건대, 더 이상 그 주제로 말하기를 원하지 않는 것 같았다.

그의 그 차디찬 말 한마디에 여태껏 뭉클거리던 따스한 분위기가 눈 녹듯 사라져 버렸다. 인간의 마음이란 신기하다고 생각하며 루시는 커피를 한 모금 넘겼다. 그리고 이제는 불편해진 그 자리를 떠야 하는지 고민하고 있는데, 네이선이 말을 이었다.

"소피아는 내가 페르펙투스가 되는 걸 반대했어. 그전까지는 단 한 번도 내가 하는 일에 대해 자기 소견을 밝힌 적이 없었거든. 하지만 내가 페르펙투스로 임명되던 날, 우리가 하는 일이 옳지 못하다고 말했어."

"경고를 하기엔 너무 늦은 감이 있는데."

루시가 되도록이면 비꼬듯 들리지 않게 하려고 노력하며 대꾸했다.

네이선은 루시의 말을 심각하게 받아들이지는 않은 것 같았다.

"난 소피아가 어째서 그런 말을 했는지가 더 의아해. 내가 할아버지의 뜻을 따라온 건 누구보다도 소피아가 잘 알 테고, 페르펙투스가 되기로 한 것도 전혀 난데없는 결정이 아니니까. 하지만 왠지 절망하는 것 같았어."

네이선은 그때의 일을 떠올리며 무겁게 침묵했다. 루시는 뭐라고 대답해야 할지 몰라서 커피만 홀짝이며 네이선을 흘끔 거렸다.

"그 말은 왠지 소피아가 네 생각보다 많은 걸 알고 있는 것처럼 들려. 혹시 소피아가 너의 부모님에 대해 잘 알았어?"

루시가 약간의 시간이 흐른 뒤 물었다.

"응."

네이선이 대답했다. 너무도 당연하다는 듯한 말투였다.

"소피아와 해롤드는 지난 40년 동안 할아버지를 위해 일해 왔어. 내 아버지가 어린아이였을 때부터 알아 온 셈이지."

"그런데도 아무 말도 안 해 줬어?"

루시가 고개를 흔들며 물었다.

"네 할아버지가 입막음을 철저히 시킨 거겠지."

네이선이 고개를 끄덕였다.

"내가 어린아이였을 땐 가끔 어머니에 대한 꿈을 꿨어. 얼굴이 확실히 보이지는 않았지만 어떤 노래를 흥얼거리며 불러 주곤 했지. 어머니가 날 떠날 때 난 네 살이었어. 예전에는 어머니에 대한 기억이 좀 더 남아 있다고 생각했는데, 지금은 거의 아무것도 없어."

"유감이야."

"난 아무렇지도 않아."

네이선이 겉옷을 들고 자리에서 일어나며 대꾸했다.

"그 뒤로는 단 한 번도 어머니가 그리웠던 적은 없어."

거짓말쟁이. 루시는 속으로 생각했지만, 더 이상 아무 말도 하지 않았다.

두꺼운 겉옷과 양말로 무장한 두 사람은 아침 일찍 오두막을 나섰다.

"너무 멀리 가지 말고 최대한 나랑 붙어 있어. 마른 나뭇가지 몇 개만 주워 오면 돼. 나무에 불을 붙이는 건 몇 번 해 보면 될 거야."

그가 말했다.

"지금 나더러 혼자서 나무를 주워 오라는 거야? 도망 갈까 봐 걱정 안 돼?"

"가면 어디로 갈 건데? 설마 걸스카우트 해 본 경험이라도 있어? 여기서 가장 가까운 마을은 20마일 정도 떨어져 있어. 도망치고 싶다면 말리진 않겠지만, 일단 네가 길을 잃지는 않도록 잘 지켜보고 있을 테니 안심해. 어쨌든 두 손을 묶은 채로 나무를 줍는 건 실용성이 떨어지니 말이야. 날씨가 추우니까 서둘러. 난 반대편 숲을 찾아볼게."

루시는 입을 꾹 다문 다음 숲의 관목을 헤치며 앞으로 나아갔다. 땔감이 눈에 띄면 차곡차곡 모아 안았다. 더 이상 들 수 없을 정도로 땔감을 모으자, 오두막으로 돌아가 오븐 옆에 땔감을 쌓아 놓았다. 네이선의 모습은 보이지 않았다. 루시는 천천히 오솔길을 따라 내려가 그를 찾기 위해 두리번거렸다. 어디에 있는 거지? 혹시라도 그가 사라져 버린 게 아닐까 조바심이 났다. 설마 자신을 이런 외딴곳에 혼자 버려 두고 간 건 아니겠지? 한편으로는 이보다 더 철저한 감옥은 존재하지 않을 터였다. 길을 따라서 무작정 걸어 내려간다 해도 마을을 만날 수 있을지는 미지수였다. 게다가 이런 기온에서는 오래 버티지 못할 터였다. 막 그의 이름을 부르며 찾으려는 찰나, 그의 목소리가 들렸다. 하지만 안도감도 잠시, 어쩐지 이상한 예감에 의심이 차올랐다.

루시는 최대한 소리를 내지 않으며, 네이선의 목소리가 들리는 곳으로 다가갔다. 지금 독백 중이거나 전화를 하는 중일 터였다. 설마 누군가와 대화를 하는 거라고는 생각할 수 없었다. 도대체 누구와 말하고 있는 거지? 드디어 네이선이 하는 말과 행동을 감시할 수 있을 정도로 접근했다. 그는 루시 쪽에서 등을 돌린 채 대화에 열중해 있었다.

"모든 게 계획대로니까 걱정하지 말고, 앞으로 하루 이틀이면 계획대로 실행할 테니……. 모든 게 생각한 대로니까……."

그가 잠시 말을 멈추고 전화에 귀를 기울이는 게 보였다.

"시간을 좀 더 주면 다시 전화할 테니까……."

루시는 넋을 잃고 그를 바라보았다. 그제야 언제나 마음 한구석에선 그가 했던 말들이 사실이길, 그러니까 그가 할아버지에게서 자신을 보호해 줄 사람이기만을 바라 왔다는 걸 깨달았다. 이제야 그의 속내가 확실해졌다. 그는 자신이 책을 되찾길 원하지 않았던 것이다. 루시의 마음속에서 그를 향한 강한 혐오감과 분노가 치솟았다. 대화랍시고 떠들어 대던 모든 단어들은 새빨간 거짓말이었고, 그녀를 안심시키고 신뢰를 얻으려는 잔꾀였던 것이다. 네이선은 그녀를 보호해 줄 생각이 없었다. 방금 들은 몇 마디 대화로 여태까지 품고 있던 한 조각의 실낱같던 희망이 산산이 부서졌다. 머릿속이 하얘지자 무작정 몸을 돌려 달리기 시작했다. 그제야 네이선이 루시를 발견하고는 전화에 대고 "젠장!" 하며 욕지거리를 내뱉으며 뒤쫓는 발소리가 들렸다.

바티스트 드 트레메인은 전화를 끊고 손에 든 수화기를 노려보았다. 사실 네이선을 신뢰하진 않았다. 네이선이 루시를 사랑하고 있는 게 아닐까 의심스러웠기 때문이다. 연맹의 아이들이 서로 맺어지는 건 금지되어 있었다. 그게 어떤 결과를 불러일으킬지, 그들에게서 어떤 후손이 태어나게 될지 아무도 몰랐다. 하지만 위험을 무릅쓸 수는 없었다.

이번만큼은 실수가 없어야 했다. 만약 조금이라도 일이 잘못되거나 루시가 달아나기라도 하면 보퍼트 경의 비난을 피해 갈 수 없을 터다. 바티스트가 도서관 화재의 주범이라는 걸 알게 된 보퍼트 경이 이미 한번 난리 법석을 떨어 놓은 상태였다. 네이선이 모든 게 처음부터 계획된 일인 양 둘러대 주지 않았다면 이번 일에 대한 책임을 피해 갈 수 없었을 터였다. 게다가 자신은 보퍼트 경을 이해할 수 있었다. 어느 남자가 자기 물건에 흠이 가는 걸 좋아하겠는가?

바티스트는 사악한 미소를 지어 보인 다음, 개들을 불러 모아서 저택을 나섰다. 기도실 지하에 있는 연맹의 도서관 입구에 도달한 다음에야 그는 개들에게 임무를 주고, 네이선과 루시가 있는 장소를 알려 주었다.

네이선이 그를 속이는 것도 이번이 마지막이다.

9장

루시는 달렸다. 살을 엘 것 같은 바람 때문에 마치 허파가 불타는 것 같았다. 나무의 잔가지들이 얼굴을 때렸고, 얼굴과 몸 여기저기에 붉게 상처를 냈다. 루시는 넝쿨 식물과 이끼로 뒤덮인 나무둥치에 걸려 넘어지거나 이끼 언덕에서 굴렀다. 숲에 있는 모든 생명체가 루시를 멈추려는 것 같았다. 하지만 상관없었다. 죽는 한이 있어도 달리는 걸 멈추지는 않을 작정이었다. 루시 자신이 뛰는 소리가 그렇게 컸음에도 불구하고 네이선이 자신을 쫓아오며 풀숲을 헤치는 소리가 들렸다. 만약 당장 무슨 수를 생각해 내지 않는다면 붙잡히는 건 시간문제였다. 이제 그가 자신에게 무슨 짓을 하려 할지는 상상하고 싶지도 않았다. 할아버지와 무슨 약속을 한 걸까? 루시는 분노에 사로잡히고 말았다. 그 모든 일을 겪고 난 후에 다시 그를 믿었다는 게 믿기지 않았다. 어떻게 그렇게 감쪽같이 속았을까? 숲 속 깊은 곳으로 들어갈수록 점점 더 길을 알 수 없게 되어 버렸다. 루시는 주변을 둘러보기 위해 속도를 잠시 늦췄다. 네이선의 발소리는 어딘가에서 들렸지만, 모습은 보이지 않았다. 어쩌면 그의 눈을 피해 몸을 숨길 수 있을 만한 장소를 발견할 수도 있었다. 이대로 길을 따라 도망치는 건 의미가 없었다. 그는 자신이 힘이 빠져서 주저앉을 때까지 여유롭게 추격할 게 뻔했다. 이제 전략을 바꿔야 했다. 주변을 둘러보았지만 몸을 숨길 만한 곳은 보이지 않았다. 루시는 점점 더 깊고 어두운 숲으로 들어갔다. 한낮이었지만 워낙 날씨가 흐렸고, 깊은 숲이라 희미한 빛만으로는 나무를 타고 올라가거나 몸을 숨길 만한 장소를 찾기가 어려웠다. 루시는 네이선이 다가오는 소리에 귀를 기울이면서 조심스럽게 숲을 둘러보았다. 그러면서도 자신의 흔적을 지우는 것도 잊지 않았다. 그는 가끔은 아주 가까이 다가왔다가, 잠시 후에는 아주 멀어지거나 했다. 그가 들을까 봐 두려워서 숨소리조차 낼 수 없었다. 심장이 세차게 쿵쿵거리며 뛰었다. 루시는 커다란 나무둥치 속에 몸을 숨겼다. 오래는 숨어 있을 수 없었다. 살기 위해선 계속 전진해야 했다.

　바로 그 순간, 눈앞에 이끼로 뒤덮인 암벽이 나타났다. 마치 순식간에 땅에서 솟아난 것 같았다. 어찌나 암벽이 가파른지 도저히 그 위를 기어 올라갈 엄두가 나지 않았다. 등산 장비를 갖췄다고 해도 오르기 힘들 것 같았다. 이끼와 풀로 뒤덮인 암벽 아래에 붙잡고 올라갈 만한 부분이 보였다. 하지만 루시는 단 한 번도 자기가 운동 신경이 뛰어나다고 생각한 적이 없었다. 어쭙잖은 모험을 하려 했다가 목이 부러질지도 몰랐다. 그렇다고 돌아갈 수도 없어서 어쩔 수 없이 암벽을 따라 걷기 시작했다. 어쩌면 동굴이나 몸을 숨길 만한 작은 틈을 발견할지도 모르는 일이었다. 네이선의 인기척은 들리지 않았다. 루시는 안도의 한숨을 내쉬었다. 운이 따라 준다면 잠시 숨을 돌릴 수도 있을 터였다. 네이선이 자신을 찾는 걸 포기하지 않을 거라는 사실만은 확실했다. 루시는 한순간 축축하고 미끌거리는 풀숲에서 발을 헛디뎌 휘청거렸다. 젖은 낙엽이 암석투성이의 바닥에 모여 있는 곳이 많아서 빨리 걷는 게 어려웠다. 오솔길 —그 좁은 길을 오솔길이라고 부를 수 있다면 말이지만— 은 거기부터 내리막으로 이어졌다. 루시는 걸음을 옮기느라 너무 집중한 터라 정작 네이선에게는 신경 쓰지 못하고 있었다. 그때 근처에서 그가 외치는 소리가 들리자, 루시는 너무 놀라서 넘어질 뻔했다.

"루시! 젠장할, 이젠 제발 돌아와! 여기서 길을 잃으면 위험해!"

몸의 균형을 잃고 휘청거리다가 가까스로 암벽을 붙잡았고, 루시의 손가락은 두껍게 쌓인 이끼 속으로 파고들었다. 마치 보이지 않는 손에 떠밀리기라도 한 것처럼 루시는 엉덩방아를 찧고 말았다. 그리고 그대로 내리막길을 미끄러져 내려가기 시작했다. 속도를 줄일 수도, 멈출 수도, 어디 붙잡을 데도 없었다. 그토록 조심했건만 이제 네이선에게 있는 곳을 알린 꼴이었다. 그때 날카로운 돌이 피부를 긁었고, 비명이 터져 나왔다. 그런 다음엔 다리가 덩굴 식물에 걸리는 바람에 산 아래를 향해 굴렀다. 한참을 굴러 내려가던 끝에 결국 엄청나게 거대한 나무둥치와 부딪치고 말았다. 루시는 조심스럽게 나무뿌리를 붙잡고 일어섰다. 어쨌든 멈추긴 한 셈이었다. 온몸에서 통증이 느껴졌다. 팔과 손목, 온몸의 관절이 불타는 것같이 아팠지만, 터져 나오려는 비명을 겨우 참았다. 입술에서는 피 맛이났고, 머리 쪽에서 눈을 타고 뜨뜻한 액체가 흘러내렸다. 나무뿌리 하나를 붙잡고 일어서 보려는데, 놀랍게도 그 뿌리는 다른 뿌리들과 연결되어 있었다. 땅에서 뿌리들을 살짝 들어 올려 보니 마치 거대한 그물 모양이었다. 몸에 다시 균형 감각이돌아오자 루시는 주의 깊게 주위를 둘러보았다. 밑에서 올려다보니 길은 위에서 내려올 때보다 훨씬 더 가팔라 보였다. 정말이지 온몸이 아팠지만 일단은 뿌리 위로 기어올라 보았다. 하지만 아무리 벗어나려 발버둥 쳐 봐도 몸이 점점 더 얽혀 드는것 같았다. 그때 갑자기 발밑에서 무언가가 무너져 내렸고, 팔을 휘저으며 무언가를 붙잡기 위해 허우적거렸지만 아무것도잡히는 게 없었다. 루시는 다시 땅으로 곤두박질치고 말았다. 다행히 그리 충격이 크진 않았다. 루시는 겁에 질려 지면을 더듬었다. 이끼가 만져졌다. 눈을 들어 보니, 나무뿌리가 만든 거대한 동굴 모양의 구덩이 속에 떨어진 것 같았다. 루시는 손을더듬어서 흙벽으로 다가가 등을 세우고 앉았다. 그러자 약간은안심이 되었다. 그런 다음에는 심호흡을 하며 공포를 가라앉히려고 노력했다. 차츰 희미한 햇빛이 뿌리 사이를 비집고 들어와 루시의 머리를 비추었다. 여기라면 아무도 자신을 찾지 못할 거라고 생각하며 고개를 들어 위쪽을 쳐다보았다. 하지만 도움 없이는 쉽게 탈출하지도 못할 것 같았다. 이제는 너무도 지친 나머지 어떻게 돼도 상관없었다. 루시는 몸을 둥글게 말았다. 울고 싶었지만 눈물조차 나오지 않았다.

~

도대체 루시를 어떻게 찾지? 이런 일이 일어나다니! 이것 때문에 모든 게 틀어질 수도 있었다. 무슨 일이 있어도 루시가 오두막에서 나오지 못하도록 했어야 했다. 약 30분 전부터는 아무런 인기척도 느껴지지 않았다. 마치 숲의 시간이 멈춘 것 같았다. 네이선이 자신의 멍청함을 자책하는데, 어디선가 비명 소리가 들린 것 같았다. 루시에게 무슨 일이 생긴 게 틀림없었다. 머지않아 해가 질 것이다. 그렇게 되면 루시를 찾을 가능성도 적어진다. 과연 그녀가 하룻밤 정도를 숲 속에서 보내고도 살아남을 수 있을까? 아마 힘들 것이다. 런던 빌라 계단에 앉아 있던 그녀의 얼음장처럼 차가운 몸을 체온으로 녹여야 했던 기억이 떠올랐다. 그래, 바로 그때부터 모든 게 엉망진창이었다.

"젠장할!"

그가 고개를 저으며 기억을 떨쳐 버렸다. 당장은 더 중요한 게 있었다. 바로 루시를 찾아내는 일이었다. 몇 분 뒤, 눈앞에 암벽이 나타났다. 온통 이끼로 뒤덮여서 매우 미끄럽고 위험해 보였다. 그는 주위를 둘러보며 혹시라도 주변에 동굴이나 은신처는 없는지 찾아보았다. 아마 루시는 지금 자신에게서 몸을 숨기고 있을 가능성이 높았다. 하지만 아무것도 발견할 수 없었다. 혹시 저 아래 내리막으로 구른 건가?

어쩌면 지금 당장 돌아가서 자동차에서 손전등을 꺼내 오는 게 현명할지도 몰랐다. 건전지를 아껴 두고 싶었지만 양초를 들고 산 전체를 누빌 수도 없는 노릇이었다.

네이선은 몸을 돌려 집 쪽으로 향했다. 숲을 되돌아 나가면서도 다시 찾아올 수 있도록 길을 눈여겨 봐 두었다. 집으로 향하는 오솔길로 접어들었을 무렵, 휴대 전화를 꺼내 문자 메시지를 보내 두었다.

잠시 후, 네이선은 다시 산으로 향했다. 루시를 찾아내야만 했다. 그렇지 않으면 정말로 심각한 일이 벌어지게 될 것이다.

루시는 계속 몽롱한 상태에 있다가 가까스로 제정신을 차리는 중이었다. 무언가 위험하고 소름 끼치는 게 다가오고 있다는 느낌이 들었다. 이유는 알 수 없었지만, 온몸으로 위험을 감지할 수 있었다. 온몸의 솜털이 공포 때문에 곤두섰다. 등줄기에 식은땀이 흘러내렸다. 그리고 바로 그 순간, 부자연스러운 정적이 그녀를 덮쳤다. 루시는 몸을 움직이려 했지만 몸이 말

을 듣지 않았다. 몸이 굳어 버린 것이었다. 루시는 눈을 번득이며 주변을 살폈다. 그리고 눈앞에 그들이 나타났다. 피가 얼어붙는 것 같았다. 어떻게 이런 곳까지 나타날 수가 있지? 게다가 지난번보다 숫자도 훨씬 늘어나 있었다. 루시는 그들이 책의 유령이라는 걸 네이선을 통해 알고 있었다. 잘 어울리는 이름이었다. 하지만 도대체 왜 그녀를 계속 찾아와 괴롭히는지 알 수가 없었다.

종이 같은 그림자가 흐느끼듯 울렁거렸다. 이건 현실이 아니라고 루시는 자꾸만 되뇌었다. 빨리 잠에서 깨어나야 돼! 하지만 몸을 움직일 수 없었고, 잿빛 괴물들이 천천히 루시에게 다가왔다. 도대체 뭘 원하는 거지? 그들이 갈퀴 같은 손가락을 뻗자, 그들이 뭘 연상시키는지가 기억났다. 몸체가 종이라는 사실만 제외하면 마치 톨킨의 《반지의 제왕》에 등장하는 '나즈굴' 같은 모습이었다. 텅 빈 넝마를 걸치고 거대한 말을 탄, 한때는 반지의 수호자였던 그들은 지금 눈앞의 저 괴물에 비하면 덜 무서운 편이었다. 그제야 루시는 몸 안에 차오르는 공포를 몰아내기 위해 온 힘을 다해 비명을 내질렀다. 그러자 괴물이 잠시 주춤했고, 그 기회를 틈타 마비된 몸을 겨우 일으켰다. 괴물이 다시 루시에게 다가오려는 찰나, 온 힘을 다해 머리 위에 매달린 뿌리에 손을 뻗치고 기어올랐다. 공포와 도망치고자 하는 열망이 그녀에게 약간의 힘을 더 보태는 것 같았다. 하지만 거기까지였다. 이제 유령이 자신의 발목을 잡고 다시 아래로 끌어당기리라고 체념하려는데, 밝은 빛이 루시의 얼굴을 비췄다. 깜짝 놀라 뿌리를 놓치는 바람에 다시 땅으로 곤두박질 치고 말았지만, 누군가가 와 주었다는 안도감이 들었다. 누구인지는 상관없었다. 단지 자신을 구해 주기만, 이 구덩이와 괴물에게서, 네이선에게서 구해 주기만 간절히 바랐다. 그가 루시를 끌어올렸고, 가슴팍에 끌어안았다. 그리고 익숙한 허브 향기……. 그제야 루시는 자신을 구한 게 누구인지 깨닫고 절망하고 말았다. 그렇게 필사적으로 도망쳤건만 결국 그의 손에 다시 붙잡히고 만 것이다. 그에게서 달아나야 한다고, 그를 밀치든지 때려서라도 그에게서 도망쳐야 한다고 생각했지만 힘이 단 한 방울도 남아 있지 않았다. 책의 유령은 루시를 건드리지조차 않았지만 마치 온몸의 힘을 앗아간 것 같았다. 도대체 누가 저런 괴물을 창조한 걸까?

네이선은 루시를 안아 들고 오두막으로 걸어가는 동안 단 한마디 말도 하지 않았다. 그렇게 열심히 도망쳤건만, 오두막까지 얼마 걸리지 않은 걸로 미루어 보면 결국 그리 멀리 도망치진 못한 셈이었다.

네이선은 문에 빗장을 걸고 루시를 침실로 들여보냈다. 루시는 비틀거리며 침대 위로 쓰러졌고, 네이선이 이불을 가져다 덮어 주고 오븐에 장작불을 지피는 모습을 외면했다. 그가 따뜻한 차와 샌드위치를 가져다주었지만, 그것도 외면했다.

"너 머리부터 발끝까지 흠뻑 젖었어. 여벌로 가져온 티셔츠와 와이셔츠가 있으니까 갈아입어."

하지만 루시는 미동조차 않은 채 벽을 바라볼 뿐이었다.

네이선이 루시 옆에 앉자, 침대 스프링이 삐걱대는 소리가 났다.

"루시, 네가 날 믿지 않는다는 걸 알아. 어쩌면 그게 영리할지도 모르지. 네가 도대체 뭘 들었는지 모르겠지만, 콜린과 전화하고 있었어. 그가 문자 메시지를 보냈더라고. 난 네가 잘 있다고 안부를 전해 주려던 것뿐이었어."

그가 잠시 침묵하며 루시의 반응을 기다렸다. 하지만 루시가 계속 아무 말이 없자, 깊이 숨을 들이마시고 말을 이었다.

"너에게 줄 게 있어. 진작 주려고 했지만 마땅한 기회가 없었어. 물론 지금도 적당한 순간은 아니지만, 아무튼 여기에 네 목걸이와 편지가 있어. 편지는 할아버지에게서 훔쳐 낸 거야. 매클레인 신부가 계속 보관해 오던 물건이라더군. 목걸이는 혹시라도 누군가가 네게서 빼앗아갈까 봐 내가 보관하고 있었어. 이제 여기에 놓아두고 잠시 혼자 있게 해 줄게."

그가 루시의 어깨에 한 손을 얹으며 속삭였다.

"필요할 땐 언제든 불러. 당장 달려올 테니까."

그가 방문을 닫고 나가자마자, 루시는 몸을 돌려서 베개 위에 올려 둔 물건들을 집어 들었다. 차가운 금속이 살갗에 느껴지자 안도감이 파도처럼 밀려왔다. 결국 그가 계속 가지고 있었던 것이다. 루시의 예상대로였다.

목걸이를 열고 그들의 눈을 바라보았다. 지금 두 분은 왜 저를 지켜 주지 못하죠? 왜 절 혼자 두고 가신 거예요? 자기 자식보다 책이 더 중요했나요?

루시는 목걸이 옆에 놓인 편지를 집어 들었다. 봉투는 누렇게 빛이 바랜 채 구겨져 있었다. 루시는 거의 반사적으로 봉투를 열고 편지를 꺼내 읽어 내려갔다.

　사랑하는 루시,

　우리에겐 시간이 얼마 남지 않았구나. 바티스트 드 트레메인이 우리를 찾아낸 것 같아. 이렇게 너와 함께 조금이라도 더 오래 있을 수 있기만을 바랐단다. 하지만 운명은 우리 편이 아닌 모양이야. 이미 네가 태어나기 전에 랄프 신부님과 앞으로의 일들을 미리 계획해 두었단다. 신부님을 믿거라. 아마 네가 크면 언젠가 이 편지를 건네주면서 너에 관한 것들을 알려 주실 거야.

　루시 넌 아주 특별한 존재란다. 네 능력은 너무도 특별해서 그게 축복인지 저주인지 모르겠구나. 우리 가문의 여자로서 연맹의 남자들에 당당히 맞서는 게 너의 사명이란다. 그들은 인류의 지식을 도둑질하고 있어. 그런 일이 일어나도록 허용해선 안 돼.

　랄프 신부님은 널 숨겨 줄 거야. 그분이 널 어디에 데려다주실지는 우리도 몰라. 하지만 이게 최선이란 것만은 안다. 그들은 우리가 성직자에게 널 맡길 거라고는 예상하지 못했을 거야. 페르펙터들의 추적을 따돌리면 널 데리러 올게. 1분 1초라도 떨어져 있고 싶지 않단다. 하지만 만약 우리가 실패하게 되면, 이 편지가 마지막 인사가 될 것 같구나. 얘야, 정말 너무나 사랑한다······.

비록 우리가 네 곁에 없을지라도, 넌 지금도 앞으로도 우리의 마음 안에 있을 거야. 우리가 추적자들을 따돌리고 네게 돌아오는 데 실패한다면, 책과 목걸이의 인도를 따라가렴. 책들이 널 찾아내 올바른 길로 인도해 줄 거야. 책들은 널 믿고 있으니 너도 책을 믿거라. 그들은 네 도움이 필요해. 너만이 연맹의 지적 탐욕에서 책들을 구해 낼 수 있어. 그 남자들은 잘못된 길을 걷고 있어. 그들이 하는 건 잘못된 거야.

한 가지만 명심하거라. 책에 적힌 말, 지식과 지혜는 숨겨져선 안 돼. 그 모든 것은 인간의 영혼을 성장시킨단다. 언어와 말은 미래를 위한 무기야.

너에게 키스와 포옹을 보내며, 네 앞날이 우리의 현재보다 평안하길 바란다.

하느님께서 널 지키시고 인도하시길.

너를 사랑하는 너의 부모가.

루시는 손에 든 종이를 다시 한 번 더 멍하니 바라보았다. 아무리 종이를 똑바로 들고 있으려고 해도, 자꾸만 손이 떨렸다. 종이에 쓰인 글자들이 눈앞에서 춤을 추며 둥둥 떠다니다가, 마치 종이를 뚫고 나오려는 듯 소리를 질러 대는 것 같았다. 몇 번이나 편지를 다시 읽으며 단어들을 목으로 넘겼다. 어린 시절, 부모님을 찾으며 얼마나 많은 밤을 눈물로 지새웠던

가. 이제 이 하얀 종이 위에 적힌 검은 문장들이 그 대답이었다. 가혹했던 건, 평생 동안 품어 왔던 의문을 해결해 줄 수 있었던 이 종이 한 장이 그렇게도 가까운 곳에 있었다는 사실이었다. 루시는 편지를 두 번, 세 번 되풀이해 읽었고 그때마다 부모님이 처한 상황의 긴박감이 느껴졌다. 한 문장, 한 단어마다 두려움이 스며들어 있었다. 세 번째로 읽은 다음에야 루시는 부모님이 편지를 적어 내려갈 때 이게 이별의 편지가 될 거라는 사실을 알고 있었다는 걸 깨달았다. 부모님이 돌아가신 건 이미 알고 있었지만, 편지를 읽고 난 후에야 그 사실을 실감할 수 있었다. 어머니가 오래전에 직접 한 글자 한 글자 적어 내려갔을 문장들을 가만히 손가락으로 쓰다듬는 동안, 말 없는 눈물이 볼을 타고 흘러내렸다. 부모님을 생각하며 흘릴 눈물은 평생 다 흘렸다고 생각했는데, 아직도 충분치 않았던 모양이었다. 바티스트 드 트레메인이 부모님을 죽였다는 사실에도 분노와 두려움이 동시에 차올랐다. 아마 부모님을 죽였듯 자신도 죽였겠지, 만약…… . 만약 뭐? 네이선이 구해 주지 않았다면? 하지만 네이선은 도대체 왜 자신을 구해 준 거지? 어째서 그와 바티스트가 자신을 손에 넣기 위해 이 모든 걸 함께 계획했다고 단정해 버렸던 거지? 하지만 네이선은 목걸이와 편지를 돌려주었고, 그게 계획의 일부라곤 보기 어려웠다. 아무리 애를 써 봐도 논리적인 사고를 할 수가 없었다. 마치 모든 퍼즐 조각들이 폭풍우에 휘말린 것처럼 한데 뭉쳐져서 빙글빙글 돌았고, 이제 폭풍이 한꺼번에 들이마셨다 내뱉어 놓은 듯 뒤죽박죽 엉

켜서 머릿속에 쌓여 있었다. 머릿속에 물랑 부인의 손을 잡은 어린아이인 자신의 모습, 그런 자신을 어딘가 기이하다는 표정으로 뜯어보고 있는 랄프 신부가 보였다. 떠올려 보면 그는 언제나 그 표정으로 자신을 바라보곤 했다. 그래서 그가 자신을 좋아하지 않는 줄만 알고 그와 거리를 두곤 했던 것이다. 루시는 목걸이의 뚜껑을 열어 보았다. 조금 전에 열었던 때와는 달리, 은은한 빛줄기가 목걸이에서 흘러나와 손목의 표식에서 흘러나온 빛줄기와 한데 엮였다. 루시는 지친 몸을 침대 등받이에 기대고 이불을 뒤집어쓴 채, 목걸이가 보여 주는 영상을 가만히 바라보았다. 화면 안에서 아버지와 어머니가 교회 계단을 오르는 게 보였다. 그런 다음 두 사람은 아주 젊어 보이는 랄프 신부에게 작은 천 꾸러미 하나를 안겨 주었다. 어머니는 눈물을 흘렸고, 아버지는 굳은 얼굴로 계속 무언가를 이야기하고 있었다. 그런 다음엔 부드러운 손길로 아기를 마지막으로 쓰다듬은 다음, 아이의 몸을 감싼 천 사이로 편지와 목걸이를 넣었다. 편지에는 부모님이 모든 걸 랄프 신부와 상의해 두었다고 쓰여 있었다. 그렇다면 적당한 때가 되었을 때 신부가 자신에게 이런 모든 걸 설명해 줬어야 했지만, 그는 단 한 번도 그러지 않았다. 왜였을까? 하지만 이제는 영영 알 수 없게 되어 버렸다.

　루시는 몽롱한 상태에서 꿈과 현실 사이를 오가며 자신 안으로 깊이 침잠했다. 자꾸만 눈앞에 부모님의 모습이 보였다. 그들은 루시에게 뭔가를 말하려는 것 같았다. 꿈속에서 루시는 점점 작아졌고, 그들이 무슨 말을 외쳤다. 하지만 그들의 모습이 지평선 너머로 사라지면서 그들의 목소리도 점점 작아졌다. 루시는 너무도 간절히 그들이 무슨 말을 하는지 알고 싶었지만 들을 수가 없었다. 그래서 그들의 뒤를 따라갔지만, 아무리 빨리 걸어도 그들을 따라잡을 수가 없었다. 루시와 부모님 사이에 회색의 안개가 자욱해졌다. 희미한 실루엣만 보이는가 싶더니, 나중에는 목소리까지 점점 멀어져 갔다. 루시의 평생을 지배해 온 외로움 때문에 마음이 타는 것처럼 아팠다. 어떻게든 부모님을 되찾아 와야 한다는 생각이 들었다.

루시는 안개 속으로 뛰어들었지만, 마치 안개가 자신을 꽉 붙잡는 것 같았다. 다리와 상체를 꽉 붙잡고 더 이상 움직일 수 없도록 놔주지 않았다. 루시는 몸을 버둥거리면서 비명을 질렀다.

"쉬……."

누군가가 진정시키려는 듯 루시의 귓가에 속삭였다.

"쉬……. 다 잘될 거야. 아무도 널 다치지 못하게 할게. 약속해."

루시의 호흡이 천천히 제자리로 돌아왔다. 끈적이는 회색 안개가 루시의 머릿속에서 점차 물러가기 시작했고, 누군가가 자신을 꽉 끌어안고 따스한 온기를 전해 주고 있는 게 느껴졌다. 루시의 마음 한구석에서 그냥 이 상태로 있어도 괜찮다며, 그대로 계속 있고 싶다는 기분이 들었다. 그들의 손목에서 따스한 빛이 서로 얽혀 들었다.

"그는 네게 아무 짓도 하지 않을 거야. 그는 네 사람이야. 그를 놓치면 안 돼. 네 마음의 소리를 들어."

어머니의 목소리가 귓가에 또렷이 들렸다.

"내 아가야, 그는 믿어도 된단다. 우리는 널 사랑한다. 그걸 절대 잊지 마렴."

그리고 부모님의 모습은 더 이상 보이지 않았다. 정적 가운데 따스한 빛이 반짝일 뿐이었다. 루시는 그의 단단한 가슴에 머리를 기댔다. 그리고 정말 오랜만에 깊은 단잠에 빠져들었다. 네이선이 자신을 지켜 줄 거라는 사실이 놀랍도록 또렷이 느껴졌다. 그는 자신을 절대로 혼자 놔두지 않을 것이다.

10장

나쁜 책이 불러온 재앙은 좋은 책으로만 없앨 수 있다.

— 제르멘 드 스탈

네이선은 잠에서 깨어났다. 무슨 소리를 들은 것 같았다. 다시 잠을 청하려던 순간, 그가 들었던 소리가 어떤 종류의 소리였는지 깨달았다.

그건 분명히 유리 조각이 떨어지면서 깨지는 소리였다. 그런 소리가 날 만한 원인은 한 가지밖에 없었다. 그의 심장이 쿵쿵 뛰었다. 그는 정적 속에 귀를 기울이고 자신이 잘못 들었기만 바랐다. 바깥도 어떤 움직임 없이 고요했지만, 거대한 위험이 다가오고 있다는 게 강하게 느껴졌다.

누군가 집 안에 들어와 있었다. 그가 현관에 대고 노크를 하지 않은 이상, 그게 누구인지는 명확했다. 네이선은 입술 사이를 비집고 나오려는 욕지거리를 삼켰다. 루시는 그의 품에서 고른 숨을 내쉬며 따스하고 보드러운 단잠에 빠져 있었다.

루시가 진정하고 잠이 들기까지는 오랜 시간이 걸렸다. 편지와 목걸이를 진작 주었어야 했다. 그랬다면 도망치는 일도 없었을 터다. 어두운 숲 한가운데서 만신창이가 된 루시를 구해 낼 일도 없었겠지. 숲에서 루시는 하얗게 질린 채 무언가를 중얼거리고 있었다. 말뜻은 이해할 수 없었지만, 그 눈동자에 서려 있던 건 죽음의 공포였다. 그녀가 본 게 무엇인지는 짐작할 수 있었다.

어렸을 때 할아버지는 영혼을 잃어버린 책에 대한 이야기로 그를 겁주곤 했다. 그들은 마치 유령처럼 정처 없이 시공간을 배회하며 그 책임을 물을 수 있는 사람을 찾아다닌다고 했다. 특히 연맹의 아이들과 연맹, 그들의 후손에 대한 분노는 그렇게 눈덩이처럼 불어났던 것이다. 어느 날 밤, 어린 그에게 책의 유령이 나타났고 그는 겁에 질려 비명을 질러 댔지만 그 누구도 도와주러 오지 않았다. 청소년기에 접어들어서야 할아버지는 책의 유령을 피할 수 있는 방법을 알려 주었다. 그가 할 수 있는 거라곤 그들을 피해 몸을 숨기는 것뿐이었다. 이제 유령은 새로운 희생물을 찾아낸 것이다. 하루라도 빨리 루시에게 몸을 숨기는 방법을 알려 주어야 했다.

다시 한 번 유리가 바스락거리는 소리가 났다. 아주 작은 소리였지만, 집 안의 정적 속에서 그 작은 소리는 뚜렷하게 구분되었다. 신속히 루시를 피신시켜야 했다.

"루시."

그가 루시에게 속삭였다.

"일어나!"

그는 루시가 잠에서 깨어나는 모습을 지켜보았다. 그리고 루시가 무어라 대꾸하기 전에, 일단 그녀의 입을 손으로 막았다. 그러자 루시가 반사적으로 저항하며 그의 팔에서 벗어나려 했다.

"쉿. 누군가 집에 들어왔어."

그가 긴박하게 속삭이자 루시도 저항하는 걸 멈추었다. 어둠 속에서 그녀의 얼굴은 보이지 않았지만, 겁에 질린 채 시선이 문 쪽을 기웃거리는 걸 느낄 수 있었다. 그때 누군가가 깨진 유리 조각 위를 밟는 소리가 두 사람의 귀에 똑똑히 들렸다. 그들은 저도 모르게 숨을 멈추고 귀를 기울였다. 아마 누군가가 집 안으로 들어올 목적으로 유리창 하나를 깬 다음, 잠시 기다렸다가 집 안으로 들어온 게 분명했다.

네이선은 손을 더듬어 바지와 신발을 서둘러 입었다. 그런 다음 루시에게도 옷을 입으라고 속삭였다. 루시가 침대에서 일어나면서 침대 스프링이 약간 삐걱대는 소리를 냈다. 그동안 네이선은 침대 밑에 숨겨 두었던 권총을 꺼냈다. 이걸 쓰게 될 일이 오지 않길 바랐건만, 루시를 지켜 내기 위해서라면 어쩔 수 없었다. 이제 루시가 그의 곁에 섰다. 그리고 당연하다는 듯 그의 손을 잡는 것이었다. 그렇게 많은 일을 겪었는데도 자신을 믿어 준다는 사실이 그를 놀라게 했다. 하지만 지금은 감동하고 있을 여유가 없었다. 루시를 보호하듯 등 뒤에 세운 다음, 조심스럽게 한 발 한 발 내디뎠다. 그런 다음 방문 뒤로 루시를 밀어 넣었다. 약간만이라도 빛이 있다면 좋겠다고 생각하는 찰나, 라이터를 켜는 소리와 함께 복도 저쪽에서 작은 불꽃이 왔다 갔다 하는 게 보였다. 빛은 복도를 따라 움직이며 그들이 숨어 있는 방까지 들어왔다. 네이선은 재빨리 다음 수를 궁리했다. 집 밖에서 할아버지가 보낸 제2의 하수인이 대기하고 있을지도 모르는 상황이었다. 어쩌면 좀도둑일 수도 있고, 쉴 곳을 찾는 등산객일 뿐일지도 몰랐다. 하지만 저렇게 발소리를 죽이고 집 안으로 기어들 만한 이유는 단 하나뿐이었다. 그는 루시가 몸을 숨기고 있는 문 뒤로 다가가 재빨리 몸을 숨겼다. 완벽한 타이밍이었다. 그가 몸을 숨기자마자 작게 삐거덕거리는 소리와 함께 욕실 문이 열렸다. 그런 다음 그들이 숨어 있는 방으로 한 남자가 쑤욱 들어왔다. 네이선은 루시를 문 뒤의 그림자 깊숙이 숨겼다. 무슨 일이 있어도 그녀를 불필요한 위험으로 몰아넣을 필요가 없었다. 그때 불빛이 꺼졌고, 낮게 으르렁거리는 소리와 비에 젖은 개 냄새가 났다. 루시는 비명이 터져 나오려는 걸 가까스로 억눌렀다. 바로 그때, 네이선이 온 힘을 다해 문을 닫았고, 무언가가 부딪히는 둔탁한 소리와 함께 깨갱거리는 비명 소리가 집 안에 가득 울렸다. 그와 동시에 네이선이 앞으로 튀어 나가 거대한 개의 주둥이에 주먹을 날렸다. 개가 비틀거리며 뒷걸음질 치는 동안, 두 번째의 일격으로 개를 욕실에 밀어 넣는 데 성공했다. 문을 잠그고 재빨리 열쇠를 뺐지만 오래는 버티지 못할 거였다. 저게 오리온인지 시리우스인지 분간할 수는 없었지만, 문을 부수고 나오는 데는 그리 오랜 시간이 걸리지 않을 터였다. 인간의 모습으로 몸을 변형시키기만 하면 거대한 덩치로 문을 부수는 건 식은 죽 먹기일 테니 말이다. 네이선이 잠시 숨을 고르는 동안 루시의 작고 가녀린 손이 자신의 손을 더듬어 잡았다.

"다른 한 놈은 어디에 있어?"

루시가 속삭였다.

네이선은 어깨를 으쓱해 보였다. 그리고 어둠 속에서 이렇게 무방비하게 서 있다가는 두 번째 공격을 당해 내지 못할 거라는 사실을 깨달았다. 개의 후각을 이길 수는 없을 테니 말이다. 무슨 일이 있어도 루시를 빼앗길 수는 없었다. 네이선은 바지 주머니에서 라이터를 꺼내 불을 붙였다.

네이선은 다른 침입자가 없는지 집 안을 한 바퀴 둘러본 후 말했다.

"한시라도 빨리 여길 벗어나야 돼."

하지만 할아버지가 조금 전에 공격한 한 명만 보냈을 리는 없었다. 분명 나머지 한 놈도 어딘가에서 그들이 나타나기만을 기다리고 있을 터였다.

"겉옷을 가져와. 난 서랍장으로 문을 막은 다음 완전히 봉쇄해 놓을게. 최대한 조용히 움직이자. 다른 한 놈이 어디에 숨어 있을지 모르니까."

그가 초에 불을 붙인 후 루시의 손에 쥐여 주며 말했다.

루시는 발뒤꿈치를 들고 침실로 가서 재빨리 편지와 목걸이를 겉옷 주머니에 넣고 옷을 입었다. 그런 다음엔 네이선의 물건을 챙겨서 그에게 되돌아가려고 욕실 문을 지나려는데, 무시무시한 소리를 내며 나무판자가 부서지는 소리가 났다. 루시의 심장이 두방망이질 쳤다. 지금 욕실에 갇혀 있는 놈이 두 번이나 세 번만 더 힘을 쓰면 문이 부서져 버릴 터였다.

네이선이 현관문 앞에서 루시를 기다리는 게 보였다. 현관문은 아주 약간만 열어 둔 상태였다. 루시가 촛불을 혹 불어서 껐다.

"뭐가 보여?"

루시가 욕실 쪽의 굉음을 애써 무시하며 불안한 듯 물었다.

네이선은 고개를 저었다.

"아무것도. 하지만 저놈 혼자 왔을 것 같진 않아."

"네이선!"

등 뒤에서 굉음이 들렸다.

두 사람은 동시에 뒤를 돌아보았다.

"날 당장 여기서 꺼내 줘! 네 조부의 명령이다. 우리는 너와 루시를 데려갈 거다!"

"지금 '우리'라고 했지?"

루시가 겁에 질려 중얼거렸다.

네이선은 말없이 고개만 끄덕여 보였다.

몇 초 후, 문이 부서지며 나무 파편과 함께 거대한 손이 욕실 문을 뚫고 튀어나와 열쇠 구멍을 더듬거렸다. 네이선은 문에서 미리 열쇠를 뽑아 두지 않은 걸 후회하며 욕지거리를 내뱉었다. 그 순간 루시가 전속력으로 욕실 문으로 달려갔고, 곰

같은 손바닥에서 열쇠를 빼앗자 욕실 안에서 분노에 찬 괴성이 들려왔다.

루시가 재빨리 네이선의 곁으로 돌아왔다.

"이제 여길 뜨자. 어떻게든 자동차 있는 데까지는 움직여야 해."

루시가 고개를 끄덕인 다음, 덜덜 떨리는 이를 악다물었다. 추위 때문이 아니라 공포 때문이었다.

"욕실 안에 갇힌 건 오리온이야. 시리우스는 아마 밖에서 기다리고 있겠지. 네가 차 쪽으로 먼저 뛰어. 내가 뒤에서 엄호해 줄게. 무슨 일이 벌어지든 절대 뒤돌아보거나 걸음을 멈추지 마. 있는 힘껏 달려야 해, 알았지?"

그가 루시의 손에 자동차 열쇠를 쥐여 주고는 루시가 입고 있는 외투 지퍼를 올려 주었다.

"나보다 먼저 자동차에 도착하면 일단 출발해. 날 기다리지 말고 되도록 멀리 도망쳐. 기름은 거의 가득 채워 놨어. 운전석 오른쪽 서랍에 돈이 약간 들어 있을 거야. 그리 넉넉진 않지만 그걸로 가능한 한 오래 버텨야만 돼. 아무에게도 전화하지 마. 그렇게 몸을 숨기고 있으면 살아남을 수 있을 거야. 그렇게 하겠다고 약속해 줄 수 있어?"

루시는 어둠 때문에 그의 얼굴 표정을 읽은 수는 없었지만, 그의 목소리에는 깊은 근심이 서려 있었다. 곧이어 그가 뺨을 어루만지는 걸 느꼈고, 그에게 몸을 기대며 고개를 끄덕였다.

"마지막으로 한 가지가 더 있어."

그게 뭐냐고 묻기 전, 그의 입술이 루시의 입술 위로 부드럽게 덮였다. 그의 손길이 루시의 등을 쓰다듬으며 강하게 끌어당겼다. 루시는 순간, 제 주위의 모든 걸 잊어버리고 말았다. 그와의 입맞춤보다 더 중요한 건 아무것도 없었다.

시간은 너무 빨리 흘러가 버렸고, 귀를 찢어 놓을 것 같은 굉음이 둘을 갈라놓았다. 결국 오랜 고문을 견디던 욕실 문이 반대편 벽에 날아가 박살이 났고, 거대한 몸집을 가진 남자가 그들에게 다가오는 게 보였다. 하지만 그와 동시에, 네이선이 문을 열고 루시를 문밖으로 밀어냈다.

마리는 바스락거리는 흰색 작업복을 입은 채 문서실의 등받이 없는 의자에 앉아, 만신창이로 젖은 책들을 무릎 위에 올려 놓고 어떻게든 수습해 보려고 애쓰고 있었다. 맘 같아선 다 포기하고 싶었다. 근래 들어서는 이 모든 게 끔찍하고 역겹기만 했던 것이다. 더 이상 책들을 구해 내는 건 불가능했다. 이쪽 아래부터는 더 이상 회생의 가능성이 없는 책들뿐이었다. 책을 복구하던 첫날엔 거의 손상되지 않은 책들도 많았다. 게다가 대부분 책등이나 표지 부분에 아주 약간 그을린 정도였다. 직원들을 대동한 고서 복원가들에게 그 정도의 손상을 복구하는 건 식은 죽 먹기였다.

하지만 발화 부분으로 가까워질수록 참상은 심각해져 갔다.

간혹 철제 박스에 보관하던 몇몇 운 좋은 책들을 제외하곤 소화수로 뿜어져 나온 물이 이차적인 피해를 입혔다. 박스 안의 책들은 고온 때문에 표지에 약간 기포가 생긴 것을 제외하면 거의 피해를 입지 않았지만 그 외에는 거의 형체를 알아볼 수 없을 정도로 불탔거나 끈적거리는 검은 푸딩 형상이 되어 버렸다. 복원가들은 그런 책들도 기꺼이 복원 항목에 포함시켰지만, 마리는 그들이 그저 도서관 직원들의 비위를 맞추려고 한다는 걸 알고 있었다.

마리는 몇 년 동안 도서관에서 일해 오면서 수많은 책들이 손상되는 걸 봐 왔다. 좀벌레가 파먹거나, 촛농, 램프에서 번진 기름 자국 등……. 예전, 그러니까 문서실에 전기가 들어오기 전에는 좋든 싫든 책을 일광이 닿는 공간에서 보관해 왔을 터다. 그 당시만 해도 책이 햇빛에 노출될 경우 장기적으로 어떤 손상을 입게 되는지 알지 못했을 테니 말이다. 오늘날에는 땀이나 해충, 곰팡이나 각종 유아 질병에 의해 책이 손상되곤 했다.

하지만 그런 경미한 손상에 비하면 지금 눈앞의 참상은 마치 거대한 무덤을 보고 있는 것 같았다. 천여 권의 책들이 매장되어 있는 무덤 말이다. 게다가 루시가 전해 준 말들이 기억나자 몸에 소름이 돋았다. 마리도 세상에서 책을 가장 좋아했다. 아무런 이유도 없이 도서관 사서 자리를 얻은 게 아니었다. 하지만 책마다 영혼을 지니고 있으며, 루시와 대화까지 한다는 걸 알게 된 건 분명 그리 큰 도움이 되진 않았다. 친구인 루시의 말을 정말이지 믿고 싶었지만, 만약 루시의 말이 사실이라면 눈앞의 이 거대한 죽음이 몇 배는 더 끔찍하게 느껴졌다.

마리는 오랜 작업 때문에 쑤시는 등을 곧게 펴고 기지개를 켰다. 맘 같아서는 진작 때려치우고 싶었지만, 혹시 한 권이라도 성한 책을 구해 낼 수 있을까 싶어서 차마 그럴 수가 없었다. 그건 자신뿐 아니라 루시와 책들에게 죄를 짓는 일이었으니 말이다. 비록 콜린이 네이선에게 많은 정보를 얻어 내진 못했지만 적어도 루시가 안전하다는 건 알고 있었다. 마리는 루시가 조만간 연락해 오기만 바랐다. 그녀가 사라지고 난 후 어떤 일들을 겪은 건지 궁금하기도 했다. 마리는 눈앞에서 물에 젖어 붙어 있는 두 권의 책을 조심스럽게 떼어 낸 다음, 비닐을 깐 아이스박스에 차곡차곡 집어넣었다. 그런 후에는 다음번 책장을 살펴보았다.

"마리!"

누군가가 그녀를 부르는 소리가 들렸다.

"난 L열에 있어!"

마리가 상자 하나를 잡으려다 떨어뜨리고 말았다.

"젠장!"

"그냥 놔둬. 여기부터는 이제 가망이 없어."

옆쪽에서 목소리가 들렸다.

"아냐. 그래도 한번 살펴봐야지."

마리가 입술을 깨물며 대꾸했다.

"나에게는 무슨 볼일이라도 있어? 뭐 좋은 일이 있어서 온 건 아닐 테고."

마리가 동료인 그레이스를 바라보며 말했다.

그레이스가 고개를 저었다.

"네 말대로 그리 좋은 일은 아냐. 너에게 전화가 와 있어."

"루시인가?"

마리가 저도 모르게 내뱉고는 곧바로 후회하고 말았다. 마리의 입에서 루시라는 이름이 튀어나오자, 그레이스의 눈이 호기심으로 반짝였기 때문이다.

하지만 어째서 루시의 전화를 기다리고 있는지 캐묻는 대신, 그레이스는 고개를 저으며 대답했다.

"루시가 아니야. 올리브 씨가 걸었어."

"하느님 맙소사. 세상 천지에 무슨 일로 나하고 전화 통화를 하려는 거지?"

마리가 곤란한 얼굴로 중얼거렸다.

그런 다음 자기 모습을 한번 살펴보았다. 흰색 작업복과 두 손은 재와 분진으로 완전히 더러워져 있었다.

"잠시 후에 내가 걸어도 되냐고 물어봐 줘."

"글쎄……. 올리브 씨가 전화한 게 이번 한 번이면 그렇게 하겠는데, 벌써 몇 번째 전화를 걸었거든. 그때마다 너 바쁘다고 말했었고. 이번만큼은 받아야 할걸."

그레이스가 윗층 계단을 오르며 외쳤다.

"물론 너와 통화하려던 게 아니라 루시와 통화하려고 했던 거야. 아마 자기가 휴가를 간 동안 문서실에 불을 지른 이유를 묻고 싶은 게 아닐까?"

말을 마친 그레이스가 비웃었다.

마리가 그레이스의 뒷모습을 어이없다는 듯 바라보았다.

"잠깐, 지금 뭐라고 했어? 제정신이야? 루시는 화재와 아무 관련이 없다고! 잠깐 기다려 봐, 지금 올라갈게."

그런 다음 혼잣말처럼 중얼거렸다.

"루시에겐 이번 화재에 대한 책임이 없어."

"설마 너 정말로 그렇게 생각하는 건 아니지?"

그레이스가 비아냥거렸다.

11장

난 지옥에 가도 상관없다. 거기에 도서관만 있다면 말이다.

— 스테판 킹

거센 빗방울이 쏟아졌다. 숲으로 향하는 오솔길은 미끌거리는 진흙 썰매장으로 변해 있었다. 토네이도 같은 거센 바람에 키 큰 소나무들이 갈대처럼 흔들렸다.

채 오두막 바깥으로 나오기 전부터 저 바람은 칼날처럼 루시의 살갗을 난도질하며 마구 떠밀었다. 게다가 사방은 칠흑같은 어둠에 잠겨 있었다. 루시의 눈은 곧바로 어둠에 적응하지 못했다. 그 모든 악조건에도 루시는 차를 숨겨 둔 곳으로 향하는 오솔길을 달려 올라갔다. 저 개들에게서 도망칠 수만 있다면 살 수 있었다. 루시는 네이선이 뒤따라오지 않을까 하는 기대감에 뒤를 돌아보았지만, 그의 모습은 보이지 않았다. 오두막 안에서는 개가 짖고 으르렁대는 소리만 들려왔다. 만약 네이선이 오리온을 막지 못하면, 루시가 있는 곳까지 눈 깜짝

할 사이에 달려올 터였다.

바로 그때, 거친 총성이 온 숲에 울렸다. 루시는 소스라치게 놀랐다. 개의 으르렁 소리가 뚝 멎었다. 등줄기에 소름이 돋았다. 도대체 무슨 일이지? 누가 총을 쏜 거지? 루시의 머릿속에 갖가지 생각이 몰려들었다. 이제 거의 차 있는 곳까지 닿아 있었다. 달리는 동안 루시는 뒤를 돌아서 오두막 쪽을 바라보았다. 차라리 다시 돌아가서 도대체 무슨 일인지 살펴봐야 하지 않을까? 루시는 다시 오솔길 위쪽을 바라보았다.

자동차가 보였고, 자동차 바로 옆에 거대한 개도 떡 버티고 서 있는 게 보였다. 루시가 갑자기 달리던 걸 멈추자, 그만 젖은 풀숲 위에 거칠게 미끄러져 나뒹굴고 말았다. 개는 루시가 다시 몸을 일으킬 때까지 참을성 있게 기다려 주었다. 그런 다음에는 유유히 한 발 한 발 루시 쪽으로 걸어왔다. 루시는 개를 똑바로 바라보며 한 발 한 발 뒤로 물러섰다. 이제 자신에게 달려들까? 루시는 공포로 몸이 마비된 채 어둠 속에 빛나는 개의 차가운 눈을 바라보았다. 당장 뭘 어떻게 해야 할지 아무런 생각도 나지 않았다. 이 밤중에 숲으로 도망치는 건 오두막으로 되돌아가는 것만큼이나 어리석은 생각처럼 여겨졌다.

이제 개가 흰 송곳니를 드러내며 으르렁대기 시작했다. 마치 흰색의 단검 같은 거대한 이가 주둥이 사이로 비쳤다. 루시는 자동차 키의 버튼을 눌러 차의 헤드라이트를 켰다. 불이 비추니 한결 시야가 확보되었다. 그런 다음에는 어떻게 도주할지 궁리해 보았다. 일단 차에 타는 데 성공하기만 하면, 개의 형상으로는 차 문을 열지 못할 터였다. 그러니 사람의 모습으로 다시 변신해야 할 테고, 그러면 시간을 벌 수 있을 것 같았다. 루시는 차 문을 향해 두 발짝 내디뎠다. 개의 주둥이가 기괴한 비웃음을 흘렸다. 그런 다음엔 위협적으로 으르렁거리며 그녀에게 다가왔다. 그는 지금 루시의 두려움을 가지고 놀고 있었다.

계획이 먹혀들지 고민할 여유도 없이, 무작정 달리기 시작했다. 자동차 주위를 마구 달리자 개도 뒤따랐다. 그때 갑자기 뒤를 돌아, 개의 턱을 무릎으로 갈겼다. 개가 잠시 비틀거리는 틈을 타서 이번엔 개의 얼굴에 주먹을 날린 다음 재빨리 차에 올라탔다. 그러고는 떨리는 손으로 차 문을 잠갔다.

개는 보닛 위로 껑충 뛰어오르더니 거대한 사람의 모습으로 변했다. 그가 와이퍼를 움켜쥐자, 겁에 질린 루시는 일단 와이퍼와 엔진을 작동시켰다. 와이퍼는 부러졌지만 그는 아직도 보닛에 달라붙어 있었다. 루시는 마지막으로 오두막 쪽을 바라보았지만, 네이선의 모습은 여전히 보이지 않았다.

루시는 액셀을 밟았다. 그러자 차가 우웅 하며 앞으로 튕겨 나갔다. 그 상태에서 핸들을 오른쪽 왼쪽으로 꺾자, 남자의 손 하나가 떨어져 버둥거렸다. 몇 번이고 그를 떼어내기 위해 차를 움직여 보았지만 그는 아직도 달라붙어 있었다. 그래서 브레이크를 밟자, 차가 끼익 소리를 내며 잠시 멈추다가 진흙 위에서 차체가 미끄러졌다. 루시는 겁에 질려 운전대에 달라붙었다. 이제 더 이상 차를 컨트롤할 수가 없었다. 그 상황에서 더 속력을 내는 건 자살 행위였다. 검은색의 거대한 나무줄기가 다가왔고, 충돌 직전에 온 힘을 다해 핸들을 꺾었다. 하지만 차체는 나무를 강하게 스쳤고, 루시도 운전대에 머리를 세게 부딪쳤다. 곧 눈을 들어 보니, 시리우스가 저만치 튕겨 나간 게 보였다. 루시는 곧바로 액셀을 밟아 전속력으로 거길 벗어났다.

계속해서 거친 빗방울이 차창을 때리며 시야를 방해했다. 와이퍼 없이는 마치 폭포수처럼 쏟아져 내리는 물줄기를 막을 수가 없었다. 하지만 속력을 늦출 수도, 차를 세울 수도 없었다. 시리우스가 정신을 차리자마자 그녀의 뒤를 쫓을 터였기 때문이다. 그의 에너지가 도대체 언제쯤에야 고갈될지는 알 수 없었다. 네이선은 어떻게 된 걸까? 그를 거기에 두고 와도 되는 걸까? 그는 가능한 한 거기서 멀리 도망치라고 했다. 바티스트가 분명 자기 친손자의 목숨은 어쩌지 못할 터지만, 루시를 손에 넣기만 하면 어떤 이상한 남자에게 넘겨서 인간 교배견으로 만들게 분명했기 때문이다.

루시는 피가 통하지 않을 정도로 운전대를 세게 움켜쥐었다. 그런 다음 손을 뻗어서 겉옷 주머니 안에 있는 편지와 목걸이를 어루만졌다. 이젠 이 몸뚱이 위에 걸치고 있는 것 외엔 아무것도 남은 게 없었다.

포장된 도로에 닿자, 계속 직진으로 달렸다. 런던으로는 돌아갈 수 없었다. 루시를 맞이하는 첫 번째 인물이 바티스트일 게 뻔했기 때문이다. 첫 도로 표지판이 나타나자, 루시는 카디프Cardiff로 향하기로 마음먹었다. 마을에 들어가면 숨을 곳을 찾기 쉬워질 것이다. 루시는 연료등을 바라보았다. 이제 빗방울은 점차 잦아들고 있었지만, 몸의 긴장은 쉬 사그라들지 않았다. 하지만 어느덧 차츰 심장의 박동 수가 느려졌고 손에 흥건했던 진땀도 말랐다. 네이선은 도망쳤을까? 혹시 다치진 않았을까? 마치 거미줄 속에 갇힌 것처럼 죄책감에 갇혀서 꼼짝할 수가 없었다. 그를 돕지 못했다. 그를 기다리지도 못했다. 물론 그가 총상을 입었다면 루시 혼자 두 명의 덩치를 당해 내진 못했을 것이다. 만약 네이선이 다쳤다면 괴한들이 그를 조부에게 데려갔을 터다. 어쨌든 그가 원했던 건 자신이 도망치는 거였다고, 루시는 스스로를 위로했다. 어쩌면 처음부터 둘이 함께 도망치는 건 불가능하다고 계산하고 있었을 수도 있다. 하지만 적어도 루시가 도망칠 수 있는 기회는 만들어 준 것이다. 그러니 그 기회를 이용했던 게 맞다. 그렇지 않았다면 모든 게 헛된 노력이었을 테니. 그럼에도 불구하고, 지금 자기 옆자리에 네이선이 앉아 있다면 얼마나 좋을까 싶었다.

하지만 이제 수 킬로미터를 달려 거기에서 멀어지고 있었다. 차를 멈출 생각은 하지 못했다. 그들이 루시의 뒤를 추적하고 있을지 알 수 없었기 때문이다. 하지만 도대체 어떻게 그들이 오두막을 찾아낸 걸까? 네이선은 거길 아는 사람이 아무도 없다고 했는데. 네이선과 콜린의 대화 내용을 누군가가 엿들은 건가? 바티스트가 자기 손자의 전화를 도청했을 수도 있었다. 그래서 자신에게도 아무에게도 전화를 걸지 말라고 한 것 같았다. 조심할 필요가 있었다.

카디프에 도착하면 일단 모텔 방을 구할 생각이었다. 아니면 비앤비 호텔[2]이 나을지도 몰랐다. 인적 사항을 자세히 기입하지 않아도 되는 호텔이 나을 것 같았다.

저 멀리 수평선에서 이글거리는 붉은색 태양이 떠오를 무렵, 루시는 카디프에 도착했다. 도시 입구에서 바람에 삐걱대는 소리를 내며 간판이 움직이는 흰색 비앤비 호텔을 발견하고 시내까지 들어가다 쓰러지느니 차라리 제일 처음 눈에 띄는 곳으로 들어가기로 마음먹은 후, 차 주위를 유심히 살폈다. 하지만 이상한 점은 눈에 띄지 않았다.

호텔 뒤편의 주차장으로 차를 운전해 들어간 다음 시동을 껐다. 도로는 텅 비어 있었다. 루시는 잠시 동안 눈을 감았다가, 조수석 보관함 쪽으로 몸을 굽히고 그 안에서 돈이 든 봉투를 꺼냈다.

다시 몸을 일으키던 루시는 너무 놀라서 그 자리에 얼어붙고 말았다. 차 옆에 누군가가 서 있었던 것이다. 놀란 가슴을 진정시키고 다시 자세히 보니, 웬 노부인이 컵을 행주로 닦으면서 루시를 바라보는 중이었다. 안경을 쓰고 있었는데, 친절해 보이는 인상이었다. 루시는 차 문을 열고 내렸다.

"젊은 아가씨, 좋은 아침이에요. 아주 피곤해 보이는군요. 방을 빌리려고요?"

---

2 Bed & Breakfast, 조식을 제공하는 호텔.

노인이 묻자, 루시가 고개를 끄덕였다.

"형식적인 건 나중으로 미루고, 일단은 아무 걱정 말고 푹 쉬어요."

노인이 안내해 준 방은 간소했지만 청결하고 따뜻했다. 루시는 침대에 쓰러져 신발을 발로 밀어서 벗었다.

네이선은 리무진 뒷좌석에 앉아 어둠 속을 응시했다. 시리우스가 리무진을 운전하는 동안 오리온은 상처 난 팔을 부여잡고 신음 소리를 냈다. 시리우스가 일단 붕대를 감아 응급 처치는 했지만, 많이 고통스러운 모양이었다. 그의 신음 소리 외에는 침묵이 흘렀다.

루시가 무사히 도망친 걸 알았을 때 어찌나 안도했는지 모른다. 하지만 시리우스나 오리온이 자신의 기분을 눈치채지 못하게 표정을 감췄다. 어디로 몸을 숨겼을까? 부디 할아버지가 절대 찾아낼 수 없는 곳에 숨어서 조용히 살아가야 할 텐데. 네이선은 루시를 보호하는 데 실패했다는 생각에 괴로웠다. 모든 계획이 너무 성급했고 또 미흡했다. 바티스트가 모든 방법을 동원해 그녀를 찾아내리라는 걸 알았어야 했다. 어쩌면 그보다 콜린과 함께 있는 편이 나았을지도 몰랐다.

오리온이 일그러진 얼굴로 네이선을 바라보며 으르렁댔다.

"네 조부께서 모든 걸 알면 그냥 넘어가시진 않을 거다. 네

놈이 톡톡히 죗값을 치렀으면 좋겠군."

네이선이 그를 겁 없는 눈으로 쏘아보았다. 물론 할아버지가 자신을 어떻게 할지는 알 수 없었지만, 루시에게만은 손대지 못하게 할 생각이었다. 최악의 경우엔 더 이상 책에 손가락 하나 대지 않겠다고 할 것이다. 이 게임에서는 그가 할아버지보다 더 유리한 위치에 있었다.

저택에 도착하자마자 시리우스는 네이선을 방에 가둔 다음 조부의 방으로 갔다. 분명 오랫동안 기다려야 할 것 같았다.

그가 팔짱을 낀 채 창가에 서서 정원을 내려다본 지 5분도 채 지나지 않아, 문이 열리는 소리가 들렸다. 분명 조부가 자신을 찾으러 사람을 보낸 모양이라고 생각한 까닭에, 그는 뒤를 돌아보지 않고 그냥 가만히 서 있었다. 하지만 방을 가로질러 오는 소리가 어쩐지 낯익었다. 뒤를 돌아보기도 전에 소피아가 가까이 다가와 있었다.

"몸은 어떠세요?"

그녀가 다급하게 물었다.

"좋아요."

그가 중얼거렸다.

"해롤드가 오리온의 상처를 살펴보고 있어요. 시리우스는 조부께 가 있고요."

그녀가 문 쪽을 살피며 빠르게 말을 이었다.

"오리온을 총으로 쐈다면서요?"

네이선이 고개를 끄덕였다.

"함께 있던 여자분은요?"

소피아가 그의 눈을 바라보며 물었다.

"좋아요. 아니, 좋기만 바랄 뿐이죠. 무사히 도망시키는 데
는 성공했습니다. 전 시리우스한테 붙잡혔지만요."

소피아가 고개를 끄덕였다.

"어쨌든 좋은 소식이네요."

네이선은 그녀의 말에 깜짝 놀랐다. 소피아가 그의 팔을 가
까이 끌어당기며 귓가에 속삭였다.

"네이선 도련님, 용감해지셔야 해요. 해롤드와 저도 할 수
있는 한 기꺼이 도와드릴 테니……."

그때 아래층에서 바티스트의 목소리가 들려오자 소피아가
서둘러 방에서 나가며 문을 잠갔다.

잠시 후, 시리우스가 그를 조부의 사무실로 데려가기 위해
왔다.

네이선은 고개를 치켜든 채 그의 뒤를 따랐다.

바티스트 드 트레메인은 언제나처럼 그의 방 사무실 책상
뒤에 앉아 있었다. 하지만 그의 분노는 어림짐작만으로도 최
고조에 다다라 있었다. 긴 침묵이 흘렀다. 전에는 뭘 잘못했는
지도 모르는 채 무작정 끌려와 바티스트의 침묵과 마주하곤 했
다. 그럴 때는 아무리 용서를 구해도 조부의 화를 누그러뜨리
기에 충분하지 않았던 것이다.

어째서 그는 평생 동안 조부를 만족시키는 데만 치중하며

살아왔던 것인가? 어째서 조부에게 이 모든 일에 대해 묻지 않았던가? 어째서 지금까지 해 온 일이 옳게만 느껴졌던 것인가?

오늘, 그는 난생처음으로 조부의 실체를 깨닫게 되었다. 권력과 소유욕에 집착한 나머지 무슨 짓이라도 기꺼이 벌일 수 있는 한 늙은이를. 네이선은 유일한 가족이라는 이유만으로 그를 사랑하고 있었다. 그러다가 그가 루시의 부모, 랄프 신부와 물랑 부인까지 살해했다는 걸 알게 된 것이다. 이제는 그를 바라보기만 해도 등줄기가 서늘해졌다. 자기 목숨을 대신 내주는 한이 있더라도 루시만큼은 절대 그의 손에 내줄 수 없었다.

"도대체 무슨 생각으로?"

바티스트가 작지만 위협적인 목소리로 물었다.

네이선은 일단 원래 작전을 고수하기로 했다. 물론 먹혀들 가능성은 적었다.

"오히려 제가 묻고 싶군요, 할아버지. 어째서 우리 계획대로 행동하지 않았던 거죠? 먼저 일을 망쳐 버리신 덕분에 루시가 어디로 도망가 버렸는지조차 알 수 없게 됐잖아요."

"네이선, 잔꾀 부릴 필요 없다. 네가 나 몰래 계집애를 빼돌리려 했다는 걸 모를 줄 알았나? 네가 그 여자애에게 홀딱 빠질 거라는 사실까지 예상하고 있었다. 그 여자들이 어떤 종족인지 잘 알고 있으니까. 마녀들이 바보를 홀리는 기술이지. 그 덕에 우리는 몇 세기 동안이나 뒤쳐지고 있는 거다!"

바티스트가 지팡이를 부여잡고 힘겹게 몸을 일으켰다. 하지만 네이선은 그를 부축하려 하지 않았다.

"내가 일생 동안 쌓아 올린 업적을 한순간에 무너뜨리는 걸 지켜보고 있지만은 않을 거다."

그가 낮지만 견고한 목소리로 그에게 속삭였다. 그런 병약한 몸에서 나오리라고는 믿을 수 없는 목소리였다.

"감히 네까짓 것에게는 어림도 없지! 네가 어떤 놈이란 건 진작 알고는 있었지. 네 아비처럼 쓸모없는, 그 아비에 그 자식이라는 걸 말이다."

그건 바티스트가 네이선을 몰아붙일 때마다 튀어나오는 욕지거리였다. 하지만 네이선은 단 한 번도 아버지처럼 되고 싶다는 생각은 한 적이 없었다. 그는 할아버지에게 자랑스러운 손자가 되고 싶었을 뿐이다. 아버지는 언제나 겁쟁이에 비겁자로 묘사되곤 했다. 아버지에 대한 건 조부에게 들은 내용만 알고 있었고, 그게 전부였다. 평생 동안 그는 바티스트가 온갖 분노를 아버지에게 쏟아내는 걸 보면서 자라 왔다. 하지만 자신의 부모도 죽었을지 모른다. 바티스트가 자기 친자식까지 죽일 수 있는 인물인가? 어쩌면 자신의 모든 것을 물려줄 상속자로 손자를 선택한 순간에는 친아들조차 거추장스러운 존재였을지도 몰랐다. 아들은 자기 뜻대로 할 수 없지만 손자만큼은 제 마음대로 키울 수 있을 테니 말이다.

"할아버지, 더 이상 그런 식의 비난은 아무 소용 없을 겁니다. 제가 더 이상 작은 아이가 아니라는 건 아실 테죠. 전 여태껏 단 한 번도 연맹을 배신해 본 적이 없습니다. 이렇게 단시간

내에 다수의 책을 연맹의 비호 아래 둘 수 있었던 건 제 공로였고, 전 언제나 최선을 다해 왔어요. 그리고 아직도 연맹의 이상은 올바르다고 생각하고 있고요. 하지만 그걸 위해 무고한 사람들을 살해하는 건 잘못되었다고 생각합니다. 할아버지의 범죄를 더 이상 묵인하고 있을 수는 없었어요."

바티스트가 이글거리는 눈빛으로 네이선을 바라보자 네이선도 지지 않고 그를 똑바로 쳐다보았다.

"앞으로도 계속 책을 읽기는 할 거란 말이지?"

한참 시간이 흐른 후, 그가 신음 소리와 함께 의자에 앉으며 중얼거렸다.

"루시를 건드리지 않겠다고 약속하신다면요."

바티스트의 얼굴 위로 조소의 빛이 스쳤다.

"책은 네 방으로 가져다주마. 당분간은 성에서 한 발짝도 나갈 수 없다."

네이선은 고개를 끄덕였다.

"널 다시 신뢰할 수 있을 때까진 안 돼. 내가 허락할 때까지는 여행도 금지다."

"루시를 건드리지 않겠다고 약속하실 겁니까?"

그가 물러서지 않고 물었다.

"그건 네가 어떻게 하느냐에 달렸지."

그가 마치 네이선을 깔보듯 비아냥거렸다.

"네가 내 명령을 따르는 한, 저 작은 종달새도 목숨이 붙어 있게 해 주마."

그런 다음, 그의 검은 눈동자가 번득였다.

"하지만 이게 마지막 경고다, 네이선. 이 게임에서 누가 우위에 있는지 잊지 말거라. 만약 내 명령에 조금이라도 불복할 때는 이 세상 끝까지라도 가서 여자애를 찾아낼 테니, 각오해 두는 게 좋을 거다."

등줄기가 서늘해졌다. 잠시 전신에 오한이 들면서 정신이 아득해지는 바람에, 비틀거리지 않으려면 정신을 바짝 차려야 했다. 조부의 명령을 따를 수밖에 없었다. 그동안은 루시가 마음 편히 살아갈 수 있을 터였다. 물론 눈곱만 한 희망이었지만, 이대로 루시가 조부의 손아귀를 벗어날 수 있을지 모르는 일이었다.

바티스트의 얼굴 위로 오만한 미소가 스쳤다.

"참, 한 가지가 더 있다. 이젠 연맹에 네 후손을 안겨 줄 시기가 된 것 같구나. 넌 오래전부터 피츠앨런가의 딸과 맺어지기로 정해져 있었다. 그 아가씨가 다음 달에 18세가 되는데, 더 오래 기다릴 필요가 없을 것 같다. 결혼식은 내년 봄으로 정해 두었다."

네이선의 얼굴이 창백해졌다.

"하지만…… 전 그 여자분을 단 한 번도……."

그가 반박했다.

"볼 필요도 없다. 그 여자는 네게 후손을 낳아 줄 완벽한 엄마가 될 거다. 넌 내가 시키는 대로 하면 돼!"

그 말을 마지막으로 네이선은 다시 방으로 되돌려 보내졌다. 대화가 오가는 동안 방 한구석에서 무표정한 얼굴로 두 사람을 지켜보고 있던 시리우스는 이제 네이선을 다시 방으로 돌려보내는 일을 맡았다. 문의 자물쇠가 철컥 잠기는 소리가 들린 후, 그는 분노 때문에 주먹을 불끈 쥐었다. 그의 조부는 이번에도 그의 머리 꼭대기에 있었다. 하지만 루시를 지키기 위해서라면 무슨 짓이든 할 작정이었다.

이제껏 단 한 번도 누군가를 이렇게까지 걱정해 본 적은 없었다. 이런 감정은 처음이었고, 낯설었다. 다만 조부가 자신의 기를 꺾기 위해 앞으로 무슨 계략을 꾸미려 할지가 걱정이었다. 그는 차가운 창유리에 이마를 대 보았다. 그런 다음엔 루시가 정말이지 바티스트의 시선이 닿지 않는 곳에 안전히 살아 있기만을 바랐다. 그녀를 두 번 다시 볼 수 없다고 해도 상관없었다.

12장

하느님과 좋은 책들을 이웃으로 살아가는 사람을 고독한 이라고 칭할 수 없다.

— 엘리자베스 브라우닝

루시는 숙소의 부엌에 앉아 멍하니 창밖을 바라보았다. 흰색 커튼이 바람결에 사르르 흔들렸고, 그 아래에는 알록달록한 색의 꽃 화분이 줄지어 있었다. 손에 든 찻잔에서 향긋한 홍차 향기가 올라왔다. 모텔 주인인 그레인저 부인은 루시에게 달걀과 햄 요리를 해 주는 동안에도 쉴 새 없이 종알거리며 말을 붙였다. 그녀도 루시가 그 많은 질문에 다 대답해 주길 기대하는 것 같진 않았다. 그저 말동무가 되어 줄 방랑객을 만나게 된 게 신나는 모양이었다.

하지만 루시의 머릿속엔 네이선뿐이었다. 물론 그에 대한 걱정은 잠시 접어 두자고 다짐했지만 시간이 흐를수록 그가 걱정되어 불안해졌다. 눈을 감을 때마다 그가 성난 괴한들에게 총상을 입은 채 오두막 바닥에 쓰러져 있는 모습이 보였다. 만약 그런 일이 실제로 벌어졌다면, 그들은 네이선을 어떻게 하려 할까? 그런 상황에 처한 네이선이 목숨을 구걸할 것 같지도 않았다.

문득 조수석 사물함에서 봉투를 꺼냈던 게 떠올랐다. 네이선은 그 안에 돈을 숨겨 두었다고 했었다. 일단은 액수를 확인해 보아야 할 것 같았다. 콜린에게 전화를 걸어도 될까? 위험을 감수할 수 있을지는 생각해 봐야만 했다. 분명 네이선은 그러지 말라고 했지만 제아무리 바티스트라도 친구들의 전화까지 도청하고 있지는 않을 것 같았다. 아니, 그러고도 남을 인간이긴 했다.

루시의 머릿속은 이런저런 생각으로 복잡하기만 했고, 마음속에는 외로움만 가득했다. 진작 네이선의 말을 믿었더라면 좀 더 나은 계획을 세울 수도 있었으리라. 만약 그랬다면 진작 바티스트의 손아귀를 벗어날 수 있었을 테고, 지금 이 순간 자신의 곁에는 네이선이 있었을 것이다. 결론적으로는 그 무엇 하나 제대로 된 게 없었고, 너무 많은 생각 때문에 머리만 아팠다. 며칠간 몸도 마음도 고단했던 것 같았다. 이제는 너무 지친 나머지 무언가를 선택할 기력조차 없이 그저 이렇게 앉아 그레인저 부인이 수다 떠는 소리나 가만히 듣고 있는 게 전부였다. 하지만 그래선 안 되었다. 자신이 할 수 있는 걸 생각해 내야 했다. 네이선이 어떻게 되었는지 알아내야 했고, 그의 조부가 그에게 책을 훔치는 걸 강요하지 못하도록 해야 했다.

"그는 네게 아무 짓도 하지 않을 거야. 그는 네 사람이야. 그를 놓치면 안 돼. 네 마음의 소리를 들어. 그를 믿으렴."

꿈속에서 어머니가 속삭여 주던 말들이 떠올랐다. 책들의 말도 떠올랐다.

"넌 그의 도움이 필요하게 될 거야. 그를 믿어. 그와 힘을 합해야 우리를 구할 수 있어. 이 모든 건 미리 예정되어 있던 일이야."

설마 책들이 말하던 게 네이선이었고, 그와 함께해야만 한다는 것이었을까?

루시는 머릿속의 퍼즐 조각들을 맞추려고 노력했다.

결론적으로, 네이선이 해답이었다. 그 없이는 책들을 구해 낼 수 없었다. 루시는 자신에게 네이선이 반드시 필요하다는 사실을 깨달았다. 어째서 그걸 진작 깨닫지 못했을까? 루시는 손바닥으로 제 이마를 탁 쳤다. 제 완고함과 분노 때문에 눈앞의 나무만 봤지 거대한 숲은 보지 못했던 것이다. 얼마나 이기적으로 행동했던가! 제 자신만 가엾다고 생각하며 주변의 소리는 철저히 외면했던 것이다. 결과적으로 모든 게 엉망이 되었다.

식사 후, 루시는 양해를 구한 다음 일찍 자기 방으로 올라왔다. 그런 다음 꽃무늬 침대보 위에 봉투 속의 내용물을 쏟아 보았다. 파운드화 다발과 동전 한 줌이 나왔고, 무슨 카드 하나가 나왔다. 거기에는 흰색 바탕에 검은색으로 네이선의 이름과 낯선 주소가 적힌 게 보였다. 아마 드 트레메인가의 영지라고 추측되었다. 루시는 깊은 생각에 잠긴 채 카드를 손바닥 위에서 찬찬히 들여다보았다.

다음 날 아침, 루시는 목걸이를 목에 걸고 겉옷 주머니에 돈을 전부 챙겨 넣은 후 카디프 도서관으로 향했다. 루시가 알기로 카디프 중앙 도서관은 새로운 건물로 이전한 지 오래였지만, 문서실만은 옛 건물 안에 그대로 보존되어 있었다. 문을 열고 들어가니 오래된 고서들에서 풍기는 곰팡이 냄새가 마치 집에 돌아온 것 같은 친숙함을 느끼게 했다. 여기 와 보는 건 처음이었지만, 설명할 수는 없었지만, 루시는 이곳 문서실이 전에 근무하던 런던 도서관의 문서실과 흡사한 느낌이 든다는 데 놀랐다. 아마 문서실 안으로 채 발을 내딛기도 전에 감도는 고요 때문인 것 같았다. 그게 일반적인 느낌인지, 루시 혼자만의 생각인지는 알 수 없었지만 말이다.

루시 자신조차 지금 자기가 찾으려는 책이 어떤 건지 알 수 없었다. 단순히 어떤 질문에 대한 해답을 줄 수 있는 책을 이곳에서 찾을 수 있길 바라면서 왔다. 카디프의 문서실은 일반인에게도 공개되어 있었다. 안내 창구의 여직원은 퉁명스럽게 방문자 카드를 내주었다. 예상대로 이른 시간이라 열람실 내는 텅 비어 있었다. 홀 앞쪽에는 책을 읽을 수 있는 책상이 여러 개 놓여 있었고 뒤쪽으로는 오래되어 보이는 책장에 책들이 진열되어 있었다. 루시는 책장 쪽으로 다가가 보았다. 물론 런던 도서관 문서실처럼 은밀한 장소는 없었지만, 책들이 자신에게 말을 걸어 주기를 기대하며 서가 사이를 천천히 걸었다. 루시의 눈에 몇몇 책들이 들어왔다. 셰익스피어 전집, 다니엘 디포의 일러스트 전집도 있었다. 다행히 《도리언 그레이의 초상》도 보였다. 연맹이 아직 작업을 완수하지 못한 모양이라고 생각하며 루시는 가슴을 쓸어내렸다. 그런 다음에는 제인 오스틴의 《오만과 편견》을 찾아보았고, 월터 스콧의 《아이반호》도 찾아냈다. 루시가 사랑하는 책들이자 연맹이 아직 손에 넣지 못한 책들이었다.

그쯤에서 루시의 목걸이가 스웨터 안에서 빛나기 시작했다. 천천히 목걸이를 꺼내서 뚜껑을 열고, 은빛의 빛줄기 속에서 영상이 나타나기만을 기다렸다.

영상 속은 어두웠다. 한참 들여다본 후에야 그게 밤이라는 걸 깨달았다. 어둠 속에서 집 한 채가 보였다. 창에는 불이 들어와 있었다. 그 집 안에는 휘황찬란한 샹들리에가 빛났고, 그 아래 거대한 탁자에는 검은 옷을 입은 남자들이 앉아 있었다. 그들이 루시를 볼 수 없는 데다 과거의 일이라는 걸 알고 있었음에도 루시는 겁을 집어먹었다. 페르펙티들이 그렇게 많이 모여 있다는 것만으로도 충분히 공포스러웠기 때문이다.

식탁 머리에는 바티스트 드 트레메인으로 보이는 중년의 남자가 앉아 있었다. 그의 맞은편에는 한 여성의 어깨를 감싸 안은 남자가 서 있었다. 여자의 얼굴에는 두려움이 가득했고, 팔에는 서너 살로 보이는 남자아이를 안고 있었다. 아이도 불안해하며 엄마의 목을 꽉 끌어안았다. 남자와 여자는 두툼한 외투에 여행 가방을 들고 있었다. 아무도 설명해 주지 않았지만,

루시는 아이가 네이선이라는 걸 곧바로 알 수 있었다. 남자가 떨리는 목소리로 말했다.

"아버지, 작별 인사를 하러 왔습니다."

그런 다음 자신의 아이를 바라보았다.

"루이사와 전 네이선을 여기서 키우고 싶지 않아요. 우리의 인생을 살 겁니다."

"조나단, 그 얘기는 끝났다. 여기가 바로 너와 아이가 있을 곳이야. 우리와 함께 있어야 네이선의 능력을 개발할 수 있다. 물론 너는 능력을 우리를 위해 사용하는 걸 거부했지만 말이다. 당장 방으로 돌아가서 옷을 갈아입고 네 자리에 앉아라. 그리고 너……."

바티스트가 여자를 쳐다보며 말을 이었다.

"너도 네 주제를 빨리 깨닫는 게 좋을 거다."

겁에 질린 여자가 아이를 꽉 끌어안자 아이가 칭얼거리기 시작했다. 그러자 여자가 곧 팔을 다시 느슨하게 풀고 아이를 달랬다. 바티스트가 인상을 찌푸리고 그들을 바라보았다.

"아버지, 우린 진심입니다. 아버지와 저의 갈 길이 다르다는 건 아시겠죠. 게다가 네이선이 저처럼 자라길 바라지 않아요. 지금까지 여러 가지 일들이 있었지만 그럼에도 불구하고 당신은 제 아버지니까 싸워서 나가고 싶지 않습니다. 아버지도 우리 관계가 썩 화목하지 않았다는 건 아실 테지요. 어머니가 그렇게 돌아가신 걸 아버지 탓으로 돌리지는 않겠습니다. 하지만 이제는 여기서 나갈 때가 된 것 같습니다. 전……."

바티스트의 공포스러울 정도로 싸늘한 눈빛을 본 그의 아들이 입을 다물었다. 루시도 그의 눈빛을 보고 있노라면, 마치 혈관까지 얼어붙을 것 같았다. 이제 무슨 일이 벌어질지 몰라서 겁이 났지만, 그렇다고 목걸이를 달 엄두도 나지 않았다.

"명심해라. 이건 너희가 초래한 거니까. 너와 네 여자가 말이다."

그의 싸늘한 눈빛이 며느리를 노려보자 그들은 서둘러 가방을 챙겨서 도망치듯 홀을 빠져나갔다.

굳게 닫힌 홀 문 앞에서야 그들은 비로소 숨을 내쉬었다. 중년의 여성 하나가 복도에 서서 불안한 듯 손수건을 쥐었다 폈다 하고 있었다.

"뭐라던가요? 떠나도록 허락을 받았어요?"

아들이 어깨를 으쓱해 보였다.

"그런 것 같습니다."

하지만 그의 목소리엔 불안감이 서려 있었다.

"그럼 최대한 빨리 떠나세요. 정문 앞에 택시가 대기하고 있어요."

여자가 현관문을 활짝 열고, 서둘러 정문 쪽을 향해 발걸음을 옮기는 젊은 가족에게 손을 흔들며 배웅해 주었다. 그들의 모습은 이내 어둠에 묻혀서 잘 보이지 않게 되었다.

정문까지 절반 정도 도달했을 무렵, 두 명의 거대한 형체가 그들 앞을 막아섰다. 그들을 배웅하던 중년 여자가 낮은 비명을 지르며 그들 쪽으로 달려갔다. 그때 남자 하나가 여자를 다

시 저택 안으로 끌어당기며, 발버둥 치는 그녀의 귓가에 속삭
였다.

"소피아, 이건 조나단과 아버지 간의 일이니 우리가 끼어들어
선 안 돼. 조나단도 자기 아버지가 절대로 그들을 보내 주지 않
으리라는 걸 알고 있었을 거야. 바티스트는 후계자가 필요해."

젊은 여자의 비명 소리가 가슴에 사무치는 것 같았다. 그 사
이에 아이가 울부짖는 소리도 섞여 있었다. 비명 소리들 때문
에 귀가 멍멍할 정도였다.

길 위에서 누군가가 싸우는 것 같았다. 루시는 영상이 좀 더
또렷하길 바랐다. 잠시 후, 남자와 여자가 억지로 정문 밖으로
쫓겨나는 모습이 보였고 네이선이 절망적으로 울부짖는 소리
가 들렸다. 네이선의 부모가 내보내지자마자 육중한 철문이 닫
혔고, 그의 어머니가 울음 섞인 목소리로 애원했다.

"제발 아이를 돌려주세요! 이런 짓을 하다니, 제발, 제발!"

루시는 귀를 막고 싶었다. 그 애원 소리를 듣고 있노라니 가
슴이 찢어질 듯 아팠다. 울음소리가 이어지는 가운데, 괴한들
이 팔에 어린 네이선을 안고 다시 저택 안으로 들어가는 게 보
였다. 네이선도 훌쩍이며 울고 있었다.

저택에서는 조금 전 중년 여성을 소피아라고 부른 남자가
그들이 다가오는 걸 보고 얼른 그녀와 자신을 문 뒤의 구석진
틈 사이로 밀어 넣었다. 두 명의 괴한은 시리우스와 오리온이
었고, 그들은 문 뒤에 숨은 부부에게는 눈길조차 주지 않은 채
사라졌다. 그들 뒤로 홀의 문이 쿵 소리를 내며 닫히자마자, 소

피아가 남편의 품에서 빠져나와 정문 쪽으로 달려갔다. 거기에는 여전히 네이선의 어머니가 흐느끼고 있었고, 네이선의 아버지는 그녀를 위로하고는 있었지만 그의 눈에서도 눈물이 쉴 새 없이 흘러내리고 있었다. 소피아가 두 사람에게 도달하자 루이자가 그녀의 손을 잡았다.

"소피아! 제발 네이선을 다시 데려와 줘요. 그 아이에겐 제가 필요해요. 저 괴물과 함께 살다니요. 저 어린 게 어떻게 버텨 내겠어요! 분명 머지않아 목숨을 잃을 거예요!"

철창살 뒤에서 두 사람이 간절한 눈으로 소피아에게 애원했다.

"미안해요. 지금은 제가 할 수 있는 게 없어요. 네이선은 이미 드 트레메인 경에게 보내졌어요. 어쩌면 며칠 후에는 가능할지 모르죠. 제가 할 수 있는 게 뭐가 있나 알아볼게요. 조나단, 일단 루이자를 안전한 곳에 숨겨야 해요! 이제 당신 아버지가 무슨 짓을 더 할 수 있을지 누가 알겠어요? 제 쪽에서 연락할 테니 어서 가요!"

조나단도 소피아의 손을 잡았다.

"소피아, 제발 네이선을 지켜 주겠다고 우리에게 약속해 주십시오. 이 상황에서 네이선을 지켜 줄 수 있는 건 당신뿐이에요! 물론 앞으로 아버지에 맞서 싸우겠지만, 우리 모두 아버지의 힘이 얼마나 강한지 알고 있으니 아마 네이선을 다시 만나기까진 오랜 시간이 걸릴 겁니다. 그때까지는 당신이 네이선의 곁에 있어 줘요. 제발, 이렇게 빌겠어요. 그를 결코 혼자 두지 말아 주십시오!"

소피아가 머뭇거리다가 이내 고개를 끄덕이며 속삭였다.

"약속할게요."

목걸이의 빛이 점차 약해지더니 서서히 사라져 갔다. 루시는 완전히 지쳐서 책장에 등을 기대고 주저앉고 말았다.

"루시! 네이선에게 말해 줘야 해! 그도 진실을 알 권리가 있어."

책들이 속삭였다.

"바티스트 드 트레메인이 자기와 부모에게 무슨 짓을 했는지 알아야 해. 그의 아버지는 바티스트가 책을 훔치는 걸 반대했어. 아주 용감한 남자였지."

"설마…… 네이선의 아버지도?"

그때 루시 쪽으로 나이 든 여자 하나가 걸어오더니 그녀를 흘끔거리며 서가에서 책을 찾기 시작했다.

루시는 서둘러 그곳을 빠져나왔다.

그는 악몽을 꾸고 있었다. 누군가 그의 어깨를 흔들었고, 소스라치게 놀라서 잠에서 깨어났을 땐 아직 한밤중이었다.

네이선은 주위를 두리번거렸다.

"일어나서 옷을 입어라. 할 일이 있다."

시리우스의 음산한 목소리가 방 안에 울렸다.

네이선은 멍한 머리를 흔들어서 잠을 몰아낸 다음, 순순히 그의 명령에 따랐다. 할아버지는 도대체 이 시간에 자기가 뭘 하길 바라는 건지 의아했다. 지난 이틀 동안, 방 안에 갇혀서 소피아가 식사를 가져다줄 때를 제외하곤 다른 사람의 얼굴조차 보지 못했다. 식사를 가지고 올 때도 시리우스가 동행한 탓에 안부조차 물을 수 없었다. 도대체 얼마나 급한 일이기에 날 밝을 때까지 기다리지 못하는 거지? 불길한 예감이 들었다.

옷을 입은 다음, 시리우스를 따라 깊은 잠이 든 저택을 지나 안뜰로 향했다. 그가 자신을 어디로 데려가는지는 쉽게 추측할 수 있었다. 콘월 해안의 절벽 깊숙한 곳에 숨겨진 예배당에 있는 연맹의 도서관으로 가는 게 분명했다.

도서관 안에는 그의 조부가 서서 기다리고 있었다. 그가 말 없이 네이선을 도서관 뒤쪽으로 데려갔다. 거기에는 네이선이 책 표지를 베낄 때 사용하는 장비들과 그 외에의 용품들이 오래된 책상 위에 정렬되어 있었다. 오른쪽 구석에는 정성껏 포장된 책들이 쌓여 있었다.

"내 생각에는, 네가 여기서 네 임무를 이어 나가는 게 나을 것 같았다. 혹시 네 신변에 무슨 일이라도 생기면 큰일이니 말이다."

바티스트가 냉소적으로 비꼬았다.

"네가 오리온을 다치게 한 덕분에, 시중을 들어줄 사람도 시리우스 한 명뿐이다. 앞으로는 이 아래에서 머물면서 쉬지 말고 작업해라. 밀린 일이 많구나. 혹시 뭐 필요한 게 있다면 시리우스에게 말해라. 널 돌봐 줄 테니까. 식사는 하루 세 번이고, 한 시간 동안 시리우스의 동행하에 바깥을 산책할 수 있다. 하지만 네이선, 우리가 약속한 걸 잊지 말길 바란다. 만약 조금이라도 반항하는 기미가 보이면 계집애의 목숨은 그대로 끝이다. 너는 내 말이 장난 같은 게 아니라는 걸 알고 있겠지?"

네이선이 고개를 끄덕이자 바티스트는 그에게서 몸을 돌려 그곳을 나갔다. 이 한밤중에 네이선에게 일을 시작하라고 요구하는 것으로 보아, 연맹 내에서도 심하게 압박을 받는 상황인 것 같았다. 네이선은 지친 눈꺼풀을 비볐다. 어쨌든 바티스트가 요구하는 대로 하는 수밖에는 없었다. 물론 루시는 자기가 책을 다시 훔치는 걸 반가워하지 않을 테지만, 다른 방법이 없었다. 물론 그가 바티스트의 명령에 복종한다고 해서 그도 약속을 지키리라는 보장은 없었지만, 지금으로서는 이게 루시를 지키기 위한 유일한 방법이었다.

네이선은 책 더미의 가장 위에 놓은 책을 집어들었다. 그리고 그 순간, 아뿔싸 싶었다. 그 책은 《도리언 그레이의 초상》이었던 것이다. 불과 며칠 전, 루시를 통해 빌렸다가 다시 반납했던 그 책이 눈앞에 있다는 게 믿기지가 않았다. 도대체 무슨 방법을 동원해서 할아버지가 그 책을 가지고 왔는지는 몰라도, 책등과 표지의 상처를 보니 꽤나 험한 일을 겪은 것 같았다. 이 책을 빌리는 게 불가능하다는 걸 너무 잘 알고 있기에 더 충격적이었다.

게다가 어떻게 그 화재에서 살아남은 거지? 책상 위에는 네이선이 전에 작업해 두었던 그림이 펼쳐져 있었다. 책 표지가 완성되는 데는 그리 오랜 시간이 걸리지 않을 것이다. 결국은 제자리로 돌아오고 말았다는 걸 깨달은 네이선은 이를 갈았다.

13장

방법은 간단하다. 책을 읽어라! 그게 이 절망적인 세상에서
진짜로 탈출할 수 있는 유일한 방법이다.

— J. R. 뫼링거

제발 전화 좀 받아! 루시는 마리에게 전화를 거는 중이었다.
작전은 세워 두었다. 루시는 카디프 시내 한복판에 있는 공중
전화 박스에서 전화를 걸면서 주위를 지나다니는 사람들을 유
심히 살폈다. 도서관을 나온 후에는 버스를 타고 시내 여기저
기를 돌았다. 지금 루시에겐 도움이 절실했다. 그래서 위험을
감수하더라도 누군가에게 도움을 청하기로 결심했던 것이다.
하지만 친구들의 휴대 전화나 집으로 직접 걸기엔 너무 위험한
것 같았고, 유일한 선택지는 도서관뿐이었다. 신호 대기음이
한 번만 더 울리면 전화를 끊으려던 차에 누군가 수화기를 들
었다. 그리고 익숙한 마리의 목소리가 들렸다.

"세인트 제임스 가, 런던 시립 도서관입니다. 무엇을 도와드
릴까요?"

"나야, 루시!"

루시는 저도 모르게 소리를 지르고 말았다. 너무 친숙하고 반가워서였다.

"세상에, 루시! 지금 어디니? 우리가 다 얼마나 걱정했는지 알아? 넌 괜찮고?"

"응. 난 괜찮아."

루시가 마리의 질문 공세를 잠시 멈췄다.

"거의…… 괜찮다고 볼 수 있어. 지금 다 설명할 수는 없고, 아무튼 지금 너희들의 도움이 필요해. 일단 만나. 우리가 여름에 피크닉 갔던 곳 기억나?"

마리가 막 대답하려는 찰나, 루시가 마리의 말을 막았다.

"쉿, 대답하지 마. 혹시 전화가 도청될 수도 있으니까."

"루시, 지금 제임스 본드 영화 찍는 것도 아니잖아. 하지만 네가 조심하라면 조심하는 게 좋겠지."

지금 마리가 긴 금발 머리를 좌우로 흔드는 모습이 루시의 눈에 선했다.

"그럼 토요일 오후 3시에 거기에서 만나. 미행이 따라붙지 않도록 방법을 생각해 봐, 알았지? 마리, 정말 중요해. 놈들을 만만하게 생각해선 안 돼. 특히 바티스트 드 트레메인은 생각보다 더 잔혹하고 영리한 인간이야! 만날 때 약간의 돈과 옷가지 몇 별도 좀 부탁해."

"알았어. 걱정하지 마. 그리고 전화 줘서 정말 고마워! 이제야 한시름 놓을 수 있겠어."

"그럼 이제 전화 끊을게."

루시가 머뭇거리며 말했다.

"조심해, 알았지?"

"걱정하지 마."

루시가 대답한 후 전화를 끊었다.

마리는 콜린, 줄스와 함께 시내에 있는 술집에서 만났다. 술집 안은 충분히 시끄러웠기 때문에 주변을 신경 쓰지 않고 루시와 만날 계획을 세우는 데만 집중할 수 있었다. 마리는 콜린과 줄스에게 루시에게 전화가 걸려 왔던 일을 이야기해 주었다.

"하지만 지금 어디에 있는지는 물어보지 못했어."

마리가 안타까운 듯 말했다.

"네이선이 어디에 있는지도 못 들은 거야? 지난번 마지막으로 전화를 받았을 때만 해도 둘이 같이 있었는데, 어쩌면 무슨 일이 일어난 건지도 몰라."

줄스가 못마땅한 듯 중얼거렸다.

"나도 더 묻고 싶었지만 시간이 없는 것 같았어. 루시는 전화가 혹시 도청되고 있을까 봐 걱정하더라고."

마리가 설명했다.

"설마 그럴 거라고는 생각되지 않았지만 말야."

"자, 자. 싸우지들 마. 지금은 머리를 맞대고 좋은 수를 궁리해야 할 때라고."

마리도 고개를 끄덕이며 물었다.

"루시가 말한 장소가 어디인지 알겠어?"

"당연하지. 거기밖에 없잖아."

줄스가 대꾸했다.

"내 생각도 같아."

마리도 씨익 웃으며 맞받아쳤다.

"거길 또 가리라고는 생각도 못 했네."

콜린이 한숨을 내쉬며 투덜거렸다.

"흠⋯⋯. 꼭 갈 필요는 없지."

줄스가 말했다.

"왜? 루시가 거기서 보자고 한 이상, 갈 수밖에 없잖아."

콜린이 의아하다는 듯 물었다.

"어차피 우리 중 한 명은 미행을 따돌려야 할 테니까. 만약에 트레메인 쪽 사람들이 우릴 감시하고 있다면 그날 분명 미행을 붙일 거고, 그러면 그들을 루시에게 안내해 주는 꼴이 돼. 하지만 우리 셋이서 교란 작전을 펴면 그들도 어쩔 수 없을 거야. 우리 세 명을 동시에 미행할 수는 없을 테니까. 물론 내 희망 사항이긴 하지만."

마리가 감탄했다.

"너 언제 비밀 첩보국에서 일했던 적 있어?"

줄스가 고개를 저으며 웃음을 터뜨렸다.

"아직은."

그런 다음 바키퍼에게 소리쳤다.

"마티니 세 잔 줘요! 섞지 말고 흔들어서!"

검은 턱수염에 팔에는 온통 문신을 한 바키퍼가 팔짱을 낀 채 씨익 웃으며 대꾸했다.

"금방 갖다 드리죠, 본드 걸!"

"그럼 누가 직접 루시와 만나는 걸로 하지?"

줄스가 그의 손을 잡았다.

"콜린, 네가 직접 루시의 얼굴을 보고 싶은 건 알아. 하지만 바티스트 드 트레메인도 그걸 예상하고 있을지 몰라. 만약 그가 우리 작전을 눈치채지 못한다면 말야, 내 생각에는 마리나 내가 가는 게 나을 것 같아. 네 뒤에는 분명 미행이 붙을 테니까."

"글쎄, 난 이 작전이 별로 마음에 안 들어. 만약에 예상을 깨고 너희 뒤에 미행이 붙으면 루시는 누가 지켜? 게다가 루시가 무사한지도 직접 봐야겠어. 내 눈으로 그 애가 안전하다는 걸 직접 봐야 마음을 놓을 것 같단 말이야."

"콜린, 이성적으로 생각해. 이 작전에서 중요한 건 네가 아니라 루시야."

"내 생각도 그래. 그래서 내가 직접 루시를 만나야겠다는 거야. 그게 제일 안전하니까!"

콜린이 고집을 부리자 줄스가 눈을 까뒤집었다.

"콜린, 제발 고집 좀 피우지 마! 게다가 루시는 자길 지켜 줄 남자가 있다고. 네가 계속 루시를 지켜 줄 필요가 없다니까!"

"흥, 이번에 전화할 때 루시가 네이선 애길 했어? 그 말은 네이선에게 무슨 일이 있거나 해서 지금 곁에 없을 수도 있다는 얘기야."

콜린이 의자 등받이에 기대며 마리에게 동의를 구하는 눈빛을 보냈다.

"맞아. 루시는 네이선에 대해서는 말 안 했어."

"그럼 십중팔구 자기 할아버지 편에 다시 붙은 게 아닐까? 어쩌면 그 샌님 같은 녀석이 캠핑 놀이에 싫증을 느꼈을지도 모르지."

"너 지금 질투하냐?"

마리가 웃음을 터뜨렸다.

"질투 같은 거 아니야!"

콜린이 화를 냈다.

"당연히 질투지."

줄스가 신경질적인 목소리로 거들었다.

"난 루시가 걱정될 뿐이야. 그게 뭐 잘못됐어? 난 언제나 루시를 돌봐 왔고, 그걸 갑자기 그만두고 싶은 마음도 없다고. 질투 같은 게 절대 아니야!"

"그걸 누가 믿냐."

줄스가 자기 잔 안에 대고 중얼거리며 마티니를 홀짝였다.

마리가 줄스에게 그러지 말라는 눈치를 주자, 줄스가 곧 입을 다물었다.

"콜린, 줄스 말이 맞아. 내가 루시를 만나러 갈게. 아마 아무도 내가 거기 갈 거라고는 생각하지 못할 거야."

마리가 명랑하게 웃음을 터뜨렸다.

"내가 루시를 만나는 동안 너희 둘은 교란 작전을 펼쳐."

"난 아직도 이게 좋은 생각인지 모르겠군."

콜린이 한 번 더 투덜거렸다.

"콜린, 이제 그만해. 차라리 어떻게 하면 미행을 따돌릴 수 있을지 고민하라고."

"물랑 부인이 어떻게 됐는지 떠올려 봐!"

콜린이 외쳤지만, 여자들은 그의 걱정에 동참하지 않았다.

"일단 셋이서 같이 출발하는 거야."

줄스가 콜린은 쳐다보지도 않은 채 제안했다.

"크리스가 차로 우리를 런던 교외까지 태워다 주면, 각자 다른 기차를 타는 거야. 물론 목적지도 다 다르게 말야. 마리만 약속 장소로 가면 돼. 크리스까지 합세하면, 제아무리 바티스트라도 우리 네 명에 각각 다른 미행을 붙일 수는 없을 거야. 어떻게 생각해?"

줄스가 의자 뒤로 몸을 기대며 물었다.

"좋은 생각인 것 같아."

마리가 놀랍다는 듯 말했다.

"나도 괜찮은 작전인 것 같아. 역은 어디로 정할래?"

콜린이 내키지 않는다는 듯 물었다.

"그건 좀 더 생각해 봐야 할 것 같아. 어쩌면 놈들을 완전히 따돌릴 수 있는 방법이 있을지도 몰라. 아직 이틀이나 시간이 있으니까 천천히 생각해 보자. 그리고 콜린, 곧 루시를 다시 볼 수 있을 테니 걱정 마. 생각보다는 빨리 만날 수 있을 거야."

"그래. 만약 아무 일도 일어나지 않는다면 말이지."

그가 중얼거렸다.

"최선을 다하되, 그 이상은 어쩔 수 없어. 부디 아무 일 없길 바라는 수밖에."

이틀 후, 오후 2시 30분에 루시는 만나기로 한 곳 근처에서 친구들을 기다렸다. 루시는 자꾸만 시계를 들여다보았다. 만나기로 약속한 시간까지 30분이나 남아 있었지만 자꾸만 마음이 불안해지는 건 어쩔 수 없었다. 사실 여기서 보냈던 하루는 지옥 같은 기억으로 남아 있었다. 루시는 주위를 둘러보았다. 초가을에 접어들어서 그런지 풍경도 약간 달라져 있었다. 그것까지는 예상하지 못했던 게 사실이었다. 하지만 초가을인 데다 날씨가 좋다 보니, 한적한 교외였음에도 불구하고 여름보다 더 많은 사람들로 북적이고 있었다. 여태까지는 수상쩍은 사람이 보이지는 않았다. 어쩌면 너무 오버하는 걸지도 모른다는 생각이 들었다.

루시가 친구들과 만날 장소를 물색할 때 제일 먼저 스트레포드 어폰 에이본Stratford—upon—Avon을 떠올린 건 끔찍한 추억 때문이었다. 지난여름에 다 함께 거기서 피크닉을 하기로 했었다. 먼저 콜린이 늦잠을 자는 바람에 루시도 기차를 놓쳤다. 그래도 간신히 로열 셰익스피어 극장의 연극 관람 시간에 맞춰서 도착했지만, 마리가 자기 지갑에 넣어 둔 티켓을 꺼내려고 아무리 찾아도 지갑이 보이지 않았다. 그제야 지갑을 도둑맞았다는 걸 알게 된 것이다. 결국 터덜거리며 집으로 되돌아가기 위해 지인에게 작은 소형 버스를 빌렸지만 그마저도 고장이 나서 멈춰 버렸다. 그래서 다 함께 캄캄한 한밤중에 두 시간 동안 들판에서 캠핑을 해야 했던 것이다. 그런 끔찍한 기억에도 불구하고, 그날은 모두의 인생에서 가장 많이 웃은 날로 남아 있었다. 그러니 마리에게 여름, 피크닉이라는 단어만 귀띔해 줘도 어디를 의미하는 건지 대번에 알 거라고 생각했던 것이다. 두 번째 이유는 거기에서 콘월까지 하루 정도면 도착할 수 있는 거리였기 때문이다. 네이선은 할아버지에게 붙잡혀 있을 테고, 거기에 책들도 숨겨져 있을 게 분명했다.

네이선이 어떻게 지내고 있을지 궁금했다. 할아버지를 속여 넘길 만큼 그럴듯한 핑계를 댔을까? 바티스트는 아들에게서 손자를 빼앗아 올 정도로 피도 눈물도 없는 인간이었다. 그가 또 무슨 짓을 벌일 수 있을지는 아무도 예상치 못할 터다. 루시는 지난 며칠간 종종 그랬던 것처럼 네이선의 부모님에 대한 생각을 해 보았다. 네이선은 여태껏 부모님이 자신을 떠났다고 믿어 왔다. 그는 부모님을 빼앗기던 날 밤의 일을 기억하지 못했다. 아마 갑작스럽게 혼자가 된 충격이 너무 컸던 게 틀림없었다. 그래서 거기에 있던 단 한 명의 가족, 바티스트에게 집착하며 사랑을 갈구해 왔다. 하지만 그의 조부는 그를 단지 물건으로밖에 여기지 않았다. 친손자를 자신의 목적에 사용하기 위한 도구로 기르다니! 바티스트가 얼마나 혐오스러운 인간인지 치가 떨릴 정도였다.

시곗바늘이 2시 50분을 가리켰다. 루시는 극장 정문 쪽을 좀 더 자세히 들여다보기 위해 고개를 들었다.

그때 길 맞은편 끝에 마리의 금발이 보였다. 마리는 다리를 곧게 펴고 성큼성큼 걸어서 극장으로 다가왔다. 마리의 주위에 덩치 큰 남자들이나 개가 보이지 않는다는 걸 확인한 후에야 루시는 길을 가로질러 달려갔다. 두 사람은 다른 관람객들과 함께 극장 안으로 들어가서야 서로를 꽉 끌어안았다.

"널 다시 보니 너무 기뻐."

마리가 루시를 스완 바로 이끌며 속삭였다. 오후 공연은 이미 시작되었기 때문에 바에는 마리와 루시 외에는 손님이 별로 없었다.

"도대체 무슨 일이 있었던 거야? 다 말해 줘. 참, 줄스와 콜린이 안부 인사 전해 달래. 콜린도 직접 오고 싶어 했지만, 혹시 모를 미행에 대비해서 교란 작전을 펼치느라 오지 못했어."

"미행이 있었어?"

루시의 얼굴빛이 창백해졌다.

"그랬던 것 같아. 우리 뒤를 회색 차 한 대가 따라오더라고. 물론 우리 착각인지도 모르지. 크리스가 우리를 집에서 태우고 옥스퍼드까지 갔어. 그런 다음 먼저 줄스가 내렸어. 옥스퍼드역에서 아무 기차나 잡아타고 몇 정거장 갔다가 다시 런던으로 돌아왔대. 콜린도 그런 식으로 노스햄튼에서 기차를 탔어. 제 아무리 바티스트 드 트레메인이라고 해도 네 명을 동시에 미행하진 못할 거라고 생각했거든. 크리스는 나를 태운 채 다시 런던으로 가서 킹스 크로스 역에서 내려 줬어. 그런 다음엔 자기 부모님 집이 있는 입스위치로 갔고. 그 회색 차는 처음에 보여서 미행이 아닌가 싶었는데 착각이었을 수도 있어. 그 이후로는 누가 쫓아온다고 느낀 적은 없어."

"하지만 처음에 누군가가 미행하려 했다면, 네이선의 할아버지가 어쨌든 우리가 만난다는 사실을 알고 있었다는 이야기가 돼."

"내 생각에도 그가 우리를 감시하는 것 같긴 해. 문제는 얼마나 감시하느냐야. 정말 하루 종일 지켜보고 있는 걸까? 아니면 우리가 한 말을 엿들었을 수도 있고."

"그럼 결국 도서관 전화도 도청한다는 거잖아."

루시가 언성을 높였다.

"하지만 아무리 생각해도 그건 아닌 것 같아. 내 생각엔 인맥이 넓어서 정보 수집력이 좋은 게 아닐까 싶어. 지난번에 우리를 심문하러 왔던 경찰 중 한 명이 말해 줬는데, 바티스트가 경찰들과 친분이 깊다고 하더라고. 루시, 생각해 봐. 바티스트의 수하들이 정신을 잃게 만들었던 간호사들은 경찰들에게 그 남자들이 널 찾고 있다고 말했어. 하지만 경찰들은 콜린과 줄스에게 네가 혹시 귀중한 도서를 훔친 다음 그걸 덮기 위해 문서실에 불을 지른 게 아닌지 물어봤대. 그렇게 생각하고 수사를 진행하고 있다면 정말 큰일이야."

루시는 자기 귀를 의심했다. 생각지도 못한 전개에 얼굴이 창백해지고 말았다.

"뭐? 그건 또 무슨 뚱딴지같은 발상이래?"

마리가 위로하듯 루시의 손을 잡아 주며 말했다.

"누가 임의로 정보를 흘렸겠지. 아마 반즈 씨일 거야. 그 인간이라면 그런 짓을 하고도 남으니까. 게다가 바티스트 드 트레메인 경께서 문서실을 복구하라고 어마어마한 돈을 기증했거든."

루시는 어찌나 흥분을 하고 말았는지 온몸의 피가 얼굴로 몰리는 것 같았다. 뭔가 말을 하고는 싶었는데 무슨 말을 해야 할지 떠오르지 않았다. 어쩌면 바티스트에게서 운 좋게 살아남는다 해도 방화범으로 몰려서 감옥에 갈 판이었다. 아니면 무슨 죄를 더 뒤집어쓰게 될지도 모를 노릇이었다.

"걱정하지 마. 결국은 네 결백이 밝혀질 테니까."

마리가 루시를 위로하며 말을 이었다.

"아무튼, 이젠 네 얘기 좀 해 봐. 도대체 무슨 일이 있었던 거야? 도대체 집 안에서 어떻게 그렇게 감쪽같이 사라진 거야? 누가 널 납치라도 했어? 우린 처음엔 바티스트한테 납치당한 줄 알았어. 줄스가 실종 신고를 내려고 했지만 아무도 줄스 말을 믿어 주질 않았대. 그런 다음에 얼마 있다가 네이선이 콜린한테 전화를 해서 네가 잘 있다고 말해 줬다더라고. 그런데 지금은 어째서 혼자 온 거야? 네이선은? 우리가 널 뭘로 도울 수 있는데? 부디 줄스가 나에게 물어볼 때까지 이 모든 걸 다 기억하고 있어야 할 텐데! 줄스는 마치 마플 씨처럼 날 심문해 댄다고! 게다가 내가 메모를 남기는 것도 금지시켰어. 너무 위험하다나!"

마리의 정신없는 질문 공세와 수다에 루시가 미소를 지었다. 마리는 여전히 마리다웠다. 이런 익숙한 기분은 오랜만이었다. 하지만 아직도 여러 가지 걱정들 때문에 머리가 복잡했다.

"걱정 마. 너라면 줄스에게 잘 설명해 줄 수 있을 거야."

그런 다음, 루시는 여태까지 일어났던 일들에 대해 설명해 주었다.

"바티스트가 네이선에게 책을 훔치라고 계속 강요할까 봐 걱정돼. 무슨 일이 있어도 그것만은 막아야 해. 나에게 책들이 얼마나 중요한지 이루 말할 수 없으니까. 내 손으로 이걸 끝낼 거야, 마리."

마리가 고개를 끄덕였다.

"실은 반즈 씨가 복원해야 하는 책들을 모조리 바티스트한테 보냈어. 고액의 기부금을 받은 데 대한 감사 표시랄까, 개인적으로 트레메인가가 책들을 복원하는 데 관여하도록 한 거지. 물론 트레메인가가 책들을 복원 전문가에게 보내면 다행이지만, 그럴 리가 있겠어? 반즈 씨는 이제 바티스트의 말이라면 발이라도 핥아 줄 기세야."

루시가 새파랗게 질린 얼굴로 물었다.

"무슨 책들을 보냈는데?"

"《도리언 그레이의 초상》, 《니콜라스 니클비》랑 《아서의 죽음》이었을 거야."

마리가 머뭇거리며 책 제목을 말했다.

그녀의 말을 들은 루시가 손바닥으로 이마를 치며 주저앉았다.

마리가 팔을 뻗어 루시의 어깨를 감싸 안아 주었다.

"나도 네가 책들을 아끼는 거 알아. 그건 그렇고, 네이선이랑은 어떻게 된 거야? 이제 그를 믿을 수 있게 된 거야?"

루시가 고개를 끄덕였다.

"그런 것 같아. 정말 많은 일들이 있었어. 목걸이로 그의 부모님에 대한 영상도 봤어. 바티스트가 무력으로 네이선을 그들에게서 떼어 놓았더라고. 네이선의 아버지는 아들을 빼앗기지 않으려고 발버둥 쳤지만 소용없었어. 하지만 네이선은 바티스트에게 세뇌돼서 부모가 자길 버렸다고 생각하고 있어. 그도 이제는 자기 할아버지가 한 짓에 대해 알아야 돼."

"설마, 여태 모르고 있는 거야?"

루시가 어깨를 으쓱해 보였다.

"그런 것 같아. 지금은 내 안전 외에 다른 건 신경 쓰지 않는 것 같긴 하지만. 얼마 전, 연맹을 위해 책을 훔치는 걸 틀렸다고 생각하지 않는다는 말을 들었어. 물론 그 자신은 '훔치는' 게 아니라 '보호'한다고 말했지만. 그런 생각도 다 할아버지한테 세뇌당한 걸 거야. 난…… 너무 늦게 깨닫고 말았어."

"너무 늦게? 뭘 깨달아?"

"그가…… 날 사랑하고 있다는 걸."

루시가 당황한 얼굴로 부끄러운 듯 미소 지었다.

"흠. 그럼 넌 그를 어떻게 생각하고 있는데?"

"아직은 모르겠어."

루시가 대답했다. 다행히 마리는 거기에 대해 더 자세히 캐묻지 않았다.

"참, 중요한 게 한 가지 더 있어."

마리가 대화 주제를 바꾸었다.

"올리브 씨가 전화했었어. 널 찾던데, 네가 어디에 있는지 알 수가 없어서 나도 모른다고만 했어."

"책이 그렇게 되어서 나에게 따지려고 한 걸까?"

루시가 양심의 가책을 느끼며 중얼거렸다. 정작 그 문서실에서 수년간 일해 오던 올리브 씨가 어떤 기분일지는 전혀 신경 쓰지 못했던 것이다.

"하지만 이상한 건, 너에게 따진 게 아니라 오히려 네 걱정을 하더라고."

마리가 루시를 진정시켰다.

"그리고 너에게 연락이 닿으면 꼭 자기한테 연락하도록 부탁했어. 물론 네가 언제쯤 연락해 올지 몰라서 그리 큰 기대는 하지 말라고 했지만 말야."

"바티스트가 올리브 씨는 감시하고 있지 않을 거야."

루시가 생각에 잠긴 채 중얼거렸다.

"올리브 씨가 지금 프랑스에 있는 거 알아?"

마리가 물었다.

"아니. 나이가 좀 있는 사람들은 따뜻한 곳에서 휴가를 보낼 거라고 생각했어. 프랑스는 요즘 같은 날씨에 그리 따뜻하진 않으니까. 프랑스 어디에 있대?"

"잠깐만, 여기 어디 적어 뒀는데……."

마리가 가방을 뒤적였다. 그런 다음, 루시에게 쪽지 하나를 내밀었다.

"발레스타."

루시가 소리 내어 지명을 읽었다.

"피레네 지방에 있는 작은 도시야. 그리 흥미로운 건 없는 모양이던데. 구글에서 찾아봤어."

마리가 설명했다.

"몽세귀르 성도 피레네 지방에 있어. 혹시 그 근처일까?"

루시가 물었다.

마리가 어깨를 으쓱해 보였다.

"모르지. 프랑스는 잘 모르니까. 그냥 호기심에 한번 찾아본 것뿐이야."

"우연치곤 이상해. 혹시 전화번호도 적어 놨어?"

"응. 너와 연락이 닿으면 가능한 한 빨리 전화 좀 걸어 달라고 부탁하더라고."

"그럴게."

"여기 돈, 네 여권이랑 휴대 전화 가져왔어. 전화 카드에는 백 파운드 정도 들어 있을 거야. 새거니까 맘껏 써. 제아무리 드 트레메인가라도 이 번호는 모를 거야. 여기 우리한테 연락할 수 있는 번호도 있으니까 그리로 걸고. 이것도 새거야. 그 휴대 전화는 줄스가 항상 가지고 다닐 거야. 이 번호로 전화를 하든가 아니면 문자를 보내면 돼."

마리가 책상 위에 물건들을 올려놓으며 말했다.

"줄스는 만약 카드를 다 쓰면 버린 다음에 새걸 사라고 했어. 물론 좀 오버인 것 같긴 하지만."

마리가 웃었다.

"줄스는 하루 종일 드 트레메인가와의 첩보 전쟁에서 이길 수 있는 아이디어를 짜내고 있어. 다행히 그 애가 읽던 바보 같은 범죄 소설이 이번만큼은 좀 도움이 되는 것 같긴 해."

"너희 도움이 아니었다면 난 진작 죽었을 거야."

루시가 진심으로 감사했다.

"옷가지도 좀 가져왔어."

마리가 쇼핑백을 루시 옆에 내려놓았다.

"정말 고마워."

루시가 미소 지었다.

"이런 거 말고도 도울 게 있다면 좋을 텐데."

"하지만 너희를 불필요한 위험에 빠뜨리고 싶진 않아. 게다가 책들을 도울 수 있는 방법은 나 스스로 찾아내야 하거든. 한 번 훔쳐 간 책들을 되돌리는 방법 말이야. 여태까지 목걸이가 지난 과거의 영상들을 보여 주긴 했지만 책들을 되돌리는 방법 만은 아직 알려 주지 않았어. 그걸 위해서는 네이선을 구출해

내야 돼. 우리 둘이 힘을 합쳐야 책을 구해 낼 수 있어."

루시는 말을 마친 다음, 손에 쥐고 있던 쪽지를 저도 모르게 힘껏 쥐었다.

"인생이란 알다가도 모르겠다니까. 처음에는 네이선이 적인 줄 알았는데."

마리가 고개를 저었다.

"나도 그런 줄만 알았어. 하지만 책들도, 엄마도 내게 말해 줬어. 난 콘월로 가서 네이선을 구해 낼 거야."

"정말 그게 영리한 생각일까?"

마리가 걱정스럽게 물었다.

"하지만 선택의 여지가 없다는 거 알잖아."

"오늘은 어디서 묵을 건데?"

"모르겠어. 한두 시간 정도 가다가 비앤비 호텔이라도 찾아 보려고. 지난번에는 아무것도 없이 맨손으로 들어갔더니 좀 이상하게 생각하는 것 같았지만, 이번에는 짐이 있으니까 덜 이상하게 생각하겠지."

"아무튼 전화 줘, 알았지? 네가 어떻게 지내고 있는지 전화로라도 들어야 안심이 될 것 같아. 3일 이상 연락이 안 오면 경찰에 신고하려고. 적어도 누군가는 우리 말을 들어주겠지."

"그것 참 완벽한 계획처럼 들리는데?"

"미안해. 더 좋은 계획은 떠오르지 않더라고."

"괜찮아. 그렇게 하기로 하자."

"런던행 기차가 들어올 시간이야."

마리가 말했다.

"크리스가 날 다시 옥스퍼드에서 태우고 가기로 했어. 지금쯤 걱정 많이 하고 있을 거야. 원래는 여기 나오는 것도 반대했어. 너무 위험하다고 하더라고."

"역까지 바래다줄게."

마리를 그렇게 보내는 게 섭섭했던 루시가 제안했다.

마리가 열차에 오른 다음, 열차가 지평선 너머로 보이지 않을 때까지 한참을 서 있던 루시는 어쩐지 전보다 더 큰 외로움을 느꼈다. 마리와 함께 기차에 올라 집에 가고 싶었다. 억지로 마음을 추스르며 쪽지에 적힌 번호들을 새로운 휴대 전화에 저장했다. 올리브 씨에게 지금 당장 전화를 걸어야 할까? 솔직히 말하면 혹시라도 그녀에게 비난을 받게 될까 봐 겁이 났다. 하지만 올리브 씨는 한시가 급한 것 같았다. 루시는 시계를 한번 쳐다본 다음, 차에 올라 시동을 걸고 차를 출발시켰다.

14장

책보다 더 진실한 친구는 없다.

— 어니스트 헤밍웨이

네이선은 지쳐 있었다. 눈과 손이 더 이상 말을 듣지 않았다. 이 지하의 어둠 속에서 며칠간 읽고 그리는 중노동에 시달려 왔다. 하지만 그나마 그림 그리는 게 책을 읽는 것보다는 나았다. 마치 책들이 자신에게 반항하는 것 같은 느낌이었다. 전에는 한 번도 이런 적이 없었다. 아마 할아버지가 이걸 알았다면 자기가 좀 더 단호하게 대응하지 못하는 걸 오히려 비난할 게 뻔했다. 《도리언 그레이의 초상》을 겨우 끝내긴 했지만, 《니콜라스 니클비》는 손조차 댈 수 없었다. 책을 읽으려 시도할 때마다, 자신의 영혼이 거대한 벽에 부딪혀 튕겨 나오는 것 같았다. 이건 불가능한 일이었다. 만약 그가 아마추어였다면 책들이 저항이라도 한다고 생각했을 거다. 물론 책을 읽어 내는 게 쉬웠던 적은 없지만, 이런 식의 어려움은 처음이었다.

어쩌면 약간 몸을 움직이고 신선한 공기를 마시는 게 도움이 될지도 몰랐다. 그는 몸을 일으켜 무거운 떡갈나무 문을 밀어 보았다. 물론 문밖에는 할아버지가 시리우스를 세워서 감시하고 있을 게 뻔했다. 어차피 자기 혼자서는 바깥으로 나갈 수도 없을 텐데 말이다. 여기 지하에 숨겨진 도서관은 책들과 죄수를 가둬 두기 위한 완벽한 감옥이었다. 왜냐하면 문을 안에서 열 수 없도록 마법을 걸어 두었기 때문이다. 게다가 네이선은 도망칠 마음조차 없었다. 조부의 말에 조용히 순종해야 루시의 안전이 보장되었기 때문이다. 오리온의 상처는 아직 치료하고 있었고 시리우스는 그를 감시해야 했기 때문에 조부의 말만 잘 따른다면 당장은 루시를 가만히 내버려 둘 것 같았다. 하지만 그가 예측할 수 없는 경우의 수는 바로 연맹이었다. 혹시 조부가 연맹의 누군가에게 지원을 요청했을 가능성도 없지 않았다. 하지만 한 가지만은 확실했다. 그가 자신의 약점이나 치부를 타인에게 드러내지 않으리라는 것 말이다. 그의 육체는 나날이 노쇠해져 갔지만, 정신만큼은 아직도 놀랍도록 단단했다. 그가 다른 페르펙티들 앞에서 통솔력의 한계를 드러내려 할까? 2주 전까지만 해도 그가 그러지 않으리라고 확신했겠지만, 지금으로선 예측할 수가 없었다.

만약 조부가 루시를 보퍼트에게 진짜로 내줄 생각이라면 루시는 크나큰 위험에 처하게 된다. 그가 루시를 손에 넣은 다음에 그녀에게 무슨 짓을 하려고 할지는 상상하고 싶지도 않았다. 그러면 무슨 일이 있어도 미리 루시에게 경고해야 했다. 지금 그녀를 손에 넣으려 하는 게 할아버지만이 아니라고 말이다. 물론 오두막에서도 말한 적은 있었지만, 아직도 그걸 기억하고 조심하고 있을까? 지금 그녀가 어떤 위험에 처해 있는지 제발 알고 있어야 할 텐데! 그는 육중한 나무 문을 쾅쾅 두드렸다. 시리우스는 그가 한참 문을 두드린 후에야 거들먹거리며 문을 열곤 했기 때문이다.

"산책 좀 해야겠어."

네이선이 그에게 명령했다.

시리우스는 자신의 퉁퉁한 손목에 꽉 죄여 있는 손목시계를 천천히 들여다보고는 으르렁댔다.

"아직 시간 안 됐어!"

"하지만 지금 나가야겠어. 할아버지한테 그렇게 전하고 와!"

대답 대신 문이 코앞에서 쾅 닫혔다. 그는 불안한 걸음걸이로 지하 도서관 안을 서성댔다. 현재로선 도움을 청할 만한 사람이 소피아뿐이었다. 하지만 뭘 어떻게 부탁한단 말인가? 소피아와 대화를 나누든가 쪽지를 건넬 수만 있다면! 그러면 콜린에게 연락할 수 있을지도 몰랐다. 네이선은 루시가 자기 친구들에게 연락했으리라고 확신하고 있었다. 그렇지 않고선 혼자서 이 모든 걸 감당할 수 없을 테니 말이다. 게다가 콜린이라면 모든 걸 제쳐 놓고 루시를 도울 거라는 사실을 네이선도 잘 알고 있었다. 현재로선 그게 루시에게 연락할 수 있는 유일한 방법이었다.

드디어 감옥 문 같은 도서관 문이 열리고, 시리우스가 그에게 빨리 나오라는 듯 손짓해 보였다.

"네 조부께서 한 시간을 허락하셨다."

네이선은 속으로 안도하며 그의 앞을 지나쳐, 좁고 구불구불한 계단을 올랐다. 바깥으로 나오니 차가운 저녁 바람이 불고 있었다, 네이선은 그 신선함을 가슴 깊이 들이마셨다. 지하에 갇혀 있으니 시간 감각마저 잃어버린 것 같았다. 그는 겉옷을 단단히 여민 채 정원 사이로 난 길을 따라 빠른 걸음으로 걸었다. 30분 정도 바람에 몸을 맡기고 걷고 나니, 책 읽어 들이는 작업에 대한 모든 잡념과 걱정이 머릿속에서 정리되었다. 이 문제는 곧 해결할 것이다. 어차피 그들이 자신을 영원히 거부할 수는 없으니까. 이제 중요한 건 루시를 보호할 방법을 찾는 것뿐이었다. 저녁 이슬에 온몸이 흠딱 젖은 다음에야 다시 길을 거슬러 올라갔다. 예상대로 멀찍이 그를 뒤쫓던 시리우스가 바짝 따라붙었다.

"이젠 널 데려가야 해. 조부의 명령이시다."

"시리우스, 난 지금 흠딱 젖었어. 만약 내가 저 지하에서 죽게 되면 할아버지가 별로 좋아하지 않을걸. 원한다면 기꺼이 내 방까지 동행해 줘. 거기서 따뜻한 물로 샤워한 후 옷을 갈아입겠어."

그가 못마땅한 듯 고개를 떨어뜨렸다. 아마도 고개를 끄덕인 것이리라. 그가 저택으로 앞장서 갔고, 네이선도 말없이 그의 뒤를 따랐다. 몇 분 지나지 않아 네이선은 자기 방으로 들어갔고 시리우스는 그의 방문 앞을 지키고 섰다.

샤워를 하고 나니 좀 살 것 같았다. 그는 방에서 나오며 단호하게 말했다.

"오늘 저녁은 부엌에서 먹겠어."

그건 그가 오랜 시간 하인들을 부리면서 단련해 왔던 '주인' 말투였다. 예상대로 시리우스는 그의 명령을 뿌리치지 못했다. 네이선이 부엌으로 앞장서자, 시리우스는 뒤뚱거리며 그의 뒤를 따라왔다. 하지만 한참 걷다가, 자신이 명령을 들을 입장이 아니라는 걸 깨달았는지 시리우스가 그를 앞지르려고 자꾸만 그의 앞으로 나오려 했다. 결과적으로 그들은 부엌까지 빨리 걷기 경주라도 하듯 앞서거니 뒤서거니 했고, 만약 이런 진지한 상황만 아니었다면 무슨 코미디 영화에나 나올 법한 장면이었다. 결국 네이선이 시리우스보다 먼저 부엌문을 열어젖혔다. 두 남자가 전속력으로 부엌에 달려들자, 소피아가 겁먹은 얼굴로 자리에서 벌떡 일어났다.

"네이선! 얼굴이 왜 이렇게 창백하세요?"

소피아가 걱정 어린 얼굴로 그의 얼굴을 어루만졌다. 그런 다음에는 음산한 얼굴로 부엌 안을 기웃거리는 시리우스에게 음식이 가득 담긴 쟁반을 떠안겼다.

"자, 이걸 오리온에게 갖다 줘. 해롤드는 오늘 저녁 다른 할 일이 있어."

시리우스가 내키지 않는다는 듯 쟁반과 네이선을 번갈아 가며 바라보았다.

"멍청한 짓은 하지 않는 게 좋을 거다. 즉시 돌아올 테니까."

그런 다음 부엌에서 사라졌다.

소피아가 네이선에게 앤티크 의자를 권했다.

"말해 보세요. 몸은 어떠세요?"

"소피아, 시간이 없으니 얼른 적을 것을 가지고 와요. ……
자, 여기 내가 적어 준 번호로 전화해서 루시에게 지금 위험에
처했다는 걸 알려 줘요. 아무도 믿지 말라고 해요. 보퍼트가 그
녀를 찾아낼까 봐 두려워요. 루시한테도 그가 자기를 아내로
맞고 싶어 한다는 것, 그녀에게서 수호자 자손을 얻으려 한다
는 것까진 말해 줬습니다. 하지만 정말 이게 심각한 상황이라
는 걸 경고해 줘야 돼요. 루시는 꽤나 고집이 세니까 잘 타일러
야 될 겁니다."

그 순간 부엌문이 열리고 시리우스가 들이닥쳤고, 소피아는
재빨리 콜린의 전화번호가 적힌 작은 쪽지를 주머니에 넣었다.
그런 다음 저녁상을 차리기 시작했다.

"조부께 오늘 저녁만 저택에서 자도 되겠느냐고 물어보실
수 없나요? 간이침대는 상당히 불편하실 텐데요."

"괜찮아. 지금 침대 따위는 문제가 안 돼."

그가 빵 한 덩이를 먹고 난 다음, 시리우스가 내뱉듯 말했다.

"이젠 갈 시간이다."

네이선은 몸을 일으켜 소피아를 끌어안았다. 그러자 시리우
스가 그의 어깨를 거세게 잡아 틀며 으르렁댔다.

"그만! 충분해!"

네이선은 다시 말없이 시리우스의 뒤를 따라 지하 감옥에 갇히게 되었다. 그의 등 뒤에서 나무 문이 철컥 닫히자, 전보다도 더 깊은 무력감이 엄습했다. 현재로선 자신이 루시를 도울수 있는 게 아무것도 없었다. 이제는 소피아가 루시에게 경고하는 데 성공하기만 바라는 수밖에 없었다.

머리를 좀 식히기 위해, 네이선은 책상에 앉아 오스카 와일드의 책을 펼쳐 들었다. 책 안이 텅 비어 있는 걸 보자 안심이되었다. 이제 며칠 후엔 책 속의 내용이 보호책 안에 자리 잡을것이다. 그러면 할아버지도 더는 잔소리하지 않겠지. 네이선은그 책을 내려놓은 후, 찰스 디킨스의 《니콜라스 니클비》를 집어 들었다. 이 책은 좀 걱정이 되었다. 책의 글자들이 벌써부터조금씩 몸을 떨고 있었다. 그런 다음에는 그의 눈앞에서 마치레이스 경주라도 하듯 이리저리 휘어졌다. 마치 예전에 앨리스를 읽던 때와 비슷하면서도 달랐다. 마치 책 스스로가 주인공이 되어 네이선과 싸우려는 것 같았다. 그는 한숨을 내쉬었다.일단 오늘 저녁은 잠시 내버려 두어야 할 것 같았다.

그는 자리에서 일어나, 서가 사이를 정처 없이 걸었다. 이곳의 책들은 약 25대 정도에 걸쳐서 보호되어 온 것들이었다. 네이선은 견습 기간 동안 선조들에 대해 많은 것을 배웠다. 거의모든 사람들이 연맹의 숭고한 목적을 위해 스스로를 희생했다.그들은 보이지 않는 곳에서 비밀리에 이 모든 작업에 참여했지만, 오히려 연맹의 지식과 명성은 점점 깊고 높아졌다. 네이선의 아버지만이 유일하게 그 오랜 계승의 고리를 끊어 버린 사람이었다. 도대체 무엇이 그의 아버지의 마음을 연맹에서 멀어지게 했을까, 네이선은 생각해 보았다. 여태까지는 단지 부모님이 자신을 떠났다는 것만 생각했지만, 어쩌면 그것도 부모님의 의지로 한 게 아닐 거라는 생각이 들었다.

네이선은 서가 사이를 걸으며 손가락으로 책등을 쓰다듬었다. 이렇게 오랫동안 지하 도서관에 있어 본 건 처음이었다. 만약 책들이 자신에게 말을 건다면 어떻게 될까? 그들이 도대체 무슨 말을 할까? 이 도서관이 생긴 이래, 몇 세기 동안 이 아래에서 무슨 일이 있었을까?

혹시 조부가 흑마법이라도 공부한 게 아닐까? 사람을 개로 변하게 한다든지, 도서관에 불을 지르는 것도 가능했다.

네이선은 연금술 책인 《델로멜라니콘》이나 《아르마델의 마법》에 대해 들어 본 적이 있었다. 하지만 그런 책들은 난센스였다. 고작해야 사탄 따위에 집착하는 광신자들의 병적인 환상이나 충족시켜 주겠지. 하지만 할아버지가 오래된 연금술 책들을 가지고 있는 건 확실했다. 조상 중 누군가가 이런 책을 읽고 자신들의 보호 아래 두었든가, 아니면 바티스트가 개인적인 욕심으로 일부러 손에 넣은 것일 수도 있다.

네이선은 잠시 몸을 떨었다. 그게 지하의 낮은 온도 때문인지, 아니면 할아버지에 대한 생각 때문인지 알 수 없었다.

빛이 닿지 않는 안쪽의 음산한 서가에는 수많은 보호책들이 정돈되어 꽂힌 채 네이선을 차갑게 내려다보고 있었다. 책들이 그에게 마음을 열고 말을 걸어올 일은 전혀 없을 것이다. 왜냐하면 그를 미워하기 때문이다. 그는 필요 이상으로 발걸음을 재촉하여 다시 바깥 불빛 쪽으로 나왔다. 그런 다음엔 벽에 켜둔 양초를 끄고, 간이침대에 누웠다.

한밤중에 그는 잠에서 깨어났다. 겁에 질린 채 눈을 크게 뜨고 어둠을 노려보았다. 누군가가, 또는 무엇인가가 그에게 이름 하나를 속삭였던 것이다. 어찌나 생생하던지 마치 바로 곁에서 속삭인 것 같은 느낌이었다. 그 이름을 떠올리자니 등줄기에 소름이 돋았지만, 이제는 누굴 찾아야 할지 확실히 알게 되었다. 조금만 더 생각했다면 아마 스스로도 떠올릴 수 있었을 것이다. 조부는 이 이름의 남자에게 경외심을 품어 왔다.

그의 이름은 바로 존 디John Dee였다. 네이선은 자신이 그에 대해 아는 걸 떠올려 보았다. 그의 시대에 그는 흑마법사이자 마술사였다. 엘리자베스 1세의 집권하에 그는 왕실 천문학자로 일했다. 또한 영국에서 가장 큰 도서관까지 소유하고 있었다. 바티스트는 네이선에게 디가 가지고 있었을 것 같은 한 권의 책에 대해 말해 준 적이 있었다.

그건 바로 《소이가의 책The Book Of Soyga》이었다. 그 책은 마법에 대한 백과사전 격이었다. 하지만 직접 본 적은 한 번도 없었기 때문에 단지 추측해 볼 뿐이었다. 그 책은 비밀스러운 언어로 작성되었기 때문에 아무나 함부로 읽을 수가 없었다. 디가 죽자 책은 그렇게 몇 세기 동안 이리저리를 떠돌았다. 그러다가 1990년대 초에 한 역사학자가 디가 쓴 원고 두 개를 발견했다. 그중 한 개가 영국 도서관에 보관되었던 게 떠올랐다. 그 당시에 할아버지는 킹스 칼리지에서 일했으니, 책을 자기 소유로 만들기가 어렵지 않았을 터였다.

네이선은 아주 오래전에 디에 관해 읽은 적이 있었다. 할아버지는 디를 거의 숭배하다시피 했지만 네이선은 그에게 호감이 가지 않았다. 아무튼 그는 천사와의 대화를 통해 여러 가지 주목할 만한 사실을 기록했다. 하지만 그렇게나 특이하고 독창적인 사람을 까맣게 잊어버리고 있었다는 게 의아했다.

네이선은 다시 몸을 일으키고 초에 불을 붙였다. 그런 다음에는 안 가 봤던 쪽으로 걸어 들어갔다. 지금 자신이 찾으려는 책은 어쩌면 보호책에 들어 있지 않을 수도 있겠다는 생각이 들었다. 네이선은 몸을 돌려서 조부가 직접 읽어 낸 책들이 꽂혀 있는 책장을 유심히 살펴봤다. 하지만 디의 저서는 보이지 않았다. 어쩌면 디가 직접 쓴 책이나 《소이가의 책》이 아니라, 그가 예전에 소유했던 책을 찾으려는 것일 수도 있었다. 연맹이 아주 오래전부터 그의 책을 가져다 이곳에 숨겨 두고 있을지 모르는 일이다. 네이선은 여기 연맹에 있으면서 디라는 이름을 종종 들어 왔다. 또 어떤 기록에 보니, 디가 오랜 여행에서 집에 돌아왔을 때 자신의 도서관이 몽땅 털린 채 파괴되어 있었다고 한다. 그때 그의 연금술서 중 상당수가 연맹으로 흘러 들어왔을 가능성이 있었다. 네이선은 계속 책등을 더듬으며 책을 찾았다. 16세기나 17세기에 읽어 들였던 책들은 이곳 가장 안쪽, 암석을 파내 만든 책장 안에 보관되어 있었다.

하지만 시리우스가 들이닥칠지도 모른다는 두려움에 중간 중간 자리로 돌아오느라 탐색에는 시간이 걸렸다. 아니나 다를까, 그 덩치는 오늘 평소보다 조금 이른 시간에 아침 식사가 담긴 쟁반을 들고 왔고, 천만다행으로 네이선은 자리에 앉아 스케치를 하고 있었다. 식사를 마친 다음에는 30분간 정원을 산책해야 했다.

하지만 오늘만큼은 산책이 끝나 감옥으로 돌아오는 발걸음이 가벼웠다. 나무 문이 닫히자마자, 그는 곧장 책장으로 가서 아직 살펴보지 못한 백여 권의 책들 쪽으로 갔다. 이곳의 책들은 인간에게서 잊힌 채, 연맹의 도서관 내에서도 최근 몇 년 동안은 누구에게도 읽히는 일 없이 조용히 보관되어 오고 있었다. 그는 계속 마법서를 찾아 나갔다. 하지만 책을 찾는다고 해도 그걸로 뭘 할 수 있을지는 몰랐다. 그 안에 어떤 비밀이 숨겨져 있단 말인가? 조부는 그 책을 통해 어떤 마법을 익힌 걸까? 그에 대항해 마법을 무력화할 수 있는 방법도 적혀 있을까?

오후쯤 되었을 때, 네이선은 찾고 있던 책을 발견했다. 정말이지 간발의 차이였다. 처음에는 그 허름한 책을 그냥 지나쳤다가 아무래도 이상하다는 생각에 다시 돌아가 꺼내 들었던 것이다. 책은 갈색 가죽 장정에 한눈에도 심하게 낡아 있었다. 보호책이 아닌 원본이었는데, 다 해진 책장이 너덜거리며 간신히 책의 형태를 유지하고 있었다. 조심스럽게 책을 살펴보니, 겉면에 금색으로 활자가 새겨져 있었다. 네이선은 인상을 쓰고 책의 제목이 뭔지 유심히 들여다보았지만 결국 알아낼 수는 없었다. 그는 놀랍고 두려운 마음으로 책 표지를 쓰다듬었다. 그러자 마치 전기가 흐르듯이 찌릿거리는 느낌이 들어서 깜짝 놀라 손을 떼었다. 이런 경험은 처음이었다. 그 순간, 그가 줄곧 찾아 헤매던 책이 바로 이거였다는 걸 확신할 수 있었다.

그가 다시금 손을 뻗어 책을 만지자 책이 자길 찾아 주기만 기다렸다는 듯 손에 착 감겼다. 네이선은 주의 깊게 책장을 넘겨 보았다. 책에 쓰여 있는 언어는 낯설었다. 하지만 암호 같지는 않았다. 그제야 왜 이 책을 읽어 들이지 못한 채 원본으로 도서관 안에 보관하고 있는지 깨달았다. 네이선은 특이하게 생긴 식물들을 그려 놓은 페이지를 유심히 살폈다. 몇몇 식물은 알고 있었지만 또 몇몇은 전혀 처음 보는 것들도 있었다. 이상했던 건 식물 대부분이 다른 측량법으로 그려 넣어져 있다는 거였다. 얼핏 보기에는 식물도감이라고 봐도 이상하지 않았다. 하지만 책장을 더 넘기자 이번에는 천문학 책이라고 해도 믿을 정도의 방대한 분량의 별들과 황도대에 대한 그림이 보였다. 또 화학 원소 배열식 같은 그림도 있었다.

이 책이 그가 찾던 책이라는 명백한 증거는 바로 책이 꽂혀 있던 자리 뒤편에 숨겨져 있던 작은 수첩이었다. 네이선은 그 날카로운 필체가 바로 조부의 것이라는 사실을 단번에 눈치챘다. 수첩 속에는 그가 정밀하게 연구하고 분석해 놓은 내용이 기록되어 있었다.

바로 그때, 누군가가 열쇠로 문을 여는 소리가 들렸다. 네이선은 잽싸게 책을 꽂아 넣은 다음 수첩은 뒷주머니에 넣었다. 그런 다음엔 최대한 빨리 자리로 향했다. 하지만 책상에 채 닿기 전에 문이 열리고 말았다.

"네이선, 어디 있는 거냐?"

조부의 엄한 목소리가 지하실에 울렸다.

"여기 있습니다."

네이선이 가까운 서가 쪽에서 얼굴을 내밀며 대답했다.

"대체 어디 있었던 거냐?"

그가 의심스럽다는 듯 물었다.

"잠시 산책할 겸 서가를 걷고 있었습니다."

"일은 얼마나 진척된 거냐?"

네이선이 《도리언 그레이의 초상》을 내밀자 바티스트가 만족스럽다는 듯 텅 빈 책장을 넘겨 보았다.

"다른 책들은?"

바티스트는 네이선이 뭐라고 채 변명을 늘어놓기도 전에 《니콜라스 니클비》를 집어 들었다.

이제 곧 폭언이 쏟아질 거라고 예상하고 마음의 준비를 하고 있는데, 바티스트가 만족스럽게 미소 짓는 게 아닌가. 하지만 놀란 표정을 숨기며 조부의 곁으로 다가가 책을 살펴보았다. 놀랍게도 책은 완전히 비어 있었다.

어떻게 된 일이지? 책이 스스로 떠나 준 것이다. 왜 이런 일을? 그 책은 아직 시작도 못 했건만, 보호책 안으로 들어간 걸까? 아니면…….

"좋아, 다시 저택 안으로 돌아와도 좋다. 앞으론 저택 도서관 안에서 작업하거라. 오늘 밤에 모든 페르펙티가 소집된다. 너도 참석하거라."

네이선이 고개를 끄덕였다. 그런 다음 조부의 뒤를 따라서 감옥을 나왔다.

저택으로 향하는 동안, 그는 자신을 기꺼이 희생해 준 책을 어루만졌다.

"고마워."

그 순간, 어디선가 한 줄기 바람이 그의 뺨을 어루만졌다. 그게 정말 바람이었던 걸까? 책의 영혼일지도 모른다는 건 그의 상상인가? 그는 몇 시간 동안이나 곰곰이 생각에 잠겨 있었다. 책은 네이선의 조부가 그에게 분노하는 걸 막기 위해 기꺼이 자신을 희생해 주었다. 그 덕분에 루시를 도울 가능성도 늘어난 셈이었다.

15장

책을 인쇄하는 건 마치 사유의 대포를 쏘아 대는 것과 같다.

― 앙투안 드 리바롤

두 시간 후, 루시는 크리치 세인트 미쉘에 있는 옛 목사관 앞에서 차를 세웠다. 근처에 비앤비 호텔도 보였기 비교적 안심이 되었다. 이제 트레메인가의 영지도 코앞이었다.

루시는 차에서 가방을 꺼내어 보슬비를 맞으며 호텔 정문으로 들어갔다. 그런 다음엔 리셉션에서 여권을 도난당하게 된 경위를 술술 둘러댔다. 몇 번 해 보고 나니 스스로도 진짜 그런 일이 있었던 것 같은 착각이 들 정도였다. 지난번과 마찬가지로 이번에도 무사히 가명으로 방을 잡을 수 있었다. 숙박료를 지불한 다음, 곧바로 방으로 갔다. 주변에 아무도 없는 걸 확인한 다음 가방에서 새 휴대 전화를 꺼내, 마리가 준 전화번호로 전화를 걸었다. 번호는 프랑스의 국가번호로 시작하고 있었다. 루시는 올리브 씨가 곧장 전화를 받기만 바랐다. 혹시라도 자신의 어눌한 프랑스어를 사용할 일이 없기만 바라면서 말이다. 신호음이 계속 울렸고, 아무도 전화를 받지 않자 전화를 끊었다.

올리브 씨는 도대체 무슨 말을 하려고 했던 걸까? 콘월로 향하는 길에 계속 전화를 걸어야 한다는 생각이 떠올랐다. 이제 한 번 걸어 봤으니, 잠시 후 다시 시도해 볼 생각이었다. 루시는 몸을 일으켜 창가 쪽으로 가 보았다. 낡은 건물 뒤쪽으로 잘 정돈된 공원과 가로등이 보였다. 루시는 저녁 공기가 들어올 수 있도록 창문을 열었다. 보슬비가 내리고 있었지만 밤공기는 부드러웠다.

갑자기 어머니가 꿈에서 속삭이던 말이 생각이 났다. 그를 그냥 보내면 안 된다고, 그는 네 사람이라던 말……. 그게 네이선을 의미한 걸까? 아무리 논리적으로 생각해 보려고 해도 역시 혼란스러운 건 마찬가지였다. 이 모든 걸 혼자 감당하기가 벅찼다. 네이선이 정말 도움을 줄 수 있을까? 글쎄……. 물론 그가 자신을 위로해 주고, 넘어지지 않게 지탱해 준 건 맞지만 그렇다고 해서 그를 100퍼센트 신뢰해도 되는 걸까?

루시는 밤공기를 깊이 들이마셨다. 너무 외로웠다. 도대체 내가 여기서 뭘 하는 거지? 혈혈단신으로 사자 굴에 뛰어들다니! 너무도 어리석은 짓이었다. 지난 며칠간, 어딘가 다른 곳에 몸을 숨기는 것에 대해서도 진지하게 고민해 보았다. 친구들 외에 도움을 청할 만한 곳이 없는지 머리가 아플 정도로 생각해 보았지만 결론은 아무 데도 갈 데가 없었다.

지금 그녀에겐 네이선뿐이었다. 어쩌면 처음부터 그가 유일하게 기댈 수 있는 사람이었을지 몰랐다. 게다가 루시는 누군가를 쉽게 믿는 사람이 아니었던 것이다. 원래 친구를 사귀거나 친해지는 데 시간이 오래 걸리곤 했는데, 네이선만은 달랐다. 그의 오만한 태도에도 불구하고 처음부터 그에게 끌렸다는 걸 부인할 수 없었다. 어째선지 그만은 믿을 수 있었다. 가장 친한 친구들에게조차 할 수 없었던 이야기를 그에게 몽땅 털어놓았으니 말이다. 왜 그랬던 걸까? 또 그와 함께 있는 게 자연스러웠다. 그래서 그에게 배신당했던 게 그렇게 힘들었는지도 모른다.

그럼에도 불구하고 루시는 지금 당장 그가 어떻게 지내고 있는지 확인해야 했다. 그런 다음에야 다음 계획을 세울 수 있을 것만 같았다. 책들은 루시에게 네이선이 부모에게서 강제로 떼어 놓아진 걸 말해 주어야 한다고 했다. 그러니 지금 그를 찾아가는 게 아주 잘못된 행동만은 아닐 거라는 생각이 들었다. 물론 바티스트에게 한 걸음 한 걸음 가까워질수록 두려움도 커졌지만 말이다. 루시는 창문을 닫고 배를 좀 채우기로 했다.

식사를 마치고 방으로 돌아오니 휴대 전화가 울리는 소리가 들렸다. 황급히 문을 열고 방으로 들어가 휴대 전화를 집어 들었다.

"이 순진한 아가씨야, 네 이름으로 메시지를 남기면 어떻게 하니? 위험하다고!"

수화기 반대편에서 걱정 어린 목소리가 들렸다.

"올리브 씨! 죄송해요. 목소리를 다시 들으니 너무 기뻐요!"

"지금 어디에 있는 거니? 나랑 전화할 수 있어? 지금 안전한 곳이니?"

노부인이 다급히 물었다. 마치 루시의 상황을 알고 있는 듯했다. 루시는 의아하다는 생각이 들었지만, 아마 책들이 불타 버린 사건 때문에 정신이 없겠거니 싶었다. 하지만 이상할 정도로 침착했다.

"네. 전 무사해요."

루시가 머뭇거리며 대답했다.

"아무튼 지금 당장 얘기를 좀 하자꾸나. 너에게 설명해 줄게 산더미 같아. 물랑 부인 일은 정말 유감이야."

"어…… . 어떻게 그걸 알고 계시죠?"

"그건 중요하지 않아. 난 너를 지키는 후견인이란다. 원래는 네가 성인이 될 때까지 네 엄마가 그 역할을 해야 하지만, 그럴 수 없으니 책들이 날 너의 후견인으로 선택한 거야."

후견인이라니? 그게 도대체 뭐지? 루시는 궁금한 게 한두 가지가 아니었지만, 꾹 참고 올리브 씨의 말을 가로막지 않았다.

"후견인은 새로운 수호자가 자신의 임무를 수행할 수 있도록 돕는 역할이야."

"그럼 제가 지금 뭘 해야 할지 말씀해 주실 수 있는 건가요?"

루시는 더 이상 참지 못하고 질문들을 쏟아 놓았다.

"그럼 알려 주세요! 연맹이 훔쳐 간 책들을 어떻게 돌려놓을 수 있죠? 어째서 좀 더 일찍 말씀해 주시지 않았어요? 만약…… 만약 조금만 더 일찍 알았더라도 이런 일들은 일어나지 않았을 텐데…….”

루시는 그녀의 대답을 기다렸지만, 수화기 너머에는 침묵만이 흘렀다.

“전화로는 모든 걸 설명할 수가 없구나. 지금 어디니?”

“콘월이에요.”

“콘월이라고?”

올리브 씨의 목소리 톤이 높아졌다.

“대체 거기서 뭘 하려는 건데? 거긴 드 트레메인들의 소굴이잖아! 거기에 있으면 날 잡아가쇼 하는 거나 다름없어. 내일 아침, 날이 밝자마자 거기서 빠져나와!”

“왜죠? 전 네이선에게 아무 일이 없는지 알아야겠어요.”

“루시, 내 말 잘 들어! 드 트레메인가의 인간들은 믿을 게 못 돼! 아무리 네이선 드 트레메인이 달콤한 말로 널 구슬린다고 해도 절대 그를 가까이하면 안 돼! 너희 둘이 함께하는 미래는 없을 테니까. 그는 너의 적이야!”

“그렇지 않아요. 어머니는 제게 마음의 소리를 들으라고 하셨단 말이에요. 네이선은 절 구해 내려고 불 속까지 뛰어들었고 또 제가 자기 할아버지에게서 도망칠 수 있도록 모든 걸 내던지고 도와줬어요. 게다가 달콤한 말로 절 구슬린 적도 없어요. 전 감정에 휩쓸리지 않았다고요.”

올리브 씨가 웃음을 터뜨렸다.

"루시, 아무튼 말도 안 돼. 일단 지금 당장 몇 가지 질문에는 답해 줄 순 있어. 사실은 나도 평생 동안 답을 찾아 오고 있단다. 내가 있는 프랑스로 넘어올 수 있겠니?"

"몇 가지 답은 찾으신 거예요?"

루시가 깜짝 놀라며 물었다.

"물론 답도 찾았지만 새로운 물음도 생겨났지. 엄마가 말했다는 거, 마음의 소리를 들으라는 건 도대체 무슨 말이니?"

"설명하자면 길어요."

루시가 한숨을 쉬었다.

"내일 아침 일찍 드 트레메인가의 저택을 살펴보고 오겠어요. 멀찌감치 떨어져서요. 혹시 뭔가 알아낼 수 있을지도 모르죠. 곧 다시 연락드릴게요."

루시는 올리브 씨가 잔소리를 늘어놓기 전에 얼른 전화를 끊고 전원을 꺼 버렸다.

만약 올리브 씨가 모든 일에 대해 듣게 되면 적잖이 놀랄 것이다. 하지만 어째서 처음부터 자신에게 설명해 주지 않았던 걸까? 아니면 그 당시에는 루시가 새로운 수호자라는 사실을 몰랐던 걸까? 루시는 올리브 씨가 바티스트에 대해 말해 주었던 걸 떠올려 보았다. 이제야 기억이 났다. 분명 올리브 씨는 자신이 바티스트 드 트레메인에게 반했었다고 고백했었다. 그게 루시가 기억하는 전부였다.

하지만 도대체 어떤 해답을 찾아낸 건지 궁금했다. 물론 평생에 걸쳐 해답을 찾아 왔을 테지만 말이다. 혹시 《수호자의 책》에 대한 것도 알아낸 걸까? 내일 그 책에 대해 올리브 씨와 대화해 볼 생각이었다. 일단은 네이선이 무사한지 확인해야만 했다. 그러지 않고선 마음이 편치 않을 것 같았다.

마리는 런던 기차역에서 내려 콜린을 향해 손짓해 보였다. 그는 기차역 플랫폼에 서 있었다.

"크리스는?"

마리가 물었다.

"다른 역으로 갔어. 회색 자동차가 쫓아오는 느낌이 들었대."

"설마! 아무 일도 없었대?"

마리가 놀라서 물었다.

"응. 방금 통화했어. 그래서 내가 이쪽으로 온 거야. 왜냐하면 혹시라도 미행하는 자들이 네가 어디 갔다 온 건지 알아낼 수도 있을 테니까."

"꽤나 머리 썼네. 줄스는 돌아왔어?"

"모르겠어. 아직 전화 안 해 봤어."

"아직도 줄스한테 화가 나 있는 거야?"

콜린이 고개를 저었다.

"화난 적 없어. 줄스같이 잘난 척하는 아가씨한테는 더더욱."

그가 마리를 향해 웃어 보였다.

"그건 그렇고 루시는 만나 봤어?"

"루시는 무사해. 많은 일을 겪었지만 생각보다 괜찮아 보이던걸."

"이제 어쩔 거래?"

"일단은 네이선에게 가 볼 거래. 그가 무사한지 확인해야 한대. 책들이 그에게 네이선을 믿으라고 했다나 봐. 난 도통 그게 무슨 뜻인지 이해가 가지 않지만."

마리는 콜린에게 루시가 말해 주었던 것들을 설명해 주었다.

"혼자서 콘월로 가다니! 너무 위험하잖아. 왜 막지 않은 거야?"

"말도 마! 가지 말라는 말도 못 꺼냈어. 애초에 내가 말린다고 들을 애야?"

"하긴. 그건 그렇군."

"아무튼 두 사람 사이에 무슨 일이 있었는지는 모르지만, 네이선을 다시 믿기 시작한 눈치더라고."

"아니면 우리들의 조언을 듣기로 한 걸지도 몰라."

"조언이라니?"

"그러니까 네이선을 이용하는 것일 뿐일지도. 그를 사랑하는 것보단 도구로 이용하는 게 도둑맞은 책을 되찾기 위해 효과적이니까."

"루시가 그런 연극을 할 수 있는 사람이야?"

"모르지. 적어도 난 못 속여. 하지만 네이선은 만난 지 얼마 안 되니까 루시에 대해 잘 모를 테고, 그럼 속이기도 쉽겠지."

"만약 정말 사랑에 빠진 거라면?"

"만약 그렇다면, 괜히 휘말려 들지 말고 일찌감치 물러서야지."

드디어 길이 끝나는 곳에 거대한 저택이 하늘을 이고 있었다. 루시는 저택에서 한참 떨어진 곳에 차를 세워 두고 성에 접근해 보았다. 높은 담장이 저택 주위에 둘러쳐져 있었고, 담 중앙에는 철제 대문이 굳게 잠겨 있었다. 전에 목걸이가 보여 줬던 영상 속에서 저 대문을 본 기억이 났다. 대문은 마치 누구든 접근하는 자는 가만두지 않겠다는 듯 위협적으로 굳게 잠겨 있었다.

콘월로 가는 길 곳곳마다 작은 집과 성 들이 보였다. 차는 작은 시냇물이나 강가에 세워진 아치형의 석조 다리들 위를 지났다. 모든 게 너무도 평화로워 보였다. 잠시 후에는 바다도 보였다. 하지만 목적지에 가까워질수록 불안함도 커져만 갔다. 당장은 뭘 어떻게 하겠다는 계획이 전혀 없었다. 다짜고짜 벨을 누르고 네이선이 있냐고 물을 수도 없는 노릇이었다.

루시는 아랫입술을 깨물었다. 지난밤의 부드럽던 바람은 이제 차가운 칼바람으로 바뀌어 있었다. 물론 그 바람이 지금 상황에 더 어울리긴 했다. 길가에는 상당히 오래되어 보이는 고목이 마치 그 가문을 몇 백 년간 지켜봐 왔다는 듯 우뚝 서 있었다. 루시는 영상 속에서 본 장면을 떠올렸다. 대문 앞의 자갈밭에서 네이선의 어머니가 아들을 부르며 나뒹굴던 모습이 떠올랐다. 그때 분명 저들이 훔친 책을 여기에 보관하고 있을 거라는 사실을 예감했다. 물론 네이선도 그렇게 말하긴 했지만 이렇게 직접 와 보니 확실하게 느낄 수 있었다. 책을 숨기기에 여기보다 더 안전한 장소는 없었다. 이제 루시는 그 책들을 되돌려 받으리라 생각했다.

바로 그때, 철제 대문이 스르륵 소리를 내며 열렸다. 루시는 서둘러 차로 뛰어가 앞좌석 쪽으로 몸을 숨겼다. 심장이 어찌나 두근거리던지 입으로 튀어나올 것 같았다. 혹시 누군가에게 여기 온 걸 들키지 않았을까? 하지만 벽돌담이 상당히 높았기 때문에 길 앞쪽에서 무슨 일이 있는지 상세히 보이진 않을 것 같았다. 하지만 카메라가 설치되어 있었다면 어쩌지? 루시는 절망적으로 조수석에 머리를 처박았다. 당연히 저런 저택엔 감시 카메라를 설치해 뒀겠지! 그제야 자기가 얼마나 어리석은지 깨달았다. 물론 저택은 시간이 멈춘 듯 중세 시대의 원형 그대로를 유지하고 있었지만, 바티스트 드 트레메인이라면 목적을 위해 수단과 방법을 가리지 않는 사람이니 현대식 감시 카메라 정도는 반드시 설치해 두었을 게 뻔했다. 이제 저 문에서 개들이 튀어나오기 전에 어서 여길 떠야 했다. 시리우스라면 자기 차를 알아볼 터다. 어째서 중간에 차를 바꾸지 않은 채 그대로 몰고 온 걸까?

루시는 용기를 내어 다시 상체를 일으켰다. 어느새 정문은 활짝 열려 있었다. 루시는 차의 시동을 걸었다. 어쩌면 제때 빠져나갈 수 있을지도 모른다. 액셀을 밟고 주변을 살피며 조심스럽게 차를 몰기 시작했다. 만약 여태껏 아무도 루시를 눈치채지 못했다 해도 지금 차에 시동을 거는 소리는 들었으리라. 이럴 줄 알았다면 콜린과 제임스 본드 영화나 좀 많이 봐 둘걸 그랬다고 후회가 되었다. 하지만 영화를 틀 때마다 왜 그리 잠이 쏟아지던지! 루시는 고개를 세차게 흔들고 지금에 집중하려 노력했다. 차의 속력을 줄인 다음, 멀찍이서 저택 입구를 노려보았다. 이윽고 거대한 사냥개들이나 검은 정장을 입은 차가운 표정의 남자들 대신 빨간색 미니쿠퍼 한 대가 정문에서 빠져나왔다. 누가 그 안에 탔든 두려워할 필요는 없을 것 같았다. 어쩌면 저택에서 일하는 사람 중 하나일지도 몰랐다.

일하는 사람이라고? 루시는 무릎을 탁 쳤다. 그 또는 그녀에게 물어보면 혹시 네이선이 저택에 있는지, 어떻게 지내고 있는지 알 수 있지 않을까? 미니쿠퍼가 차 뒤에 따라붙자, 루시는 백미러로 차의 동태를 지켜보았다. 방향 지시등이 깜박이더니 루시의 차를 추월해서 가는 게 보였다. 차창 너머로 보니, 나이든 여성이 운전대를 잡고 있었다. 루시는 그녀가 네이선과 정원에서 이야기를 나누거나 음식을 가져다주던 사람이라는 게 떠올랐다. 의심의 여지가 없이 그녀의 이름은 소피아였고, 네이선의 부모가 어린 네이선을 부탁했던 여성이었다.

소피아는 스카프로 얼굴을 감싸고 있었다. 루시가 천천히 그 뒤를 따랐다. 소피아의 차가 시내의 제과점 앞에서 멈추자,

루시도 그 근처에 주차를 했다. 소피아는 뒷좌석에서 바구니를 꺼내 제과점 안으로 들어갔고, 루시도 잠시 고민하다 그녀의 뒤를 따라 그 안으로 들어갔다. 제과점 안은 따뜻했고, 막 구운 빵과 케이크 냄새가 황홀하게 풍겼다. 소피아는 루시 쪽은 쳐다보지 않은 채 점원과 이야기를 나누고 있었다.

"소피아, 어서 와요. 뭘 드릴까요?"

점원이 물었다.

소피아는 케이크와 여러 가지 종류의 빵을 골랐다.

"네이선이 가장 좋아하던 케이크도 있는데, 드릴까요?"

점원이 물었다.

"저택에 돌아온 것 맞지요?"

네이선의 이름을 들은 루시의 심장이 요동쳤다. 하지만 소피아도 루시만큼이나 놀란 것 같았다. 소피아가 재빨리 점원에게 물었다.

"맞아요. 도련님은 며칠 동안만 머물다 가실 거예요. 그런데 어떻게 알았어요?"

"얼마 전에 드 트레메인 경의 경호원 둘과 함께 차를 타고 가는 걸 봤거든요."

점원이 낮은 목소리로 속삭였다.

"얼굴이 좀 창백한 게 어디 아픈 것 같아서 네이선이 좋아하는 케이크를 좀 구워 놓았죠."

네이선의 안색이 창백했다는 말에, 루시의 심장이 죄어드는 것 같았다.

하지만 소피아는 점원에게 밝게 웃어 보였다.

"그럼 케이크 두 조각도 싸 줘요. 도련님이 좋아하시겠군요."

혹시 다치기라도 한 걸까? 얼마나 다친 거지?

"젊은 아가씨! 죄송하지만……."

갑자기 소피아가 루시 쪽을 돌아보았다. 루시가 어찌나 놀랐는지, 소피아도 덩달아 놀란 눈치였다.

"아니, 혹시 먼저 주문하시겠어요? 제 건 시간이 좀 걸릴 것 같거든요."

소피아가 천천히 물었다.

"아……. 감사해요."

루시는 일단 커피 한 잔을 주문했다.

"……그리고 네이선 도련님이 가장 좋아한다는 그 케이크도 한 조각 주세요."

점원이 깔깔 웃고는 케이크를 한 조각 접시에 담아 주자, 루시는 커피와 케이크를 들고 홀의 테이블에 앉았다. 그녀 외에는 뒤쪽 구석에 노부부 한 쌍뿐이었다.

케이크는 정말 맛있었다.

"그리고 차 한 잔만 줘요."

소피아의 목소리가 들렸다.

"가끔은 누가 끓여 준 게 맛있는 법이니까."

그런 다음, 루시가 앉은 테이블로 다가와 물었다.

"제가 좀 같이 앉아도?"

루시가 고개를 끄덕이자, 소피아가 자리에 앉았다.

"여긴 왜 온 거예요? 제정신이에요?"

소피아가 속삭였다.

"네이선은요? 어디 다친 건 아니죠?"

루시가 그녀의 말은 무시한 채 다급하게 물었다. 그런 다음 소피아의 입술만 쳐다보고 있었다.

소피아가 루시의 손을 잡고 쓰다듬어 주었다.

"네. 도련님은 무사해요. 물론 주인어른께서 감시자 없이는 한 발짝도 못 움직이게 하고는 있지만요. 제가 어떻게든 아가씨가 여기 오셨던 것과 안부를 전할 테니 자, 한시라도 빨리 이 곳을 떠나요!"

"네이선도 그렇게 말했지만, 전…… 못 해요."

"들어 봐요. 도련님은 잘 지내고 있어요. 하지만 만약 아가씨가 바티스트 경의 손아귀에 떨어지면, 분명 끔찍한 일이 벌어지게 될 겁니다. 바티스트 경뿐만이 아니에요. 보퍼트 경은 아가씨와 결혼해서 수호자 혈통의 딸을 낳길 원해요. 그럼 연맹은 고분고분하게 말을 듣는 수호자를 손에 넣게 될 거고, 더욱 막강해지겠지요."

"벌써 네이선이 말해 줬어요."

루시가 의자 위에서 불안한 듯 몸을 비틀었다. 소피아의 말을 듣고 겁을 먹었음에도 아직 대꾸할 기력이 남아 있다는 게 놀라웠다.

"연맹의 남자들은 지난 수십 년 동안 여성 수호자를 손에 넣으려고 수단과 방법을 가리지 않았지만, 결국 실패해 왔어요.

그러다가 당신이 나타난 거예요, 루시! 저들을 만만히 보면 안 돼요. 얼른 도망쳐서 몸을 숨겨요!"

루시가 고개를 저었다.

"전 책들을 구해 내야 해요. 만약 연맹을 무너뜨리면, 그들이 벌이고 있는 미치광이 짓도 끝나겠죠."

루시의 목소리가 분노 때문에 떨렸다. 하지만 소피아는 이해할 수 없다는 얼굴이었다.

"내가 방금 말한 게 무슨 뜻인지 이해하지 못한 거예요? 루시, 이건 당신의 목숨만 걸린 문제가 아니에요. 더 끔찍할 거라고요! 이 남자들은 자기들이 수 세기 동안 쌓아 올려 온 권력을 잃어버릴까 봐 전전긍긍하며 분노와 절망에 찬 나머지 무슨 짓이든 서슴지 않아요. 만약 당신이 붙잡히면 분명 강제로 아이를 낳게 할 테고, 정말 운이 좋다면 아이가 커 가는 걸 지켜볼 수 있도록 해 주겠죠. 하지만 오래 버티진 못해요. 조금이라도 걸리적댄다는 생각이 들면 곧바로 죽일 거예요. 아마 아이를 낳자마자 죽일 가능성이 제일 크다고요."

"네이선의 부모님은 어떻게 된 거죠?"

루시는 주제를 전환했다. 소피아의 경고를 듣고 싶지 않았다. 소피아가 말하는 일들은 절대로 일어나지 않을 거라고 떨쳐 버렸다.

"네이선의 부모님에 대해 알고 있어요?"

루시가 블라우스 속에서 목걸이를 꺼내 보였다.

"이건 저희 엄마가 물려주신 거예요. 이걸 통해 과거의 영상들을 볼 수 있어요. 바티스트가 네이선을 부모님에게서 강제로 떼어 놓던 날 밤도 봤어요. 책들은 그 이야기를 그에게 해 주어야 한다고 말했어요. 하지만 어째서 당신이 직접 말해 주지 않은 거죠?"

루시는 그녀를 향한 비난을 감추려 하지 않았다.

소피아가 차를 한 모금 넘긴 다음 입을 열었다.

"그 당시는 정말 힘든 시절이었죠. 난 진작에 저택을 떠나려 했어요. 하지만 네이선의 아버지가 날 필요로 했고, 그다음엔 네이선이 태어났죠. 그의 어머니는 네이선을 이 세상 무엇보다 사랑했어요. 네이선의 아버지 조나단은 책을 읽어 내는 걸 언제나 거부해 왔죠. 그는 어머니를 더 많이 닮았기 때문이에요. 그래서 아버지인 바티스트를 증오했죠. 하지만 바티스트가 자기들을 곱게 보내 주지 않을 거라는 걸 예상하진 못했던 거예요. 정말이지 고집불통이었죠. 네이선도 제 아버지를 닮았지만."

소피아가 슬픈 미소를 지었다.

"아무튼 조나단은 아버지에게 당당히 작별 인사를 하려 했어요. 그런 다음엔 제가 두려워하던 게 현실이 된 거예요."

소피아가 작은 목소리로 말을 이었다.

"일이 그렇게 되자, 조나단과 루이자에게 그들이 돌아올 때까지 네이선을 돌보겠다고 약속했죠. 하지만 그런 일은 일어나지 않았어요."

"어째서 네이선에게 그 사실을 말해 주지 않으신 거죠?"

루시가 한 번 더 물었다.

"바티스트 드 트레메인은 네이선을 완벽히 자기 것으로 만들었어요. 원래 필요하다 싶으면 관대해지는 사람이에요. 그런 식으로 어린 네이선을 감정적으로 완전히 자기한테 의존하게 만들었죠. 먼저 사랑과 환심을 사도록 애정을 퍼부어 준 다음, 일정 기간 동안은 완전히 냉대했어요. 그럼 네이선은 부모님에 이어 할아버지까지 잃게 될까 봐 겁을 먹었죠. 그럼 할아버지가 시키는 건 뭐든 하게 되는 거예요."

소피아가 잠시 침묵하며 테이블 위에 손가락으로 보이지 않는 그림을 그렸다.

"전 그 애의 엄마를 대신해 주려고 애썼지만 불가능했어요. 그래도 언제나 최선은 다했답니다. 그래서 진작 떠나지 못하고 오늘까지 네이선을 지켜 온 거죠. 만약 제가 네이선에게 바티스트가 그 애 부모님께 한 짓을 말해 주었다고 해도 절 믿지 않았을 거예요. 그날 밤은 어린 네이선에게 너무 충격적인 일이었기 때문에 곧 망각해 버리더군요. 거기다 바티스트가 몇 년 후에는 그 애 부모가 그를 버리고 떠났다고 말했고, 네이선은 할아버지의 말을 믿었어요. 만약 제가 한마디만 잘못했어도 그는 할아버지에게 달려갔을 거예요. 그럼 저와 남편은 어떻게 되었겠어요? 중요한 건 그 애 부모님과 했던 약속대로 네이선을 지키는 거였어요. 전 그 약속을 지킨 거고요. 날 이해해 줄 수 있나요?"

"네. 이제야 이해할 수 있을 것 같아요. 하지만 이젠 네이선도 성인이니 그에게 사실을 말해 주어야 해요. 그에겐 그럴 권리가 있다고요."

"루시, 당신은 정말 용감한 사람이군요. 알고 있어요?"

"전 겁이 많아요. 지금도 제 인생을 통틀어 최고로 겁이 나요. 하지만 이 모든 걸 끝내야만 해요. 가만히 엎드려서 모든 게 지나가기만을 숨죽여 기다리고 있을 수는 없다고요. 어차피 그들은 절 찾아낼 거예요. 부인도 그걸 아시잖아요. 이 세상 어디에도 숨을 곳은 없어요."

"당신 말이 맞아요. 계획은 있어요? 오늘 밤은 어디서 묵을 생각이에요?"

"이 근처 비앤비 호텔에서 묵으려고 했어요."

"그건 너무 위험해요. 나한테 다른 생각이 있어요. 일단은 루시 양의 차를 숨기는 게 좋겠어요. 전 지금 일어날 테니, 5분 뒤에 여길 나와서 제 뒤를 따라와요. 중앙로를 따라 죽 내려오면 돼요. 그럼 제 차가 보일 테니까요."

"알았어요."

루시는 소피아의 계획이 뭔지, 얼마나 좋은 계획인지 알 수 없었지만 일단 거기에 따랐다. 그들은 마을을 따라 바닷가 쪽으로 구불거리며 이어지는 시골길을 따라 차를 달렸다. 15분쯤 달리다가 소피아가 왼편으로 난 좁은 골목으로 꺾여져 들어가자 오두막 한 채가 보였다. 집 현관문으로 보이는 쪽문 앞에 차를 세우고 소피아가 내렸다. 그러자 집 안에서 그녀보다 좀 더 나이가 들어 보이는 남자가 나왔다. 그의 피부는 소피아보다

햇볕에 그을려서 거칠었지만, 한눈에도 가족이라는 걸 알아볼 수 있었다.

"내 친오빠 제이크라고 해요."

소피아가 그를 소개하며 그의 볼에 입을 맞추었다.

제이크가 사려 깊어 보이는 하늘색 눈동자로 루시를 살피며 물었다.

"이분이 그 아가씨야?"

소피아가 고개를 끄덕였다.

"맞아. 오빠 차를 다시 가져다 줬어."

"이 차가 오빠분 차였어요?"

루시가 깜짝 놀라며 물었다.

"내가 여동생에게 빌려준 차요. 어디다 쓰겠다곤 말 안 했지만 왠지 이 차를 다신 못 보겠구나 싶었는데."

"죄송해요. 차 범퍼에 심하게 긁힌 자국이 있어요. 제가 꼭 배상할게요."

루시가 기어들어 가는 목소리로 말했다.

"나 원 참, 걱정 마쇼."

그가 껄껄 웃으며 손을 내저었다.

"그건 그렇고, 이제 이 아가씨를 어쩌려고? 섣부른 행동은 삼가는 게 좋아."

"제이크, 우리 몇 번이나 의논했었잖아. 이제는 네이선에게 진실을 말해 줘야 할 때야."

"네가 그렇게 말한다면야 뭐."

그의 구릿빛 이마가 걱정으로 일그러졌다.

그가 루시에게 자동차 열쇠를 받아 들며 물었다.

"연맹 남자들을 상대로 한판 해 보겠다는 거요? 바티스트나 연맹이란 작자들을 우습게 보면 안 돼요. 저들은 정말이지 무슨 짓이든 할 수 있는 자들이니 말이오."

루시는 침을 꿀꺽 삼키며 고개를 끄덕였다. 도대체 한 명이라도 희망을 주는 말을 해 주는 사람은 없는 건가? 지금 자기가 벌이려는 일이 너무 무모한 건 아닌지 의심스럽긴 했다. 바티스트가 이미 수많은 사람들을 살해한 건 알고 있었다. 그가 슬쩍 미소만 지어 보여도 사람 하나 없애는 것쯤은 식은 죽 먹기였고, 소피아의 말처럼 단지 죽이는 게 아니라 학대하거나 평생을 감금할 수도 있었다. 소피아가 조금 전 제과점 테이블에서 했던 말들이 실감이 났다. 그러자 몸이 덜덜 떨려서 팔로 제 몸을 감싸야 했다.

"어이쿠, 진정해요 아가씨!"

제이크가 팔을 벌리고 루시를 따뜻하게 안아 주었다. 그의 넓은 가슴에서 잘 마른 볏짚 냄새가 났다.

"아가씨는 혼자가 아니에요. 우리를 믿어요. 언젠가는 이 모든 일도 지나갈 테니."

"이젠 가 봐야 돼. 해롤드가 내가 어디 갔는지 걱정하고 있을 거야."

소피아가 말했다.

"해롤드는 항상 걱정하잖아."

제이크가 대꾸했다. 그런 다음 루시를 안았던 팔을 풀었다.

소피아가 루시를 자기 차 뒷좌석으로 밀어 넣으며 말했다.

"자, 이제 뒷좌석 아래에 몸을 숨겨야 해요."

소피아의 말에, 루시와 제이크가 멍한 얼굴로 그녀를 바라 보았다.

"이 성냥갑 같은 데 어떻게 몸을 숨겨요?"

루시가 볼멘소리로 투덜거리자, 소피아가 흥분해서 언성을 높였다.

"이 차 속에는 뭐든 들어간다고요! 작지만 생각보다 적재력 이 좋아요. 게다가 아가씨도 덩치가 큰 편은 아니고요. 내 경험 상 아가씨 정도는 충분히 들어가고도 남아요."

제이크가 웃음을 참으며 뒷좌석 문을 열어 주었다.

"소피아는 자기 차를 모욕하는 걸 싫어해요."

그가 속삭였다.

"소피아, 계획이 뭔지 여쭤봐도 되나요?"

루시가 물었다.

"아가씨를 우리 집으로 데려갈 거예요."

소피아가 마치 당연하다는 듯 대답했다.

"어디 사시는데요?"

"해롤드와 난 트레메인가의 영지 내에서 살고 있어요. 저택 에서 일하는 사람들에게 제공되는 숙소가 있거든요."

"그럼 바티스트 드 트레메인한테 완전히 노출될 텐데요?"

루시의 머릿속에 올리브 씨가 했던 말들이 떠올랐고, 저도 모르게 한 발짝 뒤로 물러서고 말았다.

"그건 좋은 생각이 아닌 것 같아요."

"날 믿어요. 이게 최선의 방법이에요."

소피아가 말했다.

"설마 거기 숨어 있을 거라곤 상상도 못 할 테니까요. 바티스트는 저와 해롤드의 충성심만큼은 조금도 의심하지 않아요. 그리고 루시 아가씨가 직접 바티스트가 어떤 괴물인지 말해 줬으면 좋겠어요. 제 말보다는 아가씨 말을 더 믿을 테니까요."

"소피아는 어릴 때부터 그런 쪽으로는 당해 낼 사람이 없을 만큼 영리했죠."

제이크가 끼어들었다.

"무슨 짓을 저질러도 마치 자기는 잘못 없다는 듯 순진무구한 눈을 하고 있었으니 말이오. 내 남동생인 피터와 나는 소피아에게 골탕 먹지 않으려고 언제나 정신을 바짝 차려야 했죠. 내 동생이지만 그런 쪽으로 머리 굴리는 건 믿어도 될 거요."

소피아가 웃음을 터뜨리며 오빠를 애정 어린 눈으로 바라본 다음 루시에게 종용했다.

"자, 아무튼 어서 타요! 15분 정도만 참으면 되니까."

루시가 차에 오르자 제이크가 루시에게 마구간 냄새가 나는 천을 덮어서 숨겨 주었다. 하지만 루시는 여전히 제 발로 지옥으로 들어가는 느낌을 떨쳐 버릴 수가 없었다. 소피아가 시동을 걸자, 앞좌석과 뒷좌석 사이에 몸을 구긴 그 상태가 견딜 수 없이 버거웠다. 루시는 뼈가 마모되는 걸 느끼면서 그 좁은 공간 안을 굴러다녔다. 그렇게 좁았는데도 말이다. 고른 숨을 내쉬어 보려고 해 봤지만 어찌나 심장이 두근대는지 마치 폭발할 것 같았다. 이제 되돌아갈 수는 없었다. 루시는 올리브 씨에게 한 번 더 전화하지 않았던 것을 후회하며 욕지거리를 내뱉었다. 아니면 적어도 친구들에게 문자 메시지 한 통 정도는 보내야 했다. 루시는 집에 도착하자마자 그렇게 해야겠다고 다짐했다. 지금 자기가 어디에 있는지 친구들도 알아야만 했다.

그때 차가 멈췄고, 소피아가 낮게 속삭였다.

"지금부터는 정말 조심해야 돼요. 가능한 한 몸을 숨겨 봐요."

삐걱거리며 철제 대문이 열리는 소리가 났다. 루시는 겁에 질렸다. 하지만 더 이상 돌이킬 수는 없었다. 루시는 싸구려 천을 꽉 붙잡고 지금 당장 이 천과 하나가 되기만을 간절히 바랐다.

"잠깐만 차 안에 있어요, 알았죠?"

소피아가 속삭였다.

"시리우스가 아직 정원에 있어요. 상황이 안정되면 데리러 올게요."

소피아는 대답을 기다리지 않은 채 자동차에서 내렸다. 루시는 소피아가 트렁크에서 장바구니를 꺼내는 소리를 들었다. 그런 다음엔 고요가 찾아왔다. 사방이 조용했고, 추웠다. 부디 소피아가 빨리 돌아오기만을 바라는 수밖에 없었다.

시간이 흘러갔다. 처음엔 속으로 1분 1초를 셌지만, 나중에는 턱이 딱딱 부딪치는 바람에 그조차도 할 수 없었다. 다리가 마비되다 못해 썩어 들어가는 것 같았다. 어째서 소피아는 오질 않는 거지? 혹시 이게 함정이 아닐까? 바티스트와 충직한 시종들이 짜고서 자신을 미리 기다리고 있었던 거다. 그런 다음 함정에 빠뜨린 거다. 혹시 바티스트는 지금 자기가 완전히 무력하게 될 때까지 기다리는 걸 수도 있었다. 조금이라도 더 오래 갇혀 있다간 도망치긴커녕 두 다리로 서 있지도 못할 것 같았다.

그때 조수석 문이 열렸다. 루시가 재빨리 덮개 틈새로 바깥을 기웃거렸다.

"미안해요."

소피아의 목소리가 들렸다.

"일단은 아가씨를 우리 집으로 들이기 전에 저택에 좀 들러야겠어요. 누가 보기 전에 빨리 움직여야 돼요."

루시가 낑낑대며 좌석 사이에서 빠져나와 비틀거리며 섰다.

"기다려요, 내가 도와줄 테니 어서!"

소피아가 루시를 부축했고, 둘은 서둘러 작은 집의 부엌으로 들어갔다.

"일단 앉아요."

소피아가 부엌 의자를 권했다.

루시가 폭이 좁은 벤치 모양 의자에 신음 소리를 내며 주저앉았다.

"물을 마셔 봐요. 그럼 좀 나아질 거예요."

소피아가 물을 한 잔 건네주었다.

"네이선은 보셨어요?"

루시가 물었다.

"제가 여기 온 걸 알고 있어요?"

"보긴 했지만 말은 못 나눠 봤어요. 나중에 한번 시도해 볼게요."

루시는 가방에서 휴대 전화를 꺼내 친구들에게 문자 메시지를 남겼다. 그러고 나니 좀 안심이 되었다.

소피아는 부엌 창문에 커튼을 쳤다.

"오리온의 상처가 많이 났았어요. 그 말은 시리우스 외에도 신경 써야 할 사람이 한 명 더 늘어났다는 뜻이죠. 무슨 일이 있어도 집 밖으로 나가면 안 돼요. 누군가에게 여기 있는 걸 들키면 그걸로 끝이에요."

"남편분은 어떻게 해요?"

루시가 물었다.

"해롤드는 아무에게도 말 안 할 거예요. 난 저녁 식사를 차리러 잠시 다녀올게요. 위층에 손님방이 있어요. 하지만 제가 없을 땐 불을 켜지 말아요. 그리고 배가 고프면 냉장고에서 먹을 것을 꺼내 먹으면 돼요. 곧 돌아올게요."

루시가 고개를 끄덕이자 소피아가 겉옷을 걸치며 말했다.

"무서워하지 말아요. 여기 있으면 안전할 테니까."

소피아가 사라지자 루시는 그녀의 말이 세기의 농담이라는 생각이 들었다. 루시는 인생 최대의 위기에 봉착해 있었다. 자기 목숨을 노리는 사람들이 200미터쯤 떨어진 곳에 바글거리고 있는데 어떻게 그걸 '안전'이라고 부를 수 있단 말인가? 루시는 창가로 다가가서 커튼 사이로 바깥을 살폈다. 잘 가꿔진 정원을 사이에 둔 채, 거대한 저택이 눈앞에 펼쳐져 있었다.

16장

책은 친구에게 보내는 편지이다. 좀 두꺼울 뿐이다.

— 장 파울

"루시가 문자를 보냈어."

도서관 안내 데스크에서 줄스가 마리에게 속삭였다.

"뭐라고 왔어?"

마리가 깜짝 놀라며 물었다.

"여기선 안 돼."

줄스가 주위를 둘러보며 속삭였다. 도서관 입구는 텅 비어 있었다. 마리는 고개를 흔들었다.

"줄스, 여기 지금 사람 없잖아. 뭐래? 잘 지낸대? 앞으로 어떻게 할 거래?"

"야, 한 번에 하나씩 질문하면 안 돼?"

마리가 고개를 끄덕인 다음 동료 직원을 불렀다.

"10분 휴식하겠습니다."

그런 다음 줄스와 함께 종종걸음으로 걸으며 옆구리를 찔렀다.

"애 좀 태우지 말고 얘기해 줘."

"여기 적어 왔어. 기다려 봐! 메시지는 당연히 받자마자 지웠어. 무슨 일이 있을지 모르니까."

줄스가 수첩에서 쪽지 하나를 꺼내들었다.

난 잘 지내. 네이선도 잘 지내는 것 같아. 지금 그가 있는 곳 근처에 있어. 다시 연락할게.

"그게 다야?"

마리가 실망했다는 투로 외쳤다.

"응."

"네이선이 잡혀 있는 곳 근처에 있다고?"

마리가 방금 들은 내용을 한 번 더 되풀이했다.

"그럴 거라는 건 예상했잖아."

"물론 그렇긴 하지만, 예상대로 위험한 짓만 골라서 하니까 걱정이 되는 거지."

"지금까지는 나쁘지 않게 들리는데?"

줄스가 쪽지를 작게 찢으며 말했다.

"아예 삼켜 버리지그래?"

마리가 비꼬았다.

"조심해서 나쁠 건 없어."

줄스가 타일렀다.

"내가 걱정하는 건, 혹시 루시가 이 메시지를 누군가의 강요로 작성한 게 아닐까 하는 거야. 우리가 안심하게 만들도록 말이지."

마리가 말했다.

줄스가 손바닥 위의 종이 더미를 지그시 내려다보며 중얼거렸다.

"그럴 수도 있겠네. 하지만 그게 강요된 건지 아닌지 어떻게 알아내지?"

마리가 어깨를 으쓱해 보였다.

"나야 모르지. 사설 탐정은 너잖아."

그 애칭이 마음에 들었는지, 줄스가 미소 지었다.

"하지만 지금은 탐정 소설 놀이를 하는 게 아니잖아. 실제 상황인 데다 루시의 목숨까지 달려 있다고."

마리가 고개를 돌리며 말했다.

"아무튼 난 일하러 가 볼게. 오늘 저녁에 콜린과 얘기해 보자. 어쨌든 루시가 살아 있다는 거에 감사해야지 뭐."

"아마 콜린이라면 당장 열차 잡아타고 루시 있는 데로 갈걸."

마리가 줄스를 돌아보았다.

"뭐? 콜린이 그러겠대? 그건 자살 행위나 다름없다고!"

줄스가 고개를 저었다.

"아직 문자가 온 건 말 안 했어."

마리가 눈썹을 치켜들었다.

"왜?"

"만약 말했다간 내가 방금 말한 꼴이 날 테니까."

"알았어. 아무튼 오늘 밤에 계속 얘기하자."

마리가 서둘러 대꾸한 후 자기 자리로 돌아갔다.

네이선은 조부의 맞은편에 앉아서 접시 위의 야채를 포크로 짓이겼다.

"왜 그러느냐? 입맛이 없는 거냐?"

바티스트가 불쾌한 듯 물었다.

"아닙니다."

네이선이 짧게 대꾸했다. 그의 생각은 소피아에게 머물러 있었다. 분명 뭔가 말하고 싶어 하는 눈치였던 것이다. 음식을 가져다줄 때 그에게 보내던 눈빛은 분명 어떤 신호였다. 그래서 어떻게 하면 소피아와 말할 기회를 만들 수 있을지 궁리하던 중이었다. 감옥을 나온 뒤에도 시리우스가 그림자처럼 자신을 따라다니며 감시하고 있었다. 네이선이 방 밖으로 나오기만 하면 바로 뒤에 시리우스가 서 있었다. 도서관을 출입할 때도, 서재에서도, 심지어 식사를 할 때도 말이다. 이제 네이선은 집이라는 감옥에 갇힌 셈이었다. 거의 미칠 지경이었다. 어쩌면 소피아가 네이선에게 전할 메시지를 가지고 있는 건지도 몰랐다. 루시에게서든 콜린에게서든, 누가 됐든 상관없었다. 루시가 지금 안전한 곳에 있는지 알아야만 했다.

"작업은 어떠냐?"

바티스트가 그의 생각을 중단시켰다.

"할아버지가 더 잘 아시잖아요. 잘 진행되는 중입니다."

"그래. 네가 이성적으로 행동해 주니 다행이구나."

"할아버지, 전 어떤 때에도 제 작업이나 연맹의 목적에 대해 의문을 가지지 않았습니다. 물론 할아버지가 목적을 위해 사용하는 수단에는 찬성하지 않지만요."

바티스트가 거만한 웃음을 터뜨렸다.

"이런 시대에 연맹을 이끈다는 게 얼마나 힘겨운 일인지 이제 너도 알게 될 거다."

그가 말하려는 의도가 정확이 어떤 건지 이해하기가 어려웠다. 지난 며칠 동안은 자신과 거의 말 한마디도 섞지 않던 그가 이제는 오랜 친구처럼 살갑게 굴고 있었다.

"이제 너도 연맹에 후계자를 안겨 줄 때가 됐다."

이제야 그의 의도를 알 것 같았다. 바티스트는 자기 취향대로 손자며느리를 골랐으리라.

"피츠앨런 경이 이번 주말에 방문하기로 했다. 경의 딸과 친해지거라."

네이선의 등 뒤에서 접시 하나가 떨어져 산산 조각 나는 소리가 들렸다. 네이선이 뒤를 돌아보니, 소피아가 커피 잔 하나를 바닥에 떨어뜨린 것이다. 네이선은 이맛살을 찌푸렸다. 전에는 이런 실수를 한 번도 한 적이 없는 그녀였다.

"죄송합니다."

소피아가 중얼거렸다. 네이선은 그녀가 황급히 도자기 조각을 치우는 모습을 지켜보았다.

"내 말을 듣고 있는 거냐?"

바티스트가 조급한 듯 물었다.

"네, 그럼요. 할아버지께서 원하시는 대로 할게요."

네이선이 산만하게 대답했다.

"너도 그녀가 마음에 들 거다. 아주 조용한 아이라더구나. 대단한 미인은 아니지만, 그 애 아버지 말로는 순종적이라고 한다. 그 아이 때문에 신경 쓸 일은 없을 거다."

가여운 여자 같으니. 네이선은 조부가 그녀에 대해 설명하는 걸 들으며 생각했다. 물론 입 밖으로 내진 않았다.

소피아가 약간 늦게 가져다준 커피를 마신 다음, 네이선은 방으로 돌아가겠다고 양해를 구했다. 적어도 잠들기 전까지는 오롯이 제 시간으로 활용할 수 있었다. 지난 며칠간 조부의 메모를 해독해 보려고 노력했지만, 현재까진 아무런 진척이 없었다. 그 수첩에는 책에서 베껴 적은 난해한 문자들이 메모되어 있었다. 그리고 이 이상한 문자를 나열한 표도 있었다. 다른 페이지에는 문자가 한 개, 또는 여러 개 메모되어 있었다. 아마 바티스트조차 그 문자들이 무엇을 의미하는지 몰랐던 모양이었다. 수첩 뒷장에는 그가 번역을 해 보려 했던 것 같은 짧은 문장 몇 개가 적혀 있었다. 하지만 대부분은 전혀 의미가 통하지 않는 번역이었다. 네이선은 조부가 어째서 이렇게 애써 헛고생을 한 건지 이해할 수 없었다.

또 책에 있었는지 기억나지 않는 그림들 몇 개도 스케치 되어 있었다. 식물 그림과 별자리 도감도 있었다. 하지만 조부가 이 책을 통해 흑마법을 익혔다는 증거는 발견할 수 없었다. 다시 한 번 그 책을 보고는 싶었지만, 그 책을 보러 갈 만한 기회가 없었다. 시리우스의 감시 아래 거의 매일 집 도서관 안에 갇혀 있었기 때문이다. 마치 기계처럼 책을 읽어 내고 스케치를 해서 조부에게 보내는 일상의 반복이었다. 물론 최대한 천천히 책을 읽어 내려고 노력했지만 루시가 했던 말들 때문에, 자신이 하고 있는 작업이 정말 옳은 일인지 의심이 되었다. 그리고 그런 의심은 시간이 흘러갈수록 양심에 상처를 냈다. 이 상태가 지속되면 스스로를 혐오하게 될 것 같았다. 아니, 이미 그런 지경에 이르고 있었다.

그때 무슨 소리가 들렸다. 네이선은 귀를 기울여 보았다. 또 소리가 났다. 누군가가 창문에 작은 돌을 던지는 소리였다. 네이선은 몸을 일으켜서 창문을 열었다. 건물 아래쪽의 좁은 자갈길에 따뜻한 스웨터 차림으로 소피아가 서 있었다.

"소피아, 도대체 뭘 하는 거예요?"

그가 물었다.

"우리 얘기 좀 해요!"

소피아가 입 모양을 만들어 보였다. 목소리는 들리지 않기 때문에 한참을 소피아의 입만 들여다봐야 했다.

"도대체 무슨 일이죠? 누군가의 눈에 뜨이지 않도록 조심해요!"

"루시가 여기에 있어요."

네이선은 자기가 잘못 들은 줄 알았다.

"뭐라고요? 지금 농담하시는 거죠?"

그가 낮은 목소리로 물었다.

하지만 소피아는 고개를 저었다.

"지금 저 건너편 우리 집에 있어요."

네이선은 잠시 하늘을 바라보며 숨을 골랐다. 어째서 이 여자는 시키는 대로 움직이지 않는 건지 이해할 수가 없었다. 어쩌면 조부가 말했던 '순종적인 여자'가 아니어서 그럴지도 몰랐다. 네이선은 다시 소피아를 바라보았다. 하지만 그녀는 거기에 없었다. 대신 오리온이 오솔길을 따라 올라오는 모습이 보였다. 네이선은 얼른 창문을 닫고 뒤로 물러섰다. 부디 소피아나 자신을 보지 못했기만 바랐다.

어떻게든 소피아의 집으로 가 봐야 했다. 오늘 밤에 말이다. 루시가 왜 여기 왔는지 알아야 했다. 정신이 산책을 갔나? 제정신이라면 최대한 빨리 여길 떠야 했다. 여기야말로 루시에게 가장 위험한 장소가 아니던가! 도대체 왜 온 거지? 좀 더 공포심을 줬어야 했던가? 정말이지 상식적으로는 루시도 공포심을 가지고 있을 터였다. 조부가 이미 그녀에게서 많은 사람들의 목숨을 빼앗았으니 말이다. 그런데도 여길 오다니! 게다가 그녀를 자기 집에 들인 소피아도 대체 무슨 생각이지? 어쨌든 건강하다는 뜻이니 한시름 놓을 수는 있겠다는 생각에, 네이선은 고개를 저으며 미소 짓고 말았다. 네이선은 서랍장 위에 걸린 거울에 비친 자신을 바라보았다. 혹시 나 때문인가? 걱정돼서 온 건가? 하지만 이내 고개를 저었다. 그런 생각을 하다니, 어리석기 그지없었다. 당연히 책들 때문에 온 것이리라. 연맹이 빼앗아간 책들을 되찾기 위해 자신의 도움이 필요한 것이다. 그 외에 다른 이유가 있을 리가 없다. 네이선은 잠시 허탈하게 웃었다. 게다가 이미 루시의 곁엔 콜린이 있었다. 그는 주먹을 꽉 쥔 채 방 안을 이리저리 돌아다녔다. 아무튼 루시에겐 한번 가 볼 생각이었다. 도대체 정신이 있는 거냐고, 당장 도망치라고 말해 줘야 했다. 그녀를 데리고 다시 한 번 탈출하는 건 불가능할 터였기 때문이다. 그는 죄수처럼 집이라는 감옥에 갇혀 있었다. 지금 저 방문만 해도 밤이면 굳게 잠겼다.

창문으로 내려가기엔 그의 방은 너무 높은 곳에 있었다. 하지만 할아버지가 루시를 발견하는 날에는 모든 게 끝이었다. 어쩔 줄 몰라 미쳐 버릴 것 같았다.

그때였다. 철컥, 하고 문의 잠금장치가 풀리는 소리가 났다. 그의 심장이 멎는 것 같았다. 이제 시리우스가 방 안으로 들어올 것이다. 고민하다가 책상 옆에 서 있던 의자를 집어 들고 내리칠 준비를 했다. 누가 들어오든 의자로 때려눕힌 뒤 루시와 함께 도망칠 생각이었다.

하지만 아무 일도 일어나지 않았다. 문은 미동조차 하지 않았다. 잘못 들은 건가? 네이선은 천천히 문으로 다가갔다. 창을 통해 들어온 달빛이 창의 격자무늬를 그대로 벽에 그려 내고 있었다. 주의 깊게 문손잡이를 잡고 돌리니 문이 열렸다. 그가 도망칠 수 있도록 누군가가 문을 열어 준 게 틀림없었다. 이집에서 그를 도와줄 수 있는 건 단 한 명, 해롤드뿐이었다.

네이선은 다시 방문을 조심스럽게 닫아 두었다. 성급하게 움직이기에는 아직 너무 일렀다. 시간이 천천히 흘러갔다. 11시 정도 되었을 때, 네이선은 행동을 개시했다. 조용히 문을 연 다음, 방 밖으로 나갔다. 그런 다음 그림자 속에 몸을 숨겼다. 정문으로는 나갈 수 없을 터였다. 그래서 부엌으로 향하기로 마음먹었다. 아마 소피아가 부엌 뒷문은 열어 두었을 게 뻔했다.

계단을 내려가는 길에 조부의 방을 지나치니, 말소리가 흘러나왔다. 조부가 시리우스, 오리온과 무슨 이야기를 나누는 중인 것 같았다. 마음 같아서는 무슨 작당 중인지 알아내고 싶었다. 뭐가 됐든 뭔가 사악한 일을 꾸미는 게 뻔했기 때문이다. 일단 루시에게 가지 말고 방으로 돌아가 있을까 고민하고 있는데, 문이 왈칵 열렸다. 네이선이 재빨리 조상들의 동상 뒤쪽에 몸을 숨기자, 조부가 시리우스, 오리온과 함께 방을 나오는 게 보였다. 다행히 그 둘은 개의 형태는 아니었다. 네이선은 저도 모르게 안도의 한숨을 내쉬었다. 세 사람이 네이선이 숨어 있는 곳 앞을 지나갈 때, 그는 숨을 멈추었다. 다행히 아무도 그를 눈치채진 못한 것 같았다. 그들이 위층 어딘가로 사라진 후에야 비로소 긴장을 풀 수 있었다. 일단은 오리온과 시리우스가 저택 밖으로 나갈 때까지 기다려야 할 것 같았다. 그 두 사람은 마구간에 인접해 있는 건물을 숙소로 사용하고 있었다.

무겁게 질질 끄는 발소리가 들렸다. 두 괴물이 다시 아래로 내려오는 모양이었다. 둘은 아무 말도 하지 않았다. 시리우스가 현관을 열었고, 둘은 저택을 나갔다. 문이 바깥에서 잠기는 소리가 들렸다. 그리고 저택 안에 경보 장치도 가동되었다. 네이선의 얼굴이 하얗게 질렸다. 이제 30초 후면, 부엌문으로 나가더라도 경보가 울리게 될 것이었다. 유일한 방법은 30초 안에 경보 장치를 해제하는 것뿐이었다. 하지만 현관 쪽에 불이 켜져 있었고, 창을 통해 내다보니 아직 그들이 현관에 서 있었다. 지금 그쪽으로 갔다가는 정통으로 발각될 수도 있었다. 하지만 무슨 수를 쓰더라도 30초 안에 입력 장치의 뚜껑을 열고 잠금 해제 코드를 입력해야 했다. 11초, 12초, 13초……. 속으로 1초씩 세 나가며 현관까지 조용히 접근했다. 도대체 저 바깥에서 무슨 이야기를 나누고 있는 거지?

"……아까 정원에서 누군가를 봤어."

오리온의 목소리에 네이선의 심장이 멎는 것 같았다.

"이 시간에 누가 정원을 기웃거리겠나?"

시리우스가 평소처럼 느릿한 어조로 물었다.

24초, 25초……. 눈앞에 입력 장치가 보였다. 손을 뻗어서 숫자를 누르기만 하면 되었지만, 만의 하나 두 사람이 다시 들어오기라도 하면 모든 게 물거품이었다.

오리온이 현관 입구의 돌계단을 내려가기 시작했다.

"27초, 28초……."

시리우스가 오리온의 뒤를 따르자마자, 네이선이 숫자를 재빨리 입력했다.

"……30초."

그가 중얼거렸다.

"맹세컨대 소피아였어."

오리온의 목소리가 들렸다.

"소피아가? 이런 시간에 도대체 정원에서……."

그들의 목소리가 멀어졌다. 오리온이 방금 정원에서 소피아를 본 게 틀림없었다. 부디 그의 아둔한 머리로 하나하나 의심하지 않기만 바랄 뿐이었다.

이제 부엌으로 향했다. 바깥으로 나가는 문은 잠겨 있었다. 네이선은 주위를 둘러보았다. 소피아가 분명 어딘가에 열쇠를 감추어 두었을 것이다. 잠시 후, 어릴 때 소피아가 그를 위해 과자를 숨겨 두곤 했던 작은 유리병 속에서 열쇠를 찾아냈다. 네이선은 부엌문을 열고 정원으로 나갔다.

서둘러 정원을 가로질러 가면서, 저 멀리 오리온과 시리우스가 자기들이 머무는 숙소로 들어가는 모습을 지켜보았다. 네이선은 그들이 적어도 한두 시간 정도는 숙소에 머물기만 바랐다.

나무와 수풀 그림자 속에 몸을 숨긴 채, 네이선은 소피아의 집으로 향했다.

루시는 부엌 창가에 서서 어둠 속을 응시했다. 이제 자신이 할 수 있는 건 다한 셈이었다. 이제는 네이선에게 달려 있었다. 과연 그가 감시를 빠져나와 자신에게 와 줄 수 있을까? 루시는 밤의 어둠 속에서 사물을 분간해 보려 안간힘을 썼다. 저 멀리 누군가가 다가오는 그림자를 본 것 같았지만, 그때마다 바람결에 나무나 수풀이 움직이는 걸 잘못 본 거였다. 얼마나 더 오래 기다려야 하나? 어쩌면 해롤드가 그의 방문을 열어 둔 걸 누군가에게 들켰을 수도 있었다. 아예 도망치려 하지 않을지도 몰랐다. 그리고 조부에게 가서 루시가 와 있다고 말할지도 모른다.

루시는 아직도 그를 못미더워하는 자신에게 화가 났다. 그는 이미 몇 번이나 자기 목숨을 걸고 루시를 구해 주지 않았던가! 오두막에서 루시는 네이선을 믿기로 결심하지 않았던가! 이제 와서 그 선택이 잘못된 것이었다고 의심할 수는 없었다. 그녀에겐 그가 필요했다. 그리고 그가 그리웠다. 시간이 흘러가면 흘러갈수록 그가 보고 싶어서 견딜 수 없었다. 그 없이는 자신 앞에 주어진 과제를 해결할 수 없었다. 여태까지는 콜린만큼 자신을 사랑하고 또 도와줄 수 있는 사람은 없다고 믿어 왔다. 하지만 그런 콜린조차도 지금 루시를 도와줄 수 없는 것이다. 이 과제는 오로지 루시와 네이선만 해결할 수 있었다. 분명 네이선은 루시에게 왜 여기 왔냐고 화를 낼 터였지만, 무슨 수를 쓰더라도 그를 설득해야만 했다. 둘이 힘을 합해《수호자의 책》을 찾아 수수께끼를 풀어내야만 했다. 그리고 잃어버린 책들을 되찾아 와야만 했다.

너무도 깊이 생각에 빠져 있던 나머지 노크 소리를 못 들을 뻔했다. 심장이 쿵쾅거렸다. 현관문으로 달려가 천천히 손잡이를 돌렸다. 좁은 복도로 그림자 하나가 보였다. 그리고 루시의 손을 꽉 잡았다.

"네이선?"

루시가 속삭이자 그가 루시를 와락 끌어안았다. 익숙한 향기가 코로 스며들었다. 루시는 이대로 그가 자신을 놓지 않아주길 바라고 또 바랐다. 이젠 더 이상 혼자가 아니었다. 그들의 손목에서 따스한 빛이 흘러나와 마치 두 사람을 보호하듯 감싸며 부드럽게 반짝였다.

이마 위로 네이선의 입술이 느껴지자, 루시는 고개를 들고 그의 얼굴을 바라보았다. 하지만 그는 애써 시선을 피했다.

"소피아와 해롤드에게 가야 해."

그가 이상하리만치 무뚝뚝하게 말했다.

루시는 그에게서 몸을 뗐다.

"가여운 해롤드! 어쩌나 겁을 먹었던지 거의 기절할 것처럼 보였어. 그 늙은 분께 너무 많은 걸 요구했던 것 같아."

루시가 고개를 흔들며 말했다.

네이선이 루시를 이끌고 거실로 가니, 해롤드와 소피아는 섬멸해 가는 장작불과 희미한 달빛 아래 작은 거실 안의 꽃무늬 소파에 앉아 있었다.

"시간이 너무 늦어서 불을 켜기에는 너무 위험하다고 생각했어요."

소피아가 일어서며 말했다.

네이선이 고개를 끄덕이며 그녀를 끌어안고 속삭였다.

"감사해요. 더 일찍 오지 못해 죄송합니다. 오늘따라 할아버지가 이상할 정도로 밤늦게까지 잠자리에 들지 않더군요."

소피아가 그에게 찻잔을 건넸다. 루시도 함께 따스한 홍차를 건네받았다. 해롤드는 위스키 병을 집어 들고 홍차에 꽤 많은 양의 위스키를 탔다.

"미안하지만, 오늘은 좀 마셔야겠습니다. 혹시 누구 필요하신 분?"

그러자 루시와 소피아도 손을 들어 보였다.

네이선은 그의 곁에 붙어 앉아 있는 루시를 바라보며 날 선 목소리로 물었다.

"대체 여기서 뭐하는 거야? 내가 충분히 경고하지 않았던가?"

루시는 그가 단지 화를 내고 있다는 사실에 안도했다. 이 정도라면 오두막에서도 충분히 겪었으니 어떻게든 달래 볼 자신이 있었다.

"네가 어떻게 됐는지 확인하고 싶었어."

루시가 변명을 늘어놓았다.

"내가 분명히 떠나라고 경고했잖아. 최대한 멀리!"

"멀리 가긴 했었어. 노력은 했다고."

루시가 미소 지었다.

네이선이 루시를 곁눈질하며 말했다.

"이젠 나도 모르겠다. 분명 지금까지와는 비교도 안 될 정도로 골치 아픈 일들을 감당해 내야 할 것 같은데."

"동감이야. 내기해도 좋아."

루시가 대꾸했다.

"지금은 좀 더 중요한 일들을 논의해야 할 것 같군요."

해롤드가 끼어들었다.

네이선과 소피아가 그를 바라보았다.

"우리도 좀 더 도울 수 있는 게 있다면 좋겠지만, 안타깝게도 그리 많은 걸 해 줄 수가 없어요."

소피아가 그의 말을 받았다.

"우리가 도와드릴 수 있는 건 여기까지예요. 이제는 두 분의 손에 달려 있는 것 같군요. 계획은 있나요? 루시 양은 연맹이 숨겨 놓은 책들을 찾아내 세상에 되돌려 주고 싶다더군요. 하지만 네이선 도련님은 어떠신가요? 루시 양을 도와주실 의향이 있으신 건가요?"

소피아가 물었다.

루시가 기대 어린 눈빛으로 그를 바라보았다. 소피아가 제대로 핵심을 짚은 셈이었다. 여태껏 그가 믿고 행동해 왔던 모든 걸 부정해야 한다는 의미이기도 했기 때문에, 분명 그로서는 쉽지 않은 선택이 될 것이었다.

"그것 때문에 온 거야?"

그가 물었다.

루시가 고개를 끄덕이며 대답했다.

"그게 내 사명이야. 너도 알잖아."

"그래, 잘 알고 있지."

그의 굳은 표정을 본 루시는 혹시 자기가 뭘 잘못 말했는지 생각해 보았다.

"난 언제나 연맹이 하는 일이 옳다고 믿어 왔어. 그게 책들을 보호하기 위한 거라고 말이야. 하지만 지난 몇 달간 있었던 일들도 그렇고, 감금당해 있을 동안 혼자서 많은 생각을 하게 되었어. 그러다가…… 나도 어떻게 설명해야 할지 모르겠군. 책들이 자기들을 보호해 주길 원하지 않는 것 같다는 느낌을 받았어. 마치 인간들이 자유의 대가로 안전함을 포기하듯 말이야. 그들은 우리가 자신들을 숨겨 놓는 것을 거부하는 것 같더군. 그래서 점점 책을 읽어 들이는 작업이 버거웠어. 그러다가 며칠 전, 책 한 권이 스스로를 희생하는 걸 보게 된 거지."

"그게 무슨 말이야? 왜 책이 스스로를 희생해?"

루시가 창백한 얼굴로 물었다. 네이선은 잠시 뜸을 들이다 다시 설명을 계속했다.

"《니콜라스 니클비》였는데, 유달리 읽어 들이기 힘들었어. 심하게 반항하더군. 그러다가 갑자기 할아버지가 들어온 거야. 내가 얼마나 작업을 충실하게 이행하고 있는지 검사하러 온 거였지. 그가 책을 집어 든 순간, 책은 텅 비어 있더군. 그 덕에 할아버지는 날 지하 감옥에서 풀어 준 거야. 책은 내가 널 돕도록 자신을 희생한 거지."

루시가 물었다.

"감금됐었어? 어디에?"

"연맹이 책들을 숨겨 놓은 지하 도서관에. 여기 영지 안에 있거든."

루시가 흥분했다.

"그럴 줄 알았어! 거기로 지금 날 데려다줄 수 있어? 당장 책들을 다 가지고 나올 수 있을까?"

네이선이 고개를 저었다.

"지금은 들어가고 싶어도 들어갈 수가 없어. 원래는 고위급 페르펙투스만 출입할 수 있는 곳이거든. 게다가 어찌어찌해서 책을 다 끄집어냈다고 치자. 루시, 그다음엔 어쩔 건데? 그 안엔 수천 권의 책들이 있어. 책을 다시 되읽어 들일 수 있어? 게다가 그렇게 읽어 들인 책들은 어디로 가야 돼? 보호책이 없으면 책들은 육체를 읽고 책의 유령이 돼!"

그 회색의 공포스러운 존재가 떠오르자 루시는 저도 모르게 몸을 떨었다.

"책의 유령……. 그렇게 무서운 건 처음이었어!"

루시가 억양 없는 목소리로 중얼거렸다.

"책의 유령이라니, 그게 뭐죠?"

소피아가 물었다.

"우리에게 책의 내용을 읽어 들이는 능력이 있는 건 알고 계시죠? 그렇게 읽어 들인 책은 보호책이라는 새 집으로 옮겨 들어가게 됩니다. 하지만 한때 연맹의 실수인지, 시간이 없었는지 아니면 단지 어리석음 때문인지는 몰라도 보호책 없이 책을 읽어 들이게 된 거죠. 저도 자세한 이유는 모르겠습니다. 어쩌면 처음에는 무슨 일이 일어나게 될지 잘 몰랐던 것일 수도 있죠. 제 집을, 몸을 잃어버리고 시공간을 떠돌게 된 책들의 분노는 점점 커져 갔고, 그 분노는 결국 우리 '연맹의 아이들'에게 향하게 되었습니다. 연맹이 자신들에게 해 온 짓을 복수하려는 겁니다."

네이선이 소피아에게 설명했다.

소피아가 넋이 나간 얼굴로 물었다.

"하지만 루시 양은 아무런 상관도 없잖아요? 왜 애꿎은 사람을 괴롭히는 거죠?"

"유령들은 지금 누가 잘못했는지 구분할 수 있는 능력조차 없어요. 루시가 이전에도, 이후로도 그런 짓을 하지 않으리라는 걸 모르죠. 마음을 잃어버린 겁니다. 그들에게 남아 있는 감정이라곤 원한과 분노뿐이에요."

루시가 몸을 떨었다.

"마치…… 마치 제 영혼을 빼앗아 가려는 것 같았어요."

네이선이 고개를 끄덕였다.

"하지만 만약에 책을 되읽어 들이는 게 불가능하다면 이제 어쩌지?"

여태까지 유일한 방법이라고 믿고 있던 게 물거품이 된 셈이었다.

"전해져 오는 말에 따르면, 언젠가 한 소녀가 책들을 해방하게 된다더군. 애초에 책을 보호하는 임무를 연맹에 위임할 때, 언젠가는 모든 책을 해방시킨다는 게 그 조건이었지. 바로 그 이유 때문에 남자들은 여자들을 한데 묶어 두려워하기 시작한 거야. 책을 해방시킬 시기를 직접 정하려 한 거지. 물론 내 생각에, 그들에게 선택권이 있는 한 절대로 책을 해방하려 하진 않을 거야. 그럼 연맹이 가진 권력도 한순간에 무용지물이 될 테니까."

"한 소녀가 책들을 해방할 거라니……."

루시가 중얼거렸다.

"혹시 《수호자의 책》이라고 들어 봤어?"

네이선이 루시를 바라보았다.

"그래, 《수호자의 책》이란 말이지……? 왠지 실마리를 잡은 것 같군."

"어떤 실마리?"

"그 책은 연맹에서 가장 두려워하는 책이야."

"왜?"

"아마 그 책에는 여자들이 책들을 다시 인간들에게로 돌려보내줄 수 있는 방법이 쓰여 있을 거야. 하지만 그 책을 직접 본 사람은 아직 한 번도 본 적이 없어. 정말 존재하는 책이라고 생각할 수 없을 정도야."

"책들이 나에게 그 책을 찾으라고 말했어. 그 책이 내가 뭘 해야 할지 말해 줄 거라고."

네이선이 손을 뻗어 루시의 얼굴 위로 흘러내린 머리칼을 귀 뒤로 넘겨 주었다. 그의 손가락이 부드럽게 그녀의 볼을 스쳤고, 네이선이 루시의 눈을 가만히 들여다보았다.

"루시 가디언, 어째서 너지? 왜 책들이 널 선택한 거지?"

그의 손길이 닿은 곳이 화끈거렸다. 루시는 애써 무심한 척 대꾸했다.

"글쎄. 단순히 그럴 때가 된 거 아닐까? 이 어리석고 고약한 짓을 끝낼 때가 된 거지."

"그래, 어쩌면."

그가 말했다.

"책들이 너에게 그 책을 찾으라고 하면서 정작 그걸 어디서 찾으라고는 말 안 해 줬어?"

루시가 고개를 저었다.

"전혀."

"책들답게 굴곡 있는 전개를 즐기는군, 안 그래?"

루시가 웃었다.

"책들은 단지 우리 둘이 힘을 합쳐야 한댔어."

"그래서 여기 온 거군? 예상은 했어."

네이선이 말했다.

소피아가 시계를 보며 말했다.

"네이선 도련님, 이제 곧 돌아가 보셔야 할 시간이에요. 시리우스가 경비를 돌 때 마주치시면 곤란하실 테니까요."

네이선이 고개를 끄덕였다.

"루시, 내일 날이 밝자마자 여길 떠나. 내가……."

"싫어."

루시가 딱 잘라 거절했다.

네이선이 화난 눈으로 그녀를 쏘아보았다.

"만약 네가 여기 있다는 사실을 할아버지가 알게 되면, 그대로 보퍼트 경에게 넘겨질 텐데도?"

루시는 고개를 끄덕이며, 제 안의 공포를 감췄다.

하지만 네이선은 끝까지 포기하지 않았다.

"루시, 제발! 그들이 널 해치는 걸 원하지 않아."

"그럼 나와 함께 책들을 해방시키고 연맹의 오랜 악행을 멈추도록 도와줘!"

네이선이 고개를 저었다.

"루시, 난 아직도 연맹을 등지는 게 내 길인지 확신할 수 없어."

"네이선 도련님, 한 가지 아셔야 할 게 있어요."

소피아가 끼어들었다.

"부모님에 관한 겁니다."

그 순간, 루시는 그녀 곁에 선 네이선의 몸이 뻣뻣하게 굳는 걸 느낄 수 있었다.

"주인님께서 도련님께 한 이야기는 다 거짓말이에요. 부모님은…… 도련님을 이 세상 그 무엇보다 사랑했어요!"

네이선이 넋을 잃은 얼굴로 소피아를 바라보았다. 그녀가 조심스럽게 말을 이었다.

"주인님께서 도련님을 강제로 부모님에게서 빼앗으신 겁니다. 그날 밤, 저는 도련님을 돌보겠다고 맹세했지요. 부모님이 제게 부탁하셨기 때문이에요. 그 맹세가 없었다면 저는 아마 진작 이곳을 그만뒀을 거예요. 그 맹세 때문에 여기에 매인 채 하루하루 도련님을 지키기 위해 최선을 다해 왔던 겁니다. 그리고 바로 그 이유 때문에 진실을 말할 수가 없었어요."

소피아가 사랑이 담긴 눈으로 네이선을 바라보았다. 그런 다음 깊은 한숨을 내쉬었다.

"부모님께서는 도련님을 빼앗기신 뒤에도 몇 년 동안이나 도련님을 되찾기 위해 싸웠지요. 처음 1년 동안은 어머니께서 도련님을 빼앗긴 슬픔 때문에 많이 괴로워하셨어요. 도련님의 아버지와 전…… 정말이지 이러다가는 곧 그녀를 잃을지도 모른다는 생각까지 들 정도였어요. 하지만 다행히 도련님의 여동생들이 태어났고 그럭저럭 슬픔을 이겨 낼 수는 있었답니다. 전 지금까지 두 분께 도련님의 사진과 근황이 담긴 편지를 보내 왔어요."

네이선이 넋을 잃은 표정으로 물었다.

"두 분이 살아 계신단 말이에요?"

소피아가 고개를 끄덕이더니 서둘러 옆방으로 갔다. 네이선은 미동조차 하지 않았다. 마치 그대로 돌처럼 굳어 있는 것 같았다.

소피아가 붉은 공단 리본으로 묶인 편지 더미를 가져왔다.

"이건 부모님이 보내신 거예요. 물론 이걸 저에게 보내기란 쉽지 않아요. 제 남동생한테 편지를 보내면 거기에서 직접 가지고 오는 거랍니다. 그리고 그때마다 주인님께 발각이라도 될까 봐 얼마나 두려웠는지 몰라요. 만약 사실을 들켰더라면 제가 어떻게 됐을지는 아무도 모르지요."

네이선은 리본을 풀고 편지를 열었다. 모닥불의 장작이 타오르는 소리만 고요했다. 루시는 눈꺼풀이 무거워지는 걸 느꼈다. 지난 며칠 동안 고무줄처럼 팽팽하던 긴장감이 갑자기 느슨해지는 것 같았다. 루시는 그에게 기대어 그의 고른 숨소리를 들었다. 네이선은 편지를 하나하나 읽어 내려갔다. 편지는 적어도 한 봉투에 네 장은 들어 있었고, 사진까지 들어 있는 때도 많았다. 그렇게 네 통의 편지를 읽은 다음, 네이선이 고개를 들었다.

"왜 진작 말씀해 주시지 않으셨던 거죠?"

그가 소피아에게 물었다.

"도련님, 절 믿어 주세요. 저야말로 이 세상 그 누구보다 하루라도 빨리 진실을 말씀 드리고 싶었어요. 하지만 도련님은 주인님의 손아귀에서 조종당하고 있었죠. 만약 제가 진실을 말했다면 도련님은 당장 주인님께 달려가 절 고발하셨을 거예요."

네이선이 망치로 머리를 얻어맞은 듯한 표정으로 생각에 잠겼다. 한참이나 시간이 흐른 후, 그가 가까스로 중얼거렸다.

"아마 그랬겠죠."

"어머님이 가장 두려워했던 건 다른 게 아니에요. 도련님이 부모님이 자신을 얼마나 사랑했는지 모르는 채로 자라는 거였어요. 그리고 주인님과 같은 괴물로 자라난다면……. 양심이라는 게 뭔지도 모르는 인간 말이에요. 그래서 두 분은 도련님을 되찾으려고 오래 싸웠어요. 그것 외에는 다른 선택의 여지가 없었죠. 하지만 처음부터 그 싸움이 질 싸움이라는 건 정해져 있었어요. 주인님은 사방에 연줄이 있었으니까요. 심지어 그에게 불리한 판결을 내릴 판사가 단 한 명도 없었어요. 결국 부모님은 아이를 키울 능력이 없다는 판결을 받았어요. 그 이상 싸우려 했다면 아마 딸들마저 빼앗겼을 거예요. 그래서 결국 포기할 수밖에 없었던 겁니다."

"부모님은 지금 어디에 계시죠?"

네이선이 물었다.

"스코틀랜드예요. 여기서 멀리 떨어진 곳이죠."

"거기까지 어떻게 갈 수 있는지 방법을 생각해 봐야겠군요."

네이선이 말했다. 루시는 그가 그렇게 갑작스럽게 마음을 굳힌 데 깜짝 놀랐지만, 고개를 끄덕이며 동의했다.

"그럼 내일 밤에 다시 와요. 그때 구체적으로 계획을 세워 봅시다. 방 안에 갇힌 상태로는 할 수 있는 게 별로 없으니까요."

"좋아요. 내일 방문을 다시 열어 줄 수 있겠어요, 해롤드?"

네이선이 해롤드에게 묻자 그가 고개를 끄덕여 보였다. 하지만 여전히 겁먹은 것처럼 보였다.

"여보, 겁먹을 필요 없어요."

소피아가 그를 격려했다.

"적어도 내일모레엔 도망쳐야 합니다. 금요일에는 할아버지와 피츠앨런가에 방문해서 미래의 신붓감을 만나 봐야 되거든요."

"설마 너도 결혼을 강요받은 거야?"

루시가 물었다.

"응. 할아버지가 날 더 이상 믿지 않는다는 뜻이지. 새로운 후계자가 필요한 거야."

네이선이 차갑게 말했다. 전에는 단지 의심에 지나지 않았지만, 이로써 네이선의 마음이 할아버지에게서 완전히 돌아섰다는 걸 확실히 느낄 수 있었다. 하지만 달리 말하면 그도 이제 루시와 마찬가지로 생명의 위협을 받고 있다는 뜻이기도 했다. 이젠 되도록 빨리 도망치는 게 현명했다.

루시는 그를 복도까지 배웅했다.

"조심해."

루시가 당부했다.

"당분간은 바티스트가 아무것도 눈치채지 못하도록 행동해야 돼. 그리고 그의 명령에 착실히 따르는 거야. 알았지? 책들도 이해해 주고 있어. 왜냐하면 네 마음을 느끼고 있으니까. 오래는 걸리지 않을 거야."

네이선이 그녀를 지그시 바라보았다.

루시는 그가 자신을 마지막으로 안아 주길 바랐다. 하지만 그는 바라만 볼 뿐이었다. 루시가 그에게 한 걸음 다가섰다.

"네 뜻이 그렇다면."

그가 서둘러 몸을 돌려 문을 열고 나갔다.

그의 뒷모습이 어둠 속에 스며들며 사라져 갔다. 그리고 잠시 후엔 네이선의 방 창문에 작은 불빛이 비쳤다.

17장

독서는 사고력을 향상시킨다.

— 레오 톨스토이

그날 밤, 루시는 친구들에게 문자 메시지를 보냈다. 그들의 도움이 필요하다는 내용이었다. 누군가 바티스트를 유인해 주어야 했기 때문이다. 네이선과 함께 탈출하기 위해서는 저들보다 약간 앞설 필요가 있었다. 하지만 저 사악한 노인과 개들이 집을 지키고 있는 한은 불가능할 터였다.

다음 날은 시간이 더디게만 흘러갔다. 줄스는 주변이 안전한지 확인한 다음 연락하겠다고 했다. 올리브 씨에게는 연락을 미루고 있었다. 분명 루시를 비난하고 나설 것 같았기 때문이다. 네이선을 믿는 게 틀리지 않았다고 납득시킬 수 있는 방법이 있을까? 그러려면 정보가 좀 더 필요했다. 어쩌면 몇 십 년간 문서실을 담당해 온 사람으로서 올리브 씨가《수호자의 책》에 대해 정보를 제공해 줄 수도 있을 것이다. 하지만 일단 올리브 씨가 네이선을 믿지 않는 한은 자신을 도와주려 하지 않을 터였다. 네이선에 대해 생각이 미치자 한숨이 나왔다. 어제는 도대체 왜 그렇게 거리를 둔 거였을까? 여태까지 그가 자신을 좋아한다고 느낀 건 단지 착각이었던 걸까? 어쩌면 루시가 자기 뜻대로 움직이지 않는 게 화가 났을 뿐인지도 몰랐다. 하지만 아무리 화가 났어도 한 번만 안아 줄 수도 없었던 걸까?

그때 전화벨이 울렸다.

"루시!"

줄스의 목소리가 들렸다.

"너야?"

"줄스! 목소리를 들으니 너무 기뻐. 너희들의 도움이 필요해."

"네이선을 찾은 거야? 어디에 있어?"

"지금 콘월의 영지에 있는데, 한시라도 빨리 여기서 도망쳐야 돼. 혹시 바티스트를 유인해 줄 수 있어? 그런 게 가능할까?"

줄스가 잠시 생각에 잠겼다.

"만약 루시 네가 다시 런던에 와 있다고 바티스트를 믿게 만들 수만 있다면 런던으로 불러들일 수도 있을 것 같아. 콜린, 마리와 함께 의논해 본 다음에 적어도 한 시간 안에 전화해 줄게. 알았지?"

"고마워, 줄스. 너희가 없다면 어떻게 해야 할지 몰랐을 거야. 하지만 조심해, 알았지?"

"그럴게. 걱정 마."

루시는 전화를 끊은 다음, 전화벨이 다시 울리기만을 기다렸다.

무작정 기다려야 한다는 사실 때문에 불안했다. 그래서 올리브 씨에게 전화를 걸어 보기로 마음먹었다.

이번에는 곧바로 통화할 수 있었다. 마치 루시가 전화하기만 기다렸던 것 같았다.

"루시, 어디니?"

올리브 씨가 드디어 전화가 와서 안도했다는 듯 물었다.

"드 트레메인가의 영지에 들어와 있어요. 하지만 걱정 마세요. 잘 숨어 있으니까요."

올리브 씨가 탄식을 내질렀다.

"조심해! 절대 그들의 눈에 띄어선 안 돼. 만약 그들에게 붙잡히기라도 하면 모든 게 끝이야. 단지 네 목숨만 걸린 문제가 아냐. 책들은 네가 자신들을 해방시켜 줄 거라고 믿고 있어."

"알아요. 그래서 여기에 온 거예요. 책들은 여기에 숨겨져 있어요. 연맹은 여기 지하에 굴을 파고 암석 속에 도서관을 만들어서 책들을 보관하고 있어요. 하지만 지금 당장은 입구를 열 수가 없어요."

"입구가 어디인지는 알아?"

그녀가 물었다.

"아뇨. 네이선은 들어갈 수 있긴 해요. 하지만 우리가 함께 들어가지 못하면 의미가 없어요. 함께 들어갈 수 있다고 해도 도대체 뭘 어떻게 해야 할지 모르겠어요. 그래서 혹시 올리브 씨가 도와주실 수 없을지 전화드린 거예요."

그녀가 잠시 침묵했다. 그런 다음 천천히 입을 열었다.

"좋아. 여기 일은 끝났으니 내일 다시 영국으로 돌아갈게. 직접 만나서 얘기하자꾸나."

"혹시《수호자의 책》이 뭔지 알고 계세요?"

루시가 참지 못하고 물었다.

수화기 건너편에서 일순 정적이 흘렀다.

"그래. 알고 있단다. 나도 아주 오래전부터 그 책을 찾아 왔어. 거의 내 평생에 걸쳐서 말이야."

루시가 숨을 멈췄다.

"그 책에 대해 아는 사람은 겨우 손에 꼽을 수 있을 정도인데, 어디에서 들은 거니?"

"책들이 말해 줬어요."

루시가 대답했다.

"그 책을 찾아야 된다고, 그게 절 도와줄 거라고 했어요. 그 책이 제 물음에 대답해 줄 거라면서요."

"만약 무사히 탈출하는 데 성공한다면 전화해, 루시. 내가 알고 있는 모든 걸 말해 줄게."

"왜 지금 당장은 말씀해 주시지 못하죠?"

"내가 알고 있는 걸 연맹이 알아선 안 돼. 만약 그들이 우리보다 먼저 그 책을 찾게 되면, 그들은 더욱 강력해질 거야. 그《수호자의 책》은 네가 책들을 해방시킬 수 있는 유일한 길이기도 하고. 내가 알고 있는 걸 말해 줄게. 만약 네가 안전한 곳에

당도하게 되면 전화해!"

그런 다음, 서둘러 전화가 끊어졌다.

루시는 전화기를 망연자실하게 바라보았다. 올리브 씨의 마지막 말은 왠지 쫓기는 것처럼 느껴졌다. 도대체 이 미스터리한 책에는 어떤 비밀이 숨겨져 있는 걸까?

손에 들고 있던 휴대 전화가 웅웅거리자 깊은 생각에 잠겨 있던 루시가 깜짝 놀라서 정신을 차렸다.

"네!"

줄스이길 바라면서 전화를 받았다.

하지만 건너편에는 침묵만이 흘렀다. 숨소리조차 들리지 않았다. 루시는 등줄기가 서늘해지는 걸 느꼈다. 재빨리 휴대 전화의 전원을 끈 다음, 마치 휴대 전화에 불이라도 붙어서 화상을 입을까 봐 두려워하는 사람처럼 테이블에 올려 두었다. 바티스트가 자길 찾아낸 건지도 몰랐다. 카드식 휴대 전화라도 도청이나 추적이 가능한 걸까? 하지만 조심에 조심을 기했었다. 바티스트가 올리브 씨를 감시하고 있을 리도 없었다. 그녀는 늙고 사랑스럽고 위험한 데라고는 눈곱만큼도 없는 도서관 사서가 아니던가. 아니면 바티스트도 그녀의 존재를 알고 있었을까? 하지만 지금 그런 고민을 해 봤자 도움이 되진 않았다. 이 전화는 외부 세계와 유일하게 연결될 수 있는 고리였고, 휴대 전화를 꺼 두면 줄스와 연락을 취할 방법이 없었다. 그럼 바티스트를 유인할 수 있는 계획도 세울 수가 없었다.

루시는 떨리는 손가락으로 다시 휴대 전화를 켜고 비밀번호를 눌렀다. 메시지가 와 있었다.

전화해 줘. 줄스.

다른 방법이 없었다. 지금 당장 전화를 걸어야 했다. 수화기 건너편에서 친숙한 목소리가 들리자, 약간은 마음이 놓였다.

"왜 전화기를 꺼 둔 거야?"

줄스가 물었다.

"전화가 한 통 왔었어."

루시가 입을 열었다.

"하지만 아무 소리도 없었어. 그래서 겁이 나서 전화를 꺼 둔 거야."

"아마 잘못 건 걸 거야. 그게 아니라고 해도 시간이 없어."

줄스가 말했다.

"물론 나도 지금 감시당하는 것 같은 기분이 들어. 물론 착각하는 걸 수도 있지만, 계속 같은 남자가 시야에 들어와. 마리도 비슷한 상황이야. 아무튼 잘 들어, 이게 우리 계획이야."

루시는 줄스의 설명을 귀담아 들었다. 설명을 하는 중간중간에 줄스가 확인차 다시 묻곤 했다.

"과연 그 방법이 먹힐까?"

루시가 비판적으로 물었다.

"너무 위험하지 않아? 왠지 좋은 예감이 들지 않아."

"하지만 그게 유일한 방법이야. 너무 걱정은 하지 마. 우리도 조심할 테니까."

하지만 루시는 불길한 예감을 느끼면서 전화를 끊었다.

이 문제에 대해 네이선과 미리 이야기를 나눠 보아야 했지만, 선택의 여지가 없었다. 기회는 단 한 번뿐이었다. 만약 이 작전이 실패하면, 모든 건 시작도 하기 전에 모든 게 물거품이 되고 마는 셈이었다.

"줄스, 다 잘될 거야. 너무 부정적으로만 보지 마!"

"난 부정적으로 보는 게 아니야. 조심하려는 것뿐이라고."

"알아. 그리고 그게 틀렸다는 것도 아니야."

마리가 말을 이었다.

"조심하면 돼. 아무 일도 없을 거라고."

줄스가 고개를 끄덕였다.

"알았어. 지금 시내로 가서 루시 전화기로 나에게 전화를 걸어. 너한테 붙어 있는 추적자들을 따돌려야 된다는 걸 명심해. 우리 계획을 들켜서는 안 돼."

"알았어. 걱정 마. 그리 영리한 놈들은 못 되더라고."

줄스가 마리를 끌어안았다.

"자, 그럼 이제 가 봐!"

마리가 근처의 지하철역으로 뛰어 들어갔다. 이제 그들은 루시가 런던에 돌아왔다고 바티스트가 믿게끔 만들어야 했다.

그러려면 한 가지 방법뿐이었다. 마리가 뒤를 돌아보았다. 그 남자였다. 그녀의 뒤를 쫓는 젊은 남자 하나가 며칠 전부터 계속 눈에 띄어 왔다. 어젯밤에도 도서관 앞에 어슬렁거리고 있었다. 마리는 도대체 왜 바티스트가 감시를 붙이는지 이해할 수가 없었다. 게다가 저런 둔한 미행자를 눈치채지 못할 거라 생각한 걸까? 마리는 지하철 계단을 내려가 열차에 올랐다. 다행히 열차 안은 만원이었다. 남자는 거의 마지막 칸에 겨우 인파에 끼어서 탔다. 마리는 승객들 사이를 헤치며 앞쪽으로 나아갔다. 남자는 마리를 쫓아오지 못했다. 세 정거장을 달려서 열차에서 내리니, 남자도 예상했던 모양인지 약간의 거리를 두고 여전히 뒤쫓아 오는 게 보였다. 마리는 그대로 출구 쪽으로 향했다. 계단에 한 발을 올리고 올라가려는 모양을 취하다가, 열차 문이 막 닫히려는 찰나에 다시 열차 안으로 뛰어들었다. 열차 문이 완전히 닫히고 차가 출발하자, 남자의 어리벙벙한 얼굴이 스쳐 지나갔다. 작전이 먹혀들어 다행이라고 여기면서 마리는 자리에 털썩 주저앉았다.

그렇게 몇 정거장을 지나 열차에서 내렸다. 이제는 어제 줄스와 계획했던 대로 하면 되었다.

"줄스, 나 루시야!"

마리는 줄스가 전화를 제대로 받아 들기도 전에 떠들어 댔다.

"나 지금 도망쳐 나오는 길이야. 네이선과 그의 할아버지가 날 가둬 뒀었어! 지금까지 네이선은 거짓말만 해 왔던 거야. 이제는 어디로 가야 할지 모르겠어."

그런 다음엔 사실감을 더하기 위해 훌쩍거리기까지 했다. 이 작전에서 단 한 가지 위험 요소는 전화를 도청하는 사람이 —둘은 루시의 전화가 도청당하고 있다고 확신했다— 루시의 목소리가 아니라는 걸 알아채지 않을까 하는 거였다. 마리는 최대한 루시의 목소리처럼 흉내 내려고 노력했다.

"루시, 지금 어디야?"

줄스도 자기가 맡은 역할을 연기했다.

"우리가 얼마나 걱정했는지 알아? 경찰한테까지 갔었어! 그런데 아무도 내 말을 안 믿어 주더라고. 이제 집으로 돌아올 거야?"

"아니, 그건 너무 위험할 것 같아. 혹시 네이선이 숨어서 기다리고 있을지도 모르니까. 너희들까지 위험에 빠뜨리고 싶진 않지만, 당장 돈이 좀 필요해."

"루시, 혹시 네이선이 널 다치게 했어?"

줄스가 물었다.

"아니."

마리가 훌쩍였다.

"아직은. 하지만 다치게 될까 봐 무서워. 어디서 만나야 하지?"

"만나기 좋은 곳이 어디일지 생각해 본 다음 다시 전화할게. 걱정하지 마!"

"그랬으면 좋겠어."

그런 다음, 마리는 전화를 끊었다. 만약 계획대로 무사히 진행된다면, 그들의 전화를 엿듣던 사람이 이제 바티스트에게 연락할 것이었다.

마리는 서둘러 도서관으로 향했다. 너무 늦게 도착하면 안 되었다.

점심 휴식 시간에 마리는 줄스의 친구 한 명과 만나서 같이 점심을 먹었다. 그런 다음 화장실에서 쪽지 한 장과 함께 루시의 전화를 건네주었다.

"이걸 가지고 런던 아이로 가. 거기라면 관광객들로 바글거리니까. 줄스가 4시에 이 전화로 전화를 걸어 올 거야. 전화를 받을 때 목소리를 조금만 가늘게 내 줘. 줄스가 전화로 뭔가를 말하면, 여기 쪽지에 적혀 있는 대로 대답하면 돼."

줄스의 친구가 고개를 끄덕였다. 그녀의 눈이 호기심에 반짝였다.

"할 수 있을 것 같아?"

"그럼! 걱정하지 마. 그런 다음에 이 휴대 전화는 어떻게 해야 돼?"

"템스 강에 던져 버려."

마리가 대답했다.

"이게 다 무슨 일인지 나중에 줄스가 말해 줄까?"

그녀가 물었다.

"아마도."

마리가 시큰둥하게 대꾸했다.

어느덧 집으로 가 보니 콜린과 줄스가 벌써 기다리고 있는

중이었다. 그 둘이 마리를 복도에서 집 안으로 서둘러 끌어당
겼다. 마리가 한숨을 내쉬며 문에 기대어 섰다. 심장이 목으로
튀어나올 것처럼 쿵쾅거렸다.

"무슨 일인데?"

줄스가 걱정스러운 얼굴로 물었다.

"오늘 밤에 퇴근하는 길에 겁나 죽는 줄 알았어. 내가 피해망
상에 걸린 걸 수도 있지만 그게 아니라면 계속 미행당한 것 같
아. 게다가 한두 명이 아니었어. 런던 아이 건은 어떻게 됐어?"

줄스가 고개를 끄덕였다.

"이젠 미끼를 물기만 기다리는 수밖에."

"그리고 우리 모두 무사하길!"

콜린도 끼어들었다.

"준비는 다 된 거야?"

줄스가 그에게 물었다.

"응. 내 생각엔."

그가 대답했다.

"지금은 우리가 유리해. 적어도 우리는 바티스트에게 피도
눈물도 없다는 걸 알잖아. 그러니 그 이상 놀랄 일은 없을 거
라고."

"아무튼 지금부턴 하느님께 맡기는 수밖에."

콜린이 말했다.

"글쎄, 과연 하느님이 얼마나 도움을 줄 수 있을까?"

줄스가 톡 쏘아붙였다.

콜린이 그녀의 말에 고개를 흔들었다.

줄스가 몸을 돌려서 부엌으로 가던 중 부엌 문턱에 걸려서 비틀거렸다. 그러다가 낡은 찬장에 엉덩이를 부딪쳤다.

줄스가 그대로 바닥에 대자로 뻗기 직전에 다행히 콜린이 그녀를 부축했다.

"오 하느님, 이 불쌍한 어린 양을 너무 곧바로 벌하신 것 아닌가요?"

콜린이 웃음을 터뜨렸다.

"그래, 놀려라! 아예 평생 써먹지그래?"

줄스가 엉덩이를 문지르며 그에게 투덜댔다.

"정말?"

그가 씨익 웃으며 그녀를 놓아주었다.

"그게 과연 먹힐까?"

네이선이 인상을 찌푸렸다.

"하지만 뭐 다른 아이디어 있어?"

루시가 되물었다.

"만약 바티스트가 저택을 떠나면, 우리가 사라졌다는 걸 눈치챌 때까지 적어도 하루 정도는 시간을 벌 수 있어."

"과연 할아버지가 나에게 감시를 붙이지 않은 채 혼자 런던에 가려 할까? 아마 시리우스와 오리온을 런던에 보내겠지. 게

다가 네 친구들 집에 기어들어 가서 몸을 숨기고 싶진 않아."

"친구들은 이걸 단지 날 구하기 위해 하는 게 아냐. 너도 구하려는 거잖아. 그냥 감사하는 마음만 가져 주면 안 돼? 아무튼 지금으로선 바티스트가 런던으로 가서 직접 이 일을 해결하려 하길 바라는 수밖에 없을 것 같아. 이미 한 번은 날 만나러 직접 런던에 왔었잖아. 만약 시리우스와 오리온만 보낸다면 더 잘된 일이야. 혼자서는 우릴 막을 수 없을 테니까."

"물론 네 친구들에게는 감사하고 있어. 하지만 계획이 좀 엉성해 보이는 건 사실이야."

루시가 팔짱을 꼈다.

"이젠 그만 투덜거려. 일단은 가만히 기다려 보자. 상황을 지켜보면서 어떻게 움직여야 할지 생각해 두는 거야. 혹시 우리가 도망친 일로 소피아나 해롤드가 의심의 대상이 되어선 안 되니까."

그가 소피아와 해롤드를 바라보았다. 해롤드는 소피아 곁에 우두커니 앉아 있었다. 그 모습을 보고 있노라니, 겁에 질린 토끼가 떠올랐다.

"이렇게 하면 어떨까요? 저희 둘을 묶어 두는 거예요."

소피아가 제안했다.

"그리고 저도 네이선 도련님의 말이 맞다고 생각해요. 주인님은 런던에 혼자 가려 하진 않을 거예요. 만약 도련님을 여기에 두고 간다면 정말 운이 좋은 거겠죠. 혹시 일이 틀어지면 혼자라도 도망쳐야 돼요, 루시! 더 오래 여기 있어선 안 돼요."

루시는 아차 싶었다. 바티스트가 네이선을 그렇게 빨리 혼자 두려 하지 않을 거라고는 생각하지 못했던 것이다.

하지만 지금으로선 위험을 감수하는 수밖에는 없었다.

루시가 고개를 끄덕였다.

"만약 그렇게 되면 다른 방법을 강구해 보는 수밖에 없어요. 하지만 일단은 계획대로 진행되도록 바랄 수밖에요."

"그래. 일단은 어떻게 되는지 지켜보자. 들은 바로는 할아버지한테 런던에서 전화가 걸려 온 모양이야. 그런 다음에는 저녁 내내 마치 통통하게 살이 오른 쥐새끼를 눈앞에 둔 고양이처럼 탐욕스러워 보였어."

"비유 한번 맘에 드는데."

루시가 대꾸했다.

18장

책의 운명은 신비에 감춰져 있다.

— 쉴리 프뤼돔

다음 날 오후, 루시는 해롤드가 운전하는 드 트레메인가의 리무진에 시리우스와 바티스트가 탄 채 저택을 떠나는 모습을 지켜보며 회심의 미소를 지었다.

계획은 성공한 셈이었다. 바티스트는 친구들의 유인 작전에 걸려들었다. 실은 그가 떠나기 직전까지도 그 사실을 믿을 수가 없었다.

하지만 한 시간 전에 바티스트, 오리온과 네이선이 저택 한쪽 구석의 예배당 안으로 들어가더니 잠시 후엔 바티스트 혼자 지상으로 올라온 게 새로운 고민거리였다. 그게 무엇을 의미하는지는 뻔했다. 설마 그 노인네가 자리를 비운 사이에 네이선을 지하 감옥에 가둬 둘 거라고는 생각하지 못했던 것이다. 만약 네이선이 탈출하지 못한다면 어떻게 해야 하지? 오래 고민하고 있을 수는 없었다. 바티스트는 내일 아침이면 돌아올 터였다. 그리고 그때쯤엔 이미 멀리 도망쳐 있어야 했다.

만약 혼자 도망친다면 어디로 가야 할지 생각해 둔 계획이 없었다. 올리브 씨가 유일한 선택지였다. 그녀만이 루시에게 《수호자의 책》에 대한 정보를 제공할 수 있었다. 루시는 그 책이 어떻게 생겼는지조차 몰랐다. 게다가 마지막으로 책이 존재했던 게 언제였는지도, 어디에 숨겨져 있을지, 누가 그 책을 썼는지도 몰랐다. 아마 책들을 어떻게 해방할 수 있는지에 대해 써 있다면, 아주 오래된 책임에 분명했다. 어쩌면 평생이 걸리더라도 그 책을 찾아야만 했다.

해가 질 무렵, 드디어 소피아가 저택에서 집 쪽으로 달려오는 게 보였다. 그녀는 격앙되어 있는 것처럼 보였다. 루시는 방에서 나와 계단을 달려 내려갔다. 소피아가 현관문을 열어젖혔다.

"주인님이 도련님을 예배당 안에 가두고 자기가 돌아올 때까지 밖으로 나오지 못하게 했어요!"

루시가 겁에 질린 채 소피아를 바라보았다.

"이제 어떻게 해야 하죠?"

"루시, 당장 여길 떠나요!"

소피아가 말했다.

"그게 최선이에요. 당신을 오빠 집에 데려다줄게요. 그런 다음에는 바티스트 드 트레메인이 찾아낼 수 없는 곳으로 가서 몸을 숨기고 있도록 해요! 안타깝게도 계획대로 되진 않았지만 지금부터는 자기 자신의 안전만 생각해야 돼요. 네이선은 어떻게든 자기 앞가림은 할 수 있어요."

"하지만…… 전 그가 필요해요."

루시가 말했다.

소피아가 다가와 루시를 끌어안았다.

"알고 있어요."

그런 다음 그윽한 눈으로 루시를 바라보았다.

"그래서 더더욱 그를 두고 갈 수는 없어요."

루시가 결심한 듯 말했다. 그 없이 떠난다면 견딜 수 없을 것 같았다. 그가 곁에 있어야만 했다. 게다가 혼자서는 그 모든 과제를 감당할 수 없을 것 같았다.

"그를 구해 내야 해요!"

소피아가 고개를 저으며 루시를 바라보았다.

"도대체 무슨 생각인 거예요? 그 안에 들어가는 것조차 불가능하다고요! 지하 도서관의 입구는 숨겨져 있어요. 그게 어디 있는지조차 알아낼 수가 없을 거예요. 저도 예배당 안까지는 들어가 본 적이 있지만, 그 안에는 아무것도 특별한 게 없었어요. 강단과 긴 의자 몇 개가 다예요. 비밀 장치로 의심되는 건 아무것도 없었다고요. 입구 외에 다른 통로나 출구도 없고요, 단지 아래쪽에 작은 납골당이 전부예요."

"그래도 한번 들어가 보겠어요."

루시가 단호한 목소리로 말했다.

"이미 결심을 굳힌 거군요?"

소피아가 물었다.

루시가 고개를 끄덕였다.

"전 다시 저택으로 돌아가 봐야 해요. 제가 자리에 없으면 오리온이 이상하게 생각할 테니까요. 어두워질 때까지 기다려요. 아마 7시쯤 오리온이 도련님께 저녁 식사를 가지러 올 겁니다. 그때 그를 좀 더 오래 저택에 묶어 둘게요. 그게 유일한 기회예요."

소피아가 다시 한 번 루시를 끌어안았다.

"행운을 빌어요. 그리고 단 한 가지만 부탁할게요. 만약 일이 틀어지면 달려요. 뒤도 돌아보지 말고!"

루시는 저택으로 향하는 소피아의 뒷모습을 바라보았다.

네이선은 루시에게 그의 조부만이 도서관에 드나들 수 있다고 말했다. 하지만 오리온도 그 안에 출입할 수 있다는 건 아마 바티스트의 권한을 타인에게 양도할 수 있는 것 같았다. 어떻게든 그 안으로 들어가서 안을 살펴봐야 할 것 같았다. 어쩌면 뭔가 발견할 수 있을지도 몰랐다. 아니면 숨어서 오리온을 지켜보는 방법도 있었다. 만약 혼자 그 안에 들어가 출입구를 찾는다면 한 시간은 걸릴 터였다. 하지만 그럴 만한 시간은 없었다. 네이선을 구하려면 신속하게 움직여야 했다.

날이 어두워지자, 루시는 외투를 챙겨 입었다. 오리온이 개로 변할 수 있을진 몰라도, 벽을 투시할 수는 없을 거라고 생각하며 용기를 냈다.

예배당으로 향하는 오솔길 가장자리의 수풀 속에 몸을 숨긴 채, 루시는 낡은 벽을 손으로 더듬었다.

저택과 마찬가지로 예배당도 오래된 벽돌로 건축되어 있었다. 뾰족한 지붕은 점판암으로 마무리되어 있었고, 벽에는 높은 아치형의 창이 나 있었다. 어두운 색의 참나무 문이 한 뼘 정도 열려 있었다. 루시는 예배당 건너편에 있는 오래된 떡갈나무 뒤에 몸을 숨겼다. 그렇게 한참 동안 예배당을 지켜보았다. 오리온은 네이선과 함께 도서관 안에 있을까? 아니면 예배당 안에서 음식을 가져다줄 시간까지 기다리는 걸까? 루시는 손목시계를 내려다보았다. 6시 30분이었다. 만약 오리온이 지하의 비밀 입구를 어떻게 여는지 지켜보려면 지금 저 안에 들어가 있어야 했다.

루시는 차가운 손으로 나무둥치를 꽉 움켜쥐었다. 그가 지금 이 순간 루시의 두려움을 가져가고, 그 대신 힘을 줄 수만 있다면 얼마나 좋을까! 만약 오리온에게 잡힌다면 어떻게 될지는 뻔했다. 그를 상대로 혼자서는 승산이 없었다. 그는 루시를 붙잡은 다음 바티스트를 도로 불러들일 것이다. 아무리 네이선이라고 해도 그녀를 다시 한 번 탈출시키는 건 불가능할 터였다. 그럼 바티스트는 자신을 그 남자에게 넘길 거고, 그렇게 되면……. 루시는 눈을 질끈 감았다. 지금은 네이선을 탈출시키고 그와 함께 도망치는 것만 생각하기로 했다. 당장은 용기를 내서 한 걸음 한 걸음 걸어야 했다. 미리 실패할 걸 두려워하고 있을 수만은 없었다.

어둠 속에 몸을 숨긴 채, 루시는 작은 예배당 쪽으로 달렸다. 다행히 운이 좋았는지 누구에게도 들키지 않고 예배당 입구에 도달했다. 문은 거의 한 뼘 정도 열려 있을 뿐이었는데, 문을 더 열지 못한 채 겨우 몸을 비집고 그 틈 사이로 들어가야 했다. 문이 워낙 낡았기 때문에 조금이라도 끼익거리는 소리를 낸다면 들킬 게 뻔했다. 예배당 안에 들어서니, 제단 위에 촛불 하나가 타오르는 게 보였다. 거기에서 흘러나온 희미한 빛에 의지해서 주의 깊게 주변을 둘러보았다. 다행히 예배당은 비어 있었다. 긴 의자 위에도, 제단이나 벽에도 오리온의 모습은 보이지 않았다.

하지만 뭔가가 석연치 않았다. 물론 예배당 안은 아름다웠지만 지극히 평범한 모습이었다. 아마 지나가던 방문객이라면 평범한 교회라고만 생각하리라. 만약 루시가 직접 제 눈으로 바티스트와 오리온, 네이선이 여기로 들어왔다가 바티스트 혼자만 나가는 걸 보지 못했다면, 비밀 입구가 있으리라고는 상상할 수도 없을 터였다.

여기 어딘가에 연맹의 도서관으로 향하는 비밀 통로가 있을 터였다. 아마 혼자서는 백날 둘러봐도 찾을 수 없으리라. 소피아 말이 옳았다. 하지만 그렇다고 포기할 수는 없었다. 루시는 살금살금 제단 앞으로 다가갔다. 이러다가 갑자기 눈앞에 오리온이 불쑥 튀어나올 것 같아서 손이 덜덜 떨렸다. 촛불을 들고 예배당 구석구석을 살폈다. 돌 하나하나와 바닥까지 샅샅이 살펴봤지만 어느 것 하나도 수상한 점은 없었다.

제단 쪽으로 다시 다가가 보았다. 거기에는 십자가 하나 외에는 아무 장식도 없었다. 그 십자가조차 아주 투박한 모양이었다. 루시는 그 주위를 한 바퀴 둘러보았다. 그 뒤쪽으로는 계단이 있었다. 루시는 몸을 굽혀 그 안의 캄캄한 어둠을 응시했다. 아마 저쪽이 소피아가 말했던 납골당인 것 같았다. 혹시 오리온이 저 아래 어둠 속에 서 있을까? 루시는 제단 위에 놓여 있던 사용하지 않은 새 초 하나를 집어 들어 그 아래로 떨어뜨렸다. 기껏해야 초 하나였기 때문에 그리 큰 소리는 나지 않았지만, 그럼에도 불구하고 누군가의 주의를 끌기엔 충분했다. 만약 오리온이 저 아래 있다면, 지금 그리로 내려가는 건 함정 속으로 걸어 들어가는 거나 다름없었다. 루시는 망설였다. 저 아래로 내려가 봐야 하나? 그녀 안의 본능이 그러지 말라고 비명을 지르는 것 같았다. 물론 위험했지만 다른 대안이 없었다. 온몸의 감각이 도망치라고 속삭였다.

하지만 루시는 한 걸음 한 걸음 아래로 내려가기 시작했다. 좁은 통로는 루시를 지하 깊은 곳으로 이끌었다. 그 안에는 여러 가지 크기와 모양의 석조 관들이 놓여 있었다. 루시는 그 깊은 침묵 속에서 조용히 통로를 따라 발걸음을 옮겼다. 관에 새겨진 이름들을 훑어보면서 이들이 네이선의 조상들이겠거니 싶었다. 이들은 수 세기에 걸쳐 인간에게서 온갖 귀중한 지식을 훔쳐 내 왔다. 그런 생각을 하니 화가 치밀었다. 과연 이들이 루시가 네이선을 구출하고 여기서 도망치도록 내버려 둘까?

그때 무슨 소리가 들렸다. 무언가 끼이익 열리는 소리가 들렸고, 루시는 관 하나가 열리는 것을 보고 겁에 질리고 말았다. 거기 새겨진 이름조차 알아볼 수 없는 오래된 관이었다. 도망칠 시간조차 없는 상태에서 루시는 서둘러 초를 끄고 관 사이에 몸을 숨겼다. 어찌나 심장이 세차게 두방망이질 치던지 납골당 안이 그녀의 심장 소리로만 가득 찰 것 같은 느낌이었다.

루시는 저도 모르게 가빠지는 호흡을 억누르느라 입을 세게 틀어막았다. 그녀가 숨은 곳으로 희미하게 깜박이는 촛불 하나가 다가왔다. 분명 오리온일 터였다. 다른 사람일 리는 없었으니 말이다. 불빛이 루시가 숨어 있는 곳에 가까워졌다. 발소리가 잠시 멈췄다. 루시는 당장이라도 거대한 괴물이 자기 앞에 고개를 들이대고 덮칠 것만 같았지만, 다행히도 발소리가 다시 이어졌다. 촛불이 멀어져 갔고, 오리온이 예배당을 나가는 소리가 들렸다.

잠시 후, 예배당의 문이 끼익 소리를 내며 잠겼다. 루시는 재빨리 관 사이에서 나왔다. 오리온이 밀고 나왔던 관 뒤쪽으로는 아주 비좁은 통로가 있었고, 그 아래로 계단이 이어졌다. 루시는 이런 행운을 얻은 걸 믿을 수가 없었다. 만약 예배당 문이 열려 있지 않았더라면 비밀 통로도 발견할 수 없었을 것이다. 아마 아무도 이 안으로 들어오지 않을 거라고 확신했던 모양이었다. 루시는 계단을 내려갔다. 마치 지옥 아래로 내려가는 기분이었다. 바로 발밑에 뭐가 있는지 보이지 않는 캄캄한 어둠 속에서 전진하는 동안 공포와 두려움이 차올랐다. 축축한 이끼와 곰팡이 냄새가 났다. 차츰 주변이 밝아지는가 싶더니, 저 멀리 횃불이 타오르는 게 보였다. 조금이라도 횃불이 늦게 나타났다면 분명 넘어져서 발목이 부러졌을 것이다.

계단 아래에는 고급스러운 금속으로 장식된 육중한 나무 문이 있었다. 세월에 닳은 문이 어두운 빛으로 반들거렸다. 청동 경첩과 중세 시대풍의 손잡이는 마치 함부로 들어오지 말라고 엄중하게 경고하는 것 같았다. 루시는 용기를 내어 손잡이를 움켜쥐었다. 아니나 다를까, 문은 꿈쩍도 하지 않았다. 손잡이 부근도 청동으로 장식되어 있었는데, 어디에도 열쇠 구멍은 보이지 않았다. 아마 문은 다른 방식으로 잠겨 있는 것 같았다. 루시는 횃불을 손에 들고 문에 비춰 보았다. 하지만 아무런 힌트도 발견할 수 없었다. 네이선은 바티스트만 이 문을 열 수 있다고 했다. 그러니까 고위급 페르펙투스만 그리로 드나들 수 있었다. 그때 루시의 머릿속에 열쇠가 있을지도 모른다는 생각이 떠올랐다. 오리온도 어떻게든 거길 드나들 수 있지 않은가? 어떻게 여는 거지? 루시는 시계를 바라보았다. 이미 시간이 꽤나 흘러 있었다.

아무리 소피아라고 해도 오리온을 계속 묶어 둘 수는 없을 터였다. 이제 어쩌지? 그 근처에는 숨어 있을 만한 곳도 없었다. 만약 지금 오리온이 들이닥친다면 꼼짝없이 붙잡히고 말 터였다. 납골당으로 향하는 좁은 통로를 올려다보며 루시는 겁에 질렸다. 이제 어떻게 해야 하지? 루시는 주먹으로 잠긴 문을 쾅쾅 두드렸다.

"네이선! 내 말 들려?"

잠시 숨을 멈추고 귀를 기울여 보았다. 하지만 아무 소리도 들리지 않았다. 루시는 차가운 나무 문에 이마를 대고 다른 수를 궁리했다. 혼자서 네이선을 탈출시키려던 희망이 사라졌다. 이제는 궁지에 몰린 토끼처럼 붙잡히지 않으려면 여기서 도망치는 수밖에 없었다. 어쩌면 납골당에 숨어 있다가 다시 한 번 마지막으로 시도해 볼 수도 있었다. 제아무리 오리온이라고 해도 밤새 그를 지키고 있지는 못할 테니 말이다. 게다가 바티스트가 네이선을 가둬 놓은 감옥은 철통 같았다. 누군가의 도움 없이는 절대 도망치지 못할 터였다.

"금방 다시 돌아올게."

루시는 문에 속삭인 다음 손 하나를 문 위에 댔다. 손목의 표식에서 잠시 빛이 올라오는 걸 지켜보다가, 서둘러 그 자리를 떠나 계단을 오르기 시작했다. 하지만 계단을 높이 올라가면 올라갈수록 마음이 찢어질 듯 아팠다. 그를 혼자 내버려 둔 채 혼자 도망쳐야 한다는 게 죽을 만큼 괴로웠지만, 지금으로선 다른 방법이 없었다. 어쩌면 소피아와 머리를 맞대고 궁리하면 방법을 찾을 수 있을지도 몰랐다. 그녀와 해롤드는 이미 수십 년간이나 여기서 일해 왔으니, 바티스트에 대해 생각보다 많은 걸 알고 있을지도 몰랐다.

마지막 계단을 올라가 납골당 통로에 들어선 순간, 거기에는 기분 나쁜 미소를 띤 오리온이 서 있었다.

줄스와 콜린은 런던의 한 바에 서 있었다. 거기는 콜린의 친구가 운영하는 곳이었는데, 계획을 실행할 장소로는 안성맞춤이었다. 창밖 거리 위로 드문드문 서 있는 가로등의 희미한 불빛이 비쳤다. 지금까지는 모든 게 계획대로였다. 마지막에 자신들을 보호할 방법을 고민해 보니 주변에 사람이 많을수록 안전할 거라는 생각이 들었다. 그래서 주위에 아는 사람을 몽땅 초대해서 왁자지껄한 파티를 연 것이다. 이제 파티 분위기는 최고조에 이르고 있었다. 다들 노래방 기계에 모여들어 스크린 앞에 찍히는 글자에 따라 고래고래 목청을 높이는 중이었다.

줄스는 불안한 듯 손톱을 물어뜯었고, 콜린은 손 안에서 커피 잔을 빙글빙글 돌렸다.

"만약 계획이 틀어지면 어쩌지? 우리가 자기들을 속였다는 걸 너무 일찍 눈치채고 다시 저택으로 돌아갔다면?"

"만약 그랬다고 해도 루시가 어디에 있는지는 못 찾아낼 테니 걱정 마."

콜린이 그녀를 진정시켰다.

"중요한 건 일단 바티스트와 그의 개들을 거기서 꾀어내는 거야. 그 이상 바랄 수는 없어."

콜린이 줄스의 손을 잡아 주었다.

"왠지 겁나."

줄스가 속삭였다.

"스스로를 너무 과대평가한 것 같아. 바티스트 같은 괴물을 가지고 장난칠 생각을 하다니."

"이젠 물러설 수 없어. 지금 루시에겐 우리가 유일한 희망이라고. 듣고 있어?"

그가 줄스를 끌어안았다.

줄스는 그의 가슴에 기대어 눈을 감았다. 만약 이 모든 게 끝난다면 얼마나 좋을까라고 생각했다. 잠시 후, 손목시계를 들여다본 후 화장실을 바라보니, 문이 열리며 루시가 나오는 것이었다.

이번만큼은 저 교활한 계집도 빠져나갈 수 없을 거라고, 바티스트는 속으로 이를 갈았다. 벌써 그의 뒤통수를 친 것만도 두 번째였으니 말이다. 하지만 이번만큼은 어림없었다. 누군가 런던 저택의 초인종을 울리는 소리가 들리는 동안, 바티스트는 안락의자에 앉아 차를 한 모금 삼켰다.

"바티스트 경께서 내 도움이 필요하시다고?"

보퍼트가 홀 안으로 들어오며 물었다.

바티스트가 분한 듯 입술을 짓이기며 고개를 끄덕였다. 그런 다음 보퍼트에게 자리를 권했다.

"일단 차나 한잔합시다."

그가 중얼거렸다.

보퍼트는 눈을 가늘게 뜨고 바티스트의 속내를 읽으려는 듯 흘끔거렸다.

"문제가 생겼소."

바티스트가 털어놓았다.

"문제라니?"

"그 계집애 말이오."

바티스트가 분노를 억누르며 말을 이었다.

보퍼트가 몸을 곧추세우며 말했다.

"기껏해야 여자 하나를 상대로 뭐가 그리 문제란 말이오? 세상에 우리 연맹이 해결하지 못할 일은 없소. 그들은 우리를 방해할 만한 힘도 없는 존재요."

바티스트가 코웃음 쳤다.

"이 여자들을 만만히 봐선 안 되오. 벌써 수 세기 동안 우리 앞길을 방해하고 있잖소."

"물론 그건 그렇소만."

그가 손사래를 쳤다.

"우리에 비해 그들이 이룩한 일이 뭐가 있단 말이오. 아무튼 내가 무엇을 도와드릴 수 있겠소?"

"그 여자가 지금 런던에 있소."

바티스트가 보퍼트의 표정이 변하는 걸 애써 무시하며 말했다.

"지금 그 여자가 귀하에게서 도망쳐 나와서 여기 와 있다고 말하는 거요?"

그가 물었다.

"마음대로 생각하시오. 하나하나 설명하자면 긴 얘기요. 중요한 건 이제 이 계집에게 이리저리 끌려 다니는 건 사양하고 싶단 말이오. 어차피 나에겐 아무 짝에도 쓸모가 없소."

"나에게는 쓸모가 있소만."

보퍼트가 손바닥을 비비며 말했다.

"그녀는 젊고 대체로 매력적이오. 약간 마르긴 했지만, 그건 어떻게든 바꿀 수 있으니 중요한 게 아니오."

바티스트는 제 눈앞에 앉아 있는 검은색 양복 차림의 빼빼 마른 남자를 혐오스럽게 바라보았다. 연맹의 회원들이 쓸데없이 몇 세기에 걸쳐서 혈연 같은 관계를 유지하는 게 얼마나 짜증스러웠는지 모른다. 그것만 아니었으면 벌써 몇 명은 눈앞에서 치워 버렸을 텐데. 하지만 지금 중요한 건 그게 아니었다.

"그 여자는 절대로 네이선에게 협력하려 하지 않을 거요. 그러니 유일하게 써먹을 데라곤 2세를 낳게 만드는 것밖에 없소."

"오, 그 임무는 이 몸이 기쁜 마음으로 수행해 드리리다."

"좋소. 그럼 이제 문제가 해결된 셈이오. 여자는 8시에 제 친구들과 만나기로 했소. 돈이 필요하다고 했다는군요. 아마 앞으로 돈 걱정은 없을 테지만."

바티스트와 보퍼트가 마주 보며 음산한 미소를 지어 보였다.

"그거야말로 별것 아니오. 내 곁에 있으면 아무것도 부족한 게 없을 테니."

보퍼트가 말했다.

"게다가 작업이 끝나면, 내 손에서 개처럼 먹이를 받아먹게 될 거요. 바티스트, 아무 걱정 말고 당신의 그 매력적인 손자나 잘 감시하시오."

"그건 걱정 마시오. 피츠앨런가의 영애와 혼사가 성사되었소. 제 가정을 꾸리면 금방 마음을 잡을 거요."

그들은 몸을 일으켜 복도로 나갔다.

"전에 부탁했던 사내들을 좀 데려왔소?"

"당연하지요."

보퍼트가 바티스트가 외투 입는 걸 도와주며 대꾸했다.

"특별히 입이 무겁고 충직한 사람들만 추려 왔소."

집 앞에는 리무진 두 대가 대기하고 있었다. 바티스트가 보퍼트에게 주소가 적힌 종이를 건넨 다음, 해롤드의 팔에 의지해서 차에 올랐다.

"이제 계집은 제가 행동한 대로 대가를 치르게 될 거다. 더이상 그년의 손아귀에 놀아날 일은 없겠지. 보퍼트 같은 사디스트에게 걸린 게 딱하긴 하다만, 제 발로 복을 차 버린 셈이야."

약속 장소로 차를 몰던 해롤드가 그의 말을 듣고 몸을 부르르 떨었다. 하지만 시리우스만은 흡족한 미소를 지어 보였다.

줄스는 깜짝 놀란 얼굴로 마리를 바라보았다. 마리가 바 의자에 걸터앉아 줄스를 바라보며 짓궂게 웃었다.

"나 어때?"

마리가 붉은색 가발 머리를 흔들어 보였다.

"놀랄 노 자네."

콜린이 멍한 얼굴로 말을 더듬었다.

"루크는 예술가라고 말했잖아. 누구라도 마음먹은 대로 변신시킬 수 있다니까."

줄스가 동의하듯 고개를 끄덕였다.

"여긴 다 우리가 아는 사람들뿐이야. 콜린, 조금 있다가 남자애들 몇 명이랑 문 앞에 담배 피우러 갔다 와. 그러면서 주변에 수상한 게 없는지 둘러봐."

"알았어. 부디 자연스럽게 연기해야 할 텐데. 괜히 콜록거리기라도 하면 큰일이군."

"잘할 수 있을 거야."

마리가 그의 어깨를 두드리며 용기를 북돋워 주었다.

"루크가 말하길, 다른 애들은 끝내려면 시간이 좀 더 걸린대. 다 되면 말해 준다고 했어."

"제발 걸려들어야 할 텐데. 감시하는 놈들이 루시가 들어오는 걸 못 봤다고 의심하면 곤란한데."

"어쩔 수 없잖아. 지금으로선 루시의 모습이 보이는 것만으로 충분하길 비는 수밖에."

줄스가 고개를 끄덕였다.

잠시 후, 콜린은 남자들 몇 명과 함께 바의 문 앞에서 담배를 꺼내 물며 주위를 둘러보았다.

"난 정말 담배가 싫어."

그가 중얼거렸다.

그때 거리 저편에서 검은 리무진 두 대가 나타나더니 천천히 술집 앞에 멈춰 섰다. 물론 차창은 검게 가려져 있었지만, 그 안에 누가 타고 있을지는 짐작이 갔다.

콜린은 담배를 바닥에 던진 후 발로 비벼 껐다.

"지금부터 시작이야. 차는 두 대가 왔어!"

그가 문 안쪽에 대고 속삭였다.

줄스의 얼굴이 창백해졌다.

"그럼 지원군을 데려왔다는 거잖아!"

세 명의 눈빛에 당혹감이 머물렀다.

"상관없어. 어차피 작전에 걸려들 거라고 생각했잖아. 어쨌든 다 잘될 거야."

마리가 말했다.

줄스가 마리에게 휴대 전화와 봉투 하나를 건넸다. 바티스트가 그들을 지켜본다면, 그 봉투 안에 돈이 들었다고 생각할 게 뻔했다.

"다들 계획은 알고 있지?"

콜린이 물었다.

"여기 있는 애들한테도 다 말해 뒀어. 다들 이게 무슨 장난이라고 생각하는 것 같지만 말야. 일이 끝나면 맥주 한 잔씩 사기로 했어."

"아니, 그물에 무슨 고기가 잡힌 거지? 이것 참 의외로군."

오리온의 음산한 목소리가 지하 통로 안에 메아리쳤다.

루시는 계단 끄트머리에 못 박힌 채 움직일 수가 없었다. 이런 일이 생기다니! 즉시 몸을 틀어서 그 거인에게서 도망치려 했지만 불가능했다. 사방이 관으로 막혀 있었고, 그의 앞으로 지나쳐서 도망친다고 해도 너무 비좁았다. 할 수 없이 뒷걸음 질 치며 올라왔던 계단을 도로 내려갔다. 오리온은 들고 있던 바구니를 바닥에 내려놓았다. 아마 네이선의 저녁 식사가 담겨 있는 듯했다. 그가 천천히 다가오는 동안, 머릿속은 하얘지고 다리는 덜덜 떨렸다. 하지만 그에게 자기가 겁먹은 걸 숨겨야 했다.

"날 그냥 보내 주는 게 좋을 거예요."

"지금 당장 주인님께 전화해서, 그 모든 게 교활한 계략이었다고 말하는 게 좋을 것 같군."

그가 거대한 손을 외투 주머니에 넣고 휴대 전화를 꺼내 들었다. 손이 어찌나 큰지 휴대 전화를 다 가릴 정도였다. 그가 버튼 하나를 누르고 기계를 귀에 댔다.

루시는 숨을 멈췄다.

몇 초 뒤, 거구가 휴대 전화 화면을 응시하며 말했다.

"운이 좋군. 지하에선 수신이 안 돼. 지금 네 방으로 데려다 주겠다. 하지만 허튼짓을 할 생각은 하지 않는 게 좋아. 우리 둘 사이엔 아직 치르지 못한 계산서가 남아 있으니까."

그의 말에 루시가 우뚝 멈춰 섰다. 영화에서 보면, 이런 상황일 때 적에게 말을 걸면서 기회를 엿보는 경우가 많지 않던가. 어쩌면 실제 상황에서도 도움을 줄 수 있을지 몰랐다. 시간을 끌면 끌수록 루시에겐 이득인 셈이었다.

"무슨 계산서?"

루시가 물었다.

"바로 너 때문에 도련님이 날 총으로 쐈어."

그가 대꾸했다.

"하지만 네이선도 선택의 여지가 없었잖아."

루시가 단호하게 말했다.

"도련님이 해야 할 일은 간단하다. 주인님이 시키는 것만 하면 되지. 널 탈출시키려 하다니, 어리석었다."

그가 비웃었다.

"바티스트가 먼저 나에게 원하지도 않는 일을 강요했어."

루시가 대꾸하며 계단을 한 칸 올랐다. 만약 오리온과 밑으로 내려가면, 독 안에 든 쥐가 되는 꼴이었기 때문이다.

오리온도 무심코 한 걸음 뒷걸음질 치며 계단을 올라갔다.

"너희 주인이 시키는 일은 전혀 의심조차 안 하고 한다 이거야?"

루시가 어둠 속에서 마치 거대한 괴물처럼 보이는 오리온을 쳐다보며 떨었다. 어쩌면 이자가 물랑 부인의 죽음에 관여했을 거라는 생각이 들었다. 등줄기로 차가운 식은땀이 흘렀다. 그 아니면 그와 늘 함께 다니는 단짝이든 둘 중 하나가 물랑 부인의 등을 열차 선로로 떠밀었을 것이다. 어차피 둘 중 누가 했든 큰 의미가 없었다. 그 둘이 양심 없는 괴물이라는 건 똑같았으니 말이다. 루시는 떨리는 손을 진정시키려 통로의 벽에 지탱하고 섰다.

"그래. 무조건 복종뿐이지."

그가 짤막하게 대꾸했다.

"이걸로 쓸데없는 수다는 끝이다. 순순히 따라올 테냐, 아니면 내가 끌고 가야 되는 거냐?"

루시는 잠시 고민하는 척하며 몇 걸음 더 위로 올랐다. 오리온도 입구 쪽으로 뒷걸음 했다. 그의 입가에 승리의 미소가 떠올랐다. 그가 루시를 끌어올리기 위해 루시의 팔을 움켜쥐었다. 그의 손가락이 갈퀴처럼 살 속으로 할퀴어 들었다. 그 순간, 모든 용기를 잃어버린 것 같았다. 아무런 저항도 못 한 채, 루시는 통로 위로 끌어올려졌다.

그때 어두운 복도 안에서 무언가가 바스락거리는 소리가 나더니, 루시가 무슨 일인지 알아차리기도 전에 그의 거대한 손이 루시를 놓았다. 그의 눈알이 힘없이 풀리는가 싶더니, 손에 들었던 양초가 바닥으로 떨어지며 불빛이 꺼졌다. 둔탁한 굉음이 들렸다. 그가 바닥에 쓰러진 것이다.

루시는 몸을 움직일 수 없었다. 누군가 라이터를 켰고, 루시는 멍하니 빛 쪽을 바라보았다.

거기엔 소피아가 서 있었다. 한 손에는 양초를, 다른 한 손
에는 거대한 밀대를 쥐고 있었다.

19장

책은 마치 미녀가 자신의 얼굴을 거울에 비추어 보듯
작가의 얼굴을 글 속에 반영한다.

— 장 파울

"다 됐어."

루크가 세 명에게 다가오며 속삭였다.

"여자애 두 명은 분장을 마쳤어."

"마리처럼 완벽하게 됐어요?"

루크가 어깨를 으쓱해 보였다.

"최선은 다했어. 아마 낮이었다면 루시가 아니라는 걸 금방 들키겠지만, 일단은 너희 계획대로 먹힐 것 같아."

"고마워요, 루크! 이걸로 빚진 셈이네요."

마리가 말했다.

"천만에. 언제든 말만 하라고."

그가 마리에게 윙크해 보이고는 다른 사람들과 어울렸다.

마리가 식은땀이 찬 손바닥을 바지에 문지르며 친구들의 얼굴을 바라보았다. 물론 다들 바티스트가 얼마나 위험한 인물인지는 알고 있었음에도 여태까지는 이 모든 계획이 마치 악동스러운 장난처럼 생각되었던 게 사실이었다. 하지만 지금부터는 장난이 아니었다. 다들 서로가 다치지 않고 무사하길 바랄 뿐이었다.

줄스가 시계를 보며 말했다.

"7시 30분이야. 루시는 연락이 없었으니 계획대로 진행하자. 지금 시간이면 탈출에 진작 성공했어야 해. 이 유인 작전이 먹히면, 바티스트를 최소 30분은 잡아 둘 수 있어. 하지만 그런 다음에는 자기가 속은 걸 눈치챌 거야. 그럼 저택에 전화를 걸어서 확인해 보겠지."

콜린과 마리가 고개를 끄덕였다.

콜린이 낮은 휘파람 소리를 냈다. 그러자 마치 명령을 하달받은 군인들처럼 누군가 달려왔다. 마리와 같은 방식으로, 루시처럼 꾸민 여자 두 명이 더 나타난 것이다. 콜린은 바의 희미한 불빛 아래에선 누가 누구인지 마리와 여자 두 명을 구분할수 없다는 데 놀랐다.

여기까지는 계획한 대로였다. 초대했던 사람들까지 떼거지로 전부 다 바에서 나왔다. 그 중간엔 세 명의 루시가 걸었다. 콜린이 곁눈질해 보니, 낮은 담장 건너편 입구 쪽에 여섯 명의 남자가 배치되어 있었다. 자동차들은 사라졌다. 입구 쪽에 서있는 남자들도 한꺼번에 사람들이 쏟아져 나오자 당황한 모습이었다.

패거리는 일순 세 개의 그룹으로 나눠졌다. 다들 자기가 어느 그룹에 속하는지 정확히 알고 있었다. 각각의 그룹은 가짜 루시를 중간에 둔 채 서로 다른 방향으로 달리기 시작했다.

콜린은 주변을 둘러보았다. 안타깝게도 추적자들은 순식간에 다음 결정을 내린 것 같았다. 여섯 명의 추적자 중 두 명씩이 각각의 그룹에 따라붙었던 것이다. 바티스트도 이번만큼은 모험을 감행하지 않고 확실하게 일을 마무리하려는 모양이었다. 그러지 않고서야 루시 한 명 잡겠다고 추적자를 여섯 명이나 붙였을 리 없었다.

콜린은 마리의 손을 잡고 자기 그룹을 이끌었다. 이 게임의 목적은 루시를 추적자에게 빼앗기지 않는 것이라고 초대한 친구들에게 설명해 두었다. 그리고 루시와 함께 제일 먼저 바로 돌아온 그룹이 이기는 거라고 했다. 하지만 게임의 규칙은, 특정한 루트를 지나야 한다는 데 있었다. 다들 추적자들도 이 게임의 일부분일 뿐이라고만 생각하고 있는 모양이었다. 콜린은 저들이 무장하고 있지 않기만 바랐다. 추적자들은 금세 그룹을 뒤따라왔다. 다수가 움직이느라 속도가 느렸기 때문이다.

골목 하나를 끼고 돌았다. 이제는 가장 행렬을 마칠 시간이었다. 그래야 추적자에게 붙잡힐 위험도 줄어들었다.

"외투 벗어 봐!"

콜린이 마리에게 속삭였다.

"괜찮을까? 충분히 따돌린 거야?"

마리가 숨찬 목소리로 물었다.

"응. 빨리!"

마리가 달리면서 외투를 벗자, 그 아래에 회색 운동복이 드러났다.

"머리도!"

마리는 가발도 벗어 던졌다.

콜린이 잠시 멈추더니 마리가 벗은 외투와 가발을 근처의 쓰레기통에 던져 넣었다. 그런 다음에는 마리와 함께 다시 달리기 시작했다. 마리가 손가락으로 머리칼을 매만진 다음, 얼굴에 한 화장을 지우기 위해 특수 분장사들이 쓰는 물티슈를 꺼내 얼굴을 닦아 냈다. 루크가 준 것이었다.

"조금만 더 지워 봐."

콜린이 말했다.

마리는 얼굴의 화장을 지운 다음, 안경을 썼다.

콜린이 고개를 끄덕이며 말했다.

"이젠 루시가 어디로 사라졌는지 어리둥절하겠군."

추적자 한 명이 그룹을 따라잡았다. 그런 다음 여자 한 명을 붙잡고 얼굴을 확인했다.

"이게 뭐하는 짓이에요?"

여자가 고함을 지르자, 그가 멋쩍게 여자의 손을 놓았다.

두 명은 그룹 사이로 파고들며 이 잡듯 뒤졌다. 그들이 여자들마다 얼굴을 확인하느라 그룹은 엉망이 되었다. 결국 모두 제자리에 멈춰 섰다.

지금부터가 어려운 부분이었다.

"루시 가디언은 어디에 있지?"

남자 하나가 콜린에게 물었다. 둘 다 마른 데다 운동으로 몸이 다져져 있었다. 그들이 술에 취한 젊은이들을 금세 따라잡은 것도 무리는 아니었다. 남자는 콜린이 이 모든 일의 주범이라고 생각하는 듯했다. 분명 바티스트 드 트레메인도 콜린을 알고 있을 터였다. 그리고 분명 이 모든 게 우연이라 생각하진 않을 것이다.

"여긴 없는데요."

콜린의 말에 주위의 젊은이들이 깔깔 웃었다.

"아저씨! 번지수가 틀렸어요!"

남자 중 하나가 외쳤다.

남자가 콜린의 팔을 움켜쥐었다.

"이건 장난이 아니야!"

"빨리 바로 달려가!"

콜린이 친구들에게 외쳤다. 다들 영문을 알 수 없다는 표정이었다.

"안 그럼 우리가 질 거야, 어서!"

다들 천천히 발걸음을 옮기더니, 이내 바 쪽으로 달리기 시작했다. 마리가 콜린을 향해 불안한 눈빛을 던졌지만, 다른 사람들에 떠밀려서 억지로 발걸음을 옮겨야 했다.

"자, 대답해!"

남자가 콜린을 노려보며 물었다.

"진짜 루시는 어디에 있지?"

"저도 몰라요."

콜린이 대답했다.

"런던에는 없어요. 네이선이나 바티스트가 납치해 갔다고요."

남자가 콜린의 멱살을 움켜잡았다.

"그럼 이 광대 짓은 다 뭐지? 분명 여자가 전화를 걸었고, 오늘 밤 너희와 만나기로 약속했잖나?"

"루시는 안 왔어요."

콜린이 목소리를 쥐어짜 냈다. 남자가 콜린을 담벼락에 몰아세웠다.

"장난하지 마, 이 자식아!"

다른 한 명이 위협하며 콜린의 배를 주먹으로 쳤다.

콜린이 고통으로 몸을 말았다.

"그냥…… 다 장난이었어요……."

"장난?"

남자가 분노했다.

"우린 보퍼트 경에게 그 여자를 데려가야 되는데, 뭐? 장난?"

그가 콜린을 흔들면서 이번엔 턱에 주먹을 날렸다. 콜린은 신음 소리를 냈다. 입술이 폭발하는 것 같았다.

"자, 이제 말해! 여자는?"

"전 진짜 몰라요."

그가 신음 소리를 냈다.

"이 자식, 사람을 가지고 논 거냐?"

콜린에게 주먹질이 이어졌다.

한참을 그렇게 맞던 콜린은 벽에서 바닥으로 주르륵 흘러내렸다. 구타가 멈춘 것이다.

"다신 우리 일을 방해하지 마라."

작별 인사처럼 마지막 주먹이 날아들었다.

"그땐 이번처럼 예쁘게 봐 주진 않을 테니까!"

콜린은 바닥으로 고꾸라졌다. 금방이라도 정신을 잃을 것 같았다. 그가 간신히 몸을 일으켰다. 다시 바닥으로 고꾸라지지 않기 위해 가까스로 바닥에 몸을 기대야 했다.

시간이 얼마나 지났을까? 이대로 시간이 멈춘 것 같은 느낌이었다. 얼굴을 더듬어 보니, 따뜻한 액체가 끈적이는 게 만져졌다. 속이 뒤집힐 것처럼 메스꺼웠다. 여태껏 직접 피를 본 적은 한 번도 없었다. 한쪽 눈은 부어서 제대로 뜰 수도 없었다.

"콜린?"

누군가가 자기 이름을 소리쳐 부르는 게 들렸다.

"오, 세상에, 콜린! 대체 무슨 일을 당한 거야?"

줄스가 그를 팔에 안아 일으켰다.

"당장 병원으로 가자. 다 잘될 거야. 젠장!"

줄스가 혼잣말처럼 욕지거리를 내뱉었다.

"저 앞쪽 큰길로 나가자. 이쪽엔 택시가 안 오니까……."

콜린이 줄스의 어깨에 몸을 기댔다. 줄스가 그의 허리를 안아 부축했다.

"다…… 계획대로 됐어?"

그가 한참 후에 중얼거렸다.

"응. 우리가 바로 돌아왔을 때 바티스트의 얼굴 표정을 너도 봤어야 하는데! 같이 온 패거리들도 완전히 바보가 된 얼굴이 었어."

줄스가 큭큭 웃음을 터뜨렸다.

"마리가 나한테 와서 네가 남자 두 명한테 잡혀 있다고 말해 줘서 달려와 본 거야. 그랬더니 역시……."

"그러지 말았어야 했어. 너무 위험해……."

콜린이 숨을 헐떡였다. 줄스는 그가 그대로 의식을 잃을까 봐 두려웠다. 보이는 것만큼 심하게 다친 게 아니기만 바랐다. 얼굴의 찰과상은 시간이 지나면 나을 터였다.

"네가 무슨 끔찍한 일을 당했을까 봐 두려웠어."

줄스가 작은 목소리로 속삭이며, 그녀의 어깨에 올려져 있는 콜린의 손을 잡았다.

"널 여기 혼자 둘 순 없었다고."

몇 번의 시도 끝에, 가까스로 근처의 병원까지 태워다 줄 택시를 잡을 수 있었다.

줄스는 콜린을 응급실에 넣은 다음, 불안한 마음으로 병원 복도를 이리저리 오갔다. 드디어 젊은 수련의가 다가왔다.

"보기보다 심하진 않아요. 일단 상처를 처치한 다음 엑스레이를 찍어 봤습니다. 원하시면 오늘 당장 퇴원도 가능하고요."

줄스가 감사한 듯 고개를 끄덕인 다음 깊게 숨을 골랐다. 그리고 휴대 전화를 꺼내 마리의 번호를 눌렀다.

⁓

"자, 바티스트 경. 경의 계획이 뭐라고 했었소?"

보퍼트가 트레메인가의 런던 빌라에 도착하자마자 비꼬듯 물었다.

바티스트는 침묵할 뿐이었다.

"미안한 말씀이오만, 경이 이 상황을 통제하지 못하고 있다는 느낌을 지울 수가 없소. 어쩌면 장로를 맡기엔 너무 고령이신 게 아닐지? 저 따위 젊은 애송이들에게 놀아나다니, 믿을 수가 없소만."

바티스트가 소름 끼치는 눈빛으로 보퍼트를 노려보았다. 아마 일반인이었다면 심장까지 얼어붙었으리라. 하지만 보퍼트는 태연자약했다.

"아무튼 다른 페르펙티와 의논해 볼 필요가 있을 것 같소. 내 생각에는 이 일에 너무 많은 일반인들이 개입되었소. 지난 수 세기 동안 연맹이 외부에 드러나지 않도록 철저히 비밀 조직으로서 활동해 왔건만, 일이 이렇게 커져 버린 건 안됐지만 경과 그 잘난 손자 탓이오."

바티스트가 보퍼트의 말을 외면한 채 시리우스에게 손짓을 했다. 곧 시리우스가 달려오자, 그의 부축을 받으며 빌라 계단을 힘겹게 올라갔다.

"즉시 의회를 소집하겠소!"

바티스트의 등 뒤에서 보퍼트가 외치는 소리와 함께 빌라의 문이 닫혔다.

"도대체 이게 무슨 광대극이란 말이냐?"

바티스트가 시리우스에게 호통을 쳤다.

시리우스는 바티스트를 부축하면서 어렵게 입을 떼었다.

"주인님, 저도 영문을 알 수가 없습니다. 하지만 그 여자는 거기 없었습니다. 제가 확실히 봤습니다. 빨간 머리를 한 여자는 없었군요. 그리고 이게 우리가 찾아낸 전부입니다."

그가 루시의 머리카락과 놀랄 정도로 흡사해 보이는 가발을 내밀었다.

"하지만 내 눈으로 분명히 봤어."

바티스트가 중얼거렸다.

"차로 지나가면서 보니, 분명히 제 친구들과 그 술집 안에서 있었단 말이다!"

"네. 저도 봤습니다."

시리우스가 동의했다.

"하지만 갑자기 동일한 여자가 세 명이 되더군요."

그의 말에, 바티스트가 눈을 부릅떴다.

루시는 비틀거리며 차가운 돌벽에 몸을 기대고 소피아에게 감사의 눈빛을 보냈다. 그런 다음 멍하니 서 있는 소피아의 손에서 밀대를 건네받고, 바닥에 뻗어 있는 오리온에게 다가가 그의 상태를 살폈다.

"내가 아무리 노력해도 집 안에 붙잡아 둘 수가 없었어요. 그래서 어찌해야 할지 몰라서…… 그 짧은 시간 안에 두 분이 도망치는 건 불가능할 것 같고……."

"다른 것보다, 문을 열 수가 없었어요."

루시가 입을 열었다.

"네이선 말로는 바티스트나 고위급 페르펙투스만이 열 수 있다고 했어요. 하지만 오리온이 드나든 걸 보면 방법이 없지만은 않은 것 같은데……."

"이제 어쩌지요?"

소피아가 물었다.

"일단은 그를 묶은 다음에 한 옆으로 옮겨 놔야겠어요."

"알았어요. 내가 밧줄을 가져올게요."

소피아가 말했다. 루시는 소피아가 그 자리를 떠나게 된 데 안도하는 것 같다는 느낌이 들었다.

소피아가 사라지자, 루시는 그 거구의 목에서 동맥이 뛰고 있는 걸 확인했다. 물론 맥이 강하진 않았지만, 살아는 있었다. 루시는 바지에 땀이 찬 손을 닦고 인상을 찌푸렸다. 그런 다음 밀대를 무기 삼아 들고 소피아가 돌아오기만 기다렸다. 이윽고 그녀의 발소리가 계단에 울리자, 안도의 한숨을 내쉬었다.

"부엌 전화벨이 울리고 있었어요. 막 달려갔지만 받진 못했고요. 만약 아무도 전화를 받지 않으면 바티스트가 이상하게 생각할 텐데……."

"하지만 런던에서 돌아오려면 몇 시간은 걸릴 거예요. 아직 네이선을 구출할 시간은 있어요."

소피아가 고개를 저었다.

"시리우스를 조심해야 해요. 만약 그가 개로 변하면 다른 개들보다 몇 배는 빨라요."

그 말에, 루시는 정신을 바짝 차린 다음, 서둘러서 밧줄로 오리온의 손과 발을 묶었다.

"이젠 한쪽 구석으로 밀어 둬야 해요."

소피아가 말했다. 루시가 고개를 끄덕인 다음, 그를 가로질러 계단 발치에 섰다.

"제가 밀게요."

소피아가 그의 팔을 잡고 힘껏 당기자 루시도 있는 힘을 다해 그 거구를 밀어 보았지만, 1센티도 움직이지 않았다.

"안 될 것 같아요."

루시가 숨을 몰아쉬며 말했다.

바로 그 순간, 오리온이 신음 소리를 내며 머리를 움직이려 했다. 소피아가 서둘러 관 옆에 떨어져 있던 밀대를 움켜쥐었다. 하지만 그다음 행동으로 옮기는 걸 멈칫거렸다.

"소피아, 제 생각엔 저택으로 돌아가시는 게 좋겠어요."

루시가 속삭였다.

"혹시라도 당신이 절 도왔다는 걸 오리온이 눈치채지 못하게 하는 게 나아요.”

“하지만……. 뭔가 좋은 생각이 있어요?”

“다시 한 번 아래로 내려가서 문을 열어 보려고요. 어쩌면 뭔가 방법을 찾을 수 있을지도 몰라요.”

소피아가 걱정스럽다는 듯 루시를 바라보았다.

“어차피 내 말은 듣지 않을 테죠.”

루시가 고개를 끄덕였다.

“네. 네이선 없이는 안 가요.”

소피아가 마지막으로 한 번 더 밧줄이 단단히 묶였는지 확인한 다음, 오리온의 겉옷 주머니를 뒤졌다.

“열쇠는 없어요. 아무튼 내 생각엔 다시 개로 변할 힘은 없을 거예요. 전에 총상 때문에 누워 있느라 체력이 많이 떨어졌거든요. 그래도 혹시 모르니 조심은 해야 해요.”

“네, 알았어요.”

루시가 대답했다.

“행운을!”

루시가 지하 계단을 달려 내려가는 동안, 위층에서 소피아가 속삭였다. 아무튼 시간은 약간 번 셈이었다. 하지만 시간이 충분할지는 장담할 수 없었다.

마지막으로 한 번 더 횃불이 있는 곳과 그 옆의 돌을 살펴보았다. 어떻게 보면 아주 간단할 것 같기도 했다. 분명 어딘가에 문을 여는 장치가 숨겨져 있을 것 같았다. 그게 이치에 맞는 답인 것 같았다. 하지만 아무리 찾아보고, 돌을 만져보고, 접합

부분을 긁어내 봐도 아무것도 찾을 수 없었다. 시간이 없었다.

"네이선!"

루시가 소리쳐 그를 불렀다.

"네이선, 내 말 들려?"

하지만 아무런 대답도 없었다. 그를 두고 갈 순 없었다. 무슨 일이 있어도 그를 꺼내야 했다.

"왜 대답을 안 해 주는 거야?"

루시가 울먹이면서 중얼거렸다. 그러고는 문에 기대어 주저앉았다.

"난 네가 필요해. 듣고 있어? 나 혼자선 못 하겠어!"

바티스트는 도대체 뭐가 잘못된 건지 곰곰이 되짚어 보았다. 분명 여자는 제 친구들과 바에 앉아 있었다. 분명 그의 두 눈으로 똑똑히 봤다.

"오리온에게 전화를 걸어 봐. 혹시 저택에 아무 일이 없는지 알아야겠다."

시리우스가 고개를 끄덕인 다음, 바티스트 드 트레메인의 뒤를 따라 서재로 들어갔다. 바티스트가 안락의자에 앉을 동안 시리우스는 수화기를 들고 저택으로 전화를 걸었다. 통화 연결음이 들렸다. 바티스트가 눈을 감았다. 극심한 피로감이 몰려왔다.

"아무도 전화를 받지 않습니다."

시리우스가 보고했다.

바티스트가 눈을 뜨고, 자신의 충직한 하수인을 바라보았다.

"이 멍청한 놈 같으니, 소피아가 있는 부엌에도 전화를 해 본 거냐?"

그가 소리를 질렀다.

시리우스가 고개를 끄덕여 보였다.

이게 도대체 무슨 뜻이란 말인가? 바티스트가 안락의자에서 몸을 일으켰다.

"가자. 지금 당장 돌아가 봐야 해. 뭔가 이상하다. 이건 분명 무슨 계략임에 틀림없어."

"주인님, 하지만 이해가 되지 않습니다."

시리우스가 말했다.

"뭐, 너야 이해할 수 없겠지. 이건 우리 주의를 딴 데로 돌린 거다. 이제야 그 여자가 런던에 없었던 게 이해가 되는군. 이 빚은 철저히 갚아 주마!"

바티스트가 직접 수화기를 빼앗아 들더니 전화를 걸어 보았다. 하지만 아무도 전화를 받지 않았다. 그가 분노에 찬 나머지 수화기를 쾅 내려놓고, 싸늘한 눈으로 시리우스를 바라보았다.

"공항에 전화해라. 비행기를 띄우라고 해!"

그런 다음 복도로 나가 소리쳤다.

"해롤드!"

그가 운전사를 찾는 소리가 빌라 전체에 쩌렁쩌렁 울렸다.

해롤드는 바티스트의 시선이 닿지 않는 부엌에 숨어서 떨리는 손가락으로 소피아에게 문자 메시지를 보내는 중이었다.

"해롤드!"

그가 두 번째로 해롤드의 이름을 부르짖는 목소리가 들렸다.

그가 급히 휴대 전화를 호주머니에 넣고 복도로 뛰쳐나갔다.

"죄송합니다, 주인님. 듣지 못했습니다."

"지금 당장 출발한다."

바티스트가 소리 지른 다음, 현관으로 향했다. 해롤드가 그를 앞질러서 문을 열고 그가 계단 내려가는 걸 도왔다.

"짐을 가져오겠습니다."

해롤드가 작은 목소리로 말하며 몸을 돌렸다.

"아니야."

바티스트가 명령했다.

"한시도 지체해선 안 돼. 지금 당장 공항으로 간다."

해롤드는 당장 그의 명령에 따르는 수밖에 다른 도리가 없었다. 그런 다음 소피아가 문자 메시지를 확인하기만 바랐다.

20장

모든 책은 각자의 용도에 따라 사용할 수 있기 때문에,
어떤 책도 쓸모없는 책은 없다.

— 플리니우스

네이선은 예의 그 책 앞에 몸을 굽히고 앉아 문자를 해독하는 중이었다. 그 옆에는 조부의 노트를 펼쳐 두었다. 하지만 아무리 노력해 봐도 책의 내용을 단 한 줄도 이해할 수 없었다. 어쩌면 이 책이 그가 찾는 게 아닐지도 몰랐다. 어쩌면 헛다리를 짚은 걸 수도 있다는 생각이 들었다.

그가 손가락으로 머리칼을 쓸어 올렸다. 루시는 지금 뭘 하고 있을까? 바티스트가 그를 가두어 둘 거라고는 예상하지 못했을 것이다. 지금쯤은 멀리 도망쳤어야 하는데. 애초부터 계획이 잘 먹혀들 거라고는 생각하지 않았다. 중요한 건 루시가 안전한 곳으로 도망치는 거였다. 자신도 빠른 시일 안에 그녀의 뒤를 따를 작정이었다. 아무리 바티스트라고 해도, 그를 평생 동안 감시하지는 못할 테니 말이다.

하지만 일단은 바티스트가 어떤 힘을 지니고 있는지 알아내야 했다. 그래야 그의 술수에서 루시를 지켜 낼 수 있었다. 루시와 도망치기 전, 네이선은 루시가 앞으로 어떻게 해야 하는지 최소한이라도 알아내야 할 의무를 느꼈다. 그는 다시 한 번 책장을 넘겨 보았다. 몇 개의 문자는 반복적으로 배치되어 있었다. 그가 종이를 꺼내 그 문자를 베껴 적어 보았다. 그런 다음에는 바티스트의 메모와 비교해 보았다. 그도 같은 문자를 적어 놓은 게 보였다. 하지만 그 아래에는 해독할 만한 힌트가 하나도 적혀 있지 않았고, 알 수 없는 다른 문자들만 적혀 있었다. 이게 도대체 무슨 뜻이지? 네이선은 그 문자들이 눈앞에 떠다닐 때까지 계속 응시했다.

"혹시 거울 문자인가?"

그가 큰 목소리로 혼잣말을 했다. 하지만 그렇다고 해도 해석은 더 복잡해질 뿐이었다. 어쩌면 두 가지 문자가 같은 내용을 다르게 기입해 놓은 것일지도 몰랐다. 하지만 어떤 때는 일반 문자로, 어떤 때는 거울 문자로 써 놓았다면 그건 또 무슨 의미가 있는 건가? 도대체 이해가 되지 않았다.

네이선은 책의 문자에 거울 문자가 섞여 있는지 확인하기 위해 다시 처음부터 한번 책장을 넘겨 보았다. 그때 무슨 소리가 들렸다. 누군가 그를 부르고 있었다. 다시 한 번 귀를 기울였다. 이번에는 확실히 들렸다.

그가 주의 깊게 주변을 둘러본 다음, 서가로 다가가 보았다.

"누구지?"

그가 물었다.

"누가 날 불렀는데, 여기 누군가 있는 겁니까?"

하지만 대답이 없었다. 도서관 안에는 침묵만이 흘렀다. 환청이라도 들은 건가? 여기 지하 납골당은 오래 있으면 있을수록 어딘가 섬뜩한 데가 있었다. 설명할 수는 없었지만 마치 책들에게서 적의가 흘러 들어오는 기분이었다. 물론 그의 상상일 가능성이 컸다. 어쩌면 양심의 가책 때문인지도 몰랐다. 그가 책들에게 옳지 못한 짓을 했다는 사실을 알게 되었으니 말이다.

"너희들도 방금 그 소리, 들었어?"

그가 책들에게 나지막이 물었다. 하지만 책들은 침묵할 뿐이었다.

네이선은 고개를 흔들었다. 이제는 정말이지 이 지하 묘지에서 나가야 할 때가 된 것 같았다.

하지만 저 수상한 책이 그의 호기심을 자극했다. 분명 조부는 이 책에 대해 매우 체계적으로 접근했던 것 같았다. 어째서 이 책에 대한 번역서가 없는지 의아했다. 혹시 바티스트가 일부러 이 책의 지식을 아무와도 공유하기 싫어서 어딘가에 숨겨 두었는지도 모르는 일이었다. 저택 내에는 금고가 하나 있었다. 혹시 거기에 번역서를 숨겨 둔 것일까? 하지만 금고가 있을 뿐, 아무 소용없다는 생각에 기운이 빠졌다. 그 금고에는 접근할 수 없었기 때문이다. 그가 안타까운 눈으로 책을 덮었다. 전혀 진척이 없었다. 그에게 주어진 짧은 시간 내에는 전혀 이걸 이해할 가능성이 없었다. 네이선은 손목시계를 내려다보았다. 시곗

바늘이 7시 30분을 가리키고 있었다. 잠을 청하기엔 너무 이른 시간이었다. 어쩌면 할아버지가 맡겨 두고 떠난 과제들 중 하나를 끝낼 수도 있었다. 만약 그가 내일 오전 이른 시간에 돌아오기 전까지 책 스케치 하나를 끝내 놓는다면 다시 저택 안으로 들여보내질 수도 있었다. 여기에 갇혀 있는 것보다는 저택에 있는 편이 루시를 쫓아갈 수 있는 가능성도 커지는 셈이었다.

네이선은 그 책과 메모를 제자리에 꽂아 두었다. 그런 다음 자리로 돌아와서 책이 꽂혀 있는 곳을 한참 바라보며 생각에 잠겼다. 책을 포기해야 한다는 사실에 가슴이 무거웠다. 그 책에서는 뭔가 특별한 게 느껴졌다. 연맹의 도서관 내에 있는, 아직 '자신'을 유지하고 있는 유일한 책이었던 것이다. '보호책'에 가두지 않은 유일한 책 말이다.

가두다니! 스스로도 경악스러웠던 나머지 고개를 흔들고 말았다. 지난 몇 년간 해 왔던 작업을, 스스로가 옳다고 여겨 왔던 작업에 대해 처음으로 그런 표현을 사용한 셈이었다. 그들이, 연맹이 책들에 해 온 짓은 책들을 보호책이라는 감옥에 가두고 여기 연맹의 도서관에 처박아 둔 거였다. 가두었다는 말은 그 작업을 일컫는 정확한 표현이었다.

만약 조부가 그 책의 비밀에 접근할 수 있었다면 자신도 언젠가는 가능할 거라는 생각이 들었다. 단지 시간이 좀 걸릴 뿐이었다.

그는 불안한 듯 서성거렸다. 뭔가 아주 중요한 걸 놓친 기분이었다.

"너는 어째서 네 안의 비밀을 꽁꽁 감싸고 있는 거지?"

그가 몸을 돌려서 한 번 더 책에게 물었다.

하지만 되돌아오는 건 언제나처럼 침묵뿐이었다.

그는 다시 고개를 흔들며 책상에 가서 앉았다.

점점 불안감이 커져 갔다. 그리고 이제야 그 이유를 알 것 같았다. 오리온이 저녁 식사를 가져오지 않은 것이다. 원래대로라면 늦어도 7시경에는 저녁을 가지고 오곤 했는데, 무슨 이유에선가 그러지 못할 만한 일이 벌어진 것이다. 그는 그게 루시와 연관된 일이 아니기만 간절히 바랐다. 루시에 대한 걱정으로 미쳐 버릴 것 같아서, 자기도 모르게 손바닥으로 책상을 쾅 내리치고 말았다.

그때였다. 다시 무슨 소리가 들렸다. 이번에는 좀 더 확실하게 들렸다. 누군가가 그를 부르고 있었다. 네이선이 몸을 벌떡 일으키자 의자가 거친 소리를 내며 바닥에 나가 떨어졌다. 이 목소리는 루시였다. 확실했다. 환청 같은 게 아니었다. 그녀가 그를 부르고 있었다. 절망에 찬 목소리였다. 하지만 어떻게 이런 일이? 지금 루시는 저 문 바깥에 서 있어선 안 되었다. 여기에서 멀리 도망치는 중이어야 했다. 아주 멀리! 그가 달려가 문에 바짝 몸을 가져갔다.

"루시, 도대체 여기서 뭐하는 거야?"

그가 속삭였다.

"너 없이는 갈 수 없어."

루시의 목소리가 똑똑히 들렸다.

"난 여기서 나갈 수 없어."

그가 중얼거렸다.

"네이선, 집중해!"

누군가 네이선의 뒤에서 속삭였다. 매우 강하고 또렷한 음성이었다. 그는 깜짝 놀라 뒤를 돌아보았지만, 거기엔 아무도 없었다.

"뭘 어떻게 하라는 말이지?"

그가 물었다.

"우리가 도와줄게."

그의 귀에 방금 전의 목소리가 똑똑히 들렸다.

"누구?"

그가 물었다.

"시간이 없어."

누군가 다른 음성이 끼어들었다.

"지금 당장 그녀를 도와야 해. 그녀 혼자서는 해낼 수 없어."

네이선이 다시 문 쪽으로 몸을 돌렸다. '그녀'란 루시를 의미하는 말일 터다.

그가 손바닥을 문에 대고, 생각을 집중해 보려 했다.

"눈을 감아."

그는 순순히 목소리의 명령에 따랐다.

"이제 루시를 생각해."

그의 머릿속에 영상들이 떠오르기 시작했다. 도서관으로 향하는 길에 서 있는 루시가 보였다. 그와 함께 웨스트민스터 사원 안에 서 있는 모습, 강의실에서 나란히 앉아 있는 모습, 둘이 함께 비 내리는 런던 거리를 걷는 모습이 보였다. 그리고 신부의 부고를 들었을 때 루시의 얼굴에 스치던 공포……. 그는 점점 더 깊이 추억에 잠겼다. 그러자 손목의 표식이 두근거리는 게 느껴졌다. 눈을 떠 보니, 지하 도서관 안이 빛으로 가득 차 있었다. 그의 손목에서 흘러나오는 빛뿐이 아니었다. 그의 주위로 수백 개의 속삭임이 들렸다. 마치 서로 다른 음성으로 무언가 집요하게 합창을 하는 것 같은데 단 한마디도 알아들을 수가 없었다. 그 목소리들이 점점 더 하나로 합쳐지며, 같은 리듬을 타고 하나의 음성으로 변해 갔다.

그 안을 감싸던 빛이 갑자기 한줄기의 광선이 되었다. 네이선의 손목에서 흘러나온 빛이 점점 확장되며 그 빛과 합쳐져 두근거리는 막처럼 문을 감쌌다. 그의 손가락 아래에서 마치 문이 살아 움직이는 것 같은 진동이 느껴졌다. 네이선의 뒤에서 울리던 합창 소리가 점점 강해졌다. 네이선은 루시를 생각했다. 그녀를 도와야 한다고, 보호해야 한다고 생각했다. 그녀 혼자서는 임무를 감당해 낼 수 없었다. 두 사람은 하나였다. 그녀를 어려움에 처하도록 내버려 둘 수 없었다. 그녀가 그에 대해 어떻게 생각하든 상관없었다. 이미 루시에게 갚을 수 없는 큰 빚을 졌다는 생각이 들었다.

네이선의 뒤에서 광선이 점점 거세어졌다. 강한 빛이 곧장 문의 손잡이에 강하게 내리쬐었다. 철컥, 소리와 함께 손잡이가 떨어져 나가고 말았다.

네이선은 한 발짝 뒤로 물러났고, 빛줄기도 점점 흐려지더니 아주 약한 오로라만 남아서 어둠을 희미하게 밝혀 주었다. 네이선이 문을 활짝 열었다.

문 반대편에는 루시가 서 있었고, 문에 대고 있던 손바닥이 여전히 빛나고 있었다. 그가 루시에게 다가갔다. 손을 들어 보니, 자신의 손바닥도 빛나고 있었다. 그가 그녀의 손에 자신의 손을 마주 댔다. 루시가 그에게 미소 지었다.

"이제야 나타났네."

그녀가 속삭였다.

"왜 내 말을 듣지 않은 거야?"

그가 물었다.

"너 없인 갈 수 없었어. 책들도 그걸 알고 있었고."

"지금 당장 여길 떠나야 해."

네이선이 말했다.

"할아버지가 돌아오기 전에 가능한 한 멀리 떠나 있는 게 나아."

루시는 고개를 끄덕이면서도 당장 계단 위를 달음박질 쳐 올라가는 대신, 뭔가에 홀린 듯 도서관 안으로 향했다. 그 안에서 느껴지는 감정 때문에 살갗에 소름이 돋았다. 두려움과 분노, 절망과 걱정, 그리고 희망이 느껴졌다. 루시의 눈에서 눈물이 흘러내렸다.

"루시, 정신 차려!"

그녀의 등 뒤에서 네이선이 부르는 게 들렸지만 루시는 연맹의 도서관 안으로 점점 더 깊이 들어갔다.

서가 사이를 지나면서 천천히 책들을 쓰다듬었다. 이렇게 많은 책들이 이곳에 숨겨져 있었다는 사실 때문에 놀라고 말았다. 설마 이렇게 많을 거라고는 상상조차 못 했던 것이다. 표지들이 너무나 아름다웠다. 전에는 한 번도 들어 본 적 없는 책들이었다. 이따금 책 표지를 쓰다듬었다. 책을 꺼내 들어 펼쳐 보기도 했다. 각각의 책이 그녀에게 서로 다른 목소리로 인사했다. 어떨 때는 아주 수줍게 안녕, 하고 속삭이기도 했고 또 어떤 책은 아주 장엄한 목소리로 운명의 때가 다가왔노라! 하고 외쳤다. 또 어떤 책은 루시의 손이 닿자 마치 간지럼을 타듯이 킥킥거리고 웃었다.

마음 같아서는 모든 책을 다 만지고 꺼내 보고 싶었다. 여기 지하 동굴의 갖가지 서가에 갇혀 있는 저 무궁한 책들!

한편으로는 이성적으로 행동해야 한다는 것을 알았다. 하지만 저 수천, 수만 권의 책들을 뒤로한 채 어떻게 이곳을 떠난단 말인가? 어쩌면 다들 루시가 자기들을 구하러 와 주었다고 생각하고 있을 것이다.

루시가 네이선 쪽을 돌아보았다.

"책들이 문을 열도록 널 도와줬지?"

"아냐. 루시 널 도와준 거야. 아마 나 혼자를 돕기 위해서는 손가락 하나도 까딱하지 않았겠지."

루시가 그에게 미소 지었다.

"너 자신을 너무 과소평가하는 것 같은데?"

"저들은 날 두려워해."

네이선이 딱 잘라 말했다.

"그게 느껴져?"

루시가 물었다.

네이선이 천천히 고개를 끄덕거리다가, 문득 어떤 것에 생각이 미쳤다.

"설마, 저들이 나와 감정을 공유하는 거야?"

그가 물었다.

"응. 그리고 그건 책들이 너에게도 조금씩 마음을 열기 시작했다는 걸 의미하는 거야."

"흠. 날 그다지 좋아하는 것 같진 않은데."

"알아."

루시가 시선을 내리깔며 물었다.

"정말 지금은 할 수 있는 게 아무것도 없는 거야?"

"지금은 어쩔 수 없어, 루시. 당장은 도망쳐야 하지만 언젠가는 돌아올 거야. 약속할게. 반드시 다시 돌아와서 모든 책들을 해방시키고 인간들에게 돌려줄 거야. 그러면 이 모든 비극도 끝나겠지. 하지만 바티스트가 지금 돌아와서 우리를 발견하면, 책들도 영영 희망을 잃게 돼."

"네 말이 맞아."

루시는 대답했지만, 여전히 도서관을 나갈 수가 없었다. 책들의 실망감이 너무도 극명하게 느껴지던 탓에, 거의 고통스러울 지경이었기 때문이다. 루시는 신음 소리를 내며 책장 하나를 움켜잡았다. 네이선이 즉시 루시를 팔로 감싸 안으며 부축했다. 그가 루시를 바깥으로 데리고 나가기 전, 루시가 소매를 걷어 올렸다. 그녀의 손목에서 빛이 흘러나왔다. 루시는 자신의 모든 힘과 희망을 그 따스하게 반짝이는 빛줄기에 담아 그 안에 남겨 두었다. 빛은 도서관 안 곳곳에 퍼져 들어가 책들의 슬픔과 절망을 씻어 주었다.

루시는 네이선의 팔 안에서 점점 쇠약해지는 것을 느꼈다. 네이선이 그녀의 표식을 자신의 손가락으로 부드럽게 덮자, 그녀의 빛이 거둬들여졌다.

루시가 그의 가슴에 얼굴을 묻자, 네이선이 중얼거렸다.

"저 정도면 일단은 견딜 수 있을 거야. 이제 책들도 네가 자기들을 버려 두지 않을 거라는 걸 알게 됐으니까."

루시가 그의 말에 고개를 끄덕이고는, 그와 함께 그곳을 나왔다.

두 사람은 여전히 바닥에 쓰러져 있는 오리온의 거대한 몸뚱이를 넘어갔다. 네이선이 그를 잠시 바라보았다.

"소피아가 녀석에게 제대로 한 방 먹였군."

그런 다음에는 주의 깊게 그의 손발에 묶어 둔 밧줄을 점검했다.

"만약 그가 정신을 차리고 개로 변한다면, 이건 전혀 무용지물이 될 거야. 그를 계단 위로 올린 다음 입구를 막아 버리는 게 나아."

"소피아랑 둘이 해 봤지만, 움직이지 않았어."

루시가 말했다.

"그럼 나와 한 번 더 해 보자. 내가 밀 테니 네가 끌어당겨."

"만약 계단 위에 누워 있어야 된다면, 아주 불편할 텐데."

"지금 이 녀석을 걱정하는 거야? 그럼 녀석을 아예 침대까지 데려가서 정신을 차릴 때까지 손이라도 잡아 줄까?"

루시가 고개를 저었다.

"그냥 한번 말해 본 것뿐이야."

루시는 그의 다리를 붙잡고 끌어당겼다. 네이선은 그의 어깨를 지렛대 삼아 밀었다. 그 거구는 천천히 계단 아래로 움직였다.

하지만 네이선과 루시가 눈치채지 못한 사이에 그가 눈을 번쩍 떴다. 그의 성대에서 짐승이 으르렁대는 소리가 들리기 시작했을 무렵, 루시가 그를 쳐다보았다. 그리고 네이선도 그와 동시에 그에게서 떨어졌다.

"빨리! 그에게서 떨어져!"

그가 소리 지르며 루시에게 손을 뻗었다.

불과 몇 초 사이에 오리온이 루시의 가슴까지 닿을 만한 크기의 개로 변했다. 그가 몸을 한번 털자 그를 묶어 뒀던 밧줄도 맥없이 흘러내렸다. 그가 으르렁거리며 루시를 구석으로 몰았다. 루시는 공포에 질린 채 복도 벽에 붙어 섰다. 개가 달려들더니 루시의 다리를 깊이 물었다. 그의 날카로운 이빨이 루시의 정강이에 깊게 박혔다. 네이선이 그에게 달려들어 주먹을 날린 다음, 루시를 끌어냈다. 루시가 몸을 비틀거리며 납골당

바닥에 나가 떨어졌다. 네이선이 다시 한 번 날렵한 동작으로 개에게 한 방 먹인 다음, 관 뒤쪽으로 달려 나가서 지하로 향하는 비밀 입구의 문을 잠가 버렸다. 그런 다음, 루시 곁에 무릎을 꿇고 앉았다.

"루시, 내 말 들려? 많이 아파?"

루시가 이를 악물며 쥐어짜내듯 대답했다.

"그렇게 심하게 물리지는 않은 것 같은데……."

"일단 저택으로 가자. 소피아가 상처 부위를 봐 줄 거야."

그가 루시를 부축했다. 하지만 루시가 거의 걸을 수 없었기 때문에 네이선의 어깨를 의지해 걸어야 했다.

부엌 문가에 소피아가 서 있다가 둘을 보고 달려 나왔다.

"1분만 더 늦게 왔으면 가 보려고 했어요. 어찌나 걱정이 되던지……. 대체 무슨 일이 있었던 거예요?"

그녀가 검붉은 색으로 물들기 시작한 루시의 바지를 바라보며 창백한 얼굴로 물었다.

"오리온에게 물렸어요. 혹시 상처 부위를 씻어 내고 얼마나 깊이 물린 건지 봐 줄 수 있어요?"

소피아가 고개를 끄덕였다. 그 순간, 전화벨이 울렸다. 세 명은 동시에 서로를 바라보았다.

"아까부터 계속 저래요."

소피아가 말했다.

"해롤드가 문자 메시지를 보내 왔어요. 지금 돌아오는 길이래요. 바티스트 경이 화가 나서 아마 펄펄 뛰고 있을 거예요."

"그럼 서둘러야겠군. 난 물건을 몇 가지 챙기겠어요. 소피아, 할아버지의 차들 중 한 대를 가져갈 겁니다."

소피아는 루시를 부엌으로 데려갔다.

"바지를 벗어 봐요."

소피아가 루시에게 종용한 다음, 찬장에서 구급 용품을 꺼냈다.

루시는 고통 때문에 숨을 몰아쉬며 바지를 벗고 의자에 쓰러지듯 앉았다. 상처에서 새빨간 피가 솟구쳤다.

소피아가 상처를 물로 씻은 다음 붕대를 감았다.

"물린 데가 덧나지 않으면 좋으련만. 이런 상처는 만만히 봐선 안 돼요. 일단 몸을 숨긴 다음엔 의사한테 상처를 보여 주고 치료를 꼭 받도록 해요!"

루시가 고개를 끄덕였다.

"혹시 진통제 좀 있으세요?"

루시가 신음 소리를 내며 물었다.

"그럼요."

소피아가 그녀의 뺨을 어루만졌다. 그런 다음 찬장에서 네이선의 부모가 보내 온 편지 묶음을 꺼냈다.

"이건 가져가는 게 좋겠어요. 네이선의 부모님이 살고 있는 집 주소도 써 놨어요. 거길 꼭 찾아가 봐요."

"네, 그럴게요."

루시가 대답했다.

"고마워요. 두 분을 위해 언제나 기도할게요."

"네. 알아요."

네이선이 부엌으로 돌아왔다. 그의 손엔 커다란 여행 가방이 들려 있었다.

그가 루시 앞에 무릎을 꿇고 손을 잡았다.

"좀 어때? 곧장 의사한테 갈까?"

하지만 루시가 고개를 저었다.

"얼른 여길 떠나자."

"소피아. 생각해 보니 당신을 묶어 두고 가는 게 좋겠군요. 혹시 우리를 도와줬다고 바티스트에게 의심을 사면 곤란하니까요."

소피아가 고개를 끄덕였다.

"도련님 말이 맞아요. 날 묶되, 너무 걱정은 하지 말아요."

"우리가 도망치면 이 저택을 떠나세요."

그가 소피아를 의자에 묶은 뒤 말했다.

"두고 봐야죠. 아무튼 몸조심하세요. 두 분에게 무슨 일이 생기는 걸 원치 않아요. 자동차 열쇠는 저택 안에 있으니, 서둘러요!"

네이선이 소피아의 뺨에 입을 맞추었다. 그런 다음 루시를 부축해 올렸다.

"견딜 만해?"

"응. 난 괜찮아."

루시가 씩씩하게 대꾸했다.

21장

만약 누군가 책을 쓰고 있다면 그는 불행할 수 없다.

— 장 파울

바티스트가 탄 작은 비행기가 뉴키Newquay 공항에 착륙했
다. 바깥에는 이미 어둠이 내려앉아 있었다. 리무진 한 대가 활
주로 위를 달려왔다. 눈 깜짝할 사이에 계단이 내려졌고, 비행
기의 문이 열리자 바티스트가 힘겹게 아래로 내려왔다. 해롤드
는 그의 뒤를 따랐다. 운전사가 뒷좌석 문을 열어 준 다음, 해
롤드에게 차 열쇠를 건넸다. 시리우스는 조수석에 올라탔다.

차는 이제 전속력으로 어둠 속을 내달리기 시작했다. 금세
공항을 벗어나 저택으로 향하는 길에 접어들었다. 공항을 벗어
나자마자 인적 없는 길에서 해롤드가 잠시 차를 멈췄다.

"네가 해야 할 일을 알고 있겠지."

바티스트가 시리우스에게 말했다.

"여자를 잡아 와. 그리고 대가를 치르게 해 줘라."

시리우스가 차에서 내렸다. 이윽고 검은 그림자 하나가 빠른 속도로 도로 옆의 숲 속으로 사라졌다.

해롤드는 소피아가 문자 메시지를 읽었기만을, 그래서 시리우스가 도착하기 전에 루시와 네이선이 저택을 떠났기만을 바랐다.

지금은 저 성난 바티스트의 주위에 아무도 다가오면 안 되었다. 자신도 할 수만 있다면 투명 인간이 되고 싶을 정도였다. 다행히 해롤드 자신에게는 비난이나 폭언이 쏟아지지 않았지만 소피아가 걱정이었다. 혹시 뭔가 어리석은 짓이라도 저지른 건 아닐지 불안했다. 저택에 돌아가면 머지않아 은퇴를 요청할 생각이었다. 이젠 네이선도 다 컸으니 더 이상 그를 돌볼 이유도 없었다. 바티스트는 해롤드와 소피아에게 언제나 임금을 넉넉히 지급해 왔다. 그 돈이라면 해변에 작은 집을 한 채 사서 평온하고 안락한 노후를 보낼 수 있을 터였다. 이제는 근심 걱정 없이 살고 싶었다.

소피아는 긴장과 두려움 때문에 정신을 잃을 것 같았다. 루시와 네이선이 탄 미니 쿠퍼가 저택을 떠난 지 몇 분도 채 지나지 않았을 때, 저 멀리서 개 짖는 소리가 컹컹 들렸다. 소피아는 겁에 질린 채 그게 시리우스라는 걸 직감했다. 도대체 어떻게 이렇게 빨리 도착한 거지? 해롤드의 문자 메시지가 온 지 한 시간도 채 되지 않았던 것이다.

개 짖는 소리가 점점 가까워졌다. 이제 곧 시리우스가 문으로 들이닥칠 것이었다. 부엌 창 쪽에 검은 그림자가 아른거리더니, 그대로 거대한 유리창이 와장창 깨지는 소리가 났다. 소피아는 저도 모르게 비명을 지르며 유리 파편을 피하기 위해 눈을 질끈 감았다. 무수히 작은 유리 가루가 날아와 피부를 찔렀다. 유리 조각 떨어지는 소리가 멎은 후 눈을 조금씩 떠 보니, 눈앞에 거대한 개가 으르렁대며 서 있었다.

"둘은 이미 떠났어."

소피아가 두려움에 떨며 말했다.

"이렇게 계속 묶여 있었어."

그런 다음에는 마치 확인이라도 시키듯 몸을 뒤틀며 밧줄로 묶였음을 확인시켜 주었다. 개가 크게 컹컹 짖더니, 다시 창밖으로 껑충 뛰어서 밤의 어둠 속으로 자취를 감췄다.

잠시 후, 자동차의 헤드라이트가 부엌 창 안을 환하게 비추었다. 해롤드가 부엌문을 열어젖히고 허둥대며 들어왔다.

"소피아, 어디 있는 거요?"

"해롤드! 여기예요!"

소피아가 떨리는 목소리로 대답했다.

"이런 세상에! 대체 무슨 짓을 당한 거요?"

그가 외쳤고 소피아는 여태껏 남편의 연기력이 이렇게 뛰어난 줄 모르고 살았다는 데 깜짝 놀랐다.

바티스트가 그의 뒤를 따라 들어왔다.

"그들은 어디에 있나?"

그가 소피아에게 소리를 질렀다.

"누구요?"

소피아가 시간을 끌기 위해 일부러 허둥대는 척했다.

"그 계집애와 내 손자 말이다!"

"저도 모릅니다. 제가 아는 거라곤 오리온이 도련님께 저녁 식사를 가져다 드리러 갔다가 돌아오지 않았다는 것뿐이에요. 그리고 갑자기 도련님과 어떤 여자분 하나가 나타났어요. 그분이 누군지는 모르겠습니다. 아무튼 두 분이 제게 자동차를 요구했고, 제가 거절하자 절 묶더라고요."

소피아가 바티스트를 바라보며 말했다.

그러는 동안 해롤드가 소피아의 결박을 풀었다. 밧줄에서 풀려난 소피아가 손목을 어루만졌다.

"그들이 어디로 간다고 말하던가?"

소피아가 고개를 저었다.

"한마디도요."

"언제 떠났나?"

소피아는 신중하게 대답하기로 마음먹었다.

"어쩌면 한 시간쯤 된 것 같아요."

"시리우스가 그들을 찾아서 여기로 끌고 올 거다."

그가 위협적인 목소리로 이를 갈듯 내뱉었다.

소피아가 그의 말에 고개를 끄덕여 보였다.

"당장 이곳을 치우게."

그가 소피아에게 명령했다.

"그리고 해롤드는 날 따라 예배당으로 가야겠네. 지하 도서관이 무사한지 확인해야 돼."

소피아가 해롤드에게 미소를 지어 보였다. 그도 괴로워 보이는 미소로 답한 뒤에 바티스트를 따랐다.

바티스트는 지하 납골당으로 내려가 갇혀 있던 오리온을 풀어 주었다. 그런 다음엔 거기서 있었던 일에 대해 말없이 들었다.

"시리우스를 쫓아가라."

그가 명령했다.

"둘을 찾기 전까지는 돌아오지 마! 여자는 어떻게 되든지 내 알 바 아니다. 하지만 내 손자는 데려와야 해. 무슨 수를 쓰든, 어떤 대가를 치르든지 상관없다. 실패는 두 번 다시 용납하지 않겠다!"

그가 위협했다.

오리온은 고개를 끄덕인 다음 계단을 달려 올라갔다.

"자네도 돌아가!"

바티스트가 해롤드에게도 고함을 질렀다.

그가 몸을 돌리자, 바티스트는 혼자 지하 도서관으로 향하는 계단을 힘겹게 내려갔다.

___

루시는 악몽을 꾸는 것같이 보였다. 네이선이 운전을 하면서 그녀를 곁눈질했다. 어쩌면 지금 당장이라도 병원을 찾는 게 현명할지 몰랐다. 하지만 가능한 한 할아버지에게서 멀리 떨어지고 싶었다. 바티스트가 저택에 도착한 뒤 추적을 시작하기까지는 네 시간 정도 남아 있을 거라고 예상하고 있었다. 네이선은 엑세터Exeter 방면 다트무어Dartmoor로 방향을 틀었다. 그렇게 밤새 달릴 생각이었다. 루시는 무릎 위에 소피가 건네준 편지 꾸러미를 끌어안고 있었다.

그녀를 깨우지 않으려 조심하면서 네이선은 편지 더미 맨 위에 있던 쪽지 하나를 조심스럽게 빼냈다. 소피아의 곡선이 큰 글씨체로 주소 하나가 적혀 있었다. 그 주소가 어디인지는 그리 어렵지 않게 추측해 볼 수 있었다.

그가 어깨를 으쓱하며 생각했다. 뭐, 안 될 것 없겠지. 어차피 당장 특별한 계획이 있는 것도 아니었다. 어디로 갈지 아직은 정해 놓은 데도 없었다. 어쩌면 아버지라면 도움을 주려 할지도 모른다고 생각하면서, 네이선은 방향을 바꿔 스코틀랜드로 향하는 고속도로를 탔다.

어느덧 지평선 위로 태양이 떠오를 무렵, 루시가 눈을 떴다. 다리를 뻗어 보려 했지만 고통 때문에 신음 소리를 내며 몸을 움찔거렸다.

네이선이 그녀를 걱정스럽게 바라보았다.

"괜찮을 거야. 너무 걱정하지 마."

루시가 말했다.

"상처를 치료하기 위해 한 번 정도는 차를 멈출게. 덧날까 봐 걱정돼."

"좋은 생각이야."

루시가 동의했다.

"혹시 누가 추적하고 있어?"

네이선이 고개를 저었다.

"아직까지는 아무도 없었어."

"진작 돌아왔을 시간인데 이상하네."

루시가 말을 이었다.

"소피아가 우리를 도왔다고 의심받지 않아야 할 텐데. 그녀가 걱정돼."

"나도 그래. 하지만 데려올 수는 없었잖아."

네이선이 말했다.

루시가 입을 다물자, 네이선이 루시의 손을 잡아 주었다.

"다 잘될 거야."

그가 약속했다.

"그랬으면 좋겠어. 지금 어디로 가고 있는 거야?"

네이선이 루시의 무릎 위에 올려놓은 쪽지를 가리켜 보이며 대답했다.

"우리 부모님 집에. 부모님이 우리를 도와주길 바라는 수밖에."

루시가 침묵했다.

"무슨 생각해?"

그가 물었다.

"올리브 씨한테 전화를 해 보려고. 아마 지금쯤이면 프랑스에서 돌아와 있을 거야. 올리브 씨가 나에게 《수호자의 책》에 대해 알고 있는 걸 다 말해 주기로 했었어."

"알았어. 그러면 지금 전화해서 만날 약속을 잡아 보자."

네이선이 말했다.

"정말?"

루시가 물었다.

"어차피 부모님이야 그렇게 오랫동안 못 만나 봤는데, 거기에 하루나 이틀 더한다고 큰 차이는 없어."

그가 웃으며 대꾸했다.

루시가 가방에서 휴대 전화를 꺼내 올리브 씨의 전화번호를 눌렀다. 신호음이 두 번 간 후에 그녀가 전화를 받았다.

"올리브 씨! 도망치는 데 성공했어요. 일단은요."

루시가 말했다.

"어디세요? 만날 수 있을까요?"

"루시, 지금 어디니?"

올리브 씨가 되물었다.

"그들은 너희가 어디로 향하든 뒤쫓아 올 거야. 그건 명심해 둬. 너희를 다시 연맹에 집어넣기 위해 수단과 방법을 가리지 않을 테니까."

"만약 붙잡힌다 해도 그럴 일은 없을 거예요."

루시가 말했다.

"네이선은 앞으로 두 번 다신 책을 읽어 내지 않을 거예요. 이제 남은 일은 책들을 해방시키는 것뿐이에요. 저희를 도와주실 거죠?"

루시가 다급하게 물었다.

"지금 저희들은 네이선의 부모님을 만나러 스코틀랜드로 가고 있어요. 하지만 그전에 올리브 씨를 만나서 《수호자의 책》에 대해 말씀을 듣는 게 더 중요해요. 그리고 그 책을 어디서 찾을 수 있는지도요."

"루시, 넌 아직도 바티스트를 너무 무르게 보고 있는 것 같다."

올리브 씨가 말했다.

"하지만 어쩔 수 없지. 난 지금 런던에 있어. 지금 당장 에든버러행 비행기를 타면 오늘 오후 늦게는 도착할 거야. 홀리루드 궁전이라고 알아?"

"네."

"거기서 만나자. 추적자가 따라붙지 않도록 조심해. 만나면 내가 아는 걸 말해 줄게."

"감사해요."

루시가 채 대답하기도 전화가 끊어졌다.

"홀리루드 궁전에서 만나기로 했어."

루시가 네이선에게 말했다.

네이선이 고개를 끄덕였다.

"도착했을 때 관광객들이 많았으면 좋겠군."

"올리브 씨가 말하길, 바티스트는 절대로 포기하지 않을 거라면서 경계를 늦추지 말라고 했어. 정말 그럴까? 네 생각은 어때?"

루시가 물었다.

네이선이 루시를 바라보며 천천히 고개를 끄덕였다.

"그녀 말이 맞아. 할아버지는 지구 끝까지 따라올 거야."

"만약 그렇다면 한판 붙어 보는 수밖에는 없겠네."

루시가 말했다.

"이젠 끝을 내야 해."

"그렇게 될 거야."

올리브 씨는 머리와 어깨에 스카프를 단단히 두른 채 에든 버러 공항에서 나왔다. 거리에는 비가 내리고 있었다. 그녀는 쏟아지는 빗속에서 묵묵히 서 있는 택시 중 하나를 잡아탔다.

"홀리루드 궁전으로 가 주세요."

그녀가 메고 있던 가방을 옆자리에 내려놓으면서 말했다. 절대로 오래 머물 생각은 없었다. 어차피 최선은 다한 셈이었 다. 오늘 루시를 만나면 여태까지 알아낸 모든 걸 이야기해 줄 생각이었다. 그런 후에는 루시가 자신의 과제를 완수할 만큼 성장했기만을 바라는 수밖에 없었다.

하지만 아직은 그녀가 감당할 거라고 생각할 수 없었다. 루 시가 네이선 드 트레메인과 손을 잡았다는 사실이 믿기지 않 기 때문이다. 드 트레메인가는 몇 세기 동안 수호자들과 대립

관계에 서 있었다. 그런데도 그들 중 한 명과 손을 잡겠다는 게 어쩐지 불길했다. 하지만 루시는 책들이 자신에게 말해 줬다고 설명하지 않았던가. 어쩌면 바로 그게 자신이 그렇게 오랜 세월 동안 찾아 헤매던 해답이었던가?

그렇게 오랫동안 《수호자의 책》을 찾아왔지만 결국 찾아내지 못했다. 어쩌면 그 책이 자신을 숨기고 있는 건지도 몰랐다. 책의 마지막 흔적은 프랑스에 있었다. 연맹의 아이들이 교황과 그의 추종자들이 추격하던 날 밤에 도망쳤던, 그 장소가 마지막이었다. 거기에서 모든 게 시작된 것이다. 그 도주는 불행의 전주곡이었고, 거기에서 지금의 모든 불화가 싹텄다. 하지만 언젠가는 수호자가 승리할 거라는 계시가 전해지고 있다. 어쩌면 지금이 그때인가?

올리브 씨도 믿고는 싶었지만, 그건 단지 그녀의 작은 바람에 지나지 않았다.

택시가 홀리루드 궁전 앞에 섰다. 그녀는 요금을 계산한 후 차에서 내렸다. 눈앞에는 여왕이 스코틀랜드에 올 때마다 이용하는 화려한 궁전이 위용을 드러내고 있었다.

하지만 관광을 할 기분은 아니었다. 그녀는 주의 깊게 주변을 둘러보았다. 늦은 저녁 시간이었지만 성 안을 구경하려는 관광객들이 몇 명 정도 눈에 들어왔다. 올리브 씨는 잘 가꿔진 정원이나 아름다운 예술 작품이 걸려 있는 전시장에는 눈길조차 주지 않았다. 서둘러 몇 개의 공관을 지나 메리 스튜어트 여왕의 탑에 올랐다. 그녀와 남편인 단리 경이 사랑을 나누었고 또 그녀의 비서인 데이비드 리치오가 살해된 방이 관광객들에게는 가장 인기 있는 관광 명소일 터였다. 아마 거기라면 관광객이 많을 테니 다른 곳보다는 안전할 것 같았다. 하지만 가엾은 리치오는 그 방에서, 모든 사람과 메리 여왕이 보는 앞에서 살해당하지 않았던가. 굳이 그런 장소를 고른 게 현명하진 못했지만, 이제 와서 장소를 변경할 수도 없었다. 그녀는 머리를 흔들어 불길한 생각을 떨쳐 버렸다. 그런 다음 서둘러 걸음을 재촉했다.

아무리 주위를 둘러봐도 루시의 모습은 보이지 않았다. 하지만 그녀의 뒤에서 젊은 남자 하나가 나타났다. 그를 본 올리브 씨는 겁에 질렸다. 그의 얼굴에는 젊은 바티스트 드 트레메인의 흔적이 있었다. 그가 바로 네이선 드 트레메인이었다. 그제야 어째서 루시가 그에게 홀딱 빠져 있는지 이해가 되었다. 물론 자신도 바티스트에게 호감이 있었던 걸 부인할 수는 없다. 하지만 그건 자기뿐 아니라 같은 수업을 들었던 동기들 거의 모두가 그랬다. 그는 킹스 칼리지에서 서른을 갓 넘긴, 가장 젊고 또 가장 매력적인 교수였으니까. 그런 사위를 들이고 싶어 안달 난 엄마들은 또 얼마나 많았겠는가. 물론 그는 자신이나 여학생들에겐 눈길조차 주지 않았다.

남자가 그녀에게 다가왔다.

"올리브 씨인가요?"

그가 고개를 숙여 목례한 다음 정중히 물었다. 그녀는 그의 검은 눈동자를 잠시 들여다보다 손을 내밀어 악수를 청했다.

"당신이 네이선 드 트레메인이군요."

"네. 루시가 저쪽 화랑에서 기다리고 있습니다."

"왜죠?"

조금 전 화랑을 가로지를 때에는 루시를 발견하지 못했던 게 떠올랐다.

"루시는 지금 다친 상탭니다. 그래서 걷는 게 힘들어요. 의사에게 가 보자고 말했지만 일단은 올리브 씨를 먼저 만나 봐야 된다고 그러더군요. 아마 계단을 오르기는 힘들 겁니다."

"도대체 무슨 일이 있었던 거죠?"

올리브 씨가 경계심을 늦추지 않고 물었다.

"할아버지의 개들 중 하나에게 다리를 물렸죠."

그의 말에 올리브 씨가 멈춰 서서는 그의 팔을 꽉 붙잡았다. 그도 걸음을 멈췄다.

"'그' 개들 중 하나에게 말이에요?"

그녀가 다급하게 물었다.

"그들을 아십니까?"

그가 깜짝 놀라며 물었다.

올리브 씨가 다시 발걸음을 옮기며 말했다.

"당신 조부에 대해 모르는 게 없다고만 알아 둬요."

그녀가 말을 이었다.

"만약 루시가 수호자라는 걸 조금만 더 일찍 알았어도 프랑스로 여행을 떠나진 않았을 텐데."

"어떻게 그렇게 많은 걸 알고 계신 겁니까?"

그가 물었다.

올리브 씨가 그를 꿰뚫어 보듯 바라보았다.

"내가 당신을 믿어도 될지 아직은 확신이 안 가는군요."

"루시는 절 믿고 있습니다."

"루시는 젊어요. 젊은이들은 쉽게 속여 넘길 수 있죠."

올리브 씨가 손사래를 쳤다.

"제가 만약 루시를 해치려 했다면 지금 이 자리에 있겠습니까?"

"연맹의 남자들은 우리 수호자들을 대적하기 위해 수단과 방법을 가리지 않았죠. 사랑도 그 수단 중 하나였고요."

네이선이 어이없다는 듯 웃었다.

"지금 루시가 절 사랑한다는 건가요?"

"그게 아니면 뭐겠어요?"

네이선이 한숨을 쉬며 그녀를 바라보았다. 그의 얼굴이 순간 소년처럼 붉어졌다.

"글쎄요. 제가 그걸 알 수만 있다면……."

그가 솔직하게 털어놓았다.

올리브 씨가 위로하듯 그의 팔을 어루만졌다.

"난 여태껏 내가 할 수 있는 한은 해 왔어요. 이젠 루시에게 내가 아는 걸 다 말해 줄 거고, 그렇게 되면 이제 루시가 옳은 행동을 해 주기만 바라야지요. 그리고 네이선, 당신이 그녀를 도와준다면 좋겠군요. 연맹의 시대는 끝났어요. 당신도 그게 무슨 뜻인지 알고 있겠죠?"

네이선이 고개를 끄덕였다.

"네, 압니다."

루시는 화랑 앞에 걸린 텔레비전 화면 건너편에 놓인 의자
에 앉아 있었다. 화면에서는 여왕이 매해 방문하는 이 궁전에
대해 설명하는 영상이 돌아가고 있었지만, 루시는 거기에 눈길
조차 주지 않았다. 루시는 진작 네이선과 올리브 씨의 모습이
보였어야 하는 복도 쪽을 응시하고 있었던 것이다. 다리의 상
처가 견딜 수 없을 정도로 극심하게 아파 왔다. 마치 상처에서
맥박이 요동치는 것 같았다. 좋지 않은 징조였다.

두 사람은 어디에 있는 거지? 혹시 올리브 씨가 막판에 마음
을 바꾸고 나타나지 않으면 어쩌지? 어쩌면 자기가 네이선을
구해 낸 걸 마음에 들어 하지 않았을 수도 있었다. 그녀는 드
트레메인가를 믿지 않았고 또 네이선에 대해서도 몰랐다. 루시
는 손에 든 휴대 전화를 뚫어지게 바라보았다. 몇 분 전에 드디
어 친구들에게서 문자 메시지를 받았던 것이다. 벌써 지난밤에
다 잘된 거냐고 문자 메시지를 보냈었다. 혹시 바티스트가 친
구들에게 분풀이를 하진 않았는지 걱정이 되었기 때문이었다.
그 답장이 이제야 온 것이다. 줄스였다. 루시는 다시 한 번 그
녀가 보낸 메시지를 읽어 보았다.

너희가 잘 도망쳤다니 기뻐. 여기도 별문제 없이 계획대로 잘됐어.
콜린이 좀 다친 것만 빼면. 바티스트의 추적자들 중 두 명한테 얻어맞

았거든. 하지만 다행히 상처는 심하지 않으니까 걱정은 하지 마. 우리가 잘 돌봐 주고 있으니까. 병원에서는 금방 나을 거래. 그럼 행운을 빌어. 우리 도움이 또 필요하면 언제든……. 줄스.

콜린이 얻어맞다니! 그가 걱정되어서 심장이 오그라드는 것 같았다. 문자를 끝까지 입력하진 못했지만, 루시가 걱정하지 않도록 최대한 노력한 게 분명했다. 루시는 줄스를 잘 알았다. 걱정하지 못하게 말은 그렇게 했지만 의외로 많이 다쳤을지도 몰랐다. 아니, 그럴 가능성이 컸다. 루시는 올리브 씨와 만나고 나면 곧바로 줄스에게 전화를 걸어 봐야겠다고 굳게 다짐했다. 아니면 친구들에게 더 이상 연락하지 않는 편이 나을까? 이제는 더 이상 이 일에 연관되지 않도록 거리를 두는 게 옳았다. 어쩌면 벌써 그들을 너무 깊이 끌어들였는지도 몰랐다.

도대체 네이선은 어디에 있는 거지? 루시가 고개를 들어 보니, 네이선과 올리브 씨가 모퉁이를 돌아서 걸어오는 모습이 보였다.

루시는 함박 미소를 머금고 두 사람을 향해 절뚝거리며 뛰어갔다. 올리브 씨가 화랑 중간에서 루시와 만나 끌어안은 뒤, 근심 어린 얼굴로 그녀의 상태를 살폈다.

"루시, 지금 당장 병원에 가 봐야 돼. 벌써 다리가 부어오르기 시작했어. 그냥 일반적으로 개에게 물렸다고 해도 심각한 일인데, 바티스트가 만들어 낸 저 괴물 개에게 물렸다면 더 위험할 거야."

루시가 깜짝 놀란 얼굴로 네이선을 쳐다봤다. 네이선도 몰랐다는 듯 어깨를 으쓱해 보였다.

올리브 씨가 주변을 둘러보았다. 두 명의 관광객이 눈에 들어올 뿐, 주변에는 화랑 직원의 모습이 보이지 않았다.

"일단은 앉는 게 좋겠다."

올리브 씨가 말했다.

"설명해 줄 게 많아."

루시가 안심한 듯 고개를 끄덕였다.

안뜰을 향해 열려 있는 벽에 난 커다란 창문 아래에 의자가 여러 개 있었다. 네이선이 두 여자를 그쪽으로 안내했다.

올리브 씨가 자리에 앉아 네이선을 바라보았다.

"젊은이, 루시가 자네를 믿고 있는 건 알고 있어요. 하지만 난 사람을 그렇게 쉽게 믿진 못하는 편이니 이해해 주길 바라요. 귀댁의 가문과는 별로 좋은 기억이 없거든요. 이제 루시에게 내가 알고 있는 지식을 전수해 줄 생각이에요. 루시는 수호자니까요. 내 이야기를 듣고 나서 그걸 다른 사람에게 말해 줄지는 루시가 판단할 일이에요. 하지만 일단은 루시와 단둘이서만 이야기를 나누고 싶군요."

네이선이 올리브 씨에게 정중하게 미소 지어 보였다.

"그럼 난 저 뒤쪽에서 기다리고 있을게."

그가 손목시계를 내려다보았다.

"궁전이 문을 닫기까진 이제 30분 남았어. 시간이 충분했으면 좋겠군."

올리브 씨가 고개를 끄덕여 보인 다음, 루시와 이야기를 나누기 시작했다.

네이선은 화랑을 따라 걸으며 스코틀랜드 귀족들의 초상화를 바라보았다. 그러면서도 올리브 씨와 루시를 눈에서 놓치지 않았다. 두 사람은 이미 대화에 몰입해 있는 것 같았다. 화랑에 들어왔던 마지막 방문객도 이미 자리를 떠나고 없었다. 궁전 관리인들이 분주하게 오가며 문 닫을 준비를 하는 게 보였다. 자기들이 빨리 퇴근할 수 있도록 얼른 나가 주었으면 하는 눈치였다. 네이선은 다시 한 번 시계를 보았다. 폐장까지 15분 정도 남아 있었다. 사실은 최대한 빨리 여길 빠져나가고 싶었다. 처음부터 여기서 만나는 게 마음에 들지 않았기 때문이다. 물론 관광지이긴 했다. 하지만 공간이 탁 트여 있지 않아서 전체가 한눈에 들어오지 않았다. 화랑을 드나들 수 있는 문도 두 개였다. 그는 루시의 얼굴을 눈여겨보았다. 분명 통증 때문에 괴로워하고 있다는 걸 한눈에도 알 수 있었다. 올리브 씨가 가방에서 책을 꺼내는 게 보였다. 그런 다음에는 책장을 넘기기 시작하자, 네이선은 한숨이 나왔다. 그냥 루시에게 책을 주면 안 되는 건가? 그때 무언가 불길한 예감이 들었다. 루시에게 위험이 닥쳐오고 있었다. 당장 여길 떠나야 했다. 그가 창문으로 바깥 외뜰을 바라보았다. 하지만 너무 어두워서 아무것도 보이지 않았다. 관리인 하나가 화랑 안으로 들어왔다.

"이제 문을 닫을 겁니다."

그가 네이선에게 말했다.

"궁전을 나가 주시겠습니까?"

네이선은 고개를 끄덕인 다음 여자들을 바라보았다. 그때였다. 맞은편 문으로 시리우스가 나타났다. 그가 분노로 이글거리는 눈으로 루시와 올리브 씨를 노려보았다.

네이선이 달리기 시작했다. 여자들도 시리우스를 발견하고는 자리에서 벌떡 일어서는 게 보였다. 루시가 도와 달라는 듯 네이선을 바라보았다. 하지만 혼신의 힘을 다해 달리면서도, 그보다 시리우스가 그녀들과 가까이 있다는 사실에 욕지거리가 치밀었다. 시리우스도 그녀들에게 달려들고 있었다. 올리브 씨가 화랑 맞은편으로 루시를 잡아끌었지만, 다친 다리로 뛰는 건 불가능했다. 여자들이 시리우스를 돌아보았다. 이제 몇 발짝이면 그에게 붙잡힐 터였다.

네이선은 시리우스가 겉옷 주머니에 손을 넣는 것을 보았다. 그리고 그가 손에 든 것을 바라보았다. 순간, 그의 머릿속이 하얗게 변했다.

시리우스가 살인자의 여유로움을 즐기며 차가운 눈으로 루시에게 총구를 겨눴다.

"루시!!!!"

네이선이 외치는 소리와 동시에 올리브 씨가 루시를 밀쳐냈다. 고막이 터질 것 같은 총성과 함께 총알이 날아갔고, 관리인의 입에서 비명 소리가 터져 나왔다. 루시와 올리브 씨는 둘다 바닥에 나뒹굴었다. 하지만 총알이 누구를 관통했는지는 알수 없었다. 시리우스가 그들에게로 걸어갔다. 네이선은 자리에 멈췄다. 그리고 할아버지의 서재에서 가지고 나온 권총을 그에게 겨눈 다음, 방아쇠를 당겼다.

총성이 울리자 시리우스가 여자들에게서 몇 발짝 떨어진 곳에 멈춰 서서, 겉옷 위로 번지는 붉은색 얼룩을 기이하다는 듯 바라보더니 바닥에 고꾸라졌다.

네이선이 루시와 올리브 씨를 향해 달려가 무릎을 꿇고 앉았다. 루시가 올리브 씨의 몸 아래에서 신음 소리를 냈다. 네이선이 루시를 부축해서 일으켜 주었다.

"루시, 다쳤어?"

그가 물었다.

"아니."

루시가 올리브 씨를 조심스럽게 일으켜 안고 눈물이 그렁한 눈으로 네이선을 바라보며 물었다.

"설마……. 돌아가신 거야?"

네이선은 올리브 씨의 목에 손가락을 대 보았다. 아주 희미한 고동이 느껴졌다.

"빨리 구급차를 불러요!"

그가 의자 뒤에 숨어서 떨고 있는 관리인을 향해 외쳤다. 그런 다음엔 루시의 손을 잡았다.

"여기서 나가야 돼."

그가 말했다.

"의사들이 그녀를 돌봐 줄 거야. 하지만 우린 여기에 있으면 안 돼. 내 말 듣고 있어, 루시?"

루시가 고개를 저었다.

"그녀를 여기에 두고 갈 수는 없어. 올리브 씨는 나 때문에······."

"시리우스는 혼자 다니지 않아."

그가 다급하게 말했다.

"올리브 씨도 네가 그들에게 붙잡히는 걸 원하지는 않을 거야. 게다가 그녀는 널 위해 목숨을 희생하기까지 했잖아."

올리브 씨의 눈꺼풀이 떨리는 게 보였다.

"올리브 씨, 제 목소리 들리세요?"

루시가 울먹이면서 물었다.

"곧 의사가 올 거예요. 몇 분만 참아요!"

네이선은 바닥에 꼼짝 않고 누워 있는 시리우스를 살폈다. 그가 다시 일어나 걷는다고 해도 그리 놀랄 일은 아니었다. 애초에 조부가 그에게 사용한 마법이 무엇인지는 몰라도, 그 힘은 가히 악마적이었다.

"아가야, 지금 당장 떠나야 해······."

올리브 씨가 입술을 달싹거렸다.

"저 책을 가져가라. 거기 내가 발견한 건 다 써 있으니까······."

그녀가 지친 듯 숨을 몰아쉬었다.

네이선이 책을 찾기 위해 두리번거렸다. 책은 올리브 씨의 가슴팍에 깔려 있었다. 그가 조심스럽게 책을 꺼냈다.

루시가 고개를 끄덕거리고는 겉옷을 벗어서 그녀의 머리 아래에 베개처럼 만들어 주었다.

"네이선, 부디 저 애를 부탁해요."

그녀가 속삭였다.

그녀의 입술 사이에서 선명한 붉은색 피가 한 줄기 흘러내렸다.

그녀가 마지막 숨을 몰아쉬며 말했다.

"루시를……. 당신 아버지에게 데려가요. 그가 앞으로 어떻게 해야 할지 알려 줄 테니……."

그녀가 더 이상 알아들을 수 없이 작은 목소리로 중얼거렸다.

그런 다음, 그녀의 고개가 힘없이 늘어졌다.

루시는 그녀의 눈동자에서 생명의 빛이 꺼지는 것을 보았다. 하지만 도저히 그녀에게서 눈을 돌릴 수가 없었다.

"설마……. 정말 돌아가신 거야?"

루시가 떨리는 목소리로 물었다.

네이선이 말없이 고개를 끄덕였다. 그런 다음 루시를 부축해서 일으켜 세웠다.

하지만 루시가 몸을 움직이려 하지 않자, 그녀의 손에 올리브 씨의 노트를 쥐여 준 다음 그녀를 안아 들었다.

"여기서 나갈 수 있는 가장 빠른 길이 어딥니까?"

그가 관리인에게 물었다. 관리인이 멍하니 의자 뒤에서 나와 두 사람에게 잠긴 문 하나를 열어 주며 말했다.

"이 문을 열고 나가면 비상구가 있어요. 거길 통해 안뜰로 나갈 수 있습니다."

네이선은 곧장 그가 말한 대로 걸음을 옮겼다.

"하지만, 이렇게 가시면 안 되는데⋯⋯! 잠깐 ―."

그가 등 뒤에서 외치는 소리가 들렸다.

네이선은 그를 무시한 채 문을 열고 바깥으로 나갔다. 차가운 공기가 그들에게 닥쳐왔다. 그는 잠시 멈춰 서서 방향을 확인한 후, 마지막으로 올리브 씨 쪽을 돌아본 다음, 루시와 함께 계단을 내려갔다. 잠시 후 두 사람은 성 입구로 나올 수 있었다. 성 앞 광장은 깊은 어둠에 잠겨 있었다.

그때, 어디선가 개 짖는 소리가 들려왔다.

"오리온!"

루시가 겁에 질린 채 중얼거렸다.

루시를 팔에 안은 채, 네이선은 광장을 가로질러 달리기 시작했다. 차에 이르자 루시를 조수석에 밀어 넣은 후, 안전띠를 잡아당겼다.

"그건 내가 알아서 할게. 빨리 여길 떠나자!"

루시가 외쳤다.

네이선이 차를 돌아 운전석에 뛰어들었다. 그 순간, 검은 그림자 하나가 그를 향해 달려들었다. 그가 액셀을 밟자, 작은 차에 무언가가 부딪히는 소리와 함께 차체가 강하게 흔들렸다. 그리고 그 자리를 쏜살같이 벗어났다.

두 사람 다 아무런 말도 할 수 없었다.

어떻게 찾아낸 건지, 네이선의 머릿속에 의문이 떠올랐다. 어쩌면 위치 추적 장치가 붙은 물건을 가지고 있을지도 모른다는 생각이 들었다.

네이선은 그 도시를 벗어나 달렸다.

"루시, 혹시 휴대 전화를 가지고 있었어?"

그가 물었다. 하지만 루시는 침묵하며 창밖을 응시할 뿐이었다. 네이선이 재차 물었다.

"루시, 휴대 전화를 가지고 있어?"

루시가 눈물을 닦아 낸 다음 대답했다.

"응. 하지만 바티스트는 내 번호를 몰라."

"하지만 어쨌든 버리는 게 좋을 것 같아."

그가 말했다.

루시가 고개를 끄덕였다.

"알았어."

네이선이 가까운 주유소에서 차를 멈췄다.

"이리 줘 봐."

그가 손을 내밀었다.

"뭐 하려고?"

"다른 쪽으로 유인하려는 거야."

루시가 네이선을 지켜보는 가운데, 주유소의 다음 주유 장치에 화물차 한 대가 서 있는 게 보였다. 네이선이 주위를 둘러보더니, 운전석에 아무도 없는 걸 확인한 후 휴대 전화를 짐칸에 던져 넣었다. 그사이, 운전수는 주유소 안 매점 판매원과 이야기를 나누는 중이었다. 잠시 후, 네이선이 자리로 돌아와 루시에게 홍차 한 잔을 건넸다.

"운이 좋아. 저 화물차, 10분 후면 아일랜드로 향한대. 스트랜라Stranraer행 배에 오른다는군. 그걸로 일단은 주의를 좀 돌릴 수 있다면 좋을 텐데."

그의 말에, 루시가 고개를 끄덕였다. 다리는 거의 움직일 수 없을 지경이었다. 조금만 움직여도 견딜 수 없을 만큼 심한 통증이 느껴졌다.

"점점 더 심해지는 것 같군. 맞아?"

그가 루시의 얼굴에서 땀에 젖은 머리칼을 쓸어내렸다.

"그럼 일단은 선택의 여지가 없군. 조금이라도 자 둬. 벌써 열이 오르고 있어."

루시가 고개를 끄덕였다. 하지만 눈을 감는 대신, 올리브 씨가 건네준 노트를 읽기 시작했다. 《수호자의 책》을 어떻게 찾아낼 수 있을지 알아내야만 했다. 더 이상 시간을 지체할 수는 없었다. 바티스트의 손에 희생당하는 건 올리브 씨가 마지막이어야 했다.

그 순간, 그녀의 얼굴에 핏기가 사라지며 정신이 아득해졌다. 루시는 그대로 정신을 잃고 말았다.

〈북리스 사가〉 2권 끝, 3권에서 계속

감사의 말

작가에게 있어서 그가 새로 쓰는 모든 책은
도달할 수 없는 곳을 향한 새로운 서막이자 시도이다.

— 어니스트 헤밍웨이

북리스 3부작의 3분의 2를 끝낸 시점에서, 나와 함께해 준 모든 이들에게 감사를 전한다. 나의 이야기는 내 형제와 자매들에 대한 이야기이다. 그리고 내가 그들을 얼마나 사랑하고 있는지, 그리고 그들이 우리 인생에 얼마나 중요한지 또 우리가 그들의 인생에 얼마나 큰 의미인지에 대한 이야기이다. 우리는 삶을 시작하는 순간부터 그들과 함께한다. 그들은 우리가 잠을 잘 때 요람을 흔들어 주며, 우리를 웃거나 울게 만들기도 한다. 그들은 우리에게 큰 기쁨을 안겨 주기도 하고, 멋진 꿈을 꾸게 해 준다. 또 새로운 세계를 체험할 수도 있게 해 준다. 화자가 인간이든 인간이 아니든, 그들은 모든 이야기를 우리와 함께 나누고 또 아무런 조건 없이 사랑을 베풀어 준다. 그들은 우리의 편에 서서 싸워 주기도 하며, 또 우리를 대신해 제 목숨을 희생하기도 한다. 하지만 내 이야기는 망각에 대한 이야기이기도 하다. 왜냐하면 그들이 우리의 삶에서 무시당할 때가 많기 때문이다. 그들이 우리에게 어떤 의미인지 잊어버리는 것이다. 인생의 다른 것들이 더 중요하게 여겨질 때도 있다.

바로 그런 이유에서 더욱더 나의 형제자매들에게 감사를 전하고 싶다. 내가 이야기를 써 나갈 수 있도록 도와준 모든 책들에게 감사를 전한다. 나에게 멋진 드레스를 선물해 준 카롤린, 각 장에 삽입된 격언에 예쁜 틀을 입혀 준 마리타에게 감사를 전한다. 또 도로와 카리나는 내 이야기가 논리적인 아귀가 맞도록 손봐 주었다. 기자와 노리는 어법과 철자법, 문장부호를 손봐 주었다. 또 책에 대한 멋진 격언을 찾아봐 준 분들에게도 고마움을 전한다. 시를 실을 수 있게 해 준 아멜리에게도 감사의 인사를 하고 싶다. 그렇게 빠른 시간 안에 3권의 긴장감 넘치는 플롯을 탄생시켜 준 러블리 북스의 독서 그룹에도 감사를 전하는 바이다(물론 전체적인 스토리는 이미 완성되어 있었지만).

또한 이 책을 읽고 루시와 네이선과 함께 모험하고 있는 독자 여러분께 깊은 감사를 전한다.

이 책을 읽어 주셔서 감사합니다.

《북리스 사가》팀

추신: 잊기 전에 한 가지를 전하고 싶다. 만약 이 책의 이야기가 마음에 들었다면 부디 서평을 남겨 주기 바란다. 그럼 아마존이나 러블리 북스, 굿리즈에서 이 책을 아직 모르는 독자들에게 도움을 줄 수 있을 것이다.

모든 작품의 결말은 언제나 그 작품의 처음을 떠올리게 만들어야 한다.

— 조제프 주베르

여기, 나의 친구들을 소개한다.

책에 대한 책

《Das Labyrinth der Bücher(꿈꾸는 책들의 미로)》(Walter Moers)

《Buchland(책의 나라)》(Markus Walter) — 국내 미출간

《Die große Wörterfabrik(단어 공장)》(Agnès de Lestrade) — 국내 미출간

《Der Club Dumas(뒤마 클럽)》(Arturo Perez—Reverte)

《Im Schatten des Windes(바람의 그림자)》(Carlos Ruiz Zafón)

《Tintenherz(잉크하트 1)》

《Tintenherz(잉크하트 2)》

《Tintenherz(잉크하트 3)》

《Stadt der träumenden Bücher(꿈꾸는 책들의 도시)》(Walter Moers)

《Opus—Das verbotene Buch(오푸스—잃어버린 책)》(Andreas Gößling) — 국내 미출간

《Die unendliche Geschichte(끝없는 이야기)》(Michael Ende)

《Der Vorleser(책 읽어 주는 남자)》(Bernhard Schlink)

《Das Geheimnis des Buchhändlers(책 사냥꾼의 죽음)》(John Dunning)

《Die Buchflüsterin(책 속삭이는 여자)》(Anjali Banerjee) — 국내 미출간

《Firmin ein Rattenleben(퍼민—쥐의 일생)》(Sam Savage) — 국내 미출간

《Der Geist des Buches(책의 영혼)》

《Das lavendelzimmer(종이약국)》(Nina George)

《Das geheime Leben der Bücher(책들의 비밀스러운 일상)》(Régis de Sá Moreira)

— 국내 미출간

《Der Geist der Bücher(책의 영혼)》(Manfred Theisen) — 국내 미출간

《Das Buch(책)》(Winifred Well) — 국내 미출간

《Das papierhaus(페이퍼 하우스)》(Carlos María Domínguez) — 국내 미출간

《Patria(파트리아)》(Steve Berry) — 국내 미출간

《Die Bibliothek der Schatten(그림자 도서관)》(Mikkel Birkegaard) — 국내 미출간

《Schattenstimmen(그림자의 목소리)》(Peter Straub) — 국내 미출간

그 외 다수